HATCRAFT

TWO WEEKS UNTIL FOREVER

EIN SOMMER IN ST. IVES

ROMAN

MAXIMUM

Dieses Werk wurde vermittelt durch die Autoren- und Projektagentur Gerd F. Rumler (München).

Hauptstraße 33
27299 Langwedel
www.maximum-verlag.de

1. Auflage 2023

Lektorat: Anita Wiebe
Korrektorat: Angelika Wiedmaier
Satz/Layout: Alin Mattfeldt
Umschlaggestaltung: Alin Mattfeldt
Umschlagmotiv: © kostins/ Shutterstock, MARIA DETA ROSARINDA/ Shutterstock
E-Book: Mirjam Hecht

Druck: Booksfactory
Made in Germany
ISBN: 978-3-948346-89-8

*Für Liane, schön, dich als
Freundin zu haben.
Ich glaube, deine Lina vom Kater
würde sich gut mit meiner Liv verstehen.*

KAPITEL 1
Liv

In meiner Mittagspause gehe ich normalerweise nicht nach Hause, aber heute muss ich. Die Sonne scheint auf meinen Weg, ich weiche Touristen aus, werfe nur kurz einen Blick auf das Meer, die glitzernden Wellen, den dunkelblauen Streifen am Horizont. Vorhin habe ich Grandma eine Nachricht geschrieben, aber sie hat sie bisher weder gelesen noch hat sie darauf irgendwie reagiert. Und das ist einfach total untypisch für sie. Wieder zücke ich mein Handy und sehe nach. Nichts. Keine blauen Häkchen an meiner Nachricht und auch sonst kein Lebenszeichen von Grandma. Ganze vier Stunden.

Normalerweise guckt sie regelmäßig auf ihr Handy und hört auch den witzigen Signalton, den wir ihr eingestellt haben. Ein Froschquaken, von dem Grandma schwört, dass es klingt wie der Froschkönig aus einem Märchenfilm. Ich beschleunige meine Schritte, weil mein Herzschlag auf einmal schneller wird.

Der Weg kommt mir viel zu weit vor, dabei brauche ich normalerweise keine sieben Minuten von meiner Wohnung zum Salon. Jetzt sind es vermutlich nicht mal drei gewesen, so wie ich keuche, als ich vor der Treppe ankomme. Beim Hochrennen halte ich mich vorsichtshalber am Geländer fest, weil sich meine Beine anfühlen wie Pudding. Oben ramme ich den Wohnungsschlüssel ins Schloss und fluche, während ich mit unserem Geheimrüttelverfahren versuche, die Tür so schnell wie möglich aufzubekommen.

„Grandma?“, rufe ich, sobald ich drin bin. Ich zwinge mich, stehen zu bleiben und lasse die Geräusche der Wohnung auf mich wirken. Da ist nichts, oder? Alles ist still. Vielleicht ist Grandma gar nicht da, ist einkaufen gegangen oder einen Spaziergang machen und das sollte mich überhaupt nicht so nervös machen, wie es das tut. Sie ist erwachsen, sie kann auf sich selbst aufpassen. Gleichzeitig weiß etwas in mir, dass das eine Lüge ist.

Es ist still, aber da liegt ein Geruch in der Luft, den ich nicht sofort einordnen kann. Hat Grandma Kerzen angezündet? Ich fange an, die Wohnung systematisch abzusuchen, platze in jedes Zimmer wie eine Verrückte. Das Badezimmer ist leer, Grandmas Zimmer auch, im Wohnzimmer finde ich sie auch nicht. Als ich die Tür zur Küche aufstoße, wird mir schwarz vor Augen, ganz kurz nur. Der Schwindel weicht Panik. Eine Wolke Rauch quillt aus dem Backofen und ich stürze hin, um ihn abzustellen. Mit hektischen Handgriffen fülle ich eine Schüssel mit Wasser und reiße die Klappe auf. Macht man das so? Ich weiß es nicht!

Im Ofen kann ich erst nichts sehen, weil mich eine weitere Wolke Rauch umwirbelt. Flammen sehe ich keine, aber zur Sicherheit schütte ich das ganze Wasser aus der Schüssel auf das Backblech. Es zischt, weißer und schwarzer Rauch wirbeln durcheinander.

Endlich muss ich husten und ab da übernimmt mein Notfallsystem. Ich stürze zur Balkontür und reiße sie auf. Irritiert starre ich auf das schwarze Ding, was im Ofen liegt. War das mal ein Brot? Ist Grandma ausgegangen und hat vergessen, dass der Ofen an ist? Oder wurde sie aufgehalten und konnte nicht rechtzeitig zurückkommen? Ich werfe einen Blick zum Kalender, ob ich einen Arzttermin vergessen habe, und dann sehe ich sie. Ganz still und klein hockt Grandma auf dem alten Ledersessel unter dem Fenster. Ihr Kopf ist nach unten gesunken, die Hände liegen still in ihrem Schoß.

Mein Herz setzt aus und schlägt so schmerzhaft weiter, dass ich meine Hand unwillkürlich auf die Brust presse.

„Grandma?", flüstere ich, als wolle ich sie nicht wecken. Meine Füße fühlen sich auf einmal so schwer an, dass ich keinen Schritt machen kann. Grandma gibt noch immer kein Geräusch von sich und ich versuche mich zu wappnen, als ich mich zu ihr umdrehe. Auf einmal ist kein Fitzelchen Schnelligkeit mehr in mir und ich bewege mich in Zeitlupe auf sie zu, strecke meine Hand aus und starre auf ihren Brustkorb, um zu sehen, ob sie noch atmet. Ich glaube schon, oder doch nicht?

Ich lege meine eiskalten Finger auf Grandmas Arm und streiche über ihre Haut. Mit einem Ruck hebt sie ihren Kopf an, ihre Augen weit aufgerissen.

„Grandma", flüstere ich. Sie ist noch nicht richtig wach, sie scheint noch mitten im Traum gefangen. „Du bist eingeschlafen …", murmele ich und weiß auch nicht, warum ich ihr das sage. Das wird sie ja wissen und eigentlich … „Tut mir leid, dass ich dich erschreckt habe."

Ich lasse Pausen zwischen meinen Sätzen und versuche, mein Herz zu beruhigen. Es ist alles okay. Grandma hat nur geschlafen. Vielleicht war sie nachts wieder wach und muss die fehlenden Stunden Schlaf nachholen. Nichts, worüber man sich aufregen müsste.

„Was ist los?", fragt Grandma. Ihre Stimme ist ganz dünn.

„Tut mir leid“, wiederhole ich. „Du bist eingeschlafen und ich habe mir Sorgen gemacht.“ Ich gestikuliere Richtung Ofen. „Ich fürchte, das können wir nicht mehr essen.“

Ihr Blick hält mich fest, irrt dann einen Moment im Raum umher und findet schließlich den Backofen. „Was ist das denn?“

Immer noch finde ich ihre Stimme fremd, da fehlt etwas, aber auch das liegt ganz bestimmt an der Müdigkeit.

„Dein Gebäck ist verbrannt. Ein Brot, vermute ich?“ Sobald der Satz raus ist, möchte ich ihn zurücknehmen und umformulieren, denn in Grandmas Augen bilden sich Tränen.

„Ich bin eingeschlafen und habe das Brot vergessen …“

Dass sie es noch weiß, halte ich für ein gutes Zeichen.

„Das kann doch mal passieren. Hast du schlecht geschlafen letzte Nacht?“ Ich streichle über ihre rastlosen Finger, die an ihrem Rock herumzupfen, während sie abwechselnd zum Backofen und zu mir sieht.

„Natürlich, da waren wir doch so spät im Bett!“ Ihr Gesicht hellt sich auf, dafür habe ich jetzt den Eindruck, in einer fremden Welt gelandet zu sein. Wir haben uns gestern Abend wie immer um zehn Uhr verabschiedet und sind in unsere Schlafzimmer gegangen. Das war nicht später als sonst. Aber ich knipse ein Lächeln an, um Grandma nicht wieder zu beunruhigen, wo sie endlich wieder mit der Welt im Reinen scheint. „Ein neues Jahr! All die Möglichkeiten, Livvie! Und …“ Sie schweigt einen Moment und sieht mich irgendwie bedeutungsschwer an, während ich versuche, nicht in Panik zu verfallen. Ein neues Jahr?

„Ich bin ganz sicher, dass du Michael vergessen wirst, wenn du eine neue Liebe triffst und das könnte ja dieses

Jahr passieren! Man weiß nie, wo die Liebe lauert." Sie sieht verträumt zum Fenster, und bemerkt offenbar nicht meinen vermutlich völlig entgeisterten Blick.

Michael? Michael ist fünfzehn Jahre her. Er war mein erster Freund. Grandma ist offenbar soeben im Jahr 2008 aufgewacht, am Neujahrstag vielleicht sogar. Sie muss geträumt haben. Ganz bestimmt. Endlich finde ich meine Stimme wieder und mir fällt gleich ein, was ihr helfen könnte.

„Grandma, kommst du mit zu Rose? Sie ist heute im Salon und wartet schon mit dem Tee auf dich."

Grandmas Gesicht hellt sich auf. „Rose! Wie schön! Wir haben uns ewig nicht gesehen, ist sie schon von ihrer Reise zurück?"

Ich wage nicht zu glauben, dass Grandma von Roses letzter Reise spricht. Sie meint die Weltreise von vor fünfzehn Jahren, als Rose den Salon an ihre Tochter für ein Jahr Weltreise übergeben hat. Danach hat sie noch vier Jahre in Teilzeit gearbeitet, bevor sie in Rente gegangen ist. Fünfzehn Jahre. Für Rose ist viel passiert in der Zeit, für Grandma auch. Vor vierzehn Jahren ist ihr Mann gestorben, mein Grandpa George. Auch wenn ich nie so ein enges Verhältnis zu ihm hatte wie zu Grandma, vermisse ich ihn an manchen Tagen immer noch ganz schön, und Grandma tut das auch, natürlich.

„Ob George mitkommen möchte?", fragt Grandma und mein Herz wird ganz schwer. Muss ich ihr sagen, dass er nicht mehr lebt? Dass wir das Jahr 2023 haben? Das kann ich nicht. In diesem Fall hoffe ich fast, dass sie Grandpa gleich wieder vergisst. Es ist schon seltsam, zum allerersten Mal wünsche ich mir, dass Grandma etwas vergisst. Ich verziehe den Mund und sehe auf die Uhr. Wir haben noch Zeit für einen kleinen Spaziergang. Bestimmt hat der Rauch des kokelnden Brotes ihre Erinnerungen vernebelt. Ja! Das kann doch sein, oder? Frische Luft wird ihr guttun.

„Komm, Grandma, lass uns gehen. Die Sonne scheint heute wieder so schön.“ Das Wetter lenkt sie immer ab. „Wir könnten einen kleinen Schlenker über den Strand gehen“, locke ich sie und siehe da, das funktioniert. Dass sie den Strand liebt, vergisst sie nie, egal in welchem Jahr sie gerade in ihrem Kopf lebt. Denn den Strand hat sie schon geliebt, als sie ein kleines Mädchen war.

„Das ist eine gute Idee, Liebes.“

Munter plaudernd verlassen wir meine kleine Wohnung. Dabei rede ich so viel, dass Grandma es nicht schafft, sich auf ihre Umgebung zu konzentrieren. Ich atme erleichtert aus, als wir draußen stehen. Die schmale Straße hinunter zum Hafen kennt sie schon ewig, nur meine Wohnung habe ich ja noch nicht so lange. Grandma muss denken, dass sie mit meinem Grandpa George noch immer in der Porthminster Terrace wohnt. Wie schaffe ich es bloß, dass sie wieder im Hier und Jetzt ankommt? Sie wird Grandpa schrecklich vermissen! Mir fällt gleich ein, was ihr helfen könnte: Rose erdet sie immer. Oder kann es sie in die andere Richtung ziehen? Ob Grandma vorhin ihren Kopf gestoßen hat? Oder kommen diese Halluzinationen wirklich allein von der Rauchentwicklung aus dem Ofen? Mein Hals fühlt sich auch immer noch ganz rau an und sie war dem Rauch ja viel länger ausgesetzt als ich.

Grandma läuft leicht schlurfend neben mir her. Ihr Gesichtsausdruck ist wie immer, fröhlich, zufrieden und ganz entspannt. Was auch immer mit ihr los ist, ihr scheint es schon besser zu gehen. Sie blinzelt in den blauen Himmel und lacht plötzlich laut los. Leider sagt sie mir nicht, was sie so lustig findet und ich versuche es selbst zu entdecken, aber vermutlich ist es schon weg. Ein paar Möwen, die sich um einen Happen Brot streiten?

„Mabel!“, ruft jemand hinter uns.

Grandma bleibt sofort stehen, schirmt ihre Augen mit der Hand gegen die Sonne ab, dreht sich um und sucht diejenige, die nach ihr gerufen hat. Ich schicke ein Stoßgebet zu den Wolken, es ist Rose! Sie muss einen sechsten Sinn haben. Alles wird gut.

„Rose!“ Ich traue meinen Augen kaum, aber Grandma hüpft ganz leicht auf der Stelle, dann rennt sie auf ihre ehemalige Schulfreundin zu. Rose lacht und erwidert die wilde Umarmung, die sie von meiner Grandma bekommt. Was ist denn jetzt los? Woher nimmt sie auf einmal diese Energie? Ach, was soll's, ich freue mich einfach darüber und laufe den beiden hinterher. Rose hat nämlich mittlerweile ihre Freundin bei sich untergehakt und führt sie zielstrebig an den Cottages vorbei zu unserem Lieblingsstrand: Porthgwidden Beach.

Rose und Grandma schlendern durch die schmale Straße. Die zweistöckigen aus altem Stein gebauten Wohnhäuser spenden willkommenen Schatten. Wir laufen an Blumenkübeln mit Geranien und Sukkulenten vorbei, ein Stück über den Parkplatz und schließlich erreichen wir den Strand.

Für einen Moment blende ich die Menschen aus, die sich sonnen und Eis essen, die Kinder, die zum Wasser rennen. Ich lasse meinen Blick über die grüne Landzunge wandern, wo der Küstenpfad entlangführt, durch kurzes Gras und dunkle Büschel voller rosafarbener Blümchen, die sich auf den Postkarten immer sehr fotogen zeigen. Das Meerwasser hat die Felsen davor dunkel gefärbt und sie sehen beinahe aus wie Schuppen auf einem Drachenrücken, der im flachen Wasser döst. Pärchen, Touristen und Einheimische haben ihre bunten Handtücher auf dem Sand ausgebreitet und genießen die Nachmittagssonne. Bunte Sonnenschutzzelte stehen überall, dazwischen in knalligen Farben gestreifte Windsegel. Viele Menschen sind da, mir sind es eigentlich zu viele. Ich mag den Strand am liebsten am frühen Morgen, wenn sich nur die mutigsten Schwimmer in das kalte Wasser stürzen oder die ortsansässigen Maler auf den Felsen thronen und versuchen, die ruhige Atmosphäre auf einer Leinwand einzufangen. Früher habe ich das auch gemacht, im Windschutz der kleinen Beach Hut meiner Eltern. Das ist viel zu lange her, ich sollte mir bald nochmal Zeit dafür nehmen. Es riecht nach frisch gebackenem Kuchen, salziger Meeresluft und Algen. Natürlich auch nach Sonnencreme, Sandstaub und … ach, einfach nach Sommer!

„Hast du Hunger, Mabel?", fragt Rose und zwinkert mir zu. Ich weiß nicht, ob das heißen soll, dass ich gehen kann, immerhin muss ich gleich weiterarbeiten. Seltsam, ich werde das Gefühl nicht los, dass Rose weiß, was mit Grandma passiert ist. Dass sie gerade in der Vergangenheit festhängt. Vielleicht sollte ich mit ihr zu einem Arzt gehen? Am Ende hat sie eine Rauchvergiftung, die behandelt werden muss. Ich mustere meine Großmutter, aber sie wirkt nicht so, als würde es ihr schlecht gehen. Rein körperlich, meine ich. Genau genommen sprüht sie vor Leben wie seit Tagen nicht. Das muss doch ein gutes Zeichen sein.

„Mabel?"

„Hmm?" Grandma reißt sich von dem sommerlichen Treiben vor uns los und fokussiert sich langsam auf Rose.

„Lust auf einen Cream Tea mit Scones?", fragt Rose

dieses Mal anders und Grandma nickt begeistert. Sie kommt mir merkwürdigerweise mittlerweile selbst vor, als wäre sie wieder ein junges Mädchen. Ich weiß nicht, ob ich gehen und die beiden allein lassen kann, aber als mein Handy klingelt und Amy sich vorsichtig erkundigt, ob alles okay ist, bestätige ich das. Irgendwie ist es okay und ich habe das Gefühl, dass Grandma bei Rose in besten Händen ist.

„Ich müsste zurück in den Salon“, sage ich, als ich das Gespräch mit Amy beendet habe.

„Du gehst zum Frisör?“, fragt Grandma. „Musst du keine Hausaufgaben machen? Frisörbesuche mache ich immer samstags …“

„Ich muss ein Interview für die Schule machen“, improvisiere ich und fühle mich schlecht, aber auch irgendwie wie auf einem Geheimauftrag. Mein Herz klopft dabei so schnell, als hätte es Angst, dass meine Lüge entdeckt wird. Und diese Angst habe ich tatsächlich, denn es steht mehr auf dem Spiel als bei, sagen wir, einem Geheimagenten. Wenn Grandma erkennt, dass ich ihr etwas vorspiele, wird womöglich ihr Vertrauen in mich für immer verloren gehen.

KAPITEL 2
Thierry

Paris

Das Klingeln an der Tür kommt höchst ungelegen, weil ich gerade los will. Genervt lasse ich die Aktentasche sinken und öffne. Natürlich sieht der Postbote gleich, dass ich eigentlich keine Zeit habe, deswegen deutet er nur knapp auf einen großen Karton, der zu seinen Füßen steht, ich werfe einen Blick auf den Absender. Ein Dankeschön brummelnd hebe ich den Karton an und trage ihn in meine Diele, stelle ihn dort direkt neben den Spiegel. Er ist ziemlich schwer. Ob mir Grand-père Bücher geschickt hat? Das sähe ihm ähnlich. Ich werde es mir nachher ansehen. Gerade will ich die Tür hinter mir schließen, da räuspert sich der Bote.

„Sieht wichtig aus“, bemerkt er.

Ich entdecke einen Sticker mit dem Wort „Eilt“. Weil das Paket aber von Grand-père ist, nehme ich es nicht ernst.

„Die Sticker hat er im Hunderterpack“, sage ich zum Postboten, obwohl er sich um seine weitere Post kümmern sollte und nicht so neugierige Blicke auf mein Paket werfen soll. „Ich kriege ständig solche Pakete.“

Der Mann schüttelt den Kopf, sagt aber nichts. Er tut gerade so, als hätte ich das Paket sofort in den Müll befördert. Ich ärgere mich, dass ich überhaupt etwas gesagt habe, das über „Guten Morgen“ und „Danke“ und „Au revoir“ hinausgeht. Das Paket steht sicher in meiner Diele, ich greife nach meiner Aktentasche und ziehe die Tür zu.

„Hoffentlich müssen Sie nur kurz weg“, sagt der Mann. Erst jetzt werfe ich ihm einen zweiten Blick zu. Er ist älter, als ich dachte, sieht aus wie ein Bodybuilder. Oder kommen seine Muskeln von den Paketen, die er ständig schleppen muss? Was für ein Glück, dass ich normalerweise nicht zu Hause bin, wenn die Post kommt. Jeden Tag brauche ich so eine Diskussion nicht. Leider ein ungelegener Zufall heute, dass ich meinen ersten Termin so spät habe. Immerhin habe ich meine E-Mails zu Hause abgearbeitet und Mandantentelefonate geführt. Alles nur wegen der Umbauarbeiten im Büro, wo man derzeit kaum sein eigenes Wort versteht. Nur noch einen Tag, dann sollte die Renovierung offiziell beendet sein. Wenn nicht, reiche ich eine Klage ein. Ich muss über meinen Standardspruch grinsen, dabei habe ich mit Klageverfahren gar nicht viel am Hut. Ist ein anderer Bereich.

„Sagen Sie nachher nicht, ich hätte Sie nicht darauf hingewiesen“, ruft mir der Postbote über die Schulter zu, als er die Treppe hinunterläuft.

„Werde ich nicht.“ Weil ich keine Lust habe, an dem Mann vorbeizulaufen oder ihm im Treppenhaus noch mal zu begegnen, nehme ich den Aufzug.

Das Surren merke ich immer noch im Magen, als sich die Türen öffnen und ich atme erleichtert durch, weil ich den Postboten nirgends mehr entdecken kann. Auch auf dem Weg zur Metrostation sehe ich ihn zum Glück nicht noch mal.

Der Geräuschpegel in der Metro hüllt mich ein. Als ich einen Sitzplatz ergattert habe, zücke ich mein Blackberry.

Ich überprüfe meinen Kalender und suche mir dann eine passende Playlist für meine Laune aus. Drei Stationen später habe ich meinen Haltepunkt erreicht. Der späte Bürostart hat zumindest den Vorteil, dass die meisten Geschäftsleute schon in ihren Büros hocken und die Metrowaggons nicht mehr so voll sind. Wobei … jetzt sind natürlich viele Touristen unterwegs und die sind definitiv lauter als Geschäftsleute.

Ich drehe die Musik auf meinem Handy lauter und sie erfüllt meinen Kopf mit den Klängen eines ganzen Streichorchesters. Früher hätte ich nie damit gerechnet, dass ich hier ankommen würde: erfolgreich im Job mit durchgeplanten Arbeitstagen, durchgetakteter Sportroutine und immer wieder klassischer Musik in den Ohren. Am liebsten würde ich manchmal *Mère* anrufen, um sie anzuschreien, dass doch etwas aus mir geworden ist, aber ich tue es natürlich nicht.

Meine Schwester Veronique hat schon oft gesagt, dass ich mich mit unseren Eltern aussprechen soll. Sie kennt nur die halbe Wahrheit. Natürlich weiß sie, dass unsere Eltern selten zu Hause waren und sie war auch nicht diejenige, die mit ihnen ständig aneinandergeraten ist. Daher hat sie vermutlich nie die ganzen Sätze gehört, die ich immer noch Wort für Wort kenne. Sie war nicht schuld daran, dass unsere Mutter ihre Karriere aufgeben musste, das hatte sie zum Zeitpunkt von Veroniques Geburt längst getan. Ich bekomme schlechte Laune und schiebe die Erinnerungen an meine Eltern weit weg. Mein Vater hat heute Geburtstag, ich schicke ihm eine knappe SMS. Höflicher wäre ein Anruf, aber was interessiert mich, was höflich wäre? Von meinen Eltern habe ich das zumindest nicht gelernt, denn eine lieblosere Behandlung am eigenen Geburtstag hat nie jemand aus meiner Klasse bekommen. Jeder von denen hatte neue Sachen dabei, Geschenke der Eltern, selbstgebackenen Kuchen zum Verteilen. Wir nie. Ich atme tief durch, während ich auf die Rue Paul Baudry einbiege.

In diesem Moment vibriert mein Handy. So schnell bedankt sich Vater für die Glückwünsche? Damit hätte ich überhaupt nicht gerechnet. Es könnte aber auch Jean-Luc sein, der unser Schwimmtraining am Abend absagen will. Das müsste ich jetzt wissen, damit ich entsprechend umplanen kann. Aber es ist eine WhatsApp-Nachricht meiner Mutter. Was will sie? Mich an Vaters Geburtstag erinnern?

Eigentlich findet sie Geburtstage nicht weiter erwähnenswert, schließlich hat das Geburtstagskind nichts dafür geleistet, geboren worden zu sein. Das Argument, dass man sich einfach an diesem Tag für diesen Menschen freuen könnte, lässt sie nicht gelten. Wieder geht ein Vibrieren durch meine Hand, als ich das Handy gerade zurück in die Tasche stecken will. Veronique. Was ist denn heute nur los? Ich flüchte mich in den Eingang einer Bank, um dem Strom der Menschen zu entkommen. Am besten ich lese ihre Nachricht zuerst.

Hat sich Maman schon bei dir gemeldet?

Vor einer Sekunde. Hab's noch nicht gelesen.

Setz dich, bevor du's tust.

Ich starre auf ihre Worte und mein Herz klopft hart gegen meine Rippen. Irgendwas ist passiert. Ich bin froh, dass es offenbar nichts mit meiner Schwester zu tun hat, zumindest geht es ihr gut genug, um mir Nachrichten zu schicken. Der Treppenaufgang zu dem Bankhaus, vor dem ich stehe, hat eine Mauer. Ich setze mich darauf, stelle meine Aktentasche zwischen meine Füße und atme tief durch, dann öffne ich die Nachricht meiner Mutter. Es ist nur ein Satz.

Dein Großvater ist vorgestern verstorben. Ich weiß es erst seit eben. Melde dich.

Mir wird kalt, es rauscht in meinen Ohren. Ein Gefühl durchströmt mich, das ich nicht einordnen kann, bis meine Augen heiß werden. Grand-père ist tot.

Aber er hat mir doch vorhin noch ein Paket geschickt! Eins seiner merkwürdigen Geschenke, mit denen ich kaum je etwas anfangen kann, die es aber dennoch immer schaffen, dass ich lachen muss und ihn anrufe. Im Gegensatz zu meinen Eltern rede ich mit Grand-père regelmäßig. Bis jetzt. Er kann nicht tot sein.

Mein Handy brummt und ich lasse es beinahe fallen.

Es tut mir leid.

Veronique wieder. Während ich meine Schulferien bei meinem Großvater verbracht habe, hat man sie jedes Mal auf einen anderen Pferdehof geschickt. Sie hat längst kein so inniges Verhältnis zu unseren Großeltern und dennoch denke ich manchmal, dass sie die Normalere von uns ist. Diejenige, die ihr Leben nicht nur meistert wie ich. Sie ist jemand, der darin tanzt. Kein Ballett, eher kraftvolle Tänze und das ganz leise und unaufgeregt. Jeder Schritt passt genau zum vorherigen. Sie weiß immer, was zu tun ist, auch wenn es einen Ausrutscher gegeben hat.

Ich tippe ein schnelles „*Danke*" an Veronique und keine

Antwort an meine Mutter. Ich sollte ihr schreiben oder sie anrufen, aber ich bringe es nicht über mich. Zuerst habe ich Termine.

Sobald ich in der Kanzlei ankomme, geht es los. Nur dass heute die Dinge um mich herumplätschern, aber auch das merke ich ausgerechnet bei dem Geschäftsessen mit Monsieur Le Blanc, der uns mit einem riesigen Mandat betrauen will. Ich kann mich kaum erinnern, wie ich hergekommen bin. Worum geht es genau? Den Zusammenschluss mit irgendwem. Ich konzentriere mich ab jetzt auf seine Worte, aber plötzlich bricht er ab und sieht mich direkt an.

„Ist alles in Ordnung, Monsieur Laboulet?"

„Was? Ja, natürlich." Ich räuspere mich, weil meine Stimme so seltsam belegt klingt.

„Sie sehen mir aus, als könnten Sie eine Pause vertragen", sagt er und klingt dabei gutmütig und nicht so, als würde es ihn ärgern. „Ihre junge Kollegin könnte doch übernehmen und Ihnen später berichten." Er lächelt Nicole zu, die ihm gegenübersitzt. „Ziehen Sie sich mal für ein paar Stündchen zurück. Sorgen sollte man nicht auf die leichte Schulter nehmen, was auch immer es ist."

Ich starre ihn wortlos an. Sorgen? Leider nicht. Es ist mehr als das. Der einzige Mensch, der immer für mich da war, ist gestorben. Als er mir ein Taschentuch reicht, begreife ich allmählich. Lautlos laufen mir Tränen über das Gesicht. Ich spüre, wie Nicole mich anstarrt. Zu diesem Termin habe ich sie mitgenommen, damit sie etwas von mir lernen kann, wir haben sie erst letzte Woche eingestellt. Und jetzt das. Erstklassiger erster Eindruck. Vermutlich hat er recht, ich sollte mir den Nachmittag freinehmen. Auch wenn ich keine Zeit habe, so mache ich wohl kaum einen zurechnungsfähigen Eindruck. So nütze ich niemandem etwas.

Das bestätigt mir auch Marguerite, als ich von dem Lunchtermin zurück in die Kanzlei komme. Sie reißt die Augen auf, als sie mich sieht. „Chef! Ist alles in Ordnung? Haben Sie eine Allergie? Soll ich schnell zur Apotheke laufen? Bevorzugen Sie ein bestimmtes Mittel?"

„Allergiemittel? Nein, danke, das ist nicht nötig." Dieses Mal muss ich lachen. Eine Allergie traut sie mir zu, Trauer nicht. Wie wirke ich wohl auf sie? Wie der knallharte Anwalt, der sich nur über Erfolge freut? Trauer würde Mitgefühl voraussetzen. Wann habe ich das letzte Mal wirklich etwas gespürt außer Wut, Triumph oder Genugtuung? Vielleicht Neid, aber nur leicht. Vermutlich ist mir das passiert, wovor mich Grand-père Jacques immer gewarnt hat: Ich habe mich verloren, das Wesentliche vergessen und das wirkliche Fühlen verlernt.

Hart und erfolgsorientiert. Das sind die Worte, mit denen mich die meisten Leute beschreiben würden. Aber das muss ich ja auch sein als Anwalt, dem Mandanten vertrauen. Der besonnen den Überblick über die Rechtslage und das Beste für das Mandat im Auge behält. Da stören Gefühle nur, auf Befindlichkeiten kann ich keine Rücksicht nehmen. Man könnte argumentieren, dass das natürlich für meinen Job zutrifft, nicht jedoch auf mein Privatleben. Da kann ich wieder lachen, denn ein richtiges Privatleben habe ich schon lange nicht mehr. Ich habe Bekannte, mit denen ich mich zum Sport treffe, bin Mitglied im Golfclub. Für Freunde außerhalb meiner Arbeitswelt habe ich schon lange keine Zeit mehr. Für die Liebe schon gar nicht.

Aber ein Leben an meiner Seite kann man ohnehin keiner

Frau zumuten, sie wäre ständig allein. Natürlich könnte ich mir eine Anwältin suchen, eine Geschäftsfrau, die genauso viel arbeitet wie ich. Aber wozu? Wenn ich nach Hause komme, möchte ich meine Ruhe. Das ist alles. Mir fehlt nichts.

Bis auf Grand-père.

Wann habe ich das letzte Mal mit ihm gesprochen? Vor fünf Tagen? Da hat er nicht erwähnt, dass es ihm schlechtgeht, oder? Hätte ich hören müssen, dass etwas nicht stimmt? Ich bin sogar kurz davor, Mère anzurufen, um sie zu fragen, woran er gestorben ist, aber ich lasse es. Wenn ich es in Details höre, werde ich alles vor mir sehen und das will ich nicht. Ich möchte an diesen stolzen, lebenslustigen Mann nur so denken, wie ich ihn zuletzt gesehen habe. Das ist schon ein paar Monate her, verdammt. Hätte ich das gewusst, ich hätte ihn nicht ständig vertröstet, sondern wäre hingefahren. Jetzt ist es zu spät dafür.

„Ich werde nach Hause fahren, mir geht es nicht so gut", sage ich zu Marguerite, die noch immer vor mir steht und mich besorgt mustert.

„Natürlich. Ich verschiebe alle Termine oder delegiere sie für Sie, Thierry. Ruhen Sie sich aus." Sie hat einen mütterlichen Ton angenommen, der meine Augen erneut brennen lässt. Ich nicke und versuche den harten Knoten in meinem Hals herunterzuschlucken.

Ich gehe kurz in mein Büro, packe meinen Laptop ein und nehme dieses Mal die Treppe nach unten. In meinem Kopf sind nur noch Dinge, die mich an Grand-père erinnern, und der dringende Wunsch, nach Hause zu fahren. Weg von all den Kollegen, die mich nicht weinen sehen sollen, weg von Menschen, die mich ansprechen könnten. Also steige ich ohne Murren in das von Marguerite bestellte Taxi und lasse mich durch den dichten Verkehr von Paris kutschieren. Ich sehe aus dem Fenster, schaffe es aber nicht, die Umgebung wirklich wahrzunehmen. Die Farben verwischen. Bis vor drei Jahren hat Grand-père Jacques ebenfalls hier gewohnt, nur fünf Straßen entfernt von meiner. Dann ist er aufs Land gezogen. Dort habe ich ihn nur zweimal besucht. Und er kam kaum noch her. Jetzt ist es zu spät.

Die Stimme des Taxifahrers reißt mich zu spät aus meinen Gedanken und ich habe ihn nicht verstanden. Ich werfe einen Blick nach draußen und sehe, dass wir vor meinem Wohnhaus angekommen sind. Ich prüfe das Taxometer, zahle den Betrag plus Trinkgeld und entfliehe dem Wagen, der nach fremden Menschen und vom Alter aufgeplatztem Leder riecht. Draußen atme ich ebenfalls flach, weil ich in einer unsichtbaren Wolke aus Abgasen stehe. Genau wie Grand-père in der letzten Zeit immer gesagt hat. Die Stadtstraßen riechen nicht gut, nicht frisch.

Ich achte nicht mehr als sonst auf den Weg ins Haus, aber heute erinnert mich alles an ihn. Wie konnte ich all das vergessen, was Grand-père mir beigebracht hat? Seitdem ich in der Kanzlei arbeite, hat die Arbeit es Stück für Stück verdrängt. Früher war ich genau wie er immer Nase, Augen, Ohren. Ich war wirklich da. Habe meine Umgebung wahrgenommen, bemerkenswerte Dinge abgespeichert. Ich sollte es wieder probieren, ihm zuliebe.

Der Türgriff am Haus ist von der Sonne ganz warm, die Tür übt ein angenehmes Gewicht auf meinen Arm aus, endlich spüre ich etwas, das mich von der Traurigkeit ablenkt. Die Realität hilft, das Hier und Jetzt. Im Treppenhaus ist es kühl, es riecht nach Lavendel und altem Stein, der

Holzpolitur vom Treppengeländer. Bis in meine Etage sind es sechsundfünfzig Stufen. Ich komme an sechs weiteren Wohnungstüren vorbei, zwei auf jeder Etage, sie sind allesamt blau gestrichen. Es ist ein dunkles Tiefseeblau. Ich erinnere mich daran, wie Grand-père es so genannt hat, aber dann hat er gesagt, dass es ihn eigentlich an das Gefieder einer Elster erinnert. Weil ich immer gedacht habe, dass diese Tiere schwarze und weiße Federn haben, war ich irritiert, aber er hat es mir gezeigt. Das war vermutlich das letzte Mal, dass ich einen Vogel wirklich angesehen habe. Früher habe ich so oft in Grand-pères Garten auf einer Decke gelegen oder warm eingepackt auf einem Stuhl gesessen, um Vögel zu beobachten. Auch am Strand und auf Waldspaziergängen, an Seen und Flüssen haben wir das gemacht. Vögel beobachten, notieren und vor allem zeichnen. Das ging am besten an Grand-pères Vogelhäuschen im hinteren Teil seines Gartens.

Das Geräusch meines Wohnungsschlüssels hallt im leeren Treppenhaus wider. Ich trete ein und versuche, tief durchzuatmen. Meine Wohnung wirkt auf einmal groß, kalt und verdammt einsam. Direkt in meiner Diele steht der große Karton, den mein Großvater mir geschickt hat. Ich lehne meine Aktentasche an die Wand und setze mich neben den Karton auf den Fußboden. Es ist ein Umzugskarton, von Grand-père mit bestimmt einer ganzen Rolle Paketklebeband umwickelt. Was hat er mir wohl geschickt? Wusste er zu dem Zeitpunkt schon, dass er sterben würde? Hat er deshalb einen seiner „Eilt“-Sticker daraufgeklebt? Vielleicht war es in diesem Fall ernst gemeint. Nun ja, ich werde es nie erfahren, wenn ich den Karton nicht öffne.

Ich rappele mich auf und hole die große Schere aus der

Küche. Sorgsam durchtrenne ich das Klebeband, lasse den metallenen Zahn der Schere nicht zu tief eindringen, weil ich nicht weiß, was sich unter der Klappe verbirgt. Der Karton ist schwer, das habe ich schon heute früh beim Hereintragen gemerkt. Er fühlte sich voll gepackt an. Oder es liegen nur sehr schwere Dinge darin. Geklappert hat nichts. Bücher? Grand-père war ein Bücherwurm, wobei das Wort zu ihm nicht passt. Er war eher ein Lesekauz. Ein Uhu. Ein großer, weiser Vogel, den ich mir mit einer gold umrandeten Brille auf der Nase vorstelle. Mit Grand-pères verschmitztem Funkeln in den dunklen Augen.

Ich weiß nicht, was ich wirklich erwarte, aber als ich den Deckel des Kartons endlich öffne, fällt das Sonnenlicht auf einen dicken Stapel Bleistiftzeichnungen und anderer Bilder, die ich eindeutig Grand-pères Stil zuordnen kann. Vögel hat er am liebsten gezeichnet, Insekten, vor allem Käfer, Bienen, Schmetterlinge und Libellen. Mein Großvater hat alles geliebt, was fliegen konnte. Und das, obwohl er selbst so große Flugangst hatte, dass er nie in seinem Leben ein Flugzeug bestiegen hat. Urlaub haben meine Großeltern immer nur in ihrem Heimatland gemacht. Mit dem Auto oder dem Zug. Solange ich denken kann.

Behutsam hole ich die Blätter heraus, Aquarelle sind auch darunter, das erste davon ist eine Elster, die mich genau anzusehen scheint. Als ob sie wüsste, dass ich eben noch an ihr Gefieder gedacht habe, dass sie Thema in einem Gespräch zwischen mir und ihrem Maler war. Sie hat kluge Augen, einen neugierigen Blick. Unter dem Stapel Zeichnungen liegt eine A4-große Pappmappe, die vermutlich ebenfalls Bilder enthält. Darunter entdecke ich zwei bunte Pappkartons. Beide sind gelb, sonnengelb und zitronengelb. Eigentlich will ich wissen, was in den Kartons ist, aber ich schlage die Gummibänder an den Ecken der Mappe um und öffne sie.

Auf der Innenseite klebt eine Zeichnung. Ein Haus mit Garten. Obwohl es schwarz-weiß ist, kann ich die Farben erahnen. Oder spüren? Das warme Goldgelb der Mauersteine, das satte Grün der Blätter und das Rosa der Stockrosen. Es ist ein hübsches Haus und ich kann verstehen, warum Grand-père es zeichnen wollte. Alles wirkt beinahe ein wenig zu romantisch, zu perfekt. Ob meine Großeltern dort einmal Urlaub gemacht haben? Ich kenne das Haus jedenfalls nicht. Am unteren Rand stehen die Worte „Blueberry Hill Cottage“ und daneben die Signatur von Grand-père mit einer Jahreszahl. 1962, ich rechne kurz nach, da war Grand-père ungefähr achtzehn oder neunzehn. In dem Alter war er natürlich noch nicht verheiratet und ob er da schon alleine Urlaub gemacht hat? Eher ein Familienurlaub mit seinen Eltern?

Mein Seufzen schwebt durch die Diele. Ich würde ihn gerne fragen, aber ich bin auf mich allein gestellt. Weitere Zeichnungen liegen nicht mehr in der Mappe, sondern bedruckte Blätter, genau genommen offiziell aussehende Dokumente. Ich blättere durch die Sammlung. Grundbuchauszug, Kaufvertrag, Grundriss … und als Letztes ein Brief. Gut, genau genommen, ist es eher eine Notiz, Stichpunkte auf altmodischem Briefpapier notiert. Das Wort „Testament“ springt mir ins Auge. Und mein Name. In meinem Kopf weiß ich sofort, was das heißt, aber irgendwie kann ich es nicht greifen. Ich überfliege die wenigen Sätze und ja, hier werde nur ich erwähnt. Ich und das Blueberry Hill Cottage. Mein Erbe. Aber kann das überhaupt sein? Das hier ist kein offizielles Testament, oder? Und was hat das zu bedeuten? Noch einmal sehe ich mir alles in Ruhe an. Aus den Unterlagen entnehme ich sehr deutlich, dass das „Blueberry Hill Cottage“ meinem Großvater gehört hat. Er hat es von seinen Eltern geerbt. Es steht in Cornwall in einem Küstenort namens St. Ives. Ich starre auf die kleine Straßenkarte, auf der die Lage des Hauses eingezeichnet ist. Warum zum Teufel besaßen Grand-pères Eltern ein Haus in Cornwall? Und warum wollte er, dass ich es bekomme? Was soll ich damit? Aber hier steht eindeutig mein Name. Gut, es ist handschriftlich, es könnte ein Entwurf sein und das offizielle Testament liegt bei einem Notar.

Ich lehne mich zurück, lasse den Kopf an die Wand sinken und sobald ich nichts mehr mit meinen Händen zu tun habe, schwappt eine Welle der Trauer und Einsamkeit über mich. Grand-père ist fort. Ich werde ihm nie wieder eine Frage stellen können, nie wieder seine Stimme hören. Irgendwann schlafen meine Beine ein und ich stehe auf und gehe in die Küche. Meine Füße kribbeln bei jedem Schritt und trotzdem fühle ich mich wie betäubt. Als hätten mein Herz und mein Kopf jetzt erst kapiert, dass Grand-père wirklich fort ist.

KAPITEL 3
Liv

Am Nachmittag platze ich schwer atmend in den Salon. Zum Glück sind gerade keine Kunden da. Die Luft riecht so, als hätte Amy gerade noch Haare geglättet. Ich liebe diesen Duft, besonders, wenn sie vorher das Apfel-Zimt-Shampoo verwendet hat.

„Amy“, rufe ich, bevor ich um die Ecke biege und sie mit dem Handy am Ohr auf dem Fensterbrett im Pausenraum finde. Ich bremse fast wie in einem Cartoon und muss kurz lachen, zucke entschuldigend die Schultern und verhalte mich leiser.

Amy redet eindringlich in ihr Telefon, und ich versuche nicht zu lauschen. Genau genommen ist es bestimmt gut, dass ich nicht gleich mit der ganzen Sache mit Grandma rausplatzen kann, sondern noch kurz Zeit habe, meine Gedanken zu sortieren. Bloß wie soll ich ihr alles schildern, ich habe meinen Verdacht noch kein einziges Mal laut ausgesprochen. Was ist eigentlich passiert? Genau genommen ist Grandma eingeschlafen und hat darüber das Brot vergessen, was ja nur natürlich ist, schließlich kann man im Schlaf schlecht an Dinge denken. Und durch diese ganze Rauchentwicklung in der Küche wurde sie etwas verwirrt. Das ist auch normal, oder? Bekommt man nicht Halluzinationen von so etwas?

Meine Hand ruckt automatisch zu meiner Handtasche, um das Ganze auf meinem Handy nachzusehen, aber dann lasse ich es. Was, wenn das, was ich da finde, mir nicht gefällt? Man wird doch immer wieder davor gewarnt, Symptome im Internet zu suchen. Man soll zu einem Arzt gehen, wenn man etwas hat. Das trifft natürlich bei Krankheiten zu. Aber doch nicht bei Vergesslichkeit.

Ich bin noch immer völlig in Gedanken, als Amy sich räuspert. Mir ist gar nicht aufgefallen, dass sie aufgelegt hat.

„Was ist passiert?", fragt sie.

„Grandma ist eingeschlafen." Ich breche ab.

„Aber deswegen machst du dir doch sonst keine Sorgen", sagt Amy.

„Nein, es ist ..." Warum sollte ich es verschweigen? Also erzähle ich die ganze Episode, erwähne auch das verkohlte Brot, den Rauch in der Küche, die verwirrten Fragen, den Weg zum Strand und Rose, die jetzt mit Grandma am Strand Scones isst.

„Wart ihr mal beim Arzt?", fragt Amy. Einfach so. Als hätte sie meine Gedanken von eben irgendwie mitbekommen.

„Nein, sowas wie heute ist noch nie passiert", erkläre ich. „Also nicht in dem Ausmaß. Natürlich vergisst Grandma ab und zu mal etwas, aber dass sie denkt, wir hätten ein ganz anderes Jahr ..." Ich überlege, aber mir fällt wirklich keine ähnliche Situation ein. Geburtstage und wo man seine Brille hingelegt hat, das vergisst ja jeder mal.

„Es wäre bestimmt nicht verkehrt." Mir gefällt Amys Ton nicht. Sie klingt, als müsste sie mir eine schlimme Nachricht überbringen. „Es könnten erste Anzeichen sein für ... dafür, dass es deiner Großmutter nicht gut geht."

„Ihr geht es doch super, du hättest mal sehen sollen, wie schnell sie gelaufen ist, wie ein junges Mädchen."

„Vielleicht braucht sie Medikamente", sagt Amy und ich bekomme eine Gänsehaut.

„Bestimmt nicht", sage ich lahm und starre aus dem Fenster.

Medikamente. Grandma ist doch gesund. Sie mag keine Medikamente. „Sie mag keine Ärzte", sage ich leise.

„Wen hat sie als Hausarzt?", fragt Amy, aber ich sehe sie nur mit leerem Blick an.

„Sie war ewig nicht beim Arzt." Das wird mir erst jetzt klar.

„Hier." Amy notiert etwas auf einen Zettel und gibt ihn mir.

„Dr. Jemma Watkins", lese ich vor und straffe die Schultern. Seit vorhin ist da immer wieder ein Wort in meinem Kopf aufgeblitzt, was ich bis eben sehr gut zur Seite schieben konnte.

„Bestimmt ist alles okay." Amy drückt beruhigend meine Hand. „Es ist nur zur Sicherheit, falls deine Grandma etwas braucht, weißt du?"

Ich nicke wortlos. Amy nimmt mich in den Arm. Sie duftet nach Kaffee und Vanille.

„Bestimmt ist alles okay", wiederholt sie und streichelt über meine Haare.

„Bestimmt."

Als wir uns voneinander lösen, straffe ich die Schultern. Die Türglocke gibt ein zaghaftes Läuten von sich und Amy lächelt. „Ich geh mal nach vorne. Ich ruf dich, wenn es zwei Kunden sind, okay?"

„Okay."

Amy redet vorne im Verkaufsraum mit jemandem, es klingt nach einem Mann. Er hat ein gekünsteltes Lachen, als wäre es ihm unangenehm, in einem Beautysalon zu sein. Natürlich könnte er einfach zum Haareschneiden da sein und die meisten Männer gehen ja wohl zum Frisör oder Barber. Aber an seinem leisen Ton höre ich eindeutig raus, dass er außerdem eine Beautybehandlung haben möchte. Ich lehne die Tür an, damit ich hören kann, wenn Amy mich ruft. Die Kunden sollen aber von meinem Telefonat natürlich nichts mitbekommen.

Ich atme tief durch und setze mich an den kleinen Tisch, lege den Zettel neben mich und angele in meiner Handtasche nach dem Handy. Es rutscht mehrfach wieder aus meiner Hand und ich fluche leise. Die Zahlen der Telefonnummer hüpfen auf dem Blatt Papier vor mir von links nach rechts und durcheinander. Ich muss mehrfach die Augen zusammenkneifen, sie wieder öffnen, tief durchatmen, bis ich es schaffe, die Ziffern in der richtigen Reihenfolge in mein Handy einzutippen.

Zum Glück tutet es in der Leitung nur dreimal, bevor jemand abnimmt, sonst hätte mich vermutlich der Mut verlassen.

„Arztpraxis Dr. Jemma Watkins, wie kann ich Ihnen helfen?“

„Guten Tag, ich …“ Meine Stimme ist so belegt, dass ich mich mehrfach räuspern muss. „Ich rufe an wegen meiner Großmutter.“

Offenbar merkt die Sprechstundenhilfe, dass ich mich schwertue. Sie stellt mir gleich hilfreiche Fragen. „Wie schön. Ist Ihre Großmutter Patientin bei uns?“

„Nein, bisher nicht.“

„Handelt es sich um einen Notfall oder eine Routineuntersuchung?“, fragt sie weiter. Ihre Stimme ist jung, aber sicher bin ich mir nicht. Die Praxis ist nicht in St. Ives, sie hat eine andere Vorwahl. Padstow, wenn mich nicht alles täuscht. Vielleicht ist das ganz gut.

„Sind Sie noch da? Wenn es ein Notfall ist, würde ich Ihnen einen Termin heute geben, ansonsten würde ich nachsehen, wann wir in den nächsten Wochen noch freie Zeiten haben.“

„Wochen“, wiederhole ich irritiert, obwohl ich natürlich weiß, dass das nicht ungewöhnlich ist. Man wartet manchmal Monate auf einen Termin, nur weil ich mir solche Sorgen mache, habe ich nicht damit gerechnet.

„Wenn es keiner sofortigen Behandlung bedarf.“

„Ich weiß es nicht“, sage ich ehrlich. „Aber es ist bestimmt kein Notfall.“ Oder? Irgendwas muss ich wohl sagen und so ertappe ich mich keine zehn Sekunden später dabei, wie ich der netten Sprechstundenhilfe alles haarklein erzähle. Am Ende hängt dieses schlimme Wort vor mir in der Luft, so grell, dass ich die Augen zukneife. Leider malt es sich dann einfach neu auf meine Augenlider, von innen natürlich.

„Ich verstehe“, sagt die Sprechstundenhilfe freundlich und unaufgeregt. Hoffentlich ist es nicht so schlimm, wie ich dachte. Es könnte für all das eine völlig logische Erklärung geben.

„Kann es denn an dem Rauch liegen?“, wage ich zu fragen.

„Ich möchte Frau Doktor da nicht vorgreifen, aber ich glaube, Sie müssen sich keine akuten Sorgen machen. Beobachten Sie Ihre Großmutter gut, machen Sie am besten Notizen, wann Ihnen etwas Ungewöhnliches auffällt.

Da ist alles hilfreich, Uhrzeit, Tagesform, was genau sie vergisst oder durcheinanderbringt, sind es Ereignisse oder Dinge von heute oder gestern und kann sie sich dagegen an Dinge von früher erinnern? Notieren Sie dazu die Stimmung und sonstige Symptome." Ich schreibe mir hastig in Stichpunkten auf, was sie gesagt hat. Während sie spricht, blättert sie im Hintergrund durch irgendwelche Seiten, vermutlich ein Kalender. Ich warte mit angehaltenem Atem auf einen Terminvorschlag. Je weiter der Termin entfernt ist, desto undramatischer ist Grandmas Situation, oder?

„Gibt es einen Wochentag, der Ihnen und Ihrer Großmutter am besten passt?"

„Das ist egal, ich nehme mir dafür frei", sage ich.

„Nächste Woche Dienstag um 11 Uhr?", fragt sie und mir sackt das Herz ins linke Knie. Das ist ein ziemlich baldiger Termin.

„Das heißt, es ist ernst?" Ich halte die Luft an.

„Ich kann dazu keine genauen Auskünfte geben, tut mir leid, das muss die Ärztin beurteilen. Aber wie gesagt, ich glaube, es besteht kein Anlass zur Sorge." Sie sagt es einfühlsam und das macht es für mich leider viel realer.

„Dienstag um 11 Uhr", bestätige ich deshalb und nenne ihr auf Nachfrage noch Grandmas Daten und zur Sicherheit auch meinen Namen. „Vielen Dank, bis dahin."

„Sehr gerne, passen Sie gut auf sich auf."

Erschöpft lege ich auf. Mit einem Mal fühle ich mich so schwach wie nach einem Wandertag über den Cliff Path. Von nebenan höre ich leise Stimmen. Gleiche werde ich Amy von meinem Telefonat erzählen. Nächsten Dienstag hat Grandma also einen Arzttermin. Ich bin gespannt, was sie dazu sagen wird. Vermutlich, dass sie keinen Arzt braucht und die Sprechstundenhilfe den Termin anderweitig vergeben kann, weil sie nicht hingehen wird.

Ach was, natürlich wird sie mit mir da hingehen. Bestimmt kann ich ihr das so verkaufen, dass es sich nicht unheimlich für sie anhört und sie denkt, dass es Sinn macht. Ganz sicher.

Der restliche Tag fließt irgendwie an mir vorbei, ich schneide Haare, mache Gesichtsmasken, reinige Hautporen und unterhalte mich sogar, wenn es gewünscht wird. Als der Feierabend kommt, könnte ich allerdings nicht mehr wiederholen, was ich heute gesagt habe. Nach diesem Telefonat. Davon weiß ich noch jedes Wort, als hätte ich es mir auf den Handrücken tätowiert. Amy teile ich zwischendurch nur kurz mit, dass ich einen Termin bekommen konnte, nächste Woche schon, und wir tauschen die Schicht für den Tag. Sie wird früher anfangen und ich werde dafür nachmittags in den Salon kommen. Wir sind ja auch sonst nicht immer zu zweit da, das wird schon gehen.

Ich stecke mein Handy wieder in die Handtasche und stehe einen Moment unschlüssig im Hinterzimmer, als Amy mir die Hand auf den Unterarm legt.

„Das wird schon, du wirst sehen, alles ist halb so wild. Ein Spaziergang sozusagen."

Ich nicke, auch wenn sich in meinem Kopf gerade tausend Gegenargumente bilden. Ich schiebe sie weg und beschließe, dass alles gut wird, weil ich mich jetzt darum kümmern werde. Es ist sogar schon so weit, dass ich überlege, meine Eltern mit einzubeziehen. Mum ist schließlich Grandmas Tochter und vielleicht hat sie noch eine gute Idee, aber ich will sie nicht beunruhigen. Mum hat oft genug ein schlechtes Gewissen, weil sie und Dad so weit weg wohnen. Dad geht es vermutlich ebenso, aber er würde es nie zugeben. Ich gönne den beiden ihr neues Leben, das sie am anderen Ende der Welt führen.

Auf dem Heimweg gehe ich langsamer als sonst, das fällt mir auf, weil ich die Pflastersteine zähle, mir die Namen all der Blumen aufsage, die die Bewohner in Kübel und Blumentöpfe vor ihre Häuser gepflanzt haben.

Meine Füße setzen ihre Schritte so bedächtig, dass ich hoffe, dass mich niemand beobachtet. Ich bin mir auf einmal nicht mehr sicher, ob es okay ist, dass ich einfach einen Arzttermin für Grandma mache, ohne vorher mit ihr darüber zu sprechen. Mit keinem Wort habe ich ihr gegenüber erwähnt, dass ich mir Sorgen mache. Ob Grandma überhaupt zu Hause ist? Seit ich sie bei Rose auf dem Strand gelassen habe, sind einige Stunden vergangen. Bestimmt hat Rose sie mittlerweile heimgebracht. Oder die beiden sitzen noch irgendwo am Strand oder bei Rose zu Hause. Ich zupfe mein Handy aus der Tasche und sehe nach, ob ich neue Nachrichten habe. Nein. In diesem Moment leuchtet das Display noch mal auf und eine kleine Eins erscheint bei Whatsapp. Mein Herz macht einen Satz und ich klicke darauf, bevor mich der Mut verlässt. Aber die Nachricht ist weder von Grandma noch von Rose, sondern von Amy. Sie bittet mich, ihr später zu sagen, wie das Gespräch mit Grandma gelaufen ist. Wenn Amy wüsste, dass ich immer noch unterwegs bin … O Mann, das gibt es doch nicht. Wo ist denn mein Mut, wenn ich ihn mal brauche?

Aber Amys Bitte bestärkt mich bei meinen Zweifeln, dass ich zuerst mit Grandma hätte reden sollen, bevor ich einen Arzttermin vereinbare. Warum ist der Rauchmelder eigentlich vorhin nicht angesprungen? Der hätte sie doch wecken müssen!

Thierry

Ich schaffe es gerade rechtzeitig zum Schwimmtraining mit Jean-Luc. Als ich aus dem Wasser steige und auf die blau gestrichene Wand sehe, denke ich wieder an das Cottage in Cornwall. Blueberry Hill Cottage. Was verband Grand-père mit diesem Haus? War es ein Ferienhaus seiner Eltern? Warum hat er nie davon erzählt? Es hat ihm eindeutig gehört, also hätten wir dort umsonst Urlaub machen können. Vermutlich fasziniert es mich so, weil es ein Detail aus seinem Leben ist, das ich bisher nicht kannte.

Frisch geduscht sitze ich wenig später mit Jean-Luc an der Bar im Fitnessclub.

„Warst du schon mal in Cornwall?“ Ich sehe förmlich, wie Jean-Luc innerlich die Augen verdreht.

„Nein, aber ich musste manchmal früher mit meiner Mutter und jetzt mit meiner Frau diese Filme sehen. Spielen die nicht auch in Cornwall? Grüne Hügel, weißer Strand mit Felsen, violette Blumen.“

Da er mir schon von den kitschigen Filmen berichtet hat und mir gerne mal ein paar der Dialoge mitbringt, um diese für sich zu verarbeiten, habe ich jetzt ein genaues Bild vor Augen. Landschaften, die Frauenherzen zum Schmelzen bringen.

Ich nicke nur und er sieht mich skeptisch an. „Warum fragst du?“

„Mein Großvater hat dort ein Ferienhaus.“ Ich bringe es nicht übers Herz, ihm zu erzählen, dass Grand-père gestorben ist.

„Oh là là! Das ist doch toll. Und du willst jetzt Urlaub dort machen? Gibt bestimmt gute Frauen da“, sagt er und ich ziehe die Augenbrauen hoch. Klar, er will mich nicht verkuppeln. Er weiß genauso gut wie ich, dass das nicht funktionieren würde. Jean-Luc ist schon seit zehn Jahren verheiratet, mit der Frau, mit der er schon während der Abschlussklasse zusammen war. Und keiner der beiden hat so einen anstrengenden Job wie ich. Außerdem, was soll man machen, wenn man nicht die Richtige findet? Die Richtige wofür überhaupt? Mir geht es gut und ich brauche niemanden. Ganz einfach. Und was ich auch nicht brauche, ist ein Haus in Cornwall. Vielleicht möchte Veronique es haben.

„Eher nicht“, sage ich endlich, weil Jean-Luc noch immer auf seine Antwort zu warten scheint. „Hotels sind eher mein Fall.“

„Ein Ferienhaus hat viele Vorteile. Die Ruhe vor den anderen Gästen zum Bespiel und natürlich wesentlich mehr Platz“, sagt Jean-Luc in meine Gedanken und prostet mir mit seinem Fitnessjoghurtdrink zu.

„Ich brauche keinen Urlaub.“ Meine Antwort klingt schroffer als beabsichtigt.

„Wirklich? Wann hast du das letzte Mal Urlaub gemacht?“

„Im April.“

„Warst du da nicht auf dieser Fortbildung?“ Er sieht mich mit schräg gelegtem Kopf an, als wäre ich ein Exponat im Museum, aus dem er nicht ganz schlau wird.

„Sprachurlaub.“

„Chinesisch, richtig?“

„Genau.“ Ich will das Thema nicht vertiefen, mir hat dieser Urlaub viel gebracht. „Und du? Wann warst du zuletzt im Urlaub?“

„Wir fahren in drei Wochen. Vierzehn Tage Kreta." Jean-Luc sieht tatsächlich so aus, als freue er sich darauf. Es ist ja nicht so, dass ich das nicht nachvollziehen kann. Für manche Leute mag es Entspannung pur sein, am Strand ein Buch zu lesen oder am Pool ihre Podcasts zu hören, im Sonnenuntergang am Strand einen Cocktail zu schlürfen oder was auch immer. Aber ich brauchte das nie. Grand-père ist mit mir zwar oft ans Meer gefahren, aber das war immer in Frankreich, was völlig gereicht hat. Oft haben wir es uns damals in den Schulferien auch einfach zu Hause schön gemacht. Man spart die Zeit des Kofferpackens, die Dauer der Anreise, man hat alles da, was man braucht. Ein bequemes Bett und Platz. Wenn ich freinehme, nehme ich mir etwas Sinnvolles vor, das ist meine Art Urlaub. Warum sollte ich im Ausland Urlaub machen?

„Im Ernst, ein Tapetenwechsel tut einfach gut. Warum nicht mal etwas Neues ausprobieren, Thierry?"

„Ausgerechnet in England." Ich ignoriere einfach die Tatsache, dass das Grand-pères Haus ist. Aber da ich nichts darüber weiß, wie sehr es ihm am Herzen lag, fühle ich mich nicht im Unrecht. Vielleicht war er nur einmal dort, in dem Jahr der Zeichnung. „Warum hat man ein Ferienhaus in Cornwall? St. Ives", sage ich.

„Um Urlaub zu machen. Wertanlage mit Mehrwert sozusagen. Und für dich ist es doch toll, dass dein Großvater das Ferienhaus hat. Warum willst du es dir nicht mal ansehen? Vielleicht ist dieser Ort genauso malerisch wie die Städte im Film. Ich finde, du solltest mal Urlaub machen. Eine Woche oder ein Wochenende, das wirkt oft schon Wunder."

„Ein Ferienhaus in Frankreich wäre viel praktischer. Für

Häuser im Ausland braucht man einen Verwalter, irgendjemanden vor Ort."

„Na ja, das tun viele Leute, muss also gut gehen. Dein Großvater wird schon wissen, was er tut." Jean-Luc sieht mich nachdenklich an. Ihm kommen meine Fragen vermutlich seltsam vor. Mir selbst irgendwie auch und ich schäme mich ein bisschen, dass ich ihm nicht die Wahrheit sage, aber jetzt geht es nicht mehr.

„So, ich muss dann mal los. Wenn du willst, checke ich das Ferienhaus mal für dich. Dein Großvater vermietet es doch sicherlich? Im Winter könnte ich Isobel ja mal dorthin entführen, sie findet es bestimmt romantisch."

„Ja, vielleicht", sage ich vage.

Tatsächlich glaube ich ohnehin nicht, dass ich es wirklich geerbt habe. Veronique und ich zusammen scheint mir plausibler. Oder warum nicht Grand-mère? Dann kümmert sie sich darum. Und wenn es an uns geht, verkaufen wir es, um den Gewinn aufzuteilen. Darüber würde auch Veronique sich freuen. Seit sie alleinerziehend ist, jongliert sie nicht nur die Kinderbetreuung und ihren Job permanent, sie hat auch kaum Freizeit und verdient trotzdem viel zu wenig als Mathelehrerin. Als sie noch in Luxemburg gewohnt hat, war ihr Gehalt doppelt so hoch. Wegen ihrem damaligen Freund ist sie schließlich wieder nach Frankreich gezogen. Der Freund ist mittlerweile Geschichte.

Ich habe es nicht besonders eilig, nach Hause zu kommen, gehe zu Fuß und das ziemlich langsam. Es ist bereits stockdunkel, als ich durch das Treppenhaus nach oben steige und meine Wohnungstür aufschließe. Das Geräusch hallt wider, als wäre ich alleine im Haus. Schnell trete ich ein und drücke die Tür hinter mir ins Schloss.

Der Karton von Grand-père steht immer noch in der Diele, herausgenommen habe ich bisher nur die Zeichnungen und die Mappe mit den Hausunterlagen. Allein diese Dinge in den Händen zu halten, lösen einen bedrükkenden Gedanken in mir aus. Grand-père hätte mir all das nie geschickt, wenn er nicht gewusst hätte, dass er sterben würde. Warum hat er nichts gesagt? Ich hätte ihn noch einmal besucht, ganz sicher. Wir hätten noch einmal miteinander reden können. Aber hätte das einen Unterschied gemacht? Wären mir die richtigen Fragen überhaupt eingefallen? Jetzt muss ich mit dem Verlust alleine klarkommen, alleine traurig sein. Sonst hätte Grand-père meine Trauer mit ansehen müssen. Also ist es besser so. Er wird sich etwas dabei gedacht haben. Oder war es Zufall, dass er mir die Sachen geschickt hat?

Langsam hänge ich meinen Mantel auf, stelle meine Schuhe weg und gehe ins Wohnzimmer, um die kleine Stehlampe in der Ecke beim Sofa einzuschalten. Aus der Küche hole ich mir ein Glas, schenke mir einen Cognac ein und stelle es auf den Couchtisch. Dann erst hole ich den Karton aus dem Flur. Die Zeichnungen und die Mappe habe ich vorhin wieder hineingelegt. Weil all das nichts in meiner Wohnung zu suchen hat? Aus Gewohnheit. Um die Ordnung nicht durcheinanderzubringen, die ich um mich herum brauche. Wenn nichts herumliegt, ist alles wie immer, das beruhigt meinen Geist. Auf jeden Fall liegen keine Akten herum, Dinge, die ich später aufräumen muss.

Mein Blick wandert durch mein Wohnzimmer. Es ist so anders als das von Grand-père immer war. Hier gibt es zwar genau wie bei ihm Bücherregale an den Wänden, aber bei mir sind es nur zwei und darin stehen ausnahmslos gebundene

Bücher, Klassiker, aktuelle Bestseller, und kaum etwas davon habe ich gelesen. Wann auch? Die einzigen Sachen, die ich gelesen habe, stehen in meinem Büro. Fachliteratur, Reiseführer für Geschäftsreisen. Als Kind und Jugendlicher habe ich viel gelesen. Ich habe Grand-père stundenlang von den Abenteuern meiner Buchhelden erzählt. Oft kannte er die Geschichten schon, hat das aber immer erst hinterher verraten und sehr genossen, an die alten Kindheitsgeschichten zurückzudenken.

Lesen zum Vergnügen habe ich verlernt und es bisher einfach ignoriert. Nur gekauft habe ich die Bücher, nach Bestsellerlisten oder Empfehlungen in den wichtigen Tageszeitungen, sie in mein Regal gestellt, damit Leute, die mich besuchen, sehen, dass ich diese Bücher habe. Dass ich gebildet bin. Ich konnte ja schlecht all die Bücher, die ich wirklich gelesen habe, in meinem Wohnzimmer ausstellen. Kinderklassiker, Abenteuerromane, epische Fantasyreihen, Science Fiction. Unvorstellbar. Dabei kommen kaum Leute her. Frauen, die ich genau einen Abend und eine Nacht kennenlerne. Wenn sie am Morgen gehen, gehen sie für immer und wissen das auch. Seit Carole gab es nur noch One-Night-Stands und von denen hat sich keine für mein Bücherregal interessiert.

Früher, bevor sich meine Großeltern getrennt haben, waren sie für mich das Paradebeispiel einer glücklichen Ehe. Zwei Menschen, die zusammengehören, für immer. Bei meinen Eltern ist das anders, obwohl ich sie kaum habe streiten hören, sehe ich sie nicht als glückliches Paar. Eine glückliche Familie waren wir schon gar nicht. Es gab nie einen Familienurlaub, nicht mal, als Veronique und ich klein waren. Oder kann ich mich nur nicht erinnern? Auch an Wochenenden haben sie kaum Zeit zusammen verbracht oder nicht mit uns. Ich habe sie selten zusammen gesehen.

Das Telefon klingelt und reißt mich aus meinen trüben Gedanken. Ein paar Atemzüge starre ich das Gerät an, dann lehne ich mich erstaunt hinüber. Ich habe wirklich Lust zu reden.

„Hallo?“, sage ich untypischerweise, anstatt geschäftsmäßig meinen vollen Namen zu nennen.

„Du bist zu Hause?“, fragt Veronique. Eigentlich hätte es mir klar sein können, dass sie es ist. Ein Mandant oder die Kanzlei hätten mich auf der Mobilnummer angerufen und nicht auf dem Festnetz. Mit Jean-Luc kommuniziere ich ausschließlich über WhatsApp.

„Bin ich.“

„Das habe ich gehofft. Wie geht es dir?“

„Leer.“ Das ist die Wahrheit. Verloren hätte ich auch sagen können, aber das kommt mir zu pathetisch vor.

„Es ist völlig klar, dass er dir fehlt“, bestätigt Veronique, ganz pragmatisch. „Hast du schon mit *Maman* gesprochen?“

„Nein, wozu auch?“

„Sie beschweren sich ständig darüber“, sagt meine Schwester.

„Sie haben sich aber auch nicht besonders bemüht, daran etwas zu ändern.“ Der Satz kommt mir spontan über die Lippen, aber er trifft mich selbst mitten ins Herz, weil er stimmt.

„Ich weiß auch nicht“, sagt Veronique vorsichtig.

„Sie haben mich kein einziges Mal hier besucht. Natürlich haben sie am Anfang meines Studiums ab und zu angerufen. Aber die wenigen Telefonate wurden über die Jahre immer weniger, bis sie ausblieben. Vor heute habe ich seit Jahren nichts von ihnen gehört. Nur durch dich.“

„Hast du dich bei ihnen gemeldet?“, fragt sie.

„Manchmal.“ Es hätte öfter sein können, ja. „Wollen wir uns treffen?“, frage ich spontan und an dem lauten Luftholen meiner Schwester wird mir klar, wie lange es her ist, dass wir uns gesehen haben. „Zwei Monate, oder?“, murmele ich.

„Ja, aber was sind schon Zahlen?“ Sie lacht. „Ich freu mich, bin gespannt, wann du den nächsten freien Termin in deinem Kalender findest. Willst du direkt nachsehen?“

„Morgen?“, frage ich.

„Hast du den Kalender nicht da? Hätte gedacht, du hättest alle Termine im Handy.“

„Nein, ich meine: treffen wir uns morgen?“

„Morgen ist Freitag, wie lange arbeitest du da?“

„Ich nehme mir frei.“

Es poltert und Veronique flucht. „Sorry, da ist mir doch glatt mein Handy aus der Hand gefallen. Was für ein Klischee. Wie kommt’s?“

„Tu nicht so, als würde ich immer arbeiten.“

„Da brauche ich gar nicht so zu tun, das ist eine Tatsache. Richtigen Urlaub machst du nicht, Freizeit kennst du nicht. Work-Life-Balance heißt bei dir genauso lange schwimmen, wie du vorher vor dem Bildschirm gehockt hast. Wundert mich, dass du noch keinen Herzinfarkt hattest.“ Sie zieht scharf die Luft ein. „Mist, sorry, das meinte ich nicht so.“

„Schon gut“, sage ich, aber es ist nicht gut, weil sie recht hat. Natürlich achte ich auf gesunde Ernährung und ich mache Sport, aber ja, ich arbeite zu viel. Mein Leben um meinen Job herum nutze ich nur, um noch effizienter arbeiten zu können. Um mich vorzubereiten. Grand-père wäre entsetzt gewesen, wenn er die genauen Ausmaße gekannt hätte.

Aber da lüge ich mir etwas vor. Er kannte sie und er hat mich nicht nur einmal gebeten, darüber nachzudenken, etwas zu ändern. Ich habe es immer als etwas abgetan, was andere Generationen nicht verstehen. Genau, das war das Argument. Schließlich geht es mir gut so. Ich habe mich in meinem durchgetakteten Leben eingerichtet.

„Ich hatte noch keinen Herzinfarkt und werde auch keinen bekommen, weil ich auf mich achtgebe."

Veronique sagt nichts dazu. „Wo wollen wir uns treffen und wann?"

„Kannst du um fünf am *Café Pompadour* sein? Morgen hast du doch nur sechs Stunden, oder?" Es ist mir etwas unangenehm, dass ich das nicht hundertprozentig weiß, aber Veronique erzählt wenig aus ihrem Lehrerdasein. Sie braucht in ihrer Freizeit Abstand dazu, sagt sie immer. Dennoch weiß ich, dass sie ihre Arbeit mag. Meistens jedenfalls.

„Um fünf, ist notiert." Das Lächeln in ihrer Stimme berührt mich, ohne dass ich erklären kann, wieso.

„Und morgen reden wir weiter."

„Über alles, ja?", fragt meine Schwester.

„Ja." Reden klingt gut. In Ruhe. Über alles. „Und, was machst du heute noch?", frage ich.

„Ich habe Amélie gerade zum Ballettunterricht gebracht. Sie haben heute Generalprobe, die dauert bis um fünf. Dann sind wir gegen halb sechs zu Hause und ich habe die Kleine um sieben im Bett. Danach werde ich mir einen Film anschauen."

„Einen guten?", frage ich und überlege, wie lange es her ist, dass ich einen Film angesehen habe. Sehr lange. Ich kann mich nicht mal erinnern, welcher es war.

„Diese alte Komödie, „Willkommen bei den Sch'tis".

„Ja, der war witzig." An den Film erinnere ich mich, der ist locker 15 Jahre alt. Damals habe ich ihn mit Grand-père geschaut, weil ihn mir ein Kommilitone empfohlen hatte. Grand-père war kein großer Filmfan, aber diesen mochte er auch. „Hast du die DVD?"

Veronique lacht. „Ich schaue ihn per Stream."

„Ach so, ja." Schade, ich habe keinen Streaming-Dienst abonniert, weil ich nie Zeit für Filme habe.

„Den gibt es aber bestimmt auch in der Mediathek." Meine Schwester scheint meinen Gedanken erraten zu haben.

„Okay. Ich schaue ihn auch. Das ist fast als würden wir ihn zusammen schauen."

„Oh ja, tu das. Das ist eine schöne Idee.", sagt Veronique. „Ich freue mich auf unser Treffen morgen!"

„Ich auch. Dann bis morgen!" Eine Aufregung erfasst mich, die ich lange nicht gespürt habe. Oder ist das Vorfreude? Ich habe Veronique wohl in den letzten Wochen vermisst, ohne es zu merken.

„Perfekt."

Wir legen auf und ich lehne mich zurück, suche nach der Fernbedienung und finde den Film tatsächlich in der Mediathek von TV5 Monde. Es sollte eine gute Ablenkung sein, aber dann erinnert mich der Film doch nur an Grand-père. Und die Tatsache, dass der Familienvater im Film nach Nordfrankreich versetzt wird und weder Frau noch Sohn die Wahrheit über seine Zeit dort erzählt, erinnert mich allzu sehr an meine Eltern. Auf einmal fühle ich mich wie mit neun Jahren, als mir bei einem Streit klar wurde, dass ich meinen Eltern egal bin. *Ich hätte dich abtreiben sollen.* Meine eigene Mutter hat diesen Satz gesagt und nie zurückgenommen. Mein Vater hat in diesem Streit sogar zugestimmt. Ich weiß nicht, ob er es danach vergessen hat oder ob er es nicht schlimm fand. Schließlich hatten sie mich bekommen und nicht abgetrieben. Es gab nur einen Menschen in meinem Leben, dem ich wirklich wichtig war und der sich von meiner ersten Sekunde auf dieser Welt über mich gefreut hat. Und nun ist er fort. Ich werde Grand-père nie wieder sehen. Dinge ändern sich und nicht nur das. Morgen nehme ich mir frei und treffe meine Schwester, worauf ich mich sehr freue. Ich verbringe viel zu wenig Zeit mit den Menschen, die mir etwas bedeuten. Bei Grand-père ist es zu spät, diesen Fehler werde ich nicht auch noch bei meiner Schwester machen.

KAPITEL 4
Liv

Mit einem Ruck falle ich aus meinem Traum und sitze kerzengerade im Bett. Blinzelnd orientiere ich mich. Im Zimmer ist es schon so hell, dass es Morgen sein muss. Mein Herzschlag beruhigt sich langsam, als ich an gestern Abend denke. Grandma hat schon geschlafen, als ich nach Hause kam. Über den Arzttermin werde ich also erst heute mit ihr sprechen. Ob sie schon wach ist? Ich lausche, aber es ist still im Haus. Ich strecke mich und schlage die Bettdecke zurück, um gleich zum Fenster zu gehen. Hinter meinen sturmwolkengrauen Gardinen leuchtet die Morgensonne. Der Schreck von eben schrumpft zu einer winzigen Kugel und Glück füllt mein Herz, als ich den Vorhang zurückziehe. Was für ein Blau! Sommerblau ist es geworden. Im Frühling ist das Himmelblau ein bisschen heller. Ich liebe das Licht am Morgen, fast so sehr wie die blaue Stunde am Abend. Pastelltöne zeichnen die Welt dann ganz weich in dieser einen Stunde nach Feierabend, bis die Sonne langsam im Meer versinkt und die Wellen in Gold und kräftige Rottöne taucht. Cornwall ist ein Farbkasten, man bekommt hier jede Farbe der Welt zu sehen. Ich muss unbedingt wieder malen.

Mit einem Ruck schiebe ich mein altmodisches Fenster hoch und atme tief ein. In der kühlen Morgenluft schmecke ich Salz, Sonnenschein und den Duft von Kaffee. Die

Schwalben sind schon wach und ziehen ihre Kreise im Himmelblau. Die Flechten auf dem Dach nebenan leuchten selbst wie kleine Sonnen. Morrissey, die kleine getigerte Katze der Nachbarin sitzt bewegungslos auf einem Mauervorsprung. Sie beobachtet gerade den Morgen, genau wie ich. Mein Blick schweift durch den winzigen Hinterhof mit seinen weiß getünchten Mauern, die das Licht zu jeder Tageszeit anders reflektieren, selbst in den Schatten. Wenn ich mich ein Stückchen mehr rauslehne, sehe ich gerade eben einen Streifen dunkelblaues Meer und davor den kleinen Buchladen. Scheint geschlossen zu sein, ist Hayley noch gar nicht da?

Ich ziehe den Kopf zurück ins Zimmer, um auf meinen Wecker zu sehen. Kein Wunder! Es ist erst sieben Uhr. Nebenan schlurft und rumpelt es leise. Grandma ist wach. Sofort bin ich ganz Ohr, lausche auf ihre Geräusche. Sie schläft in meinem ehemaligen Atelier und so liegen wir fast Kopf an Kopf, nur getrennt durch eine alte, etwas schiefe Wand. Das Rumpeln wird lauter und endet in einem Knall. Oh nein, das Fenster! Ich renne zur Tür, reiße sie auf und stürze zu Grandmas Zimmer. Mein Herzschlag dröhnt mir in den Ohren.

Auf mein hektisches Klopfen reagiert sie nicht und mein Herzschlag wummert in meinem Hals. Ich drehe den Türknauf und drücke gegen das dicke Holz. Die Tür schwingt auf und ich haste ins Zimmer.

„Huch!“ Wir quietschen gleichzeitig auf, dann muss ich lachen. Grandma steht vor ihrem Nachttisch, neben ihr der hohe Turm aus Büchern, die Leselampe mit dem geblümten Stoffschirm. Das Fenster dahinter ist geöffnet. Sie hat es geschafft, das schwere Ding hochzuschieben. Da es hält, hat sie auch das Häkchen vernünftig eingehakt. Warum auch nicht, schließlich kennt sie diese Handgriffe seit ihrer Kindheit. In ihrem Haus hatte sie genau die gleichen Fenster. Und Herausfallen kann sie so nicht, der Nachttisch würde es verhindern. Die Sache mit dem Brot war nur eine einmalige Sache. Ich kann mich also wieder beruhigen.

„Entschuldige!“, rufe ich, gehe auf sie zu und küsse sie auf ihre samtpudrige Wange. „Soll ich dir mit deinen Haaren helfen?“

Grandma nickt und wuselt an mir vorbei zu dem kleinen Sessel, den wir in die Ecke zwischen Schrank und Wand gequetscht haben, damit sie hier lesen und zwischendurch immer aufs Meer schauen kann. Es ist unpraktisch, sie so zu kämmen, aber ich habe jahrelange Übung. Ich nehme ihr die antike Bürste aus der Hand, hole etwas Spray gegen trockenes Haar und fange an, ihre weißen Locken zu bürsten. Alle Bewegungen führe ich bei Grandma besonders langsam aus, weil sie das so genießt. Mit jedem Bürstenstrich beruhige ich mich mehr. Der Schreck, dass Grandma aus dem Fenster fallen oder sich unter dem schweren Hochschiebefenster einklemmen könnte, fährt mir jedes Mal tief in die Knochen, wenn ich das Fenster zuknallen höre.

Grandma braucht immer eine Weile, um morgens richtig wach zu werden. Da bringt sie manchmal ihren Traum und die Realität durcheinander. Bisher habe ich das als normal abgetan. Seit gestern Mittag denke ich mehr darüber nach. Ich weiß nicht genau, wie es in ihrem Kopf aussieht, aber ich stelle ihn mir gerne als vollgestellten Blumenladen vor. Viele bunte Gedanken, hübsch kombiniert, aber überlappend in Vasen, an die man manchmal schwer herankommt, weil sie so zahlreich sind und voreinander stehen. Wie soll man auch den Überblick behalten bei den ganzen Blumen?

Eine gewisse Vergesslichkeit ist in ihrem Alter ja sicher auch völlig normal. Grandma selbst sagt, dass sie einfach ein bisschen tüddelig wird, dabei ist sie noch gar nicht so alt. Achtundsiebzig, was man ihr definitiv nicht ansieht. Sie kann noch immer ziemlich schnell laufen, wenn sie den Strand sieht, und hält stundenlange Spaziergänge über den Coast Path durch, wenn am Ende ein Honigwaben-Eis oder eins mit Karamellstückchen wartet. Am besten in einem Café am Meer. Wenn sie auf die Wellen schaut, auf das unendliche Blau in seinen tausend Schattierungen, wirkt sie wie frisch verliebt. Ich könnte sie dann stundenlang betrachten, weil es mich so glücklich macht. Draußen lacht sie viel und hat haufenweise Fantasie.

„Ich könnte ein paar Crumpets vertragen." Ihre Stimme reißt mich aus meinen Gedanken und ich lasse die Bürste sinken.

„Perfekt, du bist sowieso fertig." Ich muss lächeln, weil mein Magen knurrt, seitdem Grandma das Wort Crumpets ausgesprochen hat. Die kleinen dicken Pfannkuchen sind ihre Spezialität, aber genau genommen gilt das für alles, was aus Teig gemacht ist.

„Ich pflücke Erdbeeren", sage ich und laufe schon vor in die Küche. In drei weiteren Schritten bin ich bei der Balkontür.

„Zitronenmelisse nicht vergessen!", ruft Grandma mir nach und ich kann an ihrer Stimme hören, dass sie lächelt. Mit einer Melodie auf den Lippen öffne ich die Balkontür, trete hinaus und muss erst mal tief Luft holen. Es riecht nach Sommer. In den fünf Töpfen, die hier stehen und hängen, finde ich zehn reife Erdbeeren für Grandma und mich. Mit vollen Händen bleibe ich einen Moment stehen, beobachte zwei Hummeln, wie sie am duftenden Geißblatt von Blüte zu Blüte brummen, und muss mich zurückhalten, sie nicht zu streicheln. Eine Melodie stürmt in mein Herz und ich summe sie mit, entdecke im nächsten Moment eine Blattwanze, die auf dem weiß gestrichenen Balkongeländer entlangtrippelt. Eine Möwe ruft, als sie vorbeifliegt. Bestimmt hat sie in den schmalen Gassen einen frühen Touristen gesehen, der irgendwas Leckeres in den Händen hält. Hoffentlich weiß er, wie frech die Seevögel bei uns sind.

Ich gehe zurück in die Küche und lege die Erdbeeren an die Keramikspüle, wasche sie dann und schneide die kleinen grünen Strünke ab. Danach hole ich noch die Zitronenmelisse, decke den Tisch, bereite Kaffee für mich und Tee für Grandma zu und stelle gesalzene Butter auf den Tisch. Während ich wirbele, kommt Grandma in die Küche und setzt den Hefeteig an. Zwanzig Minuten später zischt es, als Grandma den ersten Löffel Teig in die Pfanne gibt. Sofort breitet sich der Duft nach warmem Gebäck in der Küche aus. Komisch, dass ich bisher nie Angst um ihre Sicherheit hatte, wenn sie in der Küche war. Hier hat sie selten einen Handgriff vergessen, höchstens mal das Licht angelassen. Aber nie den Herd, immer hat sie den Kühlschrank richtig zugemacht. Das verbrannte Brot konnte ja auch nur passieren, weil sie eingeschlafen ist. Der Rauchmelder, warum ist der eigentlich nicht angesprungen? Ich werfe einen Blick zur Decke und mir wird heiß. Ich hatte den Deckel geöffnet, weil die Batterie vor ein paar Tagen mit einem nervigen Piepen angekündigt hat, dass sie leer ist. Die Batterie liegt noch immer auf dem Kühlschrank als Erinnerung, eine neue zu kaufen. Ich stehe auf und bringe sie in meine Handtasche. Heute muss ich es endlich erledigen.

Die Küche ist einer von Grandmas Lieblingsorten und das soll sie auch bleiben. Wenn der Rauchmelder funktioniert, wird so etwas nicht mehr passieren. Dann ist die Küche wieder sicher. Auf meine Küche bin ich stolz, sie ist der schönste Raum der Wohnung. Den quadratischen Holztisch in der Mitte haben meine beste Freundin Hayley und ich mal auf einem der Antikmärkte gefunden, auf die sie mich ständig schleppt. Die vier unterschiedlichen Holzstühle mit ihren glatt polierten Sitzflächen auch. Die Sitzkissen wiederum hat Grandma bezogen. Das ist die zweite Sache, die sie über alles liebt: mit Stoffen, Nadel und Faden umzugehen. Damit erschafft sie Zauberhaftes. Das sieht man überall in meiner Wohnung. An jedem Fenster hängen bunte Vorhänge und auf den tiefen Fensterbrettern und meinem kleinen Sofa tummeln sich Kissen aus Taft, Samt und Leinen, viele davon bestickt oder mit Paspeln versehen.

Ich kann nicht anders und drücke Grandma einen weiteren kleinen Kuss auf die Wange. Sie schreckt hoch, als ob ich sie aus ihren Gedanken gerissen habe. Ein Schleier legt sich über ihren Blick und mein Herz plumpst mir bis in den großen Zeh.

„Grandma?“, wispere ich.

Sie schüttelt sich und wendet sich der Pfanne zu, ohne etwas zu sagen. Ich trete ein paar Schritte zurück, sehe mich in der Küche um. Die Erdbeeren. Bedächtig schneide ich sie in Scheiben und garniere sie mit der Zitronenmelisse, während meine Gedanken Grandmas abwesenden Blick immer wieder abspulen. Erneut linse ich zu ihr hinüber, aber ich traue mich nicht, noch etwas zu sagen. Bestimmt habe ich mir das eingebildet. So einen Blick habe ich vorher noch nie bei ihr gesehen, nicht so … abwesend und fast als würde sie mich nicht erkennen.

Endlich geht sie mit den letzten Crumpets zum Tisch, lässt sie geschickt auf einen großen Kuchenteller gleiten und stellt die Pfanne zurück auf den Herd. Sie sieht mich an und lächelt.

Ich lasse alle Luft aus meiner Lunge, die ich da die letzten Minuten angesammelt habe. Ganz bestimmt habe ich mich eben getäuscht. Mit Grandma ist alles okay, sie hat sich vielleicht an etwas erinnert. Meine Güte, sie hat in ihrem Leben mit Sicherheit so viel erlebt, da ist es ja nicht verwunderlich, wenn sie mal eine Erinnerung überkommt. Oder sie hat über irgendetwas so angestrengt nachgedacht, dass sie kurz aus der Wirklichkeit gerutscht ist. Ihre Umgebung scheint sie nicht zu irritieren, sie ist also nicht wieder in einem anderen Jahr.

Ich nehme die Erdbeeren mit an den Tisch, drapiere sie auf unseren beiden Tellern und hole noch flink den Streuer mit Vanillezucker und ein Stück Wensleydale mit Cranberries aus dem Kühlschrank. Grandma verdreht die Augen über den Käse und ich bin so froh über diese vertraute Geste, dass ich weinen könnte. Bestimmt bin ich noch nicht ausgeschlafen oder …

„Kaffee“, murmele ich.

„Dass du immer Kaffee brauchst, dabei sprudelst du doch gleich nach dem Aufstehen schon so vor Leben …“ Grandma lächelt nachsichtig und gießt meine Tasse bis fast ganz oben voll und nimmt sich selbst eine Tasse Darjeeling Tee, die sie mit Milch auffüllt. Der Kaffeeduft belebt meine Sinne wieder, verscheucht die beklemmenden Gedanken von eben und wir genießen einfach unser Frühstück. Es schmeckt himmlisch, es gibt nichts Besseres als pfannenwarme Crumpets mit Salzbutter, etwas Wensleydale und Erdbeeren vom Balkon. Beim Essen bin ich ausnahmsweise stiller als Grandma, die mir die Handlung des Krimis erzählt, den sie gestern Abend weitergelesen hat. Ich höre gebannt zu und muss dann auf einmal wieder daran denken, dass ich eben gedacht habe, sie hätte vergessen, wo sie ist … oder wer ich bin. Nein, ich muss mich getäuscht haben. Sie kann sich an lauter winzige Details aus dem Buch erinnern. Unmöglich, dass sie irgendwie so vergesslich wird, dass es ein Problem sein könnte.

Nach dem Frühstück räumen wir gemeinsam ab, ich höre mir an, was Grandma heute vorhat, und verabschiede mich dann für den Arbeitstag. Es ist Freitag. Für Touristen ist das aber egal, wir könnten viel Laufkundschaft bekommen. Draußen ist jedenfalls schon jede Menge los, sommerlich gekleidete Menschen stromern durch die schmale Gasse mit ihren bunt gestrichenen Türen. Vom Strand weht der salzige Wind Kinderrufe über die gepflasterte Straße zu mir. Ich bewundere ein paar Bienen und Hummeln, die fleißig die hübsch bepflanzten Blumentöpfe besuchen, die überall vor den Häusern und auf den Stufen der alten Steintreppen stehen oder an schmiedeeisernen Haken an den Wänden hängen. Es summt und brummt, und sobald ich in die Bedford Road einbiege, an der sich Souvenirläden und kleine Boutiquen aneinanderschmiegen, empfängt mich Stimmengewirr.

Die Sonne scheint und Schwalben ziehen ihre Kreise hoch oben im ewigen Blau. Einige Touristen genießen einen frühen Bummel durch die Stadt, auch wenn die meisten Geschäfte gleich erst öffnen. Ich bleibe vor dem Schaufenster von *Emma's Cakes* stehen und wenn ich nicht gerade so köstlich gefrühstückt hätte, würde ich unter Garantie ihre Brombeer-Karamell-Törtchen probieren, die ich noch nicht kenne. Die Tür geht gerade auf und ein unnachahmlicher Duft von Zimt und Apfel, Karamell und Schokolade strömt heraus.

Emma hat Kundschaft, also gehe ich weiter, ich kann sie ja nachher in der Mittagspause besuchen. Heute habe ich mir nämlich kein Sandwich mitgenommen. Ganz absichtlich natürlich. Ich liebe die Bewegung in der Pause, muss meinen Blick in die Ferne schweifen lassen, am besten mit einer Cornish Pasty mit Lauch-Käse-Füllung von der Kaimauer aus die Boote im Hafen beobachten. Danach bin ich wieder bereit, mich den Bedürfnissen von Haaren und Haut meiner Kundinnen und Kunden zu widmen.

Nach ein paar weiteren Schritten erreiche ich den Salon, in dem ich arbeite. „Silky Hair and Velvet Skin" ist eingepfercht zwischen einem Laden mit Urlaubsmitbringseln, von denen die wenigsten wirklich hier aus der Gegend stammen, und einer Galerie. Zurzeit sind allerlei Gemälde mit Meeresmotiven ausgestellt. Daran merkt man wieder, dass die Touristensaison langsam startet. Natürlich haben wir hier das ganze Jahr über Touristen, aber im Sommer noch immer die meisten.

Der Name unseres Salons stammt noch von Rose, die früher selbst hier gearbeitet hat. Amy muss schon da sein, jedenfalls gibt die kürzlich kaugummirosa gestrichene Tür nach. Schon vorne im Salon höre ich sie mit ihrer glockenhellen Stimme ein Lied schmettern. Natürlich ein Kinderlied, aber sie singt es wie einen Popsong. Ich muss grinsen und bleibe im Türrahmen stehen.

Gerade trällert sie die letzte Zeile und ich applaudiere und pfeife wie ein Fan. Amy fährt zusammen, aber dann muss sie lachen. „Wow, entweder du schleichst wie eine Katze oder ich habe so laut gesungen, dass ich nichts hören konnte. Nicht mal das Klingeln des Glöckchens."

„Laut gesungen", erkläre ich und hänge meine Handtasche über eine Stuhllehne. „Aber echt gut. Gibt es bald wieder ein Musical?"

„Schon beworben", sagt Amy mit einem Seufzen. „Kann die Antwort kaum erwarten, ich liebe diese Freilichtaufführungen. Dieses Mal soll es den Sommernachtstraum geben. Ich bin so gespannt auf die Kostüme! Glitzernde Flügel und so was, oder?"

„Bestimmt!" Jetzt bin ich ein bisschen neidisch, denn genau wie Amy liebe ich alles, was glitzert. Ein bisschen Kitsch und Magie im Leben kann echt nicht schaden. Hebt die Laune zuverlässig. Dankbar nehme ich die Tasse Pfefferminztee entgegen, die sie mir blitzschnell eingegossen hat, und schiebe mich vorsichtig rückwärts auf das tiefe Fensterbrett. Amy setzt sich zu mir und wir pusten schweigend in unsere Tassen. Ich überlege, ob ich ihr von Grandmas kleinem Aussetzer heute früh erzählen soll, aber solange ich es nicht ausspreche, ist es weniger wahr. Außerdem habe ich mich vielleicht getäuscht.

„Und? Was hat deine Grandma gesagt?"

„Was meinst du?", frage ich, doch schon in dem Moment fällt es mir ein. „Oh, ich hatte noch keine Gelegenheit mit ihr zu sprechen. Der Termin ist ja erst Dienstag, ich mache das nachher. Gestern Abend hat sie schon geschlafen und heute früh … ich weiß auch nicht." Ich nehme einen Schluck Tee und verbrenne mir prompt die Zunge.

„Heute kam übrigens eine Postkarte von Rose an. Darin hat sie ihren gestrigen Besuch angekündigt."

Ich muss lachen. „Von wo hat sie sie abgeschickt?"

„Lyme Regis." Amy beugt sich vor, um besagte Karte aus einem Regal zu fischen. Sie hält sie mir hin und ich überfliege den Text, bevor ich mir die Bildseite ansehe. „Ihr Lieblingsort, schreibt sie. Einer der Millionen, die sie hat."

Wir betrachten gemeinsam das Foto vom berühmten Cobb, der langen halbmondförmig geschwungenen Hafenmauer. Davor schaukeln bunte Boote im Wasser und dahinter liegt ein Himmel in Rosa, Hellblau und Gelbtönen. Wir seufzen unisono und ich streiche mit der Fingerspitze über die Karte. „Wir müssten auch mal wieder hin, oder?"

Amy ist meine zweitbeste Freundin, direkt nach Hayley, und ja, wir kennen uns alle noch aus der Schule. Seit einem Ausflug nach Lyme Regis, den wir mal gemeinsam mit unseren Müttern unternommen haben, sind wir verliebt in den Ort.

„Auf jeden Fall, da hat unser Schwärmen Rose wohl angesteckt. Bin gespannt, was sie nachher zu erzählen hat."

„Das war garantiert nicht ihr erster Besuch in dem kleinen Seebad."

„Vermutlich nicht."

Von vorne höre ich erneut das Glöckchen, pünktlich um halb zehn.

„Mrs. Farrow", flüstern Amy und ich gleichzeitig. Wir klatschen uns leise ab und ich eile nach vorne, um die Kundin zu begrüßen. Die Frau ist wie ein Uhrwerk, sie kommt immer zur gleichen Zeit, ohne einen Termin zu machen. Da sie zweimal in der Woche kommt und immer an den gleichen Tagen, halten wir uns natürlich bereit. Elegant wickelt sie ihren obligatorischen dünnen Sommerschal von ihrem Hals, faltet ihn in der Luft und steckt ihn in ihre Handtasche.

„Guten Morgen, Mrs. Farrow."

Sie nickt mir zu.

Sie nimmt im Sessel am Fenster Platz, stellt die Handtasche auf das Bord unter dem Spiegel und lehnt sich erwartungsvoll seufzend zurück. Sie ist keine Frau vieler Worte, aber das macht nichts. Mit geübten Handgriffen lege ich ihr den Umhang über die Schultern, verschließe ihn in ihrem Nacken und fächere ihre schulterlangen Haare darüber. Ich fachsimple ein wenig über das Wetter und die Möwen, dann verfalle auch ich in Schweigen, während ich mich auf die Behandlung konzentriere. Nachdem ich ihre Feuchtigkeitsmaske aufgetragen habe und die Augen mit lotiongetränkten Pads abgedeckt habe, verabschiede ich mich für zwanzig Minuten und wasche die verschiedenen Tücher aus. Erneut geht das Türglöckchen und Amy übernimmt den nächsten Termin. Ich lausche, aber es klingt nach einem einzigen Kunden, da braucht Amy mich nicht. Außerdem muss ich Mrs. Farrow ja gleich weiter behandeln. Normalerweise machen wir keine Maniküre, aber sie hat sich eine gewünscht, also bekommt sie eine ganz einfache. Frischen Nagellack in der Farbe ihres Halstuchs, das sie praktischerweise gleich mitgebracht hat. In ihrer Gegenwart kann ich gut entspannen, auch wenn sie so eine ordentliche und pünktliche Person ist, denn auch sie entspannt sich unter meinen Händen merklich.

Das liebe ich an meinem Job.

Zwei Mal Spitzenschneiden, eine neue Frisur und eine weitere Kosmetikbehandlung inklusive Mitesserausdrücken später ist es ruhig im Salon. Laut Plan kommen heute keine Kundinnen mehr, also möglicherweise nur Laufkundschaft.

Als ich meine Tasche nehme, um nach Hause zu gehen, suche ich darin mein Handy. Dabei erwische ich die leere Batterie vom Rauchmelder. Ich muss einen neue kaufen. Und danach muss ich Grandma von diesem Arzttermin erzählen. Hoffentlich wird sie nicht sauer.

KAPITEL 5
Thierry

Die Autos sind mir zu laut. Erst nach einer Weile fällt mir auf, was mich wirklich stört: Es ist später Nachmittag und ich bin um diese Zeit nie zu Fuß in den Straßen von Paris unterwegs. Nicht an einem Wochentag. An einer Ampel muss ich warten und beobachte ein Taubenpaar, das auf einer Werbetafel gegenüber sitzt. Sie küssen sich. Oder nennt man das turteln? Es sieht so aus, als würden sie sich wirklich mögen. Doch dann läuft die eine zur Seite und fliegt einfach weg. Die andere Taube sitzt noch da, ganz allein, und sie sieht dabei genauso einsam aus, wie ich mich heute fühle. Als die Ampel für die Fußgänger auf Grün springt, fliegt die Taube auch weg, in die andere Richtung.

Gibt es bei Vögeln auch One-Night-Stands? Vermutlich. Bei Tieren geht es bestimmt nur um die Fortpflanzung. Es ist ja nicht so, dass mir mein Leben nicht gefällt. Ich habe eine gute Arbeit, die zu mir passt, in der ich gut bin. Meine Wohnung liegt in einer angesehenen Gegend von Paris. Ich habe keine Geldsorgen und ich bin gesund. Leider fällt mir danach nichts mehr ein, aber das genügt ja auch, oder? Es ist ein erfülltes Leben. Zumindest nutze ich meine Zeit sinnvoll, bilde mich weiter, gehe gerne in Museen, mache Sport, bewege mich ausreichend.

Und dein Herz, deine Seele? Ich höre Grand-père, obwohl

er mir diese Frage nie so gestellt hat. Aber es hätte zu ihm gepasst. Ihm war seine Seele wichtig, Glück war ihm wichtig, Zufriedenheit. Veronique fragt so etwas ab und zu, sie fragt zum Beispiel nach meinen Freunden und nach der Liebe in meinem Leben.

„Thierry!"

Ich drehe mich um und meine Schwester läuft so schnell auf mich zu, dass ich auf Anhieb nicht weiß, ob ich lieber ausweichen oder sie auffangen soll. Instinktiv breite ich die Arme aus und sie springt mir geradewegs hinein, drückt mich so fest, als hätten wir uns Jahre nicht gesehen.

„Schön, dich zu sehen", sage ich und ja, allein ihr Lachen so dicht an meinem Ohr zu haben, den Duft ihrer Haare in meiner Nase, und einfach ihre Wärme tun mir gut.

„Gut siehst du aus", sagt sie und löst sich ein Stückchen von mir. „Aber traurig. Bist du okay?"

Ich nicke, sage aber nichts dazu. „Wo ist denn Amélie?"

„Bei Maman. Sie darf heute dort übernachten, weil doch Wochenende ist."

Wieder nicke ich, weil mir nichts dazu einfällt. Ich muss nur daran denken, wie es war, als Kind bei meinen Eltern zu wohnen, dabei habe ich überhaupt keine genaue Erinnerung an die Zeit, als ich fünf war. Wir schlendern zum Café Pompadour und setzen uns an einen Tisch neben einem riesigen Oleander im Terrakottatopf. Schweigend werfen wir einen kurzen Blick in die Speisekarte und bestellen bei der jungen Bedienung zwei Milchkaffee und zwei Stück Spinat-Lachs-Quiche.

Danach reden wir nicht mehr über meine Traurigkeit und generell nicht übers Vermissen. Stattdessen erzählt Veronique, was Amélie gerne macht und was sie verabscheut, und mir fällt auf, wie lange es her ist, dass ich meine kleine Nichte gesehen habe.

„Du hast viel zu tun“, sagt Veronique plötzlich, als hätte sie meine Gedanken an meinem Gesichtsausdruck abgelesen.

„Mir ist gerade aufgefallen, wie lange ich die Kleine nicht gesehen habe“, sage ich und sie nickt nur. Es ist nicht nötig, zu sagen, dass es mir leid tut. Veronique weiß das. Kurz legt sie ihre Hand auf meine und lächelt.

„Schön ist es hier“, sagt sie und wir wissen beide, dass sie nicht das Café meint, nicht das Wetter, sondern allein die Tatsache, dass wir beide hier sind. Dass wir uns treffen. Und sie hat absolut recht.

Später reden wir über Filme, über Länder. Veronique will alles über New York wissen, wo ich in letzter Zeit immer öfter beruflich hinfliegen musste. Dafür erzählt Veronique danach von dem Buch, das sie gerade liest, und plötzlich entspanne ich mich, genieße, in diese Geschichte einzutauchen, die ich bis eben nicht kannte und nehme mir vor, nachher auch ein neues Buch zu beginnen.

Liv

Die neuen Batterien kaufe ich im City Tesco und nehme auch noch zwei Wispa-Schokoladen-Riegel mit. Grandma liebt diese Schokolade und so hätte ich ein Friedensangebot in der Hinterhand. Hoffentlich brauche ich es nicht.

Energisch schiebe ich all meine Zweifel beiseite, drücke meine Handtasche und den kleinen Stoffbeutel an die Brust und renne los. Mein Atem kommt stoßweise. Ich weiche ein paar Leuten mit ihrem Hund aus, jemand grüßt mich, aber ich habe keine Zeit, nachzusehen, wer es ist. Ich rufe einen Gruß und renne weiter. Sobald ich unsere Straße erreiche, recke ich den Hals, um zu sehen, ob in der Küche Licht brennt. Nein, dort ist es dunkel. Immerhin steigt kein Rauch aus dem Fenster und alles sieht friedlich aus. Ich bekomme Seitenstechen, ignoriere es aber. Erst als ich nach dem Schlüssel wühlte, werde ich langsamer. Ganz unten ertasten meine Finger den herzförmigen Holzanhänger neben meinem Portemonnaie.

„Bitte sei nicht sauer“, murmele ich, als ich die Treppe hochhaste und aufschließe. Es ist ja nur ein Arzttermin und er ist wichtig. Im kleinen Hausflur lausche ich wieder, höre aber nichts. Ob Grandma schon schläft? Automatisch steuere ich zuerst die Küche an, aber hier ist sie nicht, auch nicht auf dem Balkon. Der Geruch des verkohlten Brotes hängt noch immer schwer in der Luft und verursacht mir eine Gänsehaut. Als Allererstes setze ich die neue Batterie in den Rauchmelder ein, lege meine Einkäufe auf den Küchentisch und gehe dann zurück in den Flur.

„Grandma?“, rufe ich und lausche wieder. An Grandmas Tür klopfe ich. Laut genug, damit sie es hört, aber nicht zu laut, damit es sie nicht erschreckt. Nichts. Vorsichtig drehe ich den Türknauf und stecke den Kopf ins Zimmer. Es ist leer. Vielleicht im Badezimmer …

Mein Herz schlägt wieder schneller im Takt meiner Schritte. Im Bad ist niemand, genauso wenig in meinem Zimmer oder im Wohnzimmer. Okay. Ganz ruhig. In der

Küche sehe ich auf den Kalender und dort hat Grandma tatsächlich etwas eingetragen für heute. „Rose, 15 Uhr“ Zum Glück! Dann wird sie wohl noch dort sein oder sie sind noch unterwegs. Ich hole mein Handy aus der Tasche und rufe Grandma an. Irgendwo in der Wohnung ertönt die Melodie ihres Handys. Mist, sie hat es nicht mitgenommen. Okay, also suche ich nach Roses Nummer. Dann drücke ich auf „Anruf“ und warte.

„Hallo Liv, wie schön!“, sagt Roses beruhigende Stimme in mein Ohr.

„Hallo Rose, ist Grandma noch bei dir?“

„Wir haben einen kleinen Spaziergang gemacht, vor einer halben Stunde habe ich Mabel zu euch gebracht. Sie wollte sich hinlegen.“

„Sie ist nicht hier.“ Das ist alles, was ich denken kann. „Sie war so verwirrt gestern, heute früh hatte ich den Eindruck, es ist alles okay.“ Den kurzen seltsamen Blick verdränge ich sofort wieder, als er sich hartnäckig in meine Gedanken schiebt. „Wie war sie bei eurem Spaziergang?“

„Es war wie früher“, schwärmt Rose. „So wie gestern am Strand.“

„Ja, aber gestern hast du doch auch gemerkt, dass sie verwirrt war, oder? Von dem ganzen Rauch? Ich dachte, es wäre besser, ich gehe mal mit ihr zum Arzt.“ Ich breche ab, ich sollte das nicht mit Rose besprechen, bevor Grandma von dem Termin weiß.

„Vielleicht kauft sie noch etwas ein, um dich zu überraschen. Sie hat ja gemerkt, dass sie dir gestern einen Schrecken eingejagt hat.“

„Hoffentlich. Das war wirklich erschreckend, dass sie auf einmal dachte, ich würde noch zur Schule gehen.“

„Das kann ich mir nicht vorstellen, das war doch bestimmt ein Scherz." Rose lacht, als würde sie das wirklich glauben.

„Ein Scherz?"

„Ach, ein bisschen in der Vergangenheit zu schwelgen ist doch gut, Liv. Lass ihr das doch."

Ich höre wohl nicht richtig. Oder weiß Rose wirklich nicht, was passiert ist?

„Sie war ganz verwirrt, als sie in der Küche aufgewacht ist, wegen dem Rauch und so, und sie hat plötzlich gedacht, wir hätten 2008, sie ... o Gott, meinst du, sie denkt das heute auch und ist nach Hause gegangen von hier aus? Zu ihrem früheren Zuhause, meine ich?

„2008?", fragt Rose. Das hat sie offenbar nicht gewusst. „Ich dachte ... o Liv, ich dachte das wäre ein Scherz mit den Hausaufgaben! Mabel hat danach ganz normal über alte Zeiten geplaudert, so wie immer ... aber, wenn ich genau darüber nachdenke. Möglicherweise dachte sie, dass es gar nicht die Vergangenheit war, sondern alles jetzt stattfindet."

„Ich muss los!", rufe ich atemlos in den Hörer und lege auf. Ich schnappe mir wieder meine Handtasche, fische das Handy heraus, stecke es aber zurück, als mir einfällt, dass sie ihres nicht dabei hat. Hastig schließe ich die Tür hinter mir ab und renne los.

Die Sonne versinkt gerade im Meer, die Kulisse verschwindet allerdings sofort wieder völlig hinter meinen Sorgen. Ich rase die Straßen entlang, die ich früher gelaufen bin, um meine Grandma nach der Schule zu besuchen, und endlich, endlich erreiche ich das Haus, wo sie früher mit Grandpa gewohnt hat. Die Fenster sind dunkel. Ich weiß gar nicht, wer inzwischen dort wohnt, es ist seit ein paar Jahren ein

Ferienhaus und meistens sind die Besitzer in London und hier wohnen fremde Leute auf Zeit.

Ich scanne die ganze Straße nach Grandma ab, aber ich kann sie nicht entdecken. Wenn jemand da wäre, könnte ich im Garten nachsehen. Ich klingele ein paarmal, aber natürlich macht niemand auf. Vielleicht ist das Haus gerade gar nicht vermietet, oder die Leute sind zum Essen an den Hafen gegangen. Halblaut rufe ich Grandmas Vornamen, kriege aber keine Antwort. Langsam gehe ich zur Gartenpforte und lege die Hand auf den Griff. Es ist ein Notfall, ich will nicht einbrechen. Ich muss nur sehen, ob sie im Garten ist.

Die Tür gibt mit einem leisen Quietschen nach und ich spähe ins Zwielicht im Garten. Das Haus wirft einen Schatten auf die Wiese, die alten Apfelbäume und die kleine Steinterrasse.

„Grandma?“, frage ich noch mal, dieses Mal etwas lauter. Niemand antwortet und ich schleiche in den Garten. Immerhin will ich Grandma nicht erschrecken.

Sobald sich meine Augen an das Halbdunkel gewöhnt haben, scanne ich den Garten nach ihrer Silhouette ab. Halb erwarte ich, dass sie irgendwo steht und versonnen Richtung Meer blickt, halb erwarte ich, dass sie auf einem der Gartenstühle eingeschlafen ist. Aber heute stehen hier keine Gartenstühle. Weiter hinten an der Hecke entdecke ich einen Gartenschuppen, den es früher noch nicht gab. Vermutlich sind die Gartenmöbel da drin. Die Apfelbäume sind ganz schön gewachsen, seitdem ich das letzte Mal hier war. Das kleine Natursteinmäuerchen, das die Steinterrasse von der Wiese und den üppigen Beeten abgrenzt, ist ebenfalls noch da. Ich sehe mir jede Ecke des Gartens an, laufe über den gekiesten Weg, gucke zwischen die Zweige der üppig gewachsenen Rhododendren und riesigen Fuchsienbüsche. Niemand ist zu sehen. Nur eine Amsel schrecke ich auf, die mit lautem Zetern davonfliegt. Grandma ist nicht hier, ganz sicher nicht. Unschlüssig stehe ich vor dem Gartenschuppen, probiere die Türklinke aus, aber die Tür ist verschlossen. Auf einmal komme ich mir blöd vor. Am Ende war Grandma wirklich nur einkaufen und ist längst wieder zu Hause und wartet auf mich.

Leise gehe ich wieder zum Tor und verlasse Grandmas früheren Garten. Im Haus brennt noch immer kein Licht, also brauche ich auch nicht noch einmal zu klingeln. Ich entferne mich ein Stück vom Haus. Erneut wähle ich ihre Handynummer, was mich zur Voicemail bringt. Dieses Mal spreche ich drauf. Wenn sie gleich nach Hause kommt, kann sie es abhören.

„Hallo Grandma, ich bin's, Liv. Bist du zu Hause? Ich mache noch einen kleinen Spaziergang und wenn du mitmöchtest, komme ich dich abholen. Bis gleich."

Ich breche ab und wische über das Display, um die Aufnahme zu beenden. Mist, jetzt habe ich ihr sogar draufgesprochen und das bringt mich überhaupt nicht weiter. Na ja, obwohl, wenn sie mich anruft, weiß ich ja sofort, dass sie sicher wieder zu Hause angekommen ist.

Ratlos sehe ich die Straße entlang, erst in die Richtung, aus der ich gekommen bin, dann in die andere. Im Tesco City war sie vorhin nicht, die kleinen Geschäfte haben längst geschlossen. Ob sie noch zum Strand gegangen ist? Oder in ein Café? Wenn sie immer wieder in der Zeit von damals festhängt, wohin würde sie gehen? War ihr Malkurs damals nicht freitags? Mit neuem Mut mache ich mich auf den Weg zu dem kleinen Gebäude hinter der Kirche, wo früher der

Malkurs stattgefunden hat. Möglicherweise tut er das noch immer.

Als ich um die Hecke biege, fällt Licht auf den Weg. Hier ist zumindest jemand. Ich beschleunige meine Schritte und klopfe wenig später an die Tür, bevor ich eintrete. Vier fremde Gesichter wenden sich mir zu. Mein Mut sinkt.

„Entschuldigung", sage ich und fühle mich fehl am Platz, auch wenn eine der dunkelhaarigen Frauen am Ende des Tisches lächelt. „Ich suche meine Großmutter, Mabel. Sie hat früher hier einen Malkurs besucht." Ich unterbreche mich, weil es bisher noch ganz normal klingt, als wäre ich einfach eine Enkelin, die nicht so genau weiß, ob ihre Großmutter noch immer malt. Ich will nicht, dass irgendjemand mehr weiß.

„Eine Mabel haben wir hier leider nicht", sagt die dunkelhaarige Frau. „Vielleicht wurde der Kurs verlegt? Janet, du weißt doch immer so gut Bescheid, wann alles stattfindet. Wann ist denn der Malkurs?"

„Der für Senioren?", fragt eine Frau mit blondem Kurzhaarschnitt und blau gerandeter Brille freundlich.

Ich nicke, weil es egal ist. Wenn der Kurs nicht heute ist, ist Grandma schließlich nicht dorthin gegangen.

„Der müsste dienstags stattfinden, gegen siebzehn Uhr."

„Vielen Dank, schönen Abend noch und entschuldigen Sie bitte die Störung", sage ich schnell und gehe wieder hinaus.

Okay, wo noch? Ich gehe los, bevor mir etwas einfällt, aber ich kann hier nicht einfach herumstehen. Ob sie zu Grandpas Grab wollte? Es ist das Erste, worauf ich komme, also mache ich mich auf den Weg zum Friedhof. Mittlerweile ist es schon ganz dunkel geworden, die Straßenlaternen beleuchten meinen Weg, aber heute macht mir der dunkle Himmel Angst. Was, wenn Grandma sich verlaufen hat, wenn sie gestürzt ist? Irgendwo im Dunkeln. Wenn ich Rose gestern schon gesagt hätte, was passiert war, hätte sie heute mehr auf Grandma geachtet. Ich hätte sie gebeten, bei Grandma zu bleiben, bis ich zu Hause bin.

Meine Schritte beschleunigen sich von selbst, bis ich wieder renne. Es sind erstaunlich wenig Menschen unterwegs, aber das ist gut, denn dann kann ich mich ganz schnell vergewissern, dass Grandma nicht unter ihnen ist. Ich bleibe nur kurz stehen, hole mein Handy wieder aus der Tasche und überprüfe, ob ich den Klingelton eingeschaltet habe. Habe ich und leider gibt es weder verpasste Anrufe noch eine Nachricht.

Eine Laterne flackert und ich stolpere über die unterste Stufe einer Treppe. Fluchend finde ich Halt am Geländer und eile weiter. Nach der Treppe folgt ein schmaler Weg über Betonplatten, in deren Lücken sich über die Jahre Moos angesiedelt hat. Es sieht schwarz aus statt grün. Jetzt ist alles dunkel, verschiedene Schattierungen von Dunkel, Schatten in allen möglichen Formen und überall raschelt es. Die Luft ist erfüllt von Gerüchen: alter Stein, Feuchtigkeit, Erde und modriges Holz. Ich ziehe meine Strickjacke enger und schlinge die Arme um meine Brust. Aber das ist ja lächerlich, es ist der gleiche Ort wie am Tag und ich liebe diesen stillen Friedhof. Genau wie Grandma. Das schmiedeeiserne Tor ist verschlossen, aber ich kenne eine Stelle, wo man gut über den Zaun klettern kann, ohne sich akrobatisch zu verrenken oder sich die Kleider aufzureißen.

„Grandma?", rufe ich halblaut, als ich auf der anderen Seite des Zauns im feuchten Gras lande. Ich reiße die

Augen auf, erkenne aber leider immer noch viel zu wenig. Der Mond leuchtet zwar, aber hier stehen so viele Bäume, Ilexbüsche, Rhododendren und alle möglichen anderen Pflanzen, die ihre Schatten werfen und sich in Schweigen hüllen. Die Grabsteine kann ich kaum erkennen, nur der Weg leuchtet ganz leicht im Mondlicht. Natürlich ist die Besuchszeit auf dem Friedhof längst vorbei und es ist still. Hier und da flackern Kerzen in roten Laternen. Ich laufe den Weg entlang, biege nach links und wenig später nach rechts und erreiche schließlich Grandpas Grab.

„Hallo Grandpa", flüstere ich und sehe mich auch hier um. Meine Nackenhaare haben sich längst aufgestellt, weil nachts der Friedhof einfach nicht der richtige Ort für eine einzelne Frau ist, obwohl das natürlich Quatsch ist. Dieser Ort ist genauso gut wie jeder andere und genauso ungefährlich. Die einzigen Leute, die sich manchmal in der Nacht her verirren, sind vielleicht ein paar Gothicmädchen, die Fledermäuse beobachten oder die Ruhe genießen.

„Hast du Mabel gesehen?", frage ich Grandpas Grab und mir entgleitet der letzte Zipfel Mut. Grandma ist nicht hier, sie sitzt nicht auf der Bank am Ende des Weges, sie steht nicht an Grandpas Grab und da seine Kerze nicht brennt, war sie vermutlich heute überhaupt gar nicht hier. Wenn sie noch immer in ihren Gedanken von gestern festhängt, ist Grandpa für sie ohnehin noch nicht tot. Was sollte sie also hier auf dem Friedhof? In meinen Gedanken passen die Puzzlestücke jedenfalls nicht zusammen. Ich zähle Grandpa leise die Orte auf, wo Grandma normalerweise ist.

„Am Strand waren wir gestern, da war sie mit Rose. Heute hat sie sich auch mit ihr getroffen und sie waren spazieren. Ich könnte natürlich noch mal am Strand gucken.

Beim Malkurs war sie nicht und in eurem alten Haus auch nicht. Bei mir war sie nicht, Rose weiß auch nicht, wo sie ist. Mittlerweile haben die Läden geschlossen. Ach, vielleicht ist sie längst zu Hause und guckt einfach nicht auf ihr Handy."

Ich lausche noch mal in die Nacht. Ein lautes Rascheln zu meiner Linken lässt mich zusammenzucken, aber ich weiß, dass so was in den meisten Fällen doch nur eine Amsel oder eine kleine Maus ist.

„Gute Nacht, Grandpa. Keine Sorge, ich werde sie schon finden. Oder kannst du mir eine Idee schicken, wo sie sein könnte?" Ich lächele, streiche über Grandpas Grabstein und winke ihm noch mal. Langsam gehe ich den Weg weiter entlang. Könnte Grandma zu dem Grab einer Freundin gegangen sein? Gab es jemand, der damals schon gestorben war? Mir fällt niemand ein. Bevor ich gehe, kommt mir ein Gedanke. Früher hat Grandma immer sehr gerne auf einem der großen Steine am Ende des Friedhofs gesessen. Von dort aus kann man das Meer am besten sehen. Man hat die Stadt im Rücken und vor sich nur Himmel und Meer und Wiese. Diesem Impuls folge ich und setze meine Schritte hier noch vorsichtiger, weil ich kaum die Hand vor Augen sehe. Ein erleichtertes Seufzen entfährt mir, als mir die Idee kommt, die Taschenlampe an meinem Handy zu nutzen. Typisch.

Das Licht macht die Atmosphäre kein Stück freundlicher, aber ich kann immerhin sehen, wo genau der Weg verläuft und wo der kleine Trampelpfad beginnt, der zu Grandmas Sitzstein führt. Der Stein wirft scharfe Schatten auf etwas, das am Boden liegt.

„Verdammt", flüstere ich. Mein Puls schnellt in die Höhe und ich laufe los.

„Grandma!", schreie ich, weil sie es einfach sein muss. Ich

erkenne ihre Frisur und auch die Körperumrisse passen. Sie liegt dort auf der Wiese, den Kopf auf einer zusammengerollten Strickjacke auf einem flachen Stein gebettet. Sie darf nicht gestürzt sein! Mit zittrigen Fingern berühre ich ihre Schulter und rüttele ganz sanft, während ich immer wieder ihren Namen sage.

„Mabel, Grandma, wach auf." Tränen verschleiern mir die Sicht und mein Zittern wird stärker.

Unter dem Stoff spüre ich ihre dünne Schulter. Sie hebt sich in diesem Moment ruckhaft und ich wiederhole wieder ihren Namen.

„Livvie?", fragt sie mit dünner Stimme, ganz belegt vom Schlaf. „Was ist denn? Es ist doch noch dunkel. Leg dich wieder hin, Mäuschen."

„Grandma! Komm, du bist eingeschlafen, wir bringen dich ins Bett, ja?" Ich knie mich vor sie und streiche über ihre Wange, streiche ihr eine Strähne aus dem Gesicht, während mir die Tränen heiß über die Wangen laufen.

„Hast du schlecht geträumt, Liebes?", fragt Grandma und setzt sich endlich auf. Sie sieht unversehrt aus. Ein paar Grashalme zupfe ich ihr aus den Haaren.

„Ist schon okay", sage ich und weiß nicht, wen ich beruhigen will. Grandma scheint nicht beunruhigt. Schlaftrunken sieht sie mich an und realisiert offenbar erst in diesem Moment, dass wir nicht in ihrem Schlafzimmer sind. Sie blinzelt ins Licht meines Handys, das ich eilig auf dem Felsen abgelegt habe.

„Wo sind wir denn hier?", fragt sie und greift nach meiner Hand. Ihre Finger sind eiskalt.

„Auf dem Friedhof", sage ich. „Du warst spazieren, du musst eingeschlafen sein." Das scheint mir am schlüssigsten.

„So was“, sagt Grandma. „Wie spät ist es denn?“

„Gegen halb elf“, sage ich, stehe langsam auf, greife nach ihren Händen und helfe ihr hoch.

„Jedenfalls gleich Bettzeit, so müde wie ich bin“, sagt Grandma. Ihr Lächeln höre ich mehr, als dass ich es sehen kann. Mein Handy beleuchtet nur noch unsere Füße und Beine bis zum Knie. Ohne ihre Hand loszulassen, greife ich nach meinem Telefon und leuchte uns den Weg zurück zu der Stelle am Zaun, wo ich eben hineingeklettert bin.

„Das Tor ist schon zu“, sage ich entschuldigend, aber Grandma zuckt nur mit den Schultern.

„Das kenne ich schon von mir, dass ich nicht mehr aus dem Friedhof komme wie eine vernünftige Frau meines Alters.“ Sie lacht und klettert erstaunlich trittsicher über den Zaun, obwohl ihre Bewegungen vom stundenlangen Schlafen auf kaltem, hartem Boden ein bisschen steif sind.

Als wir beide jenseits des Zauns stehen, nehme ich Grandma in den Arm und schluchze richtig los. So viel dazu, dass ich sie beruhigen wollte.

„Ach, Livvie. Komm, ich mache dir erst mal eine heiße Schokolade. Dann sieht die Welt gleich viel heller aus, versprochen.“

Grandma nimmt meine Hand und schlurft neben mir, langsam gehen wir zurück zur Stadt. Der Weg kommt mir viel kürzer vor als eben, obwohl wir dreimal so langsam gehen. Endlich kommen wir in unsere Straße und wenig später gehen wir endlich gemeinsam in meine Wohnung. „Warst du bei Grandpas Grab?“, frage ich, weil ich es wissen muss. Ich muss wissen, ob Grandma noch immer in der falschen Zeit feststeckt.

„Ja, natürlich“, sagt sie und in mir wird alles ganz leicht, alles ist voller weicher flauschiger Federn. „Ich habe George erzählt, was ich heute gemacht habe, meinem Treffen mit Rose vorhin. Und vom Strand und vom Tee mit Rose gestern und von dem hübschen Bild, das du kürzlich gemalt hast." Grandma redet weiter und ich lausche glücklich. „Manchmal lese ich ihm auch Gedichte vor, wenn ich ihn da oben besuche." Während sie erzählt, macht sie Milch warm, rührt Schokolade hinein, würzt das Ganze mit Honig, Zimt und etwas Vanille und setzt sich mit zwei dampfenden Tassen zu mir an den Küchentisch. Ihre Handgriffe und Bewegungen sind kein bisschen zögerlich, sie wirkt im Reinen mit sich und ihrer Umgebung. „Und jetzt erzähl du mal von deinem Tag."

Draußen ist es dunkel, aber langsam weicht die finstere Angst aus meinem Herzen und ich kann mich entspannen. Die Finger um die warme Tasse gelegt, berichte ich Grandma von meinen Kunden heute und nehme einen weiteren Schluck von der süßen Schokolade.

„Erinnerst du dich an gestern?", frage ich vorsichtig.

„Was meinst du, wie ich mit Rose am Strand war?" Sie sieht mich aufmerksam an und pustet in ihre Schokolade.

„An das verbrannte Brot."

„Ach ja, ich wollte doch noch ein Brot kaufen, sonst haben wir morgen früh gar nichts. Tut mir leid, das habe ich vergessen."

„Ist nicht schlimm. Und danach? Weißt du noch, dass du dachtest, ich würde noch zur Schule gehen?"

„Was?" Grandma lacht und legt ihre Hand auf meine. „Das weiß ich doch, dass du längst im Salon arbeitest."

Sie kann es offenbar selbst nicht glauben und in diesem Moment möchte ich die Sache einfach vergessen, den

Schreck, den sie mir unabsichtlich eingejagt hat. Die Angst, die ich um sie hatte, um ihre Gesundheit. Der Arzt fällt mir ein. Ich sage das morgen wieder ab, alles ist gut. Und wie gut es tatsächlich ist, weiß ich spätestens zehn Minuten später, als Grandma vorschlägt, dass wir eine Runde zusammen puzzeln könnten.

Puzzles lieben wir beide. Beim Einsetzen der Teile in das altmodische Bild eines Cottagegartens schwärmen wir von der Vergangenheit, von Dingen, die wir zusammen erlebt haben, über die wir gemeinsam gelacht haben und alles fühlt sich genau richtig an.

KAPITEL 6
Thierry

So richtig einen Schritt weiter geht es erst einige Tage später. Da findet relativ kurzfristig die Testamentseröffnung statt. Ich komme gerade vor einer unscheinbaren grauen Tür in der vierten Etage an, als ich die Stimmen höre. Natürlich hätte ich mir denken können, dass nicht nur ich im Testament stehe, sondern neben meiner Schwester auch noch Grand-mère und meine Eltern. Und selbst wenn sie nicht drinstünden, würden sie wohl darauf bestehen, Grand-mère zu fahren, obwohl sie weiß Gott alleine für sich sorgen kann und definitiv zeitlich flexibler und mobiler ist als wir alle. Schließlich hat sie als Einzige von uns einen eigenen Chauffeur. Bei Grand-mère strengen sich immer alle an. Sie hat so eine Art, die auch gar nichts anderes duldet, auch wenn sie Hilfe meistens lieber ablehnt. Sie ist für ihr Alter noch sehr fit.

Ich mag Grand-mère, aber früher mochte ich sie lieber. Natürlich sollte man niemanden verurteilen, bloß weil er sich von seinem Partner trennt. Nicht mal, wenn es sich dabei um meinen Großvater handelt, den wunderbarsten Menschen, den ich kenne. Kannte. Ich muss schlucken, reiße mich aber schnell wieder zusammen. Für sie war Grand-père vielleicht nicht ganz so wunderbar, wer weiß. Ich habe nie mit den beiden darüber gesprochen, warum sie sich damals getrennt haben. Das ist ohnehin schon eine Ewigkeit her. Ungefähr zwanzig Jahre. Natürlich war ich damals doppelt nachtragend, wie man das als Teenager eben so ist.

Ich drehe mich um und sehe meiner Familie entgegen. Sie kommen alle zusammen durch den Gang auf mich zu. Sowohl meine Eltern, als auch Grand-mère knipsen ihr Lächeln einen Wimpernschlag später an, so ein verletztes Lächeln. Das soll mir wohl in Erinnerung rufen, dass ich schuld bin, dass wir uns ewig nicht gesehen haben. Und ja, ich habe den Kontakt abgeblockt. Ich schiebe es auf meine vielen Geschäftsreisen und die Arbeit. Die Wahrheit ist, dass ich nicht traurig darüber bin, dass wir uns so selten sehen. Treffen mit meinen Eltern tun mir nicht gut. Noch immer habe ich den Eindruck, sie haben eigentlich keine Zeit für mich, wollen etwas anderes tun. Und seit Papa im Ruhestand ist, herrscht zwischen meinen Eltern nicht mehr diese Distanz, manchmal scheinen sie sich regelrecht anzuziehen wie Magnete, bis es wieder knallt. Mein Vater hat eine stark cholerische Neigung, meine Mutter sieht gerne überall Probleme und will diese sofort beheben.

Es ist anstrengend. Und jedes Mal, wenn Papa anfängt, herumzubrüllen, höre ich die Worte von damals. Denn da hat er meiner Mutter zugestimmt. *Wir hätten dich abtreiben sollen, wie deine Maman gemeint hat. Ein Baby hat nicht in unser Leben gepasst.*

Ich halte mich gerade so davon ab, die Arme abwehrend vor der Brust zu verschränken und konzentriere mich lieber auf meine Schwester. Die schwarze Kleidung steht ihr nicht, sie ist viel zu fröhlich für schwarz. Ihr Gesicht sieht beinahe gräulich aus, das könnte aber natürlich auch an diesem grausigen Licht hier drin liegen. Lange Neonröhren bescheinen von oben gnadenlos den grauen Teppich, die schwarzen Kunstdrucke an den Wänden. Und meine Familienmitglieder, die mir hier fast fremd vorkommen.

„Bonjour, Thierry", sagt meine Schwester förmlich, als sie bei mir ankommt, und auf ein Zeichen von mir nehmen wir uns auch nicht in den Arm, obwohl ich es eigentlich will. Ich hoffe, sie weiß, warum. Meine Eltern umarmen mich nie und ich sie auch nicht. Ich kann mich nicht mal daran erinnern, ob sie mich als Kind in den Arm genommen haben, jedenfalls werde ich jetzt nicht damit anfangen. Ich nicke meinen Eltern zu und sie grüßen auf die gleiche Weise zurück. Grand-mère gibt ein Zungenschnalzen von sich und drückt mich dann fest an ihre nach Puder und Haarspray duftende Brust. Ich weiß nicht, ob das missbilligende Geräusch mir oder meinen Eltern gilt.

Zum Glück räuspert sich im nächsten Moment jemand hinter mir und ich drehe mich dankbar um. Vermutlich strahle ich die Frau im grauen Kostüm völlig unpassend an.

„Famille Laboulet?"

Ich nicke.

„Lisande Toulouse-Mercier", sagt meine Großmutter und hält der Amtsangestellten ihre Hand hin, als ginge es hier um eine wichtige Geschäftsangelegenheit. Ich ziehe die Augenbrauen ganz automatisch hoch. Veronique muss sich darauf ein kleines Lachen verkneifen.

„Schön", sagte die Frau. „Mein Name ist Marie Girard. Mein herzliches Beileid für Ihren Verlust." Sie schüttelt als Nächstes mir, dann meinen Eltern und Veronique die Hand und schließt dann endlich die Tür von Zimmer 431 auf. Ein Schwall abgestandener Büroluft schlägt uns entgegen und Madame Girard reißt als Erstes die beiden Fenster weit auf, wofür ich ihr dankbar bin. Unter den Blicken meiner Eltern und in diesem kleinen Raum mit den grauen Möbeln scheint die Luft noch knapper. Hoffentlich ist dieser Termin schnell vorbei.

Ich überlasse die Wahl des Stuhls zuerst den anderen und setze mich auf einen der freien Plätze neben Veronique. Sofort greift sie nach meiner Hand und drückt meine Finger. Meine Augen brennen plötzlich. Ich drücke ihre Finger ebenfalls.

Madame Girard räuspert sich, sagt ihren Begrüßungstext auf, aber ich schaffe es nur mit einem Ohr zuzuhören. Meine Gedanken sind bei Grand-père, meiner letzten Unterhaltung mit ihm. Sie ist viel zu lange her. Laut raschelnd holt sie einige Papiere aus einer Mappe und legt sie vor sich auf den Tisch.

Wir sind hier versammelt, um den Nachlass meines verstorbenen Großvaters aufzuteilen. Das hat sie schon gesagt und dennoch wird es mit jedem weiteren Satz noch echter und das macht mich fertig. Das Wissen, dass Grand-père tot ist, sitzt sowieso als Stachel in meinem Herzen und das nimmt mir fast den Atem.

Madame Girard beginnt das Testament laut vorzulesen.

„Ich, Jacques Laboulet, möchte meinen Besitz wie folgt aufteilen und weitergeben, wenn ich nicht mehr auf dieser Erde weile. Meiner früheren Ehefrau Lisande Toulouse-Mercier, geborene Mercier, vermache ich meine gesamten Bücher, die sich in meinem Haus in der Rue Becoiseau in Faremoutiers befinden. Dazu sollen ihr alle Gemälde und weiteren Kunstwerke gehören. Eine detaillierte Liste der Gemälde, Statuen und Skulpturen hinterlege ich bei meinem Anwalt, der diese an meine Exfrau geben kann."

Madame Girard schiebt einen verschlossenen Umschlag über den Tisch zu meiner Großmutter, die ihn mit zittrigen Fingern entgegennimmt.

Schon geht es weiter. „Die Möbel vererbe ich meiner Enkelin Veronique Laboulet, genau wie das gesamte Haus mitsamt des Grundstücks, Rue Becoiseau 9 in 77515 Faremoutiers."

Veronique holt überrascht Luft. Genau wie meine Eltern, obwohl die es wohl kaum nötig haben, ein Haus zu erben. Immerhin besitzen sie drei, die sie vermieten, und eins, in dem sie wohnen, was in einer der schönsten und nobelsten Ecken von Paris steht und in dem normalerweise drei Familien wohnen könnten. Ich bin nicht neidisch auf dieses Haus, denn ich habe dort früher auch gewohnt und es hat eine Sache nicht, die Grand-pères Haus definitiv hat: Liebe in den Ecken. Gemütlichkeit, eine schöne Einrichtung, Dinge mit eigenen Geschichten eben.

Ich freue mich jedenfalls für Veronique. Bei ihr ist Grand-pères Haus gut aufgehoben, schließlich wohnt sie noch immer in der kleinsten Wohnung, die ich kenne, und genau genommen bequatsche ich sie schon eine Weile, dass sie dort ausziehen soll. Veroniques Augen sind noch immer weit aufgerissen, sie greift wieder nach meiner Hand und es sieht ein bisschen so aus, als … wolle sie sich entschuldigen?

Die Testamentsvollstreckerin stellt ihr Wasserglas ab, räuspert sich und fährt fort. „Mein Sohn Eric und seine Frau Thérèse bekommen das Vermögen von meinem Konto bei der BNP Paribas, ebenso das von meinem Sparbuch. Die genauen Kontostände entnehmen Sie bitte aktuellen Bankauszügen, die Ihnen mein Bankberater Arthur Dubois im Falle meines Todes überreichen darf."

Auch jetzt bringe ich es noch nicht über mich, meine Eltern anzusehen. Garantiert würde ich nur das geldgierige Glimmen in ihren Augen sehen und das will ich nicht. Was ich genauso wenig sehen will, obwohl ich mir ziemlich sicher bin, dass ich es bei meinen Eltern ohnehin nicht finden würde, ist ein mitleidiger Ausdruck. Denn wenn Veronique Grand-pères Haus und Grundstück erbt, seine Möbel, seine Exfrau die Gemälde, Bücher und Kunstgegenstände, meine Eltern alles Geld, dann bleibt für mich wohl nur das Cottage in Cornwall. Ob die anderen davon wissen? Ein Restzweifel bleibt, aber es wird immer wahrscheinlicher, dass ich es tatsächlich erbe.

„Meinem Enkel Thierry Laboulet vererbe ich das Blueberry Hill Cottage in St. Ives, Cornwall, Großbritannien. Er erbt alle Dinge, die dieses Haus enthält, ebenso wie das Grundstück. Tja, Thierry, komm mir nicht damit, dass du nichts brauchst. Das Haus ist genau das, was du brauchst, das wirst du bald entdecken. Mein letzter Wunsch ist, dass du das Haus innerhalb der nächsten vier Wochen besuchst. Wie ich dich kenne, wirst du noch genug Jahresurlaub übrig haben, sonst kannst du deiner Personalabteilung das Testament zeigen. Mein lieber Thierry, es würde mir sehr viel bedeuten, wenn du zwei volle Wochen in diesem Haus verbringst, am besten mindestens vier Stunden pro Tag. Entscheide erst danach, was damit passiert. Ich werde dir nicht sagen, was ich mir für das Cottage und dich am Ende wünsche, ich denke, das weißt du. Hauptsächlich, weil ich möchte, dass du selbst herausfindest, was wichtig und richtig für dich ist.

Alles ist gesagt, ich hätte gerne noch weitere Erklärungen dazu geschrieben, aber manche Dinge kann und muss man nicht erklären und sie haben für jeden eine eigene Bedeutung.

Ich habe euch alle lieb, respektiere euch, sucht euch eins aus. Lebt euer Leben weiter, so wie ihr es für richtig haltet, denkt ab und zu an mich und an das, was ich mit euch geteilt habe. Das gilt besonders für dich, Thierry, und du weißt genau, wovon ich spreche. Lebt wohl!

Jacques Laboulet."

Am liebsten würde ich die Testamentsvollstreckerin bitten, den ganzen Text noch einmal vorzulesen, stattdessen schweige ich. Madame Girard schiebt jedem von uns anderen einen verschlossenen Umschlag über den Tisch. Auf meinem steht nur mein Vorname, daneben hat Grand-père eine Blume gezeichnet, die ich nicht kenne. Langsam fahre ich mit dem Finger über die dunkelblaue Tinte der Zeichnung. Jemand räuspert sich in meine Gedanken hinein.

„Diese Briefe beinhalten persönliche Nachrichten, Sie können sie also auch erst zu Hause lesen. Beigelegt ist eine Kopie des Abschnitts des Testaments, der Sie betrifft."

„Und das komplette Testament?", fragt mein Vater.

„Das wird bei dem Anwalt des Vertrauens des Verstorbenen aufbewahrt."

„Ich wusste gar nicht, dass er jemals bei einem Anwalt war …", murmelt mein Vater und ich tausche einen kurzen Blick mit meiner Schwester. Vermutlich ist sie ebenso überrascht wie ich es bin. Es kann sein, dass dieser Anwalt ein alter Freund aus Schulzeiten ist oder Grand-père ihn nur für das Testament aufgesucht hat. Ich streiche noch einmal über den blütenweißen Umschlag und stecke ihn in meine innere Jacketttasche.

„Außerdem erhalten Sie hier alles Nötige für Ihr Erbe", sagt Madame Girard und schiebt jedem von uns einen wattierten braunen Umschlag zu. „Besitzurkunden,

Grundrisse, Schlüssel", erklärt sie weiter. „Nehmen Sie Ihr Erbe an?", fragt sie zuerst meine Großmutter. Sie sagt laut und deutlich Ja, unterzeichnet mit ihrem Namen auf einem Formular.

Danach wendet sich Madame Girard an die anderen. Niemand zögert und nacheinander unterschreiben auch meine Eltern und Veronique. Schließlich sieht sie zu mir und reicht mir den Stift und ein Blatt. Ich lese den Text langsam durch, klicke den Kugelschreiber an und aus. Nehme ich das Cottage an?

„Was Sie mit Ihrem Erbe dann anfangen, können Sie natürlich selbst entscheiden. Die erwähnte Zeit und alles andere dazu waren lediglich Wünsche Ihres Großvaters." Ich spüre alle Blicke auf mir. Das stimmt. Was ich mit dem Cottage mache, kann ich allein entscheiden. Ich unterschreibe und schiebe das Blatt schnell über den Tisch.

„Ich wünsche Ihnen alles Gute." Sie klingt erleichtert. Ob es oft vorkommt, dass die Erben sich nicht zivilisiert verhalten und anfangen zu streiten oder gar handgreiflich werden? Nun ja, dafür sind wir einfach die falsche Familie. Jeder behält seine Gedanken allzu gerne für sich.

„Vielen Dank", sage ich als Erster und stehe auf. Ich lege Veronique eine Hand auf die Schulter. „Wir sehen uns."

„Ja, bis bald", sagt sie.

Niemand sonst sagt etwas zu mir. Das passt. Ich sehe alle nacheinander an, nur kurz. Grand-mère lächelt und wir nicken uns zu. Meine Mutter steht ebenfalls auf, wirft mir einen Blick zu, den ich nicht deuten kann. Und mir ist es auch egal, was sie mir sagen will. Weil ich es für angemessen halte, gehe ich an meinen Eltern vorbei, lege jedem kurz eine Hand auf die Schulter und ziehe sie weg, bevor sie mich festhalten können. Madame Girard kommt zu mir und schüttelt mir kurz die Hand. Wenn sie unsere Familienverhältnisse seltsam findet, lässt sie es sich nicht anmerken.

„Auf Wiedersehen“, sage ich noch mal in den Raum und gehe zielstrebig zur Tür. Auf einmal fühle ich mich verfolgt, obwohl niemand Anstalten macht, mir allzu schnell zu folgen. Mein Vater spricht leise mit meiner Mutter. Er klingt verärgert, aber ich verstehe die Worte nicht.

„Auf Wiedersehen“, sagt Papa laut, als ich die Tür öffne. Ich drücke den Umschlag an meine Brust, stecke ihn dann zu dem anderen in meine Jacketttasche, trete aus dem Zimmer und laufe so gefasst wie möglich den Gang hinunter, nehme die Treppe, und sobald ich die altmodische Drehtür des Gerichtsgebäudes erreiche, zwänge ich mich hindurch und atme tief ein. Luft. Aber ich gönne mir keine Pause und klammere mich an frühere Gewohnheiten. Ich winke mir ein Taxi herbei und nenne dem Fahrer die Adresse der Kanzlei.

Warum gibt es bei mir als Einzigem diese ganzen Zusatzwünsche oder stehen die der anderen in ihren privaten Briefen? Warum aber hat Grand-père dafür gesorgt, dass mein Teil allen vorgelesen wird? Es befremdet mich mehr, als dass es mich wütend macht. Grand-père kannte mich gut, vielleicht am besten von allen. Natürlich wird er seinen Sohn gut gekannt haben, aber wenn mich nicht alles täuscht, hat mein Vater auch zu seinem Vater den Kontakt nicht sonderlich eng gehalten. Ich schnaube. Der Taxifahrer wirft mir einen merkwürdigen Blick im Rückspiegel zu. Vermutlich murmele ich auch die ganze Zeit schon vor mich hin, wundern würde es mich nicht. Der Wortlaut des Testaments geht mir durch den Kopf. Zwei Wochen soll ich in einem Haus verbringen, von dessen Existenz ich bisher nicht einmal gewusst habe. Was hat er sich dabei gedacht? In Cornwall. Warum hat er mir nicht das Haus hier in der Nähe vererbt? Veronique wäre doch bestimmt gerne dorthin gereist, in dieses Haus am Meer. Sie liebt schließlich das Meer. Stattdessen hat er es mir vererbt, mir, der kaum je Urlaub macht.

Endlich hält der Taxifahrer an und ich springe nach dem Bezahlen aus dem Auto, schaffe es nur mit Mühe, nicht zu rennen. Ich will diese beiden Umschläge, die sich an meiner Brust so heiß anfühlen, ablegen, unbedingt. Sie von mir wegschieben und einen Moment vergessen.

KAPITEL 7
Thierry

„Urlaub?“, fragt Marguerite erst so perplex, dass ich am liebsten lachen würde, wenn es mir nur nicht wieder vor Augen führen würde, was für ein Arbeitstier ich bin. Grand-père versucht es sogar noch ein letztes Mal mit seinem Erbe zu ändern. Aber dann lächelt sie mich strahlend an. „Das ist eine wunderbare Idee, Thierry. Ein Urlaub wird Ihnen guttun und wenn es einer verdient, dann ja nun wirklich Sie!“

„Danke“, sage ich und leite alles in die Wege. Nachdem ich den Antrag ins System eingegeben habe, kommt umgehend eine E-Mail meiner Chefin, mit der Bitte in ihr Büro zu kommen. Auf dem Weg in die oberste Etage lege ich mir Worte zurecht, die meinen Urlaub rechtfertigen, aber als ich vor Soleil Morel stehe, schweige ich wartend. Meine Chefin sieht mich kurz über den Rand ihrer Brille hinweg an mit ihren kleinen Hai-Äuglein und ich will mich schon für meine Idee entschuldigen, da lächelt sie. Es ist so untypisch für sie, dass ich schlucken muss.

Dann wird sie wieder ernst. „Wenn Sie sicherstellen können, dass keine Arbeit liegen bleibt, sehr gerne.“ Sie unterzeichnet den Antrag der Personalabteilung mit Füller, reicht ihn mir und entlässt mich, als ihr Telefon klingelt.

Mein Kalender ist randvoll mit Terminen, aber das sieht die nächsten Monate genauso aus. Also beginne ich, die Termine zu verschieben, an Kollegen zu delegieren und diktiere meiner Assistentin entsprechende E-Mails, arrangiere Telefonate und versuche nicht daran zu denken, was ich da tue. Dass ich meine Aufgaben aus der Hand gebe, dass die Mandanten enttäuscht sein werden, dass sich ein Kollege mit meinen Erfolgen in den Vordergrund drängen wird.

Um neunzehn Uhr sieben bin ich fertig. Mein Kalender ist leer, zumindest in den nächsten zweieinhalb Wochen, falls es länger dauern sollte in Cornwall. Man muss für alle Eventualitäten gewappnet sein und wenn ich wieder arbeite, füllt sich der Kalender ohnehin wie von selbst.

Ich schicke meiner Assistentin noch ein paar Anweisungen und die Details, wo sie mich die nächsten Wochen erreichen kann, lösche den Satz über meinen Aufenthaltsort aber wieder und schreibe ihr nur, dass ich mein Handy mitnehme. Meine Flüge habe ich selbst gebucht. Der Hinflug geht morgen um zehn.

Als ich vor meinen Kleiderschrank trete, ist der Himmel hinter den gelben Leuchtköpfen der Straßenlaternen bereits schwarz. Regen klopft an die Fensterscheiben und erinnert mich schon wieder an Grand-père. Er hat Regen geliebt, den Duft, den die Welt hat, wenn die Wolken weitergezogen sind. Die kleinen Wassertropfen, die noch im Gras hängen, an Blumen, auf allen Dingen sitzen wie perfekte kleine Kunstwerke, in denen sich das Leben spiegelt. Ich versuche nicht daran zu denken, dass mir die Arbeit fehlen wird und ich diese Sache so schnell wie möglich hinter mich bringen will.

Wie ist wohl das Wetter in Cornwall? So wie hier? St. Ives liegt am Meer, das weiß ich aus dem Internet und auf fast jedem Foto vom Ort scheint die Sonne. Das ist natürlich

Zufall, denn am Meer wechselt das Wetter schnell. Es ist also am besten, wenn ich mich auf alles einstelle: Regen, Kälte und Wärme. In Paris kann man sich momentan jedenfalls nicht besonders auf gleichbleibendes Wetter verlassen. Eventuell ist das in Cornwall nicht anders und so bleiben mir Shorts erspart. Richtige Urlaubskleidung, wie sie Leute immer in den Werbespots tragen, besitze ich ohnehin nicht. Keine einzige kurze Hose bis auf die Sporthosen. Es ist also schon eine mittlere Herausforderung, genügend Kleidung einzupacken, die nicht ausschließlich in Büros getragen wird. Ich möchte ja nicht gleich auffallen wie ein bunter Hund, wenn ich dort ankomme. Ich werde mir das Haus ansehen, die Stadt, soweit es sich nicht vermeiden lässt, und wenn die zwei Wochen vorbei sind, reise ich wieder zurück nach Hause und kann eine Entscheidung treffen.

Ich ziehe den Reißverschluss meiner Reisetasche zu und hake die letzten Dinge von meiner Packliste ab. Noch immer kann ich kaum fassen, dass ich die nächsten vierzehn Tage keinen Fuß in die Kanzlei setzen werde und dass alles ohne mich weiterlaufen wird. Ob ohne mich das Chaos ausbrechen wird oder werde ich gar nicht so sehr gebraucht, wie ich das glaube? Wir werden es erfahren. Alles nur wegen diesem blöden alten Haus an der englischen Küste.

Das Haus mit allem, was darin ist. Ich hole mir ein Glas Rotwein aus der Küche und setze mich damit auf den Sessel am Fenster. Erst öffne ich den ersten Umschlag, den ich auf der Testamentsverkündung bekommen habe. Darin finde ich die versprochene Kopie des Abschnitts des Testaments, der mich betrifft, und das war's. Die versprochenen persönlichen Worte sind nicht da. In dem wattierten Umschlag finde ich drei ähnlich aussehende Schlüssel, auf dem Anhänger des einen steht „Blueberry Hill Cottage". Auf einem A4-Blatt ist der Grundriss des Hauses abgebildet. Der Kaufvertrag. Offenbar hat Grand-père das Cottage vor ewigen Jahren von seinen Eltern gekauft. Mehr finde ich nicht in dem Umschlag. Also muss ich woanders nach Antworten suchen.

Langsam ziehe ich den länglichen Umschlag aus dem Umzugskarton zu mir, in dem offenbar ein Stapel Fotos wartet. Neben diesem Umschlag gab es noch vier weitere in dem Karton und jeden davon hat Grand-père säuberlich beschriftet. Blueberry Hill Cottage. Was für ein dämlicher Name. Als wäre das Haus ein Luftschloss in den Wolken mit einem verwunschenen Garten voller Blaubeerbüsche. Oder nein, als würde das Haus auf einer Waldlichtung stehen, auf einem Hügel, wie im Märchen. Dass die Engländer ihren Häusern eher Namen geben als sie mit Nummern zu versehen, wie es sinnvoller wäre, habe ich schon mal gehört.

Ich setze das Glas an die Lippen und schmecke die fruchtige Säure des Weins. Er soll mich ablenken, mich schläfrig machen, damit ich nicht die ganze Nacht grübele. Natürlich habe ich keine Flugangst, es ist nur so, dass mir diese ganze Reise suspekt ist. In Wahrheit hatte fast alles, was Grand-père gemacht hat, einen tieferen Sinn. Er hat garantiert nicht einfach so sein Cottage in Cornwall vererbt, ausgerechnet mir, der ewig keinen Urlaub gemacht hat. Vermutlich will er dafür sorgen, dass ich die Arbeit mal verlasse und einfach ausspanne.

Ich seufze und schlage den Umschlag mit den Fotos auf. Da ich noch nie in Cornwall war und nur das weiß, was ich aufgeschnappt habe, habe ich eigentlich keine Erwartungen. England und Cornwall sind für mich Gegenden, wo Blumen blühen, wo es regnet und alles klein und hutzelig ist, wo der

Chic von Paris fehlt. Und genauso sieht es auf dem ersten Bild aus. Das Cottage hat zwei Etagen und ist aus gräulichem Stein gebaut, fast ein wenig wie in der Bretagne. Die Fenster haben weiße Rahmen oder ein sehr helles Blau? Die Eingangstür wird von zwei großen Blumentöpfen flankiert, in denen irgendetwas vor sich hin wächst, was Blätter hat und verdammt viele Blüten. Ein Wust aus Pink und Violett, Blau und Rot bauscht sich unter den Sprossenfenstern auf, ergießt sich von beiden Seiten auf den Kiesweg. Neben der Eingangstür stehen zwei Paar Gummistiefel in Dunkelgrün und Rot mit weißen Punkten. Menschen sind keine zu sehen.

Das enttäuscht mich ein bisschen. Ich wollte gerne sehen, wie Grand-père dort ist, an seinem Gesicht etwas ablesen, obwohl ich nicht genau weiß, was. Ich drehe das Foto um. Hier hat jemand mit Bleistift ein Datum hingeschrieben. St. Ives, 7. Mai 1962. Das gleiche Jahr stand auch auf der Zeichnung vom Haus. Ob er nur in dem Jahr dort war oder auch in anderen Jahren? 1962 lebten jedenfalls meine Eltern noch nicht und ich schon fünfmal nicht.

Das nächste Foto zeigt eine kleine Ecke des Hauses und hauptsächlich den Ausblick von diesem Hügel, auf dem es steht. Unwillkürlich stoße ich einen Pfiff aus. Obwohl es ein so altes und kleines Foto ist, erkennt man die Idylle. Das Meer glitzert in der Ferne, da schwirren ein paar Vögel weiter unten und überall stehen Häuser mit grauen Dächern. Alles sieht ziemlich verwinkelt aus, unpraktisch und eng. Trotzdem hat mich das Meer und dieser Ausblick erst mal abgelenkt und gewissermaßen gefangen genommen. Vielleicht ist ein Urlaub doch keine so schlechte Idee. Es ist sehr lange her, dass ich am Meer war, obwohl ich die Gerüche dort liebe. Sand, heiße Felsen und Tang. Als ich klein war, habe ich mit Grand-père Muscheln gesucht und kleine Krebse beobachtet, die in den Felsen umhergestakst sind. Später waren wir zusammen schnorcheln, haben die Fische hinterher gezeichnet und versucht, uns gegenseitig damit zu übertrumpfen, wer mehr gesehen hat. Einmal habe ich sogar einen Oktopus entdeckt und ihn eine ganze Weile nicht als solchen erkannt, weil er die Arme beim Schwimmen natürlich nicht alle ausgebreitet hat, damit man sie gut zählen kann. Seesterne und Seeigel hat Grand-père mir gezeigt und er hat mir stundenlang vom Tauchen erzählt, denn vor seiner Ehe war er als junger Mann oft tauchen.

Auf den nächsten Fotos sind ein paar Innenräume des Hauses zu sehen. Aber um die Zimmer zu beurteilen, ist es entweder zu dunkel oder wenig aussagekräftig, weil eigentlich nur Fokus auf die Personen in den Räumen gelegt wird. Ein grauer zotteliger Hund liegt auf dem Teppich vor dem Sofa, auf dem eine junge Frau sitzt. Sie lächelt sympathisch in die Kamera und streichelt den Hund, der entweder schläft oder genießerisch die Augen geschlossen hat. Neben ihr auf der geblümten Sitzfläche steht ein Porzellanteller, leer bis auf ein paar dunkle Krümel, vielleicht von einem Schokoladenkuchen oder Keksen. Wer ist diese Frau? Grand-mère ist es nicht. Seit ich sie kenne, hatte sie graue Haare, aber auf Fotos, die im Haus hingen, war sie dunkelhaarig. Außerdem hat diese Frau so gut wie nichts mit meiner strengen Großmutter gemein.

Auf der Rückseite der Fotografie steht wieder nur ein Datum. Der 7. Mai 1962, der gleiche Tag und das gleiche Jahr wie vorhin. Warum dieser Tag? Zufall? Es ist weder ein Geburtstag, von dem ich weiß, noch irgendein Feiertag.

Vermutlich hat es überhaupt keine Bedeutung. Ich sehe

mir noch drei weitere Bilder an, die das Haus von verschiedenen Seiten zeigen und in mir breitet sich immer mehr Beklemmung aus. Das Cottage ist mir fremd, ich sehe keine Verbindung zu dem Mann, den ich kenne. Kannte. Ich stopfe die Bilder zurück in ihren Umschlag und werfe ihn zurück in den Karton. Morgen sehe ich mir das Haus in Natura an. Zwei Wochen lang werde ich es mir ansehen, verdammt. Um endlich damit abschließen zu können, mit einem Ort, an dem mein Großvater vor mehreren Jahrzehnten einmal gewesen ist. Mehr nicht.

KAPITEL 8
Liv

Über eine Woche später ist der Schreck nur noch eine ferne Erinnerung. Die Sonne scheint in mein Zimmer und ich bekomme gute Laune, weil heute Samstag ist. Ich liebe Wochenenden und weil es in der Wohnung noch ganz still ist, beschließe ich Grandma endlich mal wieder mit einem Frühstück zu überraschen. Crumpets backen kann ich nicht so gut wie sie, also werde ich ein herzhaftes Frühstück machen, schlage die Decke zurück, beeile mich im Bad und stehe wenig später in der Küche. Auch hier fällt das Licht durchs Fenster und ich summe leise vor mich hin, während ich Baked Beans in einem Topf erhitze, in einer Pfanne Spiegeleier brate, in einer weiteren Tomaten und Champignons. Der Duft von Bacon erfüllt die Küche. Mein Magen knurrt laut, sodass ich kaum das Piepen des Toasters höre, als er die beiden Brotscheiben nach oben schnellen lässt.

Ich öffne das Fenster und schrubbe das Backblech, wo noch verkohlte Reste von Brot anhaften. Vom Balkon hole ich ein paar Margeriten und stelle sie in eine Vase in die Küchentischmitte. Ich decke das fröhlich gepunktete Geschirr, hole passende bunte Stoffservietten dazu und warte darauf, dass Grandma auftaucht.

Mein Blick irrt zur Wanduhr und ich wundere mich ein bisschen, denn so lange schläft Grandma eigentlich nie.

Aber vielleicht war sie nachts wach und ist erst später wieder eingeschlafen, das passiert ihr manchmal. Da höre ich ein Rumpeln und lasse lächelnd einen Löffel von Grandmas Guten-Morgen-Tee in das Sieb fallen. Mein Kaffee duftet bereits aus der Frenchpress-Kanne.

Als alles fertig ist, stelle ich den Ofen und den Herd ab und verteile Deckel auf Pfannen und Topf, um das Essen warmzuhalten. Wo bleibt Grandma? Habe ich mich eben doch verhört? Ich schlüpfe in den Flur und lausche. Nichts. Leise klopfe ich an ihre Tür und warte. Dieses Mal höre ich Grandma sprechen, aber ich kann beim besten Willen nicht verstehen, was sie sagt. Mein Herzschlag rast los und ich drehe den Türknauf.

Ich schiebe meinen Kopf ins Zimmer und suche Grandma im Halbdunkel. Sie liegt noch im Bett und ich kann nicht erkennen, ob sie die Augen geöffnet hat oder nicht.

„Grandma?", flüstere ich halblaut. „Bist du wach?"

Sie stöhnt leise und hustet. Vorsichtig trete ich ein und gehe zu ihrem Bett. „Grandma? Ist alles in Ordnung?"

Sie niest, dann öffnet sie die Augen. „Hallo, Liebes." Ihre Stimme rutscht weg und wird wieder zu einem Husten.

„Ach, herrje, du hast dich bestimmt verkühlt." Ich sage das mit viel zu viel Drama in der Stimme, weil das nun mal das ist, was ich gerade fühle. Auf einmal habe ich Angst und sehe sie schon in einem Krankenhausbett mit einer Lungenentzündung. „Du bist doch nie krank", sage ich und sie lacht leise, um sich im nächsten Moment zu räuspern.

„Halb so schlimm." Sie stemmt sich ein bisschen hoch. Gleich verzieht sie das Gesicht.

„Brauchst du etwas oder möchtest du weiterschlafen?", frage ich und mein Magen knurrt laut.

„Du solltest mal frühstücken.“ Grandma lacht. „Tee wäre schön. Wärst du böse, wenn ich einfach liegen bleibe? Nur ein halbes Stündchen noch.“

„Na klar“, sage ich und beginne mich zu entspannen. „Der Tee kommt sofort!“

Ich laufe aus dem Zimmer, richte Grandma in der Küche ein Tablett. Gleich werde ich ihr noch eine Kanne Thymiantee kochen, aber ihr Frühstückstee wird sicher auch nicht schlecht für den Rachen sein. Hauptsache, etwas, das sie wärmt. Sicherheitshalber lege ich noch eine Packung Balsamtaschentücher, eine Packung Strepsils Hustenpastillen und mein digitales Fieberthermometer dazu. Ich hoffe, die Batterie ist noch nicht leer. Geschäftig platze ich erneut in Grandmas Zimmer, aber sie hat die Augen wieder geschlossen und atmet ruhig, wenn auch ein wenig rasselnd. Flüsterleise stelle ich das Tablett auf ihren Nachttisch, halte mich davon ab, ihre Stirn zu fühlen und schleiche lieber wieder aus dem Zimmer.

Ich frühstücke also alleine und komme mir auf einmal einsam vor. Dabei ist Grandma ja da, sie ist einfach nur erkältet und ich werde dafür sorgen, dass es ihr bald besser geht. Gleich gehe ich Orangen und Hustensirup kaufen.

In der Boots Drogerie strahlt mich Becky hinter der Kasse an, als ich in den Laden komme. Außer mir sind keine Kunden da und da wir uns ewig nicht gesehen haben, gehe ich gleich hinüber und wir umarmen uns kurz. Ich stoße einen überraschten Schrei aus, als ich ihre kugelrunde Form bemerke. „Wow! Du bist ja schwanger und schon so weit! Das wusste ich gar nicht!“

Becky lacht und legt die Hände auf ihren Bauch. Wie

konnte mir das eben entgehen? Klar, der Kassentresen war im Weg, aber ich kann mir mittlerweile gar nicht mehr vorstellen, dass irgendetwas diesen riesigen Kugelbauch verstecken könnte.

„Die Ärztin hat mir einen Termin im August genannt. Schwanger im Hochsommer, das hatte ich mir irgendwie anders vorgestellt. Es wäre doch schön gewesen, wenn das Baby dann schon längst da wäre, aber diese Dinge lassen sich ja nicht immer planen." Sie streichelt über eine kleine Beule, die plötzlich an der Seite entsteht und ich starre vermutlich total fasziniert darauf, denn sie bietet mir sofort an, mal zu fühlen. Klar, Becky und ich waren früher in der Schule echt ganz gut befreundet, aber ein bisschen Respekt habe ich doch davor, ihren Bauch zu berühren. Inzwischen sind wir erwachsen und sehen uns nicht mehr so häufig. Also strecke ich meine Hand eher zögerlich aus und lege sie auf die Stelle, die Becky mir gezeigt hat. Ihr Bauch fühlt sich überraschend hart an, wie ein prall gefüllter Gymnastikball, und dann ist da plötzlich etwas unter meinen Fingern. Ein zartes Stupsen und im nächsten Moment sogar ein stärkeres. Ich bin fasziniert und grinse Becky vermutlich etwas dümmlich an. Da ist ein lebendiges Wesen in ihrem Bauch, ein ganz kleiner Mensch, der die Welt noch nie gesehen hat und in ein paar Wochen alles entdecken kann. Wirklich alles.

„Unglaublich", murmele ich und merke, wie lange ich meine Hand schon auf Beckys Bauch liegen habe. Ich ziehe meine Hand schnell zurück.

Becky strahlt gleich wieder vor lauter Stolz und Vorfreude auf ihr Baby. „Ja, nicht? Ich mag es wirklich, wenn sie sich so bewegt, das macht alles realer und ich kann gar nicht warten, sie in echt zu knuddeln."

„Das kann ich mir vorstellen." Ich lächele ihren Bauch noch mal an und besinne mich dann darauf, weswegen ich hergekommen bin. Becky geht gemeinsam mit mir durch die Regale und empfiehlt mir spezielle Halsbonbons, Tee, eine Erkältungssalbe und schärft mir permanent ein, dass ich Grandma im Blick behalten muss. Sobald es schlimmer wird, muss ich einen Arzt rufen oder sie am besten gleich in die nächste Klinik fahren. „Bis der Krankenwagen hier ist …" Sie bricht ab und ich sehe eine Träne über ihre Wange laufen, die sie nicht wegwischt und die einfach von ihrem Kinn hinunterfällt und einen runden Fleck auf ihrem blauen Shirt hinterlässt. Ich sage nicht, dass man bei einer Erkältung selten einen Krankenwagen braucht, denn das klingt sehr danach, als hätte sie mal eine Situation erlebt, wo ein Krankenwagen zu spät kam oder … „Hast du Angst zur Geburt nicht rechtzeitig ins Krankenhaus zu kommen?"

Sie wirft mir einen irritierten Blick zu. „Das ist mir egal. Die Hebamme kommt zu mir und wir wollen eine Hausgeburt probieren, wenn das nicht klappt, wird sie mich fahren."

„Okay." Irgendwie gruselt mich diese Vorstellung. Hier in unserem Ort mit den engen Gassen eine Hausgeburt auszuprobieren, das Wort allein zu denken – da wird mir ganz anders. Aber es ist natürlich Beckys Sache und wie ich sie kenne, zieht sie es einfach durch und alles wird gut gehen. Warum auch nicht? Früher haben Frauen ja wohl alle ihre Babys zu Hause bekommen. Ich bezahle eine extrahübsche Taschentücherbox und die ganzen Schachteln und Tuben, die wir rausgesucht haben, und verabschiede mich. Bei Tesco hole ich noch schnell Obst, ein paar Vitaminpräparate und Kartoffeln und eile wieder heim.

Grandmas Husten höre ich schon, als ich zur Tür reinkomme, und kriege einen Schreck. Aber kurz darauf hört sie auf und ich luge ins Zimmer. Grandma sitzt aufrecht im Bett und blättert in einer Nähzeitschrift. Ihre Nase leuchtet zwar richtig vom vielen Naseputzen, aber sie wirkt auch schon etwas munterer. Ich zeige ihr alle Dinge, die ich gekauft habe, wie früher meiner Ma nach einem Shoppingtrip mit Amy und Hayley, nur dass mir die Modenschau erspart bleibt. Grandma niest ein paarmal und bedankt sich dafür, dass ich mich so gut um sie kümmere.

Dabei fühle ich mich nach neulich gar nicht so. Und plötzlich platzt es aus mir heraus. „Aber ich hätte dich doch gar nicht alleine lassen dürfen nach der Sache mit dem verbrannten Brot. Auch nicht am nächsten Tag. Du hast gedacht, du bist im Jahr 2008."

„Aber warum denn nicht?" Trotz der Heiserkeit klingt sie überrascht.

„Na ja, du warst doch verwirrt und du wärst doch traurig gewesen, wenn du Grandpa nicht gefunden und alles gesehen hättest, was sich verändert hat. Und als du dann am nächsten Tag weg warst … Ich hatte einfach Angst um dich."

Grandma nimmt meine Hand und sieht mir fest in die Augen. „Du brauchst um mich keine Angst zu haben, Livvie. Ich bin schon groß und ich reise gerne mal in die Vergangenheit. An dem Tag war es vermutlich nur etwas stärker als sonst, aber mir ging es nicht schlecht."

„Du hast auf einem Friedhof geschlafen", sage ich mit mehr Schärfe in der Stimme als nötig. „Auf dem Boden." Sofort tut es mir leid, aber Grandma muss doch das Problem sehen.

Grandma wird still, sie atmet sogar leiser als sonst und jetzt tut es mir leid, dass ich das gesagt habe und vor allem, wie ich es gesagt habe. Eigentlich wollte ich sie doch schonen, weil ich mir wirklich Sorgen mache. Sie holt tief Luft, atmet lange aus und sieht mich an, ohne den Hauch eines Lächelns. Ernst, aber irgendwie trotzdem sehr liebevoll.

„Livvie, wirklich. Das sieht von außen bestimmt verrückt aus und ich weiß auch nicht mehr, warum ich dort eingeschlafen bin. Aber es hatte sicher seinen Sinn und es ist okay. Für mich ist es in Ordnung. Ich weiß, wer ich bin und welches Jahr wir haben.“

Das sagt sie mir ganz ruhig und ich schlucke. Dann setze ich mich einfach auf die Bettkante und drücke ihre Hand. Vermutlich hat sie recht. „Gut, wenn du meinst.“

Grandma nickt und lächelt endlich wieder. Die Welt scheint wieder in Ordnung zu sein.

Thierry

Der Anschlussflug dauert nicht lange und trotzdem bin ich so ungeduldig, als wir endlich landen, dass ich am liebsten sofort aufspringen würde und rausstürmen. Keine Ahnung, was mich da reitet. Vermutlich ist es einfach diese Höflichkeit hier im Flugzeug und die Welt da draußen, die einfach nur flach aussieht und nach viel Landschaft, aber wenig Leben. Keine Häuser. Wenig kultiviertes Leben. Und allein die Tatsache, dass ich von Paris erst nach Manchester fliegen musste, dort in einem grauen Hotel übernachtet habe und dann erst von dort aus nach Cornwall fliegen konnte. Jetzt bin ich also in Newquay angelangt. St. Ives, der Ort an dem ich ein Haus geerbt habe, liegt noch eine längere Taxifahrt entfernt. Der Taxifahrer kurvt durch enge Straßen, eingepfercht zwischen Hecken und Bäumen, deren Äste sich an manchen Stellen über der Straße treffen und grüne Tunnel bilden. Manchmal blitzt eine Wiese auf. Ich sehe nur grün und hin und wieder ein paar winzige Dörfer mit Steinhäusern und blumenreichen Gärten, alte Pubs und Wegweisschilder für Touristen, die irgendwelche Gärten anpreisen.

Ich schrecke hoch und sehe direkt in das Gesicht des Taxifahrers. „Da sind wir schon“, sagt er und klingt, als hätte er es schon mal gesagt.

„Danke, muss wohl eingeschlafen sein“, sage ich.

Er lacht. „Sehr beruhigend, die Landschaft und die kurvigen Straßen, das wirkt Wunder. Meinen kleinen Sohn muss ich auch nur ins Auto setzen und nach der ersten Kurve schläft er schon. Zu Hause ist das nicht so einfach, wissen Sie?“

Ich grummele eine Zustimmung, suche das Geld zusammen und zahle. Er steigt zeitgleich mit mir aus und wuchtet meinen Koffer aus dem Auto. Schnell nehme ich ihn entgegen, bedanke mich und er wünscht mir einen erholsamen Urlaub.

Diese Straße hier, die ich dem Taxifahrer als Ziel genannt habe, ist nur einen kurzen Fußmarsch vom Hafen entfernt. Dort liegt das Hotel. Mein Rollkoffer holpert über das Kopfsteinpflaster einer schmalen Straße, an deren Ende ich bereits das Meer sehen kann und ein paar Boote, wenn mich nicht alles täuscht. Vor einem erleuchteten Schaufenster voller Gebäckstücke bleibe ich stehen, um mich zu orientieren. Die Tür neben mir öffnet sich und ein Schwall warmer Luft kommt mit einer Frau in rotem Trenchcoat aus dem Geschäft geweht. Ein Duft nach Schokolade, Brot, Zimt, etwas Fruchtigem und Zucker, der meinen Magen laut knurren lässt. Mein Blick fällt auf kleine Quiches, die im Fenster liegen, daneben steht ein dunkler Kuchen mit schneeweißer Cremeschicht und aufgestäubtem Kakaopulver, liegen kleine Apfelküchlein und viele weitere Leckereien, die ich mir viel zu selten gönne. Aber ich habe Urlaub. Und Hunger. Ich ziehe meinen Rollkoffer zur Tür und betrete die Bäckerei. Ein Glöckchen kündigt mich an und eine freundliche, rotwangige Frau mit Kurzhaarschnitt blickt auf und lächelt warm. Ich fühle mich seltsam willkommen in diesem Land und ich begrüße sie auf Englisch.

„Bonjour, Monsieur", sagt sie und lacht herzlich. Sie wechselt zu Englisch. „Ich fürchte, das war alles, was ich noch weiß. Was kann ich Ihnen anbieten?"

„Guten Tag", wiederhole ich, weil sie mich mit ihrem eckigen Akzent aus dem Konzept gebracht hat. Außerdem gibt es so viel zu sehen, dass ich mich ohnehin noch nicht entschieden habe. Am liebsten würde ich Platz nehmen und länger bleiben. Aber hinter mir warten schon neue Kunden. Ich entscheide mich für die Flucht nach vorne. „Was können Sie mir denn empfehlen?"

„Sie sind zum ersten Mal in Cornwall?", fragt sie mich. Ich nicke und ihr Gesicht beginnt zu strahlen.

„Etwas Herzhaftes wäre zum Beispiel unsere berühmte Cornish Pasty, entweder mit einer fleischhaltigen Füllung oder mit Zwiebeln und Käse, die wird sehr gerne genommen." Sie deutet auf eine Reihe halbrunder Teigtaschen. Ich wackele unbestimmt mit dem Kopf und ermuntere sie so offenbar dazu, weiterzusprechen.

„An süßen Leckereien haben wir gerade ganz frische Scones mit Rosinen, die Leute sind ganz verrückt danach. Sie sind noch ofenwarm, dann sind sie am allerbesten“, schwärmt sie und zeigt auf unförmige Teigtürmchen. „Oder ein Stück Schokoladen-Guinness-Kuchen oder eins vom Walnuss-Apfel-Kuchen?“ Sie zählt noch weitere Kuchen auf, erklärt mir, was in allem davon verbacken wurde und ich lasse den Blick erneut schweifen. Am Ende höre ich doch auf meine Nase, die schon von Anfang an diese tiefe Schokoladennote neben dem würzigen Käse herausgefiltert hat. „Einen von diesen Halbmonden mit Käse und Zwiebeln und ein Stück Schokoladen-Guinness-Kuchen, bitte.“

„Eine hervorragende Wahl“, sagt sie und packt mir beides separat ein. „Halbmond“, kichert sie dabei. „Treffend.“

Ich nehme die duftenden Tüten entgegen, bezahle und verlasse den Laden. Der Rollkoffer holpert über die Steine und ich steuere weiter auf den Hafen zu. Die Häuser spenden Schatten und ich bin dankbar, denn hier ist es wesentlich wärmer, als ich erwartet hatte. Ich verlasse die Enge und leider auch die Kühle der Gasse und stehe einem feinen Sandstrand gegenüber. Ein Meer aus bunten Windschutzwänden breitet sich vor mir aus. Menschen liegen dazwischen und sonnen sich. Etliche baden sogar im Meer. Das muss doch eiskalt sein. Wir sind hier schließlich nicht am Mittelmeer. Ich schirme meine Augen gegen die Sonne ab. Die fröhlichen Rufe der Kinder, das Kreischen einiger Möwen und die Kulisse mit den bunten Strandhäuschen, dem hellen Sand, den gestreiften Sonnenschirmen und stoffbezogenen Liegen ist wirklich das Sinnbild von Sommerferien. Wehmut packt mich, als ich an die Ferien zurückdenke, die ich mit Grand-père am Meer oder einem Badesee verbracht habe.

Ihm würde ich das hier gerne zeigen, es hätte ihm gefallen. Dann wird mir klar, dass er genau das doch bereits gesehen hat! Grand-père war hier, vor vielen Jahren. Wann wohl zuletzt? Die Daten auf den Fotos, die ich vom Haus gesehen habe, waren allesamt aus dem Jahr, in dem Grand-père neunzehn geworden ist. Vielleicht war er seitdem ebenfalls nicht mehr hier. Und davor? Immerhin gehörte seinen Eltern dieses Cottage. Ich drehe mich um und suche die Hügel des Orts nach einem alten Haus ab, kann aber von hier aus nichts erkennen, weil sich die Häuser terrassenartig den Berg hochziehen und womöglich Häuser weiter oben verbergen. Vielleicht stehen auch Bäume dort oder der Hügel ist auf der anderen Seite der Stadt. All das muss ich noch herausfinden.

Eine niedrige Mauer in der Sonne lockt mich. Als ich mich setze, muss ich mir ein Grinsen verkneifen. Der Tag ist so wenig durchgetaktet, dass ich mich fast so fühle, als würde ich im Meer schwimmen. Allein und frei, die Sonne über mir und auch die Geräusche passen dazu. Neben dem Strand schlagen sanfte Wellen gegen die Felsen und ein paar Kinder rennen platschend ins Wasser. Ich hänge mein Jackett über meinen Rollkoffer und lege die beiden Gebäcktüten neben mich auf die Mauer. Zuerst den gefüllten Halbmond.

Grand-père hat in den Ferien immer versucht, etwas Neues auszuprobieren. Er wäre stolz auf mich. Das war er immer. Vor allem hat Grand-père jeden Tag mit allen Sinnen genossen und auf die Details geachtet. Das möchte ich unbedingt wieder üben. Vorsichtig schiebe ich die Tüte so weit zurück, dass ich in den goldgelben Teig beißen kann. Eine Art Pastete, gefüllt mit süßlichen Zwiebeln, salzigem Käse und Kräutern, breitet seine Aromen in meinem Mund aus. Ich nehme einen zweiten Biss, kaue bedächtig. Diese Pasty ist wirklich gut. Ein paar positive Überraschungen muss der Tag ja auch haben.

Ich stecke mir den Rest der Pasty in den Mund und beobachte ein paar Möwen, die einen Touristen so knapp umkreisen, dass sie ihm vermutlich gleich im Flug die Pommes aus der Hand pflücken werden. Die Sonne scheint so warm auf mich herunter, dass ich meine Hemdsärmel hochkrempele und mich ein bisschen danach sehne, ein Kurzarmhemd und eine leichtere Hose anzuziehen. Hätte nicht gedacht, dass es noch so ein warmer Tag werden würde. Bei der Landung war der Himmel wolkenverhangen, wie es sich für England gehört.

Den Kuchen hebe ich mir lieber doch für später auf, schließlich hat mein Zimmer einen Balkon. Ich hole mein Handy aus der Tasche und checke meine E-Mails vom Büro. Es sieht so aus, als hätten sie alles im Griff, aber ich bin schließlich auch erst einen Tag weg. Bestimmt werden bald die ersten Fragen an mich auftauchen. Aber ich kann ja jederzeit nachschauen. Mein Handy vibriert und zeigt eine Sprachnachricht von meiner Schwester an. Ich höre sie ausnahmsweise sofort ab, einfach weil ich Zeit habe.

Veronique erzählt von der Katze, die sie sich aus dem Tierheim geholt hat. Das Tier verkriecht sich anscheinend den ganzen Tag unter Veroniques Bettdecke und man sieht nur an dem kleinen Hügel in der Mitte, dass es da ist. Sie schwärmt vom weichen Fell und dem Schnurren der kleinen grau Getigerten.

„Sie wird langsam richtig zutraulich, vorhin kam sie ganz von alleine zu mir und hat sich auf meinen Nacken gelegt, als ich ferngesehen habe. Amélie schläft auch viel besser, seitdem Marie da ist, so erschöpft ist sie davon, ihr alles

Mögliche beizubringen." Veronique macht ein knisterndes Geräusch im Hintergrund, möglicherweise gehört es zu einer Tüte Katzenleckerli. Zumindest bilde ich mir ein, ein Maunzen zu hören. „Aber erzähl du doch mal, Bruderherz. Wie läuft dein Tag ganz ohne die Kanzlei? Und, na ja, die Standardfragen halt. Wie ist das Wetter? Magst du den Ort? Wie ist Großvaters Cottage? Melde dich bald! Bisous!"

Es tut gut, ihre Stimme zu hören und ich bilde mir ein, dass sie glücklich klingt. Ob das die Katze macht? In letzter Zeit haben wir irgendwie immer nur miteinander gesprochen, wenn es einem von uns schlecht ging. Amélies Eingewöhnung in die Schule lief am Anfang nicht gut, bis bei ihr schließlich eine Lese- und Rechtschreibschwäche diagnostiziert wurde. Es war eine schwierige Zeit. Veronique und ihre Tochter haben sich ihr Leben gemütlich eingerichtet, aber manchmal wird doch alles zu viel. Sie war immer diejenige, die sich gemeldet hat. Aber richtig aufgefallen ist es mir erst, als ich gemerkt habe, dass ich so oft mit meiner Schwester spreche wie lange nicht.

Die Sonne verschwindet für einen Moment hinter einer riesigen weißen Wolke und es wird gleich ein bisschen kühler. Ich atme durch und sehe mich um. Irgendwo da oben auf den Hügeln steht Grand-pères Cottage und ich muss jeden Tag vier Stunden dort verbringen, weil er es sich gewünscht hat. Da ich natürlich rechtzeitig wieder nach Hause fliegen will und der Flug längst gebucht ist, muss ich heute auch schon vier Stunden hin. Höchste Zeit, einzuchecken. Der Weg ist nicht mehr weit.

Das Hotel ist groß, hat drei Stockwerke und sieht irgendwie aus wie ein überdimensionales Puppenhaus mit seinem cremefarbenen Anstrich und den weißen Rahmen um Fenster und am Dach. Hohe, schlanke Schornsteine und verspielte Erker lassen es dennoch filigran aussehen. Natürlich ist es kleiner als die herrschaftlichen Hotels in Paris, aber genau genommen ist alles an diesem Ort klein oder irgendwie niedlich. Das scheint hier zum Stadtbild zu gehören. In der Lobby empfangen mich kühle, frische Luft und ein dicker Teppich mit Rosenmuster in Grau und Pink. Immerhin sind die Sofas aus Leder und nicht aus Samt. Links entdecke ich den Empfangstresen hinter einer Sammlung aus eingetopften Palmen. Eine gelangweilt aussehende Blondine steht dahinter und sieht aus der Fensterfront in Richtung Meer.

Ich gehe zielstrebig auf sie zu und nenne meinen Namen zusammen mit meiner Reservierungsnummer, die ich vom Display ablese. Sie zuckt kurz zusammen, mustert mich, lächelt und begrüßt mich mit einem Wortschwall in einem sehr einheimisch klingenden Akzent, sodass ich Mühe habe, ihr zu folgen. Die Zimmernummer kann ich zum Glück an dem altmodischen Anhänger ablesen. Es gibt hier Schlüssel! Wie lange ist das her, dass ich im Hotel nicht einfach eine Zimmerkarte bekommen habe? Wahnsinn. Tatsächlich starre ich wohl etwas zu lange auf den Schlüssel und bringe sie damit zum Lachen. Ich nicke, bedanke mich und nehme den Schlüssel schnell an mich. Möglicherweise hat sie mich im einzigen Zimmer einquartiert, das einen Schlüssel hat, der Besenkammer oder so. Dafür ist allerdings der Anhänger sehr hübsch gestaltet wie eine Strandhütte, allerdings aus einem Stück Treibgut. Blankes Holz, nur auf einer Seite bemalt mit einer Tür in Pastellgrün.

Die Nummer lautet Zweihundertdrei, ich vermute, das Zimmer dazu befindet sich im zweiten Stock, aber ich werde es schon finden. Möglicherweise hat die Rezeptionistin es mir gesagt, zusammen mit ein paar anderen Infos, die wichtig gewesen wären. Aber ich hoffe einfach mal, dass alles, was ich wissen muss, auch in einer Mappe im Zimmer oder der Hotelhomepage steht. Die Essenszeiten wären interessant. Ich schnappe meinen Rollkoffer, und steuere einfach mal die glänzenden Messingtüren des Lifts an. Mit einem leisen Pling öffnen sich die Türen und ich trete in die quadratische Kabine, links der obligatorische Spiegel, die anderen beiden Wände sind matt gebürstet und der Fußboden des Lifts ist mit dickem türkisfarbenem Teppich ausgelegt. Neben den Knöpfen für die verschiedenen Etagen stehen keine Zimmernummern, aber ich drücke einfach mal auf die Zwei. Wird schon richtig sein und wenn nicht … ich habe ja Zeit. Dieser Satz hallt in meinem Kopf nach. Viele zu lange habe ich ihn weder gehört noch gesagt oder gedacht. Zeit ist kein Wort, was ich oft benutze, außer im Zusammenhang mit „keine" oder „drängen". Da wartet immer der nächste Termin, ein Telefonat, etwas kommt dazwischen und der Mandant wartet auf mein Gutachten, meinen Vermerk, meine Rückmeldung. Die Gegenseite wartet ebenso und die Kollegen, mit denen ich an großen Fällen zusammenarbeite.

Der Aufzug fährt leise und sehr langsam, sodass ich genug Zeit für diese Gedanken habe. Wie entwickelt sich wohl das neue Mandat mit der Fizzy S.A.R.L.? Meine Finger kribbeln so, als wollten sie unbedingt mein Handy aus der Tasche ziehen und nachsehen, ob mir jemand geschrieben hat oder ob ich einen Anruf verpasst habe. In den letzten zehn Minuten, seitdem ich geguckt habe. Zehn Minuten können verdammt lange sein, aber ich weiß genau, dass Grand-père diese Einstellung nie für mich wollte. Er wollte nicht, dass ich nur für die Arbeit existiere und kein eigenes Leben mehr habe. Keine Zeit für Schönes zu haben, das war eins der schlimmsten Dinge für ihn. Also reiße ich mich zusammen und bin erleichtert, als der Fahrstuhl wieder ein Ping von sich gibt und die Türen in Zeitlupe auseinandergleiten. Der Flur ist viel heller als ich erwartet habe. Auf den ersten Blick sehe ich nicht eine einzige Zimmertür, dafür eine Reihe von Fenstern mit Blick auf einen üppigen Garten. Dahinter liegt das Meer, weit und graublau, darüber ein makelloser blauer Himmel. Ich kann mich gar nicht vom Anblick losreißen. Im Garten blüht es überall, aber es gibt auch Palmen und große Hecken, die die zweite Gartenhälfte abschirmen. Eine Möwe hockt auf dem Fensterbrett genau vor mir und späht missmutig hinein. Ihr gebogener Schnabel sieht aus wie heruntergezogene Mundwinkel und sie sieht aus, als wollte sie sich gleich beschweren. Mich scheint sie nicht zu sehen und ich bleibe ganz still stehen.

Die Fahrstuhltüren schließen sich hinter mir, aber auch das scheint die Möwe nicht zu hören, oder sie kennt es schon. Eins der Fenster ist ein Stückchen hochgeschoben und es dringen Rufe von anderen Möwen und ein entferntes Rauschen herein, möglicherweise von den Wellen, die irgendwo außerhalb meines Blickes gegen Felsen schlagen. Die Luft riecht im Flur nach Waschmittel, aber nur dezent und gleichzeitig natürlich nach Meerwasser, Tang und Salz und Sand.

Die Möwe pickt am Fensterrahmen, dann fliegt sie weg und ich schaffe es endlich, meinen Blick von der malerischen Welt da draußen zu lösen und mich im Flur umzusehen. Direkt gegenüber ist ein kleines Messingschild angebracht, auf dem die Zimmernummern stehen. Zweihundert bis zweihundertzehn sind links von mir, zweihundertelf bis zweihundertzwanzig rechts. Ich biege also nach links ab. Der

Teppich hier ist hellblau mit kleinen goldenen Punkten, verbunden durch Linien. Ich erreiche die ersten Zimmertüren. Meine finde ich recht weit hinten im Gang, der mit einem Fenster endet. Kurz bleibe ich stehen und genieße auch hier den atemberaubenden Blick auf das Meer und den hellen Sandstrand, allerdings nicht derjenige, an dem ich vorhin auf der Mauer meine Pasty gegessen habe. Auch den Hafen kann ich von hier aus nicht sehen. Er muss auf der anderen Seite des Hotels sein. Das Meer leuchtet an dieser Seite türkis, besonders dort, wo es näher am Strand ist, und es beginnt merkwürdig in meinem Inneren zu ziehen. Es fühlt sich an wie … Sehnsucht. Nach einem Tag am Strand mit Grand-père, einer gemeinsamen Muschelsuche oder einem Schnorchelabenteuer.

Nur zögerlich reiße ich mich vom Anblick des Wassers los und schließe die Tür zu meinem Hotelzimmer auf. Ich habe es für die komplette Zeit im Ort gebucht und ganz kurz erwischt mich wieder der Gedanke, dass das erstens lächerlich ist, weil ich hier gerade ein Haus geerbt habe, in dem Platz zum Schlafen wäre, und zweitens fühlt es sich auf einmal unfair gegenüber Grand-père an. Ganz so, als wollte ich sein Erbe so schnell wie möglich hinter mir lassen. Aber natürlich werde ich seinem Wunsch entsprechen und mich die nötigen vier Stunden am Tag im Blueberry Hill Cottage aufhalten. Dennoch weiß ich ja nicht, wie es dort aussieht. Am Ende steht das Haus seit Jahren leer und ist völlig heruntergekommen. Gerne hätte ich Grand-père gefragt, wann er das letzte Mal hier gewesen ist. Aber es geht nicht. Nie wieder.

Meine Kleidungsstücke hänge ich in den Holzschrank und lege meine Unterwäsche und Socken in die Kommode am

Fenster. Der Koffer ist viel zu schnell leer und ich verstaue ihn unter einem niedrigen Tisch, der genau die richtige Größe hat. Beim Blick aus dem Fenster ereilen mich schon wieder Erinnerungen an Sommerurlaube aus meiner Kindheit, also zwinge ich mich zur Konzentration auf das Wesentliche. Ich bringe noch meinen Kulturbeutel ins Badezimmer, das zwar klein, aber sehr sauber aussieht. Dann bleibt nichts mehr hier zu tun, was ich nicht auch später erledigen könnte, und ich nehme mir den Zimmerschlüssel und mein Portemonnaie und verlasse mein Zimmer.

Dieses Mal finde ich die Treppe nach unten und gehe zielstrebig durch die Lobby, nicke der Frau hinter dem Empfangstresen kurz zu und stehe wieder im schönsten Sommerwetter. Da muss ich erst nach England kommen, in das Land, wo es doch angeblich so oft regnet, um mal vernünftigen Sonnenschein zu erleben. Nein, das ist Unsinn. Die Wahrheit ist, dass ich zu Hause nur morgens und abends überhaupt mitbekomme, wie das Wetter ist, weil ich die restliche Zeit in einem wahlweise geheizten oder gekühlten Bürozimmer oder in irgendwelchen Geschäftsräumen sitze. Womöglich war der Sommer dieses Jahr aber auch hier überwiegend verregnet und bewölkt und nur heute habe ich Glück mit dem Wetter. Dieses Mal gebe ich die Adresse gleich in Google Maps ein. Es wird zu Fuß fünfzehn Minuten dauern, das Blueberry Hill Cottage zu erreichen, eine Viertelstunde, in der ich mir ausmalen kann, was ich später damit machen werde. Während ich durch die schmalen, geschäftigen Straßen schlendere, fällt mir auf, dass der Ort bei Touristen wirklich sehr beliebt ist. Hier ein Hotel zu besitzen wäre vermutlich eine gute Sache und mit dem Haus erbe ich das Grundstück, auf dem es steht. Dort könnte ich ein eigenes

Hotel eröffnen. Von dem Hügel hat man eine tolle Aussicht aufs Meer und die verwinkelten Sträßchen. Veronique hat eine Zeit lang in einem Hotel gearbeitet, sie könnte mich beraten oder in meinem Hotel einen wichtigen Posten übernehmen. Natürlich ist das Unsinn. Veronique wird auf dem Land bei Paris wohnen, sobald sie mit Amélie in Grand-pères Haus zieht. Da kann sie ja schlecht auf dieser Insel arbeiten.

Ein Hotel zu bauen ist aber trotzdem keine schlechte Idee, denn was soll ich sonst mit einem alten Haus in Cornwall und seinem hoffentlich gut geschnittenen und großen Grundstück anfangen? Ich muss mich darauf konzentrieren, den fröhlich schwatzenden und ständig fotografierenden Leuten auszuweichen. Mir fällt der Kuchen ein. Ich hätte ihn mitnehmen sollen, um mir die vier vorgeschriebenen Stunden dort oben im Haus zu versüßen. Was hat sich Grand-père eigentlich dabei gedacht? Was soll ich vier Stunden dort oben tun? Im Garten sitzen? Alles auf Vordermann bringen vor dem Verkauf. Ja, das macht Sinn. Dann schieben sich wieder Bilder von Burgruinen in meine Gedanken. Wie schlimm steht es wohl um das Cottage?

Der Weg nach oben ist steil, aber ich bin ja zum Glück trainiert und ich könnte sehr viel schneller gehen. Die Wahrheit ist allerdings, dass ich den Moment hinauszögere. Das ist doch lächerlich! Ich lasse mir doch von keinem Haus Angst machen. Energisch gehe ich weiter. Das Cottage müsste schon zu sehen sein, aber riesige Rhododendronbüsche, wie auch Grand-père sie in seinem Garten hat und eine mit Efeu berankte Mauer schirmen den Blick immer noch ab.

Ich muss weiter an der Mauer entlanggehen. Hinter riesigen Eichen blitzt immer wieder ein kleines Stück vom Dach auf. Es sieht aus wie eins der Dächer unten im Ort.

Graue Schindeln, etwas in die Jahre gekommen und an vielen Stellen mit gelb-orangen Flechten bewachsen. Sie leuchten mir durch die Zweige der Bäume entgegen. Aus dem Schornstein kommt natürlich kein Rauch und das erinnert mich wieder daran, dass das Haus unbewohnt ist und vermutlich schon sehr lange war. Bei den Hausunterlagen war eine Broschüre eines Ferienhausverleihs hier im Ort dabei. Und der Vertrag sowie ein Kündigungsschreiben von vor fünf Monaten. Warum wollte Grand-père es nicht mehr vermieten? Meine Schritte werden von ganz alleine wieder langsamer, als ich durch die Blätter spähe und endlich auch Fassade und Fenster sehen kann.

Die Mauern sind aus den gleichen grau-beigen Steinen gemauert wie die auf der Taxifahrt vom Flughafen. Die Sprossenfenster sehen ebenfalls älter aus, die weiße Farbe blättert an einigen Stellen ab, aber das habe ich nicht anders erwartet. Als ich weitergehe, steigt mir ein betörender Duft in die Nase und ich versuche herauszufinden, woher das kommt. Schließlich entdecke ich eine rankende Pflanze mit weiß-gelben länglichen Blüten, die es sein muss. Grand-père hätte sicher gewusst, was das ist. In meinem Hals formt sich etwas Hartes und ich gehe schnell weiter, auf der Suche nach einem Tor in der Mauer. Das duftende Gewächs gibt es noch ein zweites Mal und ich gehe dieses Mal nicht näher ran.

Endlich erreiche ich eine hohe Holzpforte und drücke probehalber das Metallplättchen am Griff nach unten. Es quietscht, aber die Tür gibt nicht nach. Also gehe ich weiter und freue mich über das große Grundstück. Hier passt definitiv ein kleines Hotel drauf. Das jetzige Cottage ist auch nicht besonders klein. Wie kamen sie wohl zu so einem großen Haus und warum ausgerechnet in diesem entlegenen Ort in England? Soweit ich weiß, waren seine Eltern beide Franzosen. Oder nicht? War es einfach ein Urlaubsanwesen? Zum ersten Mal fällt mir auf, dass ich mir nie darüber Gedanken gemacht habe, wie Grand-pères Leben wohl vor meiner Geburt aussah, seine eigene Kindheit. Ich kenne seine Eltern nicht, sie waren bereits gestorben, als ich geboren wurde, Grand-père selbst war damals fünfundfünfzig. Er hat immer mit Grand-mère zusammen gewohnt und später ist sie aus dem gemeinsamen Haus ausgezogen und hat sich eine Stadtwohnung in Paris gekauft. Geldprobleme hatten die beiden nie. Vielleicht haben sie auch reich geerbt? Ich würde Grand-père wirklich gerne fragen, aber auch das geht nicht mehr. Ich kann nur hoffen, dass er irgendwo ein paar Informationen für die Nachwelt gesammelt hat. Meine Eltern zu fragen ziehe ich jedenfalls nicht in Betracht.

„Oh Pardon!“, rufe ich aus, als ich um die Ecke biege und mit einer jungen Frau zusammenstoße.

„Nichts passiert“, antwortet sie auf Englisch und ich habe einfach in meiner Landessprache gesprochen. Sie hält mich bestimmt für einen Touristen und ich weiß nicht, warum mir das etwas ausmacht. Es könnte an der Art liegen, wie sie mich interessiert mustert.

„Dies ist mein Haus, ich wohne hier“, sage ich und wundere mich selbst darüber. Warum erzähle ich ihr das? Will ich vor ihr angeben? Oder es liegt einfach daran, dass sie hier so selbstverständlich herumspaziert, als würde alles ihr gehören oder sie sich sehr gut auskennen, und ich tue das eben nicht? Aber warum muss ich gleich lügen? Nun ja, wir kennen uns ja nicht.

„Das alte Cottage?“, fragt sie und klingt ungläubig. „Aber

Sie sind doch Franzose!“ Sie sagt das, als wäre es völlig abwegig, dass ein Franzose ein Haus in England besitzt und ehrlich gesagt finde ich das auch, aber ich kann es nicht auf mir sitzen lassen.

„Warum nicht?“, frage ich und versuche sie streng anzusehen, aber ich kann nicht.

Sie reißt die Augen auf und mustert mich erneut, dann das Cottage und schüttelt den Kopf. „Ja, warum nicht?“, fragt sie und lächelt ein wahrhaft umwerfendes Lächeln. Es ist wie der Frühling und das Lied eines Rotkehlchens, wie der Duft dieser länglichen Blumen von eben, gemischt mit einem Stück Tarte Tatin. Moment, was?

Ich muss lachen, obwohl sie mich wirklich an ein Rotkehlchen erinnert. Ihre Haare sind rötlich, die Augen braun und sie ist zierlich und sprüht vor Lebensfreude. „Pardon“, sage ich erneut.

Ihr Lächeln verrutscht und sie nickt. „Schönen Tag, Monsieur.“ Und damit dreht sie sich um und lässt mich stehen. An der Hausecke von einem Cottage, in dem früher mein Grand-père gewohnt hat und das ich nicht mal von innen kenne. Trotzdem habe ich eben behauptet, ich würde hier wohnen. Na ja, vier Stunden am Tag sind die meisten Leute wohl nicht mal in ihren eigenen Häusern, oder? Ich zumindest bin in meiner Pariser Wohnung – wenn man von der Zeit, die ich dort mit Schlafen verbringe, absieht – keine vier Stunden am Tag. Höchstens an verregneten Wochenenden.

Nach einer Weile stehe ich immer noch hier und sehe ihr nach. Dabei ist ihre schmale Silhouette längst in dem Gestrüpp verschwunden, durch das ein Trampelpfad grob Richtung Stadt führt. Die kleine Begegnung mit ihr hat mich von meinem eigentlichen Ziel abgelenkt. Ich bin hier, um mir das Haus anzusehen. Welches ich geerbt habe. Ich schüttele den Kopf über diesen seltsamen Vorfall und gehe die letzten Schritte zur Haustür. Sie ist schwarz gestrichen, der Rahmen weiß. In der Mitte ist ein Briefschlitz aus Messing und ein Türklopfer in Form einer Meerjungfrau. Auch die Klingel blinkt golden, sieht beinahe poliert aus. Kurz versuche ich mir vorzustellen, wie Grand-père damals diese Tür gesehen hat, als er zum ersten Mal hier war, und schon wieder fällt mir auf, dass ich nicht weiß, wie lange und wie oft er hier war. Kann er hier gewohnt haben? Oder war es wirklich nur ein Ferienhaus?

Warum hat er auch nie davon erzählt? Muss mir das zu denken geben? Nun ja. Er hätte mir nichts vererbt, was er nicht in meinen Händen hätte wissen wollen. In meiner Hosentasche grabe ich nach dem Schlüssel, den ich bei der Testamentsverlesung ausgehändigt bekommen habe. Er fühlt sich fremd an und es kommt mir seltsam vor, dass der Schlüsselanhänger so ein einfacher aus Plastik ist mit einem kleinen Sichtfenster, in den jemand den Namen des Hauses geschrieben hat. Es ist nicht Grand-pères Schrift, vielleicht von der Ferienhausvermietung? Ich könnte im Ort einen schöneren kaufen. Passend zu diesem Türklopfer, der eigentlich kitschig sein sollte, es aber merkwürdigerweise nicht ist.

Der Schlüssel dreht sich so leicht im Schloss, als wäre der Schlüssel nicht so lange fort gewesen oder andere Leute regelmäßig im Haus ein und ausgegangen. Langsam schwingt die schwere Holztür nach innen, als ich leicht dagegen drücke. Sie könnte aber genauso gut quietschen, denn mich befällt auf einmal eine Gänsehaut und die kleinen Härchen im Nacken stellen sich auf. Warme Luft weht mir entgegen und der Duft von schweren Holzmöbeln und altem Teppich voller Staub hüllt mich ein.

„Für dich, Grand-père“, murmele ich und trete über die Schwelle. Mein erster Schritt klackt auf grauem Steinfußboden wie in einer Kirche. Kurz darauf trete ich auf einen weichen beigen Teppichläufer. Ich stehe in einer kleinen Diele, an den Wänden befinden sich Haken, links hängt ein ovaler Spiegel, aus dem mir ein blasses Gesicht entgegensieht. Dunkle Schatten unter den Augen von zu wenig Schlaf und Stress. Irgendwo im Haus knackt Holz und es pfeift leise, als ob ein Fenster kaputt oder nicht richtig zu ist. Langsam gehe ich weiter durch einen Torbogen in einen Flur mit Dielenboden, mehrere Türen gehen davon ab und sie sind alle geschlossen. Es bringt nichts, ich werde mir jedes Zimmer ansehen. Zur Sicherheit stelle ich mir einen Wecker auf dem Handy, der mir Bescheid sagt, wenn die vier Stunden für heute rum sind.

„Was hast du dir bloß bei diesen vier Stunden gedacht?“, frage ich die Stille im Haus und versuche mir vorzustellen, hier gemeinsam mit Grand-père durchzugehen. Gleich geht es mir etwas besser. Die erste Tür lässt sich mühelos öffnen, dahinter verbirgt sich ein winziges Badezimmer mit einem winzigen Fenster mit geblümten Vorhängen und altmodischen goldenen Wasserhähnen am Waschbecken.

Nachdenklich gehe ich zur nächsten Tür und öffne sie schwungvoll, um mich selbst ein wenig zu unterhalten, meinen Gang durchs Haus zu variieren.

Ich trete ein und stehe in einer Küche. Hier sieht man ganz deutlich, dass die Wände des Hauses sehr dick sein müssen. Unter einem Rundbogen mit Nische steht ein breiter, antik anmutender Ofen, die Spüle ist blank poliert und über einer Stange an der Wand hängt ein hellblaues Küchentuch, als hätte es gerade erst jemand dort hingehängt. Auf Verdacht öffne ich einen der Schränke aus honigfarben gebeiztem Holz und bin erstaunt, dahinter Geschirr zu finden. Teller, Tassen, eine Suppenterrine. In einem anderen Schrank stehen Töpfe und Pfannen, Gläser und Tassen. Alles da. Jetzt macht der Zusatz im Testament Sinn. Mit allen Dingen, die in dem Cottage enthalten sind. Und wenn es ein Ferienhaus war, wäre es seltsam, wenn es nicht möbliert wäre. Die Frage ist nur, wer es möbliert hat. Grand-père? Seine Eltern? Die Ferienhausvermittlung?

Bei den weiteren Räumen in der unteren Etage beeile ich mich. Da ist noch ein Esszimmer mit einem Erker, dessen Fenster mir einen schönen Blick in den Garten gewähren. Hinter der Hecke kann ich sogar einen schmalen Streifen Blau sehen: das Meer. Der lange Esstisch und die acht Stühle daran erinnern mich an die Möbel im Haus von Grand-père in Frankreich. Im Wohnzimmer sind Bücherwände wie bei ihm zu Hause, zwei Sessel, ein Sofa und ein Couchtisch mit eingelassener Glasscheibe, unter der man Sand sieht und eine Menge Steine und Muscheln. Ich trete etwas näher heran und erkenne, dass die Steine Fossilien enthalten. Genau so einen Ammoniten hatte Grand-père als Briefbeschwerer in seinem Arbeitszimmer. Rasch trete ich einen Schritt zurück und schaue mir nur kurz den Wintergarten an. Auch hier steht ein Sofa, allerdings aus Korbgeflecht mit dicken rot geblümten Kissen. Neben der Tür steht ein kleiner Teewagen aus dunklem Holz. Es fehlen eigentlich nur die Pflanzen, aber als ich den Blick hebe, ist alles grün, denn man sieht genau in den Garten, der ein kleines Stück abzufallen scheint, hinter einem hohen Zaun sehe ich den blauen Himmel.

Später werde ich mir hier in Ruhe alles ansehen, zuerst werde ich meinen Hausrundgang beenden. Ich finde eine kleine Abstellkammer unter der Treppe, die abgeschlossen ist. Da der Schlüssel steckt, werfe ich einen Blick hinein und finde darin allerlei Kisten und Kartons und eine Wand voller Regale.

Oben gelange ich zuerst zu einer abgeschlossenen Tür, aber weil der Schlüssel steckt, kann ich sofort einen Blick hineinwerfen. An dem riesigen Holzschreibtisch und einem wuchtigen Stuhl mit lederbezogener Sitzfläche erkenne ich, dass es ein Arbeitszimmer ist. Es ist ähnlich ausgestattet wie Grand-pères Arbeitszimmer zu Hause und ich frage mich, ob er dieses Zimmer seinem in Frankreich angeglichen hat oder umgekehrt. Nachdenklich gehe ich weiter und finde zwei Schlafzimmer. Das größere scheint genau über dem Esszimmer zu liegen, es hat den gleichen Erker. Das Badezimmer hier oben ist riesig. Eine Badewanne mit Klauenfüßen steht mitten im Raum, aber es gibt auch eine ebenerdige Dusche mit Glaswand und riesigem Duschkopf.

Der Flur ist breiter als unten und endet mit einem großen Fenster. Hier ist ein tiefes Fensterbrett mit Silzpolstern angebracht, die nach Staub riechen. Es gibt eine Luke zum Dachboden, aber auch den hebe ich mir für später auf. Ich versuche mir vorzustellen, in welchem Zimmer Grand-père hier früher geschlafen hat. In dem kleineren Schlafzimmer mit den beiden Fenstern oder in dem mit dem Erker? Mir gefallen beide, sie sind lichtdurchflutet und wirken durch den hellen Teppich gemütlich. An den Fenstern hängen in allen Zimmern Vorhänge aus dickem, glänzendem Stoff, mal mit Rosenmuster, mal ohne. In dem kleineren Schlafzimmer sind die Stoffe kariert, das Holz etwas dunkler und es mutet dadurch etwas schottisch an.

Hier trete ich ans Fenster und sehe hinunter in den Garten. Hinter einem ausladenden Kirschbaum erkenne ich ein Stück eines Schuppens inmitten von riesigen, dicht belaubten Büschen, die violett und rot blühen. Noch mehr zu entdecken also. Ich stutze über diesen Gedanken. Aber es ist tatsächlich wahr, das Haus und sein Garten haben meine Neugier geweckt. Hauptsächlich besteht der Garten aus Wiese, aber da stehen noch ein kleiner Magnolienbaum und ein Apfelbaum, einige höhere Eichen weiter hinten und wieder Büsche. Auch von innen ist die Begrenzungsmauer mit Efeu bewachsen, ein heller Kiesweg schlängelt sich bis zum Gartenschuppen. An seinem Anfang scheint eine Steinterrasse zu sein, die in den Garten führt, aber ich kann es von hier aus nicht genau erkennen. Probehalber setze ich mich auf das Bett und lasse meinen Blick durchs Zimmer schweifen. Hier erinnert mich allerdings nichts an Grand-père. Instinktiv kehre ich ins Arbeitszimmer zurück, das Zimmer, das abgeschlossen war.

Vermutlich hat Grand-père hier einige persönliche Dinge aufbewahrt, die die Ferienhausgäste nicht zu sehen bekamen. Ein kleines gerahmtes Bild neben dem linken Fenster weckt mein Interesse und ich gehe darauf zu, um es mir näher anzusehen. Es ist eine Schwarz-Weiß-Fotografie und sie zeigt eine Familie mit einem jungen Mann, der die Frau, die vermutlich seine Mutter ist, um einen Kopf überragt. Der zweite Mann ist noch größer und hat seinen Arm um die zierliche Frau gelegt. Obwohl das Bild klein ist, erkenne ich in dem jungen Mann eindeutig Grand-père und mein Herz wird ganz schwer. Er, so jung, dass er nicht einmal im Traum daran gedacht hat, dass er irgendwann seine Sommerurlaube mit seinem Enkel verbringen würde, der jetzt in diesem Haus steht. Warum hängt das Bild hier noch? Wenn es diesen Raum gibt, der nicht für die Ferienhausgäste gedacht ist, müsste Grand-père dann nicht hin und wieder hergekommen sein? Warum hat er nie davon erzählt? Entweder es kam ihm unwichtig vor, oder er hat nicht mehr daran gedacht. Oder die Zeit hier in dem Haus ist keine gewesen, an die er sich gerne erinnert hat. Oder so vertraut und regelmäßig, dass es ihm erst recht nicht so vorkam, als müsse er darüber reden. Ein Geheimnis, absichtlich oder unabsichtlich.

Ich weiß nicht, wie sich Grand-père hier gefühlt hat und ob er gerne daran zurückgedacht hat, aber irgendwie habe ich den Verdacht, dass es ihm hier gefallen hat. Ich sehe zum Fenster und mein Herz wird weit, als ich die sanft wogenden Zweige der Bäume draußen sehe, einen Vogel, der aus den Blättern fliegt und dahinter einen Streifen Meer. In diesem Moment muss ich mir eingestehen, dass ich das Haus mag und das jagt mir Angst ein. Ich will es nicht mögen, ich kann es nicht behalten, denn wenn ich etwas habe, dass mich immer daran erinnert, dass ich Grand-père verloren habe, wird mich das jeden Tag aufs Neue verletzen. Dieses Haus könnte mir das Herz brechen.

KAPITEL 9

Liv

Ich trete in den kleinen Supermarkt und denke noch immer an den Fremden oben beim Blueberry Hill Cottage. Er war eindeutig Franzose und nach dem ersten Schreck hat er ein sehr freundliches Lächeln hinbekommen. Er hat behauptet, dass das Cottage ihm gehört. Das Haus steht schon eine ganze Weile leer. Bis vor Kurzem war es als Ferienhaus angemeldet, das weiß ich von Emma, die es von ihrem Mann weiß, der bei Seaside Cottages Cornwall arbeitet. Entweder wird also das Blueberry Hill Cottage inzwischen von einer anderen Agentur vermittelt, von den Eigentümern selbst, oder es wurde verkauft. Oder die Eigentümer wollen selbst dort wohnen? Das passiert nicht selten, dass Leute sich in jungen Jahren ein Ferienhaus in Cornwall kaufen und dann, wenn sie in Rente gehen, dort selbst ihren Lebensabend verbringen wollen. Dieser Mann aber war viel zu jung, um schon in Rente zu gehen. Vielleicht ist er ja auch mit dem Verkauf betraut oder kann er die Wahrheit gesagt haben?

Ein Franzose zieht nach Cornwall? Er sah aus, als hätte er genug Geld, das Haus zu kaufen. Oder er meinte, dass es ihm für diesen Urlaub gehört, angemietet. Könnte sein, dass er sich eine Auszeit nehmen möchte. Er hat schon ein bisschen nach Burnout ausgesehen. Der Blick matt, wie bewölkt fast, das Hemd tadellos. Meine Güte, er ist sogar in Lederschuhen auf den Hügel geklettert, in Schuhen, die sich mit Sicherheit in Büros wohler fühlen. Womit die Schuhe hervorragend zu ihm passen, immerhin sah auch er aus, als würde er sich in Büros am wohlsten fühlen. So blass wie er war, verbringt er vermutlich nicht viel Zeit draußen an der frischen Luft. Höchstens mal zum Joggen abends nach der Arbeit, wenn die Sonne schon ganz tief steht und kaum noch bräunt. Oder er trägt Sonnenschutzfaktor 50, um bloß keinen Sonnenbrand zu bekommen, dazu eine Baseballkappe und eine Sonnenbrille. Ein kleines Lachen perlt in mir hoch und ich erschrecke damit den Teenager neben mir, der gerade versucht, sich zwischen zwei Energydrinks zu entscheiden. Er sieht mich an, als hätte ich ihn aufs Schlimmste beleidigt, worüber ich wieder ein bisschen lachen muss.

„Der in der roten Dose ist scheußlich, vielleicht hast du mit dem anderen mehr Glück", sage ich und gehe mit meinem Einkaufskorb weiter zu den Joghurts. Ob Grandma schon weiß, wer da im Blueberry Hill Cottage wohnt? Falls nicht, wird es sie bestimmt interessieren. Manchmal habe ich schon vermutet, dass sie das Haus selbst am liebsten kaufen würde, so sehnsüchtig schaut sie immer, wenn Leute dort Urlaub machen.

Es ist aber auch ein zauberhaftes Haus in einer perfekten Lage. Man muss aus den Schlafzimmern einen tollen Blick aufs Meer und die Stadt haben. Schade eigentlich, dass ich nie auf die Idee gekommen bin, es einfach mal für eine Woche zu mieten, um Grandma eine Freude zu machen. Ob der Franzose es mal vermieten würde, wenn er auf Geschäftsreise ist? Der Typ, der selbst Urlaub macht, scheint er nicht zu sein. Im gleichen Moment frage ich mich, wie ich das wissen kann. Menschenkenntnis, würde Amy sagen und damit hätte sie vermutlich recht.

Mit einem vollen Einkaufskorb stelle ich mich an der Kasse an, warte, bis die ältere Dame vor mir ihren Einkauf bezahlt hat, ihre Tüten zusammenrafft und bin an der Reihe. Jayden grinst, sobald ich vor ihm stehe.

„Livvie!", begrüßt er mich überschwänglich, als hätten wir uns Jahre nicht gesehen. „Was macht das Leben?"

So war er schon immer. Ich würde fast sogar behaupten, Jayden ist jemand, der sich seit der Mittelschule nicht mehr verändert hat, aber ich finde auch, dass er das nicht muss.

„Gut!" Ich hieve meinen Korb in die Einbuchtung im Tresen und beobachte, wie Jayden die Sachen nacheinander über den Scanner zieht und in meinen Stoffbeutel legt, den ich ihm gegeben habe. Bevor er wieder auf die Idee kommt, mir eine von diesen dünnen Plastiktüten anzudrehen, bei denen ich bis kurz vor der Haustür ständig Angst habe, sie würden reißen. Und zu mehr als Müllbeuteln taugen sie danach auch nicht mehr, weil sie so reißwillig sind. „Hast du schon von dem Franzosen oben im Blueberry Hill Cottage gehört?" Die Wörter verlassen meinen Mund, bevor ich mir überlegt habe, ob das eine gute Idee ist, ausgerechnet Jayden zu fragen.

Ganz kurz verengt er die Augen. „Der gut aussende Franzose, der im Seaside Hotel wohnt, meinst du?"

Natürlich senkt er seine Stimme dabei kein bisschen und ich habe das Gefühl, von jedem Einzelnen um mich herum angestarrt zu werden. Ich meine sogar, dass der ein oder andere innerlich oder äußerlich grinst.

„Ich habe ihn nur ganz kurz gesehen", antworte ich möglichst unverfänglich.

Jayden grinst noch ein bisschen breiter, vermutlich bin ich rot geworden. Am liebsten würde ich laut fragen, ob er ihm gefällt, aber ich will das Thema ungern vertiefen und möchte ihn nicht provozieren, irgendetwas anderes herauszuposaunen. Man weiß ja nie. Erst jetzt fällt mir auf, was er noch gesagt hat. „Er wohnt im Hotel?“ Das macht keinen Sinn, da er mir gesagt hat, dass er im Cottage wohnt.

„Vielleicht gibt es viel zu renovieren?“, spekuliert eine Frau mit winziger Brille hinter mir.

„Sodass er nicht sofort einziehen kann?“, frage ich. „Aber das Haus war immer eins der besten Ferienhäuser, eins der Luxuskategorie.“

„Tja, aber das Haus wurde seit über einem halben Jahr nicht mehr vermietet. Der frühere Besitzer ist jedenfalls nie hergekommen.“ Der Mann, der mich an meinen früheren Chemielehrer erinnert, nickt bestätigend.

„Warum nicht?“, frage ich und habe keine große Hoffnung darauf, dass das jemand weiß. Ich kann mir auch nicht erklären, warum mich das Thema so beschäftigt und versuche den Gedanken zu verdrängen, dass mir der Franzose da oben gut gefallen hat. Etwas an seiner Stimme, dieser Akzent und seine Augen, die zwar gehetzt wirkten, aber da war auch ganz kurz so ein Funkeln, als er lächelte. So als würde er aus einem tiefen Schlaf aufwachen und ich hätte ihn geweckt … Ach was. Vermutlich hat sich einfach etwas Sonnenlicht in dem Dunkelgrau verfangen. Und warum denke ich jetzt an funkelnde Augen? Eben habe ich sie noch für matt gehalten, weil er nach Burnout aussah. Aber ja, es war irgendwie beides, wie seltsam das auch klingt.

Der Mann wirkte sehr selbstbewusst, gleichzeitig auf geschäftsmäßige und eine natürliche Art. Ich erinnere mich genau an das winzige Lächeln, das auf seinem Gesicht erschien, als er mich gesehen hat, und meine Ohren werden ganz warm. Zum Glück hat Jayden sich mittlerweile der Kasse gewidmet und kämpft gerade mit dem Bon, der sich nicht abreißen lassen will. „Das macht fünfundzwanzig Pfund siebzig", sagt er dabei und ich habe zum Glück die Gelegenheit, in meinem Portemonnaie die richtigen Scheine und Münzen zusammenzusuchen. „Schönen Tag noch", sage ich und verlasse eilig das Geschäft. Jayden ruft mir ausnahmsweise nichts hinterher, weil schon die Frau mit der kleinen Brille vor ihm steht.

Die Luft hat sich kaum abgekühlt und ich schultere meine Handtasche und meinen Einkaufsbeutel so, dass ich die Hände frei habe, um mir einen Pferdeschwanz zu binden. Ich liebe dieses Wetter. Die Sommer in St. Ives sind wohl die schönsten der Welt, da kann nicht einmal Kreta mithalten, wo ich ein paarmal meinen Urlaub mit Amy verbracht habe.

Auf dem Heimweg kommt mir der Gedanke, den Franzosen selbst zu fragen, wie er gleichzeitig im alten Cottage und im Hotel am Hafen wohnen kann. Mich interessiert, wie lange er dort wohnen will. Vielleicht kann ich ihm ja wirklich mal anbieten, das Haus zu hüten, wenn er auf Geschäftsreise muss, damit Grandma dort den Ausblick vom Garten genießen kann. Nach dem Schock neulich muss ich ihr unbedingt eine Freude machen.

Als ich die Haustür aufschließe, kommt mir zum Glück kein beißender Rauch aus der Küche entgegen und es ist still. Ich bringe die Einkäufe in die Küche, räume alles weg und gehe leise zu Grandmas Zimmer. Sie reagiert gleich auf mein erstes zaghaftes Klopfen und ich stecke den Kopf in ihr Zimmer. Die Gardinen sind noch immer zugezogen und es herrscht Zwielicht im Zimmer. Grandma sieht klein aus im Bett, zerbrechlich. Ich schlucke und bringe ihr die Hustentabletten ans Bett.

„Geht's dir schon besser?“, frage ich.

Grandma hustet als Antwort und sieht mich mit großen Augen an.

„Oje, hast du gar keine Stimme?“, frage ich.

Tatsächlich reagiert Grandma nicht, schüttelt weder den Kopf noch nickt sie, und sie sagt auch nichts.

Okay, Flucht nach vorne. Ich tue einfach so, als hätte sie meine Frage bejaht.

„Ach, das macht nichts, schon dich weiter. Weißt du, ich war vorhin oben auf dem Hügel beim alten Cottage, das, was dir so gut gefällt. Ich glaube auch, dass man vom Garten aus einen traumhaften Blick auf die Stadt und das Meer haben muss. Stell dir vor, das Haus hat einen neuen Besitzer. Er war ganz nett und vielleicht erlaubt er uns ja mal, den Blick vom Garten zu genießen.“ Meine Stimme verebbt in der Stille des Raums und Grandma sieht mich noch immer einfach nur an. Dabei hatte ich eben den Eindruck, als ich das Cottage erwähnt habe, dass da was in ihren Augen zum Leben erwacht ist. Das fröhliche Glitzern, was sie normalerweise immer hat. Im nächsten Moment fallen ihr einfach die Augen zu und sie schläft ein. Ich warte noch kurz, aber ihr Atem wird ruhig und gleichmäßig, manchmal unterbrochen durch ein leises oder etwas lauteres Schnarchen. Eigentlich sollte ich gehen, die restlichen Einkäufe wegräumen, aber mein Blick liegt weiterhin auf Grandma.

Mein Herz zieht sich zusammen. In diesem Licht sieht sie so viel älter aus, traurig sogar und gar nicht gesund. Sie ist ja auch schließlich erkältet, schelte ich mich. Vielleicht hat sie Fieber und hat deswegen eben so seltsam reagiert. Schon greife ich nach dem Fieberthermometer, aber dann halte ich wieder inne. Sie schläft gerade so friedlich. Schlaf ist immer noch die beste Medizin und ich sollte sie erst mal in Ruhe lassen. Wer weiß, aus welcher Schlafphase ich sie eben gerissen habe, sie war am Ende gar nicht richtig wach und hat wie bei einer Art Schlafwandeln einfach die Augen geöffnet, während alles andere noch geschlafen hat.

Leise stehe ich auf und schleiche zur Tür, bin froh, dass sie nicht quietscht, und lasse meinen Atem erst wieder ausströmen, als ich im Flur stehe. Okay, erstmal in die Küche. Ich versuche so sehr, mir keine Sorgen zu machen, dass ich ständig an Dinge wie Fieber und alle möglichen Krankheiten denken muss. Das muss definitiv aufhören. Ja, ich habe Angst, Grandma zu verlieren. Ich werde mich einfach noch besser um sie kümmern. Aber was könnte ich denn noch tun? Nichts. Alles Menschenmögliche tue ich bereits. Das muss einfach reichen. Und es wird. Ich knalle die große Schublade mit den Nüssen und Backzutaten zu und koche mir einen Tee.

Am besten ich konzentriere mich auf etwas Schönes. Da fällt mir tatsächlich sofort der Franzose ein, den ich vorhin beim alten Cottage getroffen habe. Seltsam, dass ich schon wieder an diesen Fremden denke, aber er sah natürlich gut aus, wenn auch müde und trotzdem irgendwie unter Strom. Wieder sehe ich dieses kurze Flackern in seinen Augen vor mir. Ich glaube einfach, dass ein Geheimnis in ihm steckt, das ich aufdecken möchte. Moment mal, genau das regt mich in Filmen immer auf, schließlich kenne ich ihn überhaupt nicht! Dennoch würde ich ihn gerne näher kennenlernen. Warum auch nicht? Ich sollte ihn wirklich fragen, ob wir mal den

Garten besichtigen dürfen, Grandma und ich, sobald es ihr wieder besser geht.

Wenigstens könnte es Grandma ein Lächeln bescheren. Das Klingeln des Telefons reißt mich aus meinen Gedanken und ich springe auf, um es nicht noch einmal klingeln zu lassen.

„Hallo?“, sage ich atemlos.

„Olivia?“, fragt meine Mutter und klingt total überrascht, als hätte nicht sie mich angerufen, sondern ich sie.

„Hallo Mum“, sage ich, weil ich ihre Art das Gespräch mit mir zu beginnen seltsam finde, wie immer. Wer soll denn sonst drangehen? Grandma? Sie klingt doch ganz anders als ich. Andererseits vermute ich schon seit Langem, dass sie mich einfach dazu erziehen will, meinen Namen zu nennen.

„Wie schön“, sagt sie. „Wie geht es dir?“

„Gut“, beginne ich, aber dann purzeln die Worte nur so aus mir heraus und ich erzähle im Schnelldurchlauf alles, was die letzten Tage mit Grandma passiert ist. „Und jetzt ist sie so stark erkältet, dass sie schon halluziniert oder … nein, eigentlich hat sie einfach gar nichts gesagt, als ich eben zu ihr gegangen bin.“

Ich verkneife mir die Bemerkung, dass ich Angst habe, weil ich Mum nicht noch mehr beunruhigen will. Mum schweigt einen Moment. Ich sehe ihr Gesicht vor mir, wie sie bedächtig ihre Worte sammelt und dabei in die Ferne sieht.

„Das kann schon mal passieren“, sagt sie dann allerdings nur. Keine Gründe, kein Trost, keine weiteren Fragen. Sofort werde ich hellhörig.

„Ist alles okay bei euch?“, frage ich mit klopfendem Herzen.

„Ja, natürlich“, sagt sie, doch die Antwort kommt zögerlich.

„Sei bitte ehrlich mit mir, Mum."

Sie seufzt. „Dein Vater hat Heimweh", sagt sie und betont es so, als hätte sie mir eben verkündet, dass sie ihre Wohnung verloren haben oder jemand verletzt wurde.

Aber ich weiß schließlich, wie schlimm das für Mum ist. Sie hat ihr Herz so sehr an Neuseeland verloren, dass es für sie bedrohlich wirken muss, wenn Dad zurückwill. Mein Lächeln wird allerdings breit. Ich habe meine Eltern so lange nicht gesehen, dass ich mich zumindest über einen kurzen Urlaub hier wahnsinnig freuen würde. Erst jetzt erwähne ich das alte Cottage und schildere Mum meine Idee, mit Grandma dort den Garten zu besichtigen. Bilde ich mir das ein, oder reagiert Mum seltsam?

„Mum? Findest du das keine gute Idee?"

„Doch, doch", sagt sie abwesend. Im Hintergrund höre ich ein Poltern.

„Was ist das für ein Lärm bei euch?"

„Das war nur Roger, er repariert gerade den Zaun." Im Hintergrund ertönt ein gedämpftes Fluchen und ich muss lachen, obwohl ich mir Sorgen mache. Ich sehe Dads Gesicht vor mir, kann mir genau vorstellen, wie er diesen Zaun vermutlich komplett um sich rumgewickelt hat und nicht freikommt.

„Du solltest ihm helfen gehen", sage ich.

„Ja, vielleicht mache ich das besser." Da Mum auch ein Lächeln in ihrer Stimme hat, wird Dad sich nichts Ernsthaftes getan haben und wir können uns beruhigt voneinander verabschieden.

„Bis bald!" Das meint natürlich wie in den letzten Jahren schon einfach, dass wir bald wieder sprechen werden und nicht, dass wir uns bald sehen werden.

„Mach's gut, Olivia." Wir legen auf und ich habe noch einen Moment Mums Stimme im Ohr. Sie hat nichts zu meiner Idee gesagt, aber was sollte daran schon falsch sein? Ich hoffe, wir können das bald machen. Ob ich den Franzosen vorher schon fragen sollte? Damit wir einen Besichtigungstermin ausmachen? Ach was, erst mal warten.

Nachdem ich noch mal nach Grandma gesehen habe, setze ich mich in die Küche und recherchiere im Internet und Mums altem Kräuterbuch nach weiteren Mitteln gegen eine hartnäckige Erkältung mit Fieber. Zuerst koche ich einen Zwiebelsirup für Grandmas Hals, schneide Kartoffeln in Scheiben, damit ich Grandma damit einen Fußwickel machen kann, der soll gegen Fieber helfen. Und ich setze einen echten Pfefferminztee mit Thymian und Spitzwegerich an.

„Viel hilft nicht immer viel." Ich höre Grandmas Stimme und drehe mich erschrocken um. Beinahe hätte ich den Kochlöffel fallen lassen.

„Grandma! Warum liegst du nicht im Bett? Nicht, dass du umkippst." Ich lege den Löffel achtlos auf die Arbeitsplatte und eile zu ihr. „Hier, setz dich wenigstens." Ich bugsiere sie zu einem Stuhl, kann aber meine Freude darüber, dass sie wieder auf den Beinen ist, kaum aushalten und möchte viel lieber mit ihr um den Tisch tanzen.

„Möchtest du einen Hustensirup oder einen Fußwickel? Tee?" Ich deute auf die Sachen, die schon fertig sind.

Grandma lacht. „Ein Tee wäre toll, ja. Mir geht es schon viel besser. Schlaf ist doch immer die beste Medizin."

Ich nicke, stelle sicher, dass sie gut sitzt, und hole dann die Teekanne und eine Tasse für sie. Grandma trinkt eine ganze Tasse Tee in kleinen Schlucken und hört mir zu, wie ich ihr von meinem Tag erzähle. Den hübschen Franzosen erwähne ich allerdings nicht und damit bleibt gar nicht so viel. Immerhin kann ich ihr von dem angriffslustigen Zaun und Dads Kampf damit erzählen. Als Grandma die Tasse wegstellt, sieht sie erschöpft aus und ich bringe sie schnell wieder ins Bett.

KAPITEL 10
Thierry

Auf dem Weg zurück zu meinem Hotel schwirrt mir der Kopf. Das große Haus mit seinen leeren Zimmern. Die Leere ist allgegenwärtig da oben, da können selbst kunstvolle Möbel und ein paar persönliche Fotos nicht helfen. Grandpère ist nicht da, das ist das Erste, und obwohl ich ihn nie in diesem Haus gesehen habe und nicht mal wusste, dass es das Haus gibt, vermisse ich ihn genau dort noch mehr als anderswo. Ich bilde mir ein, dass sein Wesen in den Räumen präsent ist, dabei kann das nicht sein. Es muss doch ewig her sein, dass er da war. Dass ich das nicht weiß, nagt ganz schön an mir. Die Einzige, die ich fragen könnte, ist Grandmère. Aber ich bin mir nicht mal sicher, dass sie mir viel dazu sagen könnte. Vielleicht frage ich sie bei Gelegenheit mal.

Ich trete ein Steinchen vom Weg und es trifft einen Mülleimer und macht ein viel zu lautes Geräusch für die späte Stunde. Die Sonne ist längst untergegangen, aber der Himmel hat noch einen Hauch Gelb und Rosa. Das letzte Blau leuchtet intensiv hinter den Silhouetten der Bäume und Häuser. Je weiter ich den Hügel hinuntergehe, desto mehr höre ich. Es ist, als käme ich aus einer Hülle der Stille zurück in die echte Welt. Menschen lachen, Gesprächsfetzen wehen zu mir her, Autos brummen und natürlich rufen die Möwen. Hier gibt es so viele davon, dass mir andere Vogelarten kaum auffallen. Grand-père hätte mir vermutlich längst einige aufzählen können, die er schon gesehen hat. Warum hatten seine Eltern ihr Ferienhaus ausgerechnet hier? Dieser Ort kommt mir maximal weit entfernt von Paris vor, wo Grand-père meines Wissens aufgewachsen ist.

Der jungen Frau gegenüber habe ich behauptet, dass ich hier wohne. Ich bekomme ein schlechtes Gewissen, weil ich gleich in mein Hotel zurückkehren werde, wo ich tatsächlich wohne, wenn man Schlafen und Essen als Wohnen bezeichnen kann. Vor allem fühle ich mich auch so, als würde ich Grand-père anlügen. Aber er würde es verstehen. Er hat mich darum gebeten, dass ich Zeit im Cottage verbringe und das tue ich. Die Sonne scheint mir ins Gesicht und es duftet nach frisch gemähtem Gras. Warum war die junge Frau eigentlich hier oben? Sie wirkte auf mich wie eine Einheimische.

Vielleicht sollte ich versuchen, sie noch mal wieder zu sehen. Sie könnte mir den Ort zeigen oder mir erzählen, wer hier vorher gewohnt hat, wenn sie das weiß. Plötzlich fängt mein Herzschlag an zu galoppieren. Kann sie Grand-père hier mal gesehen haben? Kann das denn sein? Nur, wenn er in den letzten Jahren hier war. Als er jung war und hier gewohnt hat, kann sie ihn logischerweise nicht gesehen haben. Aber vielleicht wohnt sie ja hier und kennt Einheimische. Genauso gut könnte sie natürlich Touristin sein, aber ihr Akzent klang wie der von der Bäckereiverkäuferin. Und sie sah so aus, als ob sie hier zu Hause wäre. In dieser Stadt am Meer mit seinen winzigen, schiefen Häusern, den verwinkelten Gassen, dem türkisfarbenen Meer, dem Wind und … Stopp. Ich merke rechtzeitig, dass mich der Ort mehr berührt, als ich möchte. Am besten, ich ziehe die Zeit hier durch und konzentriere mich auf lebende Menschen und nicht auf Erinnerungen.

Ich blinzele in die untergehende Sonne und erinnere mich, dass dies Grand-pères Lieblingstageszeit war. Auf einmal wird mir kalt. Dieser Ort erinnert mich viel zu sehr an etwas, das nie wieder sein kann. An jemanden, den ich nie wieder sehen werde.

Ich löse meinen Blick von der Umgebung und beschleunige meine Schritte. Heute war ein langer Tag, vormittags war ich noch in Manchester und jetzt bin ich hier in einem fremden Ort, der sich nicht mehr von meiner Heimatstadt unterscheiden könnte. Seit der Sekunde, in der ich vom Blueberry Hill Cottage erfahren habe, weiß ich allerdings instinktiv, dass Grand-père dieser Ort näher war als Paris. Ich habe es auf seinen Fotos gesehen, in seinen Unterlagen, auch wenn dort kein überflüssiges Wort stand, keine Gedichte, keine persönlichen Gedanken.

Bergab kommt mir der Weg viel kürzer vor und ich versuche mir Mut zu machen. Morgen gehe ich wieder vier Stunden zum Haus, wie an allen kommenden Tagen dieses kurzen Ausbruchs aus meinem Leben. Das hier ist so etwas wie eine Ausnahme, danach kann alles so weitergehen wie bisher. In meinem Pariser Leben bin ich richtig, dort fühle ich mich effizient, wichtig. Ich kann mich bald darum kümmern, dass das Haus verkauft wird, dann bin ich diese Sorge wieder los. Das Geld könnte ich in eine neue Fotoausrüstung investieren, das würde Grand-père auch freuen. Dann mache ich einen Streifzug durch Paris, suche schöne Details, ganz in seinem Sinne. Ich kann wieder lernen, die kleinen Dinge zu sehen, das Glück zu finden.

Meine beinahe schon poetischen Gedanken bringen mich

zum Lachen und ich fange gleich damit an, werfe einen Blick in die Gärten und in die Häuser, die darin stehen. Eigentlich ist es nicht meine Art, andere Leute zu beobachten, aber Grand-père hätte es getan. Besonders Pflanzen und Details an Häusern hat er geliebt. Spontan biege ich in eine kleinere Gasse ein und verlangsame meine Schritte, während ich mir besonders hübsch gestaltete Häusernamen auf den Schildern ansehe. „Doll House“, „The House with the two front doors“, das hätte Grand-père auch gefallen. Das Haus hat tatsächlich zwei identische Haustüren und auch beide Seiten ähneln sich, als wären sie gespiegelt. Der einzige Unterschied ist die getigerte Katze, die auf dem einen Fensterbrett schläft.

Es folgen ein „Round Cottage“ und allerhand blumige Cottages, welche, die etwas Maritimes im Namen haben, was ja auch naheliegend ist. Manchmal führen Treppen zu Wohnungen, die weiter oben liegen, und gerade als ich zu einer der höheren Türen spähe, öffnet sich diese und ich erkenne sofort, wer heraustritt.

Da steht die junge Frau, die mir vorhin am alten Cottage begegnet ist. Noch hat sie mich nicht gesehen und ich verharre, damit sie mich nicht entdeckt. Natürlich ist das albern. Vorhin wollte ich sie schließlich noch darum bitten, mir den Ort zu zeigen. Also gebe ich mir einen Ruck, gehe die letzten Schritte auf sie zu und wünsche ihr einen guten Abend. Endlich bewegen sich meine Füße wieder, als hätten sie nur darauf gewartet, dass ich meinen Mund aufbekomme.

Trotzdem sehe ich noch lange genug zu ihr nach oben, dass sie mich erkennen kann. Sie winkt mir, eilt auf Socken die Treppe herunter und läuft auf mich zu. „Monsieur!“, ruft sie.

„Wie schön“, sagt sie, als sie atemlos vor mir steht und sich die Haare aus dem Gesicht streicht, die durch den rasanten Abstieg ihren Weg aus ihrem Zopf gefunden haben. Mit diesem Leuchten in den Augen, den letzten Sonnenstrahlen in den Haaren und dem rosafarbenen Hauch auf den Wangen haut sie mich um. Und diese Tatsache verwirrt mich. Und warum hat sie sich so beeilt, als sie mich gesehen hat? Ob sie sich wirklich freut, mich zu treffen? Scheint fast, als hätte sie drauf gewartet. Nur wieso?

„Ja, schön Sie wiederzusehen“, pflichte ich ihr etwas verspätet bei. „Nett haben Sie es hier.“ Ich deute nach oben.

„Oh ja, ich liebe das Haus.“ Sie strahlt wie ein Sonnenaufgang, ganz warm und immer noch in Farben der aufgehenden Sonne gehüllt, obwohl es eigentlich der Sonnenuntergang ist. „Aber Sie wohnen doch auch toll, da oben.“

Ich nicke unbestimmt. „Das wird sich noch herausstellen“, sage ich und ärgere mich in der nächsten Sekunde darüber. Ich will ihr keine Angriffsfläche bieten, sie soll keine Fragen stellen, die ich nicht beantworten möchte. Ich will nicht erklären, warum ich dort wohne oder eben nicht. „Jedenfalls bin ich neu in der Stadt und würde gerne ein paar Ecken besser kennenlernen. Hätten Sie vielleicht ein paar Tipps für mich? Was muss man unbedingt gesehen haben?“

„Die Tate Gallery, ein kleiner Ableger aus London, da laufen immer alle hin und natürlich die Strände und es gibt einen wunderschönen Küstenpfad, den sollten Sie sich nicht entgehen lassen.“

Mist, sie beißt nicht an. Eigentlich hatte ich doch gedacht … ach, was soll's? Ich bin schließlich im Urlaub, da kann ich mich auch so benehmen. Dann vergeht die Zeit sicherlich schneller.

„Sie wüssten nicht zufällig jemanden, der mir die wichtigsten Dinge zeigen könnte? Und ich meine gar nicht unbedingt die Touristenziele, sondern die wirklich besonderen Sehenswürdigkeiten Ihres hübschen Städtchens."

Ich sehe genau den Moment, in dem sie versteht, dass ich sie meine.

„Oh", sagt sie und denkt kurz nach. Immer wieder huscht ihr Blick zu mir und sie lächelt. „Warum nicht? Ich muss nur ab und zu für meine Großmutter da sein, sie ist gerade ziemlich schlimm erkältet. Da möchte ich sie nicht so lange alleine lassen." Während sie spricht, beobachte ich sie ganz genau. Wieder streicht sie sich eine Strähne aus dem Gesicht und ihre Wangen sind ganz rosig. Natürlich kennen wir uns nicht, woher soll sie also wissen, ob das eine gute Idee ist?

„Ich habe Zeit, sagen Sie mir gerne, wann. Und nur, damit Sie nicht sagen können, wir würden uns nicht kennen …" Ich schenke ihr ein breites Lächeln und halte ihr meine Hand hin. „Thierry Laboulet, enchanté."

„Enchantée." Ihre Finger sind warm, als sie meine Hand mit festem Griff schüttelt. „Liv Redfield."

„Perfekt, das hätten wir auch. Soll ich Ihnen einfach meine Mobilnummer geben? Dann können Sie sich gerne ganz zwanglos melden, wenn Sie Zeit haben oder wollen wir etwas ausmachen?" Ein kleines bisschen fühle ich mich aufdringlich, aber bisher scheint sie es auf meine französische Art zu schieben, sie hat nämlich diesen Blick, den ich schon kenne. Ein bisschen verzaubert und verwundert.

Sie zückt ihr Handy und sieht mich herausfordernd an, also nenne ich ihr meine Nummer, langsam, Ziffer für Ziffer, und sie nickt. Sekunden später vibriert mein Handy in der Hosentasche, aber ich werde erst später nachsehen, was sie mir geschrieben hat. Auf einmal bin ich mir nämlich sicher, dass ich breit lächeln werde, wenn ich eine Nachricht von ihr bekomme, egal wie kurz sie ist.

„Jetzt haben Sie auch meine Nummer.“ Sie lächelt. „Ich sollte mal wieder.“ Liv sieht nach oben zu ihrer Wohnungstür und dann auf ihre geringelten Socken. „Langsam kriege ich auch kalte Füße. Grandma wird schimpfen.“ Sie zwinkert mir zu, hüpft zurück zur Treppe und nimmt zwei Stufen auf einmal nach oben. Im Nu ist sie im Türrahmen angekommen, winkt mir kurz zu und verschwindet in der Wohnung.

Das charmante Lächeln muss ich gar nicht mehr erzwingen, Liv ist wie eine Naturgewalt, eine sehr fröhliche, wie ein Bündel Sonnenstrahlen im Frühling, das durch die ersten grünen Blätter tanzt. Langsam gehe ich die Straße weiter, werfe noch einen Blick zurück, sehe aber niemanden an den Fenstern von Livs Wohnung und biege um die Ecke. Auf dem Weg zum Hotel pfeife ich eine Melodie, die mir spontan eingefallen ist. Ich hole mein Handy aus der Tasche und sehe mir Livs Nachricht an. Sie hat mir einfach einen Smiley geschickt. Ich speichere ihre Nummer und ihren Namen ab und widerstehe problemlos der Versuchung, kurz im Internet nachzusehen, was es in Paris Neues gibt. Ich bin jetzt in Cornwall und ich werde diese zwei Wochen genießen, nichts anderes wollte mir Grand-père vermutlich mit diesem Erbe sagen. „Spann mal aus und genieß einen schönen Urlaub.“ Er kennt mich wirklich gut. Kannte. Aber zum Glück kann uns die gemeinsame Zeit niemand nehmen und ich werde sie nicht vergessen.

Liv

Seltsam, seit ein paar Minuten stehe ich in der Küche, habe kalte Füße und lächele vor mich hin, während in meinem Bauch das schönste Frühlingswetter herrscht. Es muss daran liegen, dass ich Grandma bald eine Freude machen kann. Thierry hat meine Nummer und er möchte, dass ich ihm St. Ives zeige. Dann ergibt sich ganz bestimmt eine Gelegenheit, ihn zu fragen, ob wir uns mal seinen Garten ansehen können oder vielmehr den Ausblick auf Stadt und Meer von dort aus. Durch die geschlossenen Fenster höre ich ganz entfernt die Rufe der Möwen, in der Wohnung ist es dadurch umso stiller. Mein Handy vibriert in der Hand und ich bekomme Herzklopfen, als ich den Arm langsam anhebe, um auf das Display sehen zu können. Eine Nachricht von Thierry, es ist seine späte Antwort auf meinen unverfänglichen Smiley, den ich ihm vorhin geschickt habe.

Thierrys Nachricht ist nicht viel länger als meine vorhin. Er schickt auch einen Smiley zusammen mit einer Sonne und einem Wellensymbol. Mal sehen, wann wir dazu übergehen uns mit Worten zu unterhalten und nicht nur in Zeichen. Ich möchte natürlich nicht zu übereifrig wirken, aber dann werfe ich meinen Zweifel hinter mich und antworte mit einem Winken.

Eigentlich würde ich gerne mit Grandma reden, sie noch einmal an den Garten erinnern, ihr sagen, dass wir ihn uns ansehen können. Natürlich habe ich Thierry noch nicht gefragt, aber ich kann mir nicht vorstellen, dass er mir diese Bitte ausschlagen würde. Warum auch? Ich möchte Grandma aber nicht wecken, sie soll sich schnell gesund schlafen. Stattdessen tippe ich eine schnelle Nachricht an Hayley und ihre Antwort lässt nicht lange auf sich warten.

„Bin in zehn Minuten da, du hast Glück, war gerade einkaufen. Lass dich überraschen!"

„Perfekt!", schreibe ich zurück und lege das Handy endlich auf den Tisch.

Genau zehn Minuten später klopft es an der Wohnungstür und ich mache Hayley auf. Wir umarmen uns wie immer und weil ich gleich den Flüsterton anschlage, gehen wir schnell und leise in die Küche.

„Schläft deine Grandma schon?", fragt Hayley etwas lauter, nachdem wir die Tür hinter uns geschlossen haben.

Ich nicke. „Sie ist noch immer ziemlich erkältet, aber vorhin war sie wach und hat einen Tee getrunken."

„Gut, wenn sie schläft. Hilft am besten."

„Okay", sage ich und schiele auf die Papiertüte, die Hayley an ihr Bein gelehnt hat. „Was gibt's zum Essen?"

„Ich dachte an Apple Crumble und davor eine Gemüselasagne? Hast du Vanilleeis da?"

„Für die Lasagne?" Ich verziehe den Mund.

„Na klar."

„Vielleicht."

Hayley hievt die Tüte auf die Arbeitsplatte und wir fangen an, sie auszuräumen. Die Äpfel reihe ich sorgfältig neben der Spüle auf, Mehl und Butter hat Hayley sogar dabei, obwohl wir beides hier im Überfluss haben. Lasagneblätter folgen, Zucchini, Paprika, Zwiebeln, Knoblauch,

Mozzarella und eine Dose Tomaten. Während wir anfangen, das Gemüse zu waschen und kleinzuschneiden, sieht Hayley einige Male zu mir her und ich spüre jeden ihrer Blicke überdeutlich.

„Okay, okay." Ich gebe nach und kann mein Lächeln gar nicht mehr zähmen. „Du kennst doch das alte Cottage auf dem Hügel da oben." Ich deute mit dem Gemüsemesser zum Fenster.

„Ja", sagt Hayley gedehnt.

„Da wohnt wieder jemand."

„Ein männlicher Jemand?"

„Das tut doch gar nichts zur Sache", lüge ich, weil sie mich natürlich längst durchschaut hat und durch Hayleys Grinsen wird mir erst richtig klar, wie gut mir Thierry gefällt und dass ich mich wahnsinnig darauf freue, wieder Zeit mit ihm zu verbringen. Und das nicht nur, weil ich Grandma einen Gefallen tun kann. „Ein Franzose."

„Na, das ist ja die ausführlichste Beschreibung, die ich je gehört habe. Ich habe richtig Kopfkino." Hayley verdreht die Augen.

Ich stupse sie leicht mit dem Ellenbogen in die Seite und werfe ihr einen strengen Blick zu, der natürlich nicht richtig funktioniert, weil mein Lächeln einfach nicht mehr weggeht.

„Hat er einen süßen Akzent?"

Ich nicke verzückt und beschreibe meiner besten Freundin so ziemlich jedes Detail, an das ich mich erinnern kann, und das sind ziemlich viele, fällt mir auf, als ich geendet habe und Hayley sich das Lachen kaum noch verkneifen kann.

„Kann es sein, dass du Hunger hast? Wegen der ganzen Lebensmittel, die du aufgezählt hast, wenn du über einen Mann sprichst. Karamellbraun, Vollkornnudelbraun,

Pfirsichorange … oder findest du ihn einfach nur zum Anbeißen?" Sie zwinkert mir zu.

Weil ich es nach meiner allzu euphorischen Beschreibung nicht wirklich abstreiten kann, nicke ich einfach. „Süß und sexy."

„Ha", sagt Hayley, mehr nicht. Sie widmet sich wieder der Zwiebel und hackt sie in perfekte kleine Würfelchen.

„Was meinst du mit ha?" Ich beobachte sie ganz genau und kurz bevor sie spricht, weiß ich, dass mir nicht gefallen wird, was sie gleich sagt.

„So hast du mir seit Michael keinen Mann beschrieben."

„Weil du die anderen gesehen hast, was soll ich sie dir beschreiben?"

„Die beiden anderen in den ganzen Jahren, genau. Und auch „Ha!" weil du dich sehr begeistert anhörst. Neulich hast du noch großartig erklärt, was alles so toll ist, wenn man ungebunden ist."

„Ist es doch auch." Ich verschränke die Arme vor der Brust. „Außerdem tust du ja gerade so, als hätte mich der Franzose verhext und ich wäre ihm vollends verfallen. Ich bin doch erwachsen und kann sehr gut auf mein Herz aufpassen."

„Bist du sicher?" Hayley kneift die Augen zu und spezifiziert nicht, worauf genau ihre Frage bezogen ist. „Ich muss ja einfach nur warten und beobachten." Sie grinst und widmet sich wieder dem Gemüse.

Die Lasagne schmeckt herrlich, genauso, wie ich sie mag, und das Crumble erfüllt bereits die Küche mit seinem süßen Duft nach Zimt und Äpfeln. Wir sind zwar schon satt, schielen aber trotzdem regelmäßig auf die eingestellte Eieruhr. Ich lehne mich gemütlich im Küchenstuhl zurück und beobachte Hayley, die ihr Weinglas leert und dabei ins Leere sieht.

„Was gibt es bei dir Neues?“, frage ich.

„Vielversprechende Männer gibt’s jedenfalls nicht und das ist jammerschade. Aber ich kann mich nicht beklagen, habe genug zu tun.“

„Mit dem Laden?“

„Du glaubst nicht, wie unfähig manche Leute sind! Du erinnerst dich vielleicht an Jamie?“

„Der Mann mit der göttergleichen Nase und dem Eichhörnchenlachen?“

„Genau der. Er ist eine Katastrophe, manchmal denke ich, dass er nicht mal lesen kann. Zumindest kann er das Alphabet nicht. Ständig sortiert er alles völlig durcheinander ein und dann finden wir beide nichts, wenn ein Kunde mal etwas sucht, was wir tatsächlich da haben.“

„Was nicht oft vorkommt“, wiederhole ich Hayleys Hauptärgerquelle seit dreieinhalb Jahren.

„Ich sitze gefühlt auf all den Büchern, die ich habe, und bestelle ständig irgendwelche anderen Bücher. Die Leute suchen die abstrusesten Sachen!“ Hayley wirft die Hände nach oben und stöhnt.

Ein Piepen unterbricht unser Gespräch und wir springen zeitgleich auf. Hayley bringt Löffel und Schüsseln und natürlich das Vanilleeis. Ich eile zum Backofen und hole das herrlich duftende Crumble heraus. In Rekordzeit sitzen wir vor unseren Portionen und schweigen beim ersten Löffel, danach seufzen wir unisono. Ich kann nicht glauben, dass das alles ist.

„Meinst du, du kannst Jamie nicht behalten? Er hat nicht mehr so lange Probezeit, oder?“

„Neun Tage."

„Aber du bringst es nicht übers Herz, habe ich recht?"

Hayley schüttelt den Kopf und schafft es, dabei gleichzeitig ärgerlich und traurig auszusehen.

„Dann wirst du wohl wieder warten müssen, bis Jamie etwas Besseres findet, vielleicht in Falmouth oder in Exeter, er hat doch schon mal erwähnt, dass er auch gerne wegziehen würde. Am besten etwas mit weniger Büchern. Wofür könnte er sich sonst interessieren? Du könntest ihm ja passende Literatur unterjubeln, die er wegräumen soll, und schwups fällt ihm ein ideales Beschäftigungsfeld ein."

Hayley sieht mich irritiert an, aber dann nickt sie. „Gute Idee. Du solltest Geschäftsberaterin werden." Sie leckt ihren Löffel ab und kratzt die allerletzten Reste Vanilleeis aus der Schüssel. „Und welche Sehenswürdigkeiten wirst du deinem charmanten Franzosen wohl zeigen?"

„Thierry hat mich gebeten, ihm persönliche Sehenswürdigkeiten zu zeigen, also eher Insidertipps. Mir wird schon einiges einfallen, wenn wir erst mal unterwegs sind. Aber am Ende war das nur so dahingesagt und er wollte nur höflich sein."

„Und warum wollte er dann deine Nummer haben?"

„Für Notfälle?"

„Notfall-Sightseeing. Sie brauchen dringend mal eine neue Perspektive in Ihrer Heimatstadt? Buchen Sie Livvies Notfall Sightseeing Tours!" Hayley lacht und ich stimme mit ein, weil ich auf einmal Thierrys Gesicht vor mir sehe, wie ich ihm davon erzähle. Die Lachfältchen neben seinen Augen vertiefen sich und mir wird ganz warm ums Herz. Wir plaudern noch eine Weile über unsere vergangenen Liebesabenteuer, die Spleens von Hayleys Verflossenen und die merkwürdigsten Arten miteinander Schluss zu machen. Kurz darauf kommen wir aber auch schon auf die schönsten Liebeserklärungen und so wird es ein recht sentimentaler Abend. Ein Geräusch im Flur erinnert mich an meine Sorgen der letzten Tage, dass es Grandma nicht gut geht. Eigentlich hätte ich Hayley davon erzählen wollen, aber nicht hier, wo Grandma zufällig etwas mitbekommen kann. Wenn da wirklich etwas nicht in Ordnung ist, soll sie es auf diese Art ganz sicher nicht hören. Und sie darf nicht wissen, dass ich so etwas denke.

Ein leises Schlurfen lässt uns beide die Köpfe zur Küchentür drehen.

„Hallo Mabel“, sagt Hayley.

Grandma steht im Flur und scheint einen Moment abgelenkt, bevor sie zu uns in die Küche kommt. „Apple Crumble!“, sagt sie. „Das rieche ich sogar mit verschnupfter Nase.“

„Oh und voller Vitamine, möchtest du etwas?“ Ich sehe erleichtert, dass wir noch eine kleine Portion in der Auflaufform übriggelassen haben.

„Ach, warum nicht?“ Grandma setzt sich auf den Stuhl, der am weitesten von Hayley wegsteht, bestimmt, um uns beide nicht anzustecken. Am liebsten würde ich sie in den Arm nehmen, so mitgenommen sieht sie aus, zumindest sind ihre Wangen wieder etwas rosiger. „Wenn der Appetit zurückkommst, ist man fast über den Berg, das hat dein Großvater immer gesagt. Wobei man eine Männergrippe natürlich nicht mit dem vergleichen darf, was wir in der Regel bekommen. Harmlos, völlig harmlos.“ Grandma lacht und in mir platzen lauter kleine Glücksbläschen.

Grandma bleibt sogar eine halbe Stunde bei uns sitzen

und erzählt uns ein paar Anekdoten aus ihrem Eheleben mit Grandpa, den ich in diesem Moment schrecklich vermisse, genau wie meine Eltern. Irgendwann gähnt Grandma und verabschiedet sich wieder Richtung Schlafzimmer. „Morgen bin ich bestimmt wieder ganz die Alte", sagt sie und winkt uns gute Nacht.

Dieser Satz erinnert mich an meine Gedanken neulich, meine Sorge, Grandma könnte vergesslich werden und Schlimmeres, das Wort „Demenz" spreche ich nicht laut aus, aber endlich erzähle ich Hayley von den Ereignissen der letzten Zeit.

„Wow", sagt sie und dann eine ganze Weile gar nichts mehr.

Ich habe totale Angst vor dem, was sie sagen wird, mit jeder stillen Sekunde noch ein bisschen mehr. Und ich überlege schon, ob ich das Wort doch zuerst sagen soll, einfach, damit es endlich raus ist und sie sofort sagen kann, dass es das nicht sein kann, weil Grandma jetzt wieder völlig normal ist.

„Sie hat echt gedacht, wir hätten 2008?", fragt Hayley nach.

„Ich glaube schon. Auch wenn sie mir erklärt hat, dass es ein Schwelgen in Erinnerungen war. Trotzdem macht es mir Sorgen, ich habe die ganze Zeit damit gerechnet, dass sie nicht mehr weiß, wo sie jetzt wohnt und all das."

„Krass."

„Die Sache auf dem Friedhof fand ich irgendwie noch schlimmer", gestehe ich ihr. „Weil ich Angst hatte, dass ihr was passiert ist, und als ich sie da auf dem Boden hab liegen sehen …" Ich breche ab und blinzele die Tränen weg, die mich total überraschen. Noch immer nimmt es mich mit, vielleicht weil ich es jetzt meiner besten Freundin anvertraue und alles laut ausspreche. Bei Hayley kickt sofort der Tröstreflex ein und sie zieht ihren Küchenstuhl näher an meinen, legt den Arm um mich und ich bette dankbar den Kopf an ihre Schulter. Sie tut mir einfach gut, und sie findet immer die richtigen Worte. Bestimmt auch dieses Mal.

„Vergesslichkeit ist ganz normal, wenn es nicht zu doll wird. Das kann auch ganz harmlose Ursachen haben. Vielleicht sollte sie mal zum Arzt gehen, was meinst du?" Weil ich noch nicht sprechen kann, fährt Hayley einfach fort. „Da muss man ganz behutsam fragen. Mein Onkel Joe hat fast einen Tobsuchtsanfall bekommen, als seine Frau das vorgeschlagen hat. Und am Ende hatte er tatsächlich eine Demenz und das war ein erstes Anzeichen. Erinnerst du dich an Onkel Joe?"

Ich forsche in meinen Erinnerungen und sehe Hayley irritiert an. „Ist das nicht der Fischer?"

Sie nickt und ich staune. „Aber er war doch immer so ein ruhiger Mann, ich habe ihn damals auf deinem Geburtstag gerade mal zwei Wörter sprechen hören."

„Seit der Diagnose war das nicht mehr so. Da hat er geschimpft und gezetert und manchmal war er ganz ungeduldig. Fischen wäre wohl nicht mehr gegangen."

„Auf alle Fälle wäre es ziemlich ungefährlich für die Fische gewesen."

„Außer er hätte angefangen, Steine zu werfen."

„Das muss schlimm sein", sage ich und könnte mir auf die Zunge beißen.

„Das ist es, aber Tante Jane kommt gut klar, sie hat jemanden, der ihn pflegt und sie hat angefangen zu malen. Ihre Freundinnen kommen immer zu ihr nach Hause und helfen ihr mit dem Haushalt, zu dem sie wegen der ganzen Pflege nicht so richtig kommt. Dann kochen sie für die ganze Woche vor, frieren alles ein und putzen das ganze Haus. Dabei tratschen sie und singen. Ich habe Tante Jane lange nicht so ausgeglichen gesehen. Für Onkel Joe ist es vermutlich auch besser, weil er mehr zur Ruhe kommt. Hoffentlich."

Wir wechseln kurz unsere Position und schon legt Hayley ihren Kopf auf meine Schulter. „Es muss aber keine Demenz sein bei deiner Grandma", sagt sie fest. Ich möchte daran glauben und für den Moment kann ich es auch.

KAPITEL 11
Thierry

Mein erster Morgen in Cornwall. Das Hotelbett ist überraschend bequem, mir ist weder zu warm noch zu kalt und sogar durch das geschlossene Fenster höre ich die Möwen rufen. Die Vorhänge sind gerade so dick, dass das Zimmer nicht taghell erleuchtet ist, aber ein sanfter Schimmer über den Dingen liegt, der mir gleich gute Laune macht. Es sieht nämlich nach Sonnenschein aus. Heute ist außerdem Sonntag, da muss Liv bestimmt nicht arbeiten und ich könnte sie nachher ganz unverbindlich anrufen. Zuerst werde ich aber meine vier Stunden im Haus verbringen. Am besten ist es, wenn ich sie von dort aus anrufe, falls sie mich abholen will. Schließlich wohne ich offiziell da. Ich komme mir kurz vor, wie ein verwegener Verführer, der die Wahrheit nur deshalb verdreht, um eine hübsche Frau zu ködern.

Das ist natürlich Unsinn, ich will Liv ja nicht gleich verführen. Sie macht nicht den Eindruck, als wäre sie der Typ für One-Night-Stands. Und … ich will sie nicht verletzen. Denn dass ich in dreizehn Tagen wieder fort bin, steht ja fest. Eine Beziehung mit ihr kommt natürlich noch weniger in Frage und ich will schließlich nicht ständig herfliegen. Wenn ich mir die Mengen an Touristen da draußen allerdings so ansehe, scheinen Cornwall und insbesondere St. Ives schon sehr beliebte Urlaubsziele zu sein. Was definitiv für meine Idee mit dem Hotel auf dem Hügel sprechen würde. Ich könnte ganz im Stil von Paris bauen lassen, das würde doch bestimmt viele Gäste anlocken. Ich sehe es schon vor mir, ich würde mich einfach am L'Aubusson orientieren, das seinerzeit Künstler und berühmte Denker zu seinen Gästen zählte, wie mir meine Chefin neulich erzählt hat. Natürlich müsste es hier etwas kleiner sein. Damit kann man bestimmt viele Leute anlocken und der Kredit, den ich für den Bau aufnehmen müsste, wäre im Nu getilgt.

Voller Elan schlage ich die Decke zurück, schwinge mich aus dem Bett und nehme eine schöne erfrischende Dusche. Das Frühstück im Hotel ist gar nicht mal schlecht, es gibt ein Buffet mit Obst, Toast und Müsli. Ich suche mir einen Tisch an der Fensterfront aus. Sofort tritt ein junger Kellner an den Tisch, noch bevor ich den Ausblick bewundern kann.

„Guten Morgen, Sir. Möchten Sie gerne Eier zum Frühstück? Oder ein Full English Breakfast, vegetarische oder vegane Varianten gibt es selbstverständlich auch. Tee finden Sie am Buffet sowie diverse Kaltgetränke. Gerne bringe ich Ihnen natürlich auch Kaffee."

Was mag ein Full English Breakfast wohl enthalten? Da mein Magen so laut knurrt und meine Laune immer besser wird, wage ich mich ins Ungewisse. „Ein Full English Breakfast bitte, dazu einen großen Café au Lait."

Der Kellner nickt, tippt meine Wünsche in ein Tablet und entfernt sich, um Richtung Küche zu verschwinden.

Am Buffet hole ich mir ein kaltes Getränk und eine kleine Schüssel mit Obst und Joghurt. Das Wetter ist vorzüglich, die Wellen haben genau die richtige Höhe, um in der Sonne zu glitzern, bevor sie ihre weißen Schaumkronen ein Stückchen in die Höhe heben. Darüber strahlt der Himmel in einem beinahe unwirklichen Blau und direkt vor der Fensterfront des Frühstücksraums wogen einige Palmen leicht im Wind. Man könnte denken, man wäre irgendwo am Mittelmeer. Möwen und Kormorane fliegen über das Wasser oder sitzen auf den Felsen am Ufer und lassen ihre Federn nach ihrem Fischfrühstück trocknen. Etwa die Hälfte der Tische im Frühstücksraum ist besetzt. Hinter mir höre ich die jüngeren Stimmen von zwei Frauen, die sich gerade über Bücher unterhalten. Direkt am Fenster ein paar Tische vor mir sitzt ein älteres Ehepaar nebeneinander, das sich anschweigt aber sehr zufrieden aussieht. Geschäftsleute sehe ich tatsächlich keine, aber vielleicht sind wir dafür auch viel zu abgelegen oder sie sind längst bei ihren Geschäften. Ich frühstücke ziemlich spät, viel später als normalerweise.

Gerade habe ich mein Obst aufgegessen, da kommt der Kellner mit einer großen Tasse Kaffee und meinem Teller voller Frühstück. Ich werde mir nicht die Blöße geben und fragen, was das ist, aber der Kellner hat meinen Blick wohl richtig gedeutet und erklärt ungefragt. „Baked Beans, Rührei mit Schnittlauch, Hash Browns, gebratenes Gemüse und Würstchen." Die Hälfte davon hätte ich erkannt, was diese Hash Browns sind, weiß ich immer noch nicht. Höflich bedanke ich mich und er verschwindet seltsam geräuschlos hinter mir. Jedenfalls duftet es gut und ich lege hungrig los. Die Bohnen schmecken süßlich und ich kann ihnen erst etwas abgewinnen, als ich sie zusammen mit Ei oder Würstchen esse. Das Essen ist nicht gerade raffiniert und es ist auch eine ziemlich große Portion, aber es ist auf eine bodenständige Art sehr lecker und hinterher fühle ich mich angenehm satt. Auch der Kaffee schmeckt hervorragend, womit ich nicht gerechnet habe.

Das Frühstück war schon mal eine gute Sache, hat mich positiv überrascht, ich hoffe, der Rest des Tages tut das auch. Zurück in meinem Zimmer überprüfe ich noch mal mein Handy, aber leider finde ich keine Nachricht von Liv. Ist es noch zu früh, um ihr zu schreiben? Ja, erst wollte ich ins Cottage. Dabei sollte ich bleiben, dafür sind Pläne schließlich da. Stattdessen mache ich ein Foto vom Blick aus meinem Hotelfenster und schicke es Veronique.

„Ist das der Ausblick vom Cottage?", schreibt sie zusammen mit einem Smiley, der Augen und Mund weit aufreißt.

„Hotelzimmer", antworte ich knapp.

„Toll! Und wie ist das Cottage?", fragt sie sofort. „Du hast noch gar nicht auf meine Sprachnachricht geantwortet."

Mist, sie merkt aber auch alles.

„Ich kann noch nicht viel sagen, es ist jedenfalls alt."

„Schön alt oder modrig alt?"

„Richtig alt."

„Gehst du gleich hin? Dann mach Fotos. Mindestens drei, ja?"

„Aller guten Dinge sind drei oder was?"

„Genau. Drei ist eine gute Zahl, aber wenn du nicht aufhörst, frage ich dich gleich nach neun Fotos. Das ist noch eine bessere Zahl, da kannst du jeden Mathematiker fragen."

„Ich dachte, die mögen nur Primzahlen." Veronique ist als Mathelehrerin wirklich eine Topbesetzung, Zahlen liebt sie sogar privat.

„Auch. Hör auf zu diskutieren, wenn du weniger Bilder machst, musst du mir morgen siebzehn schicken."

„Neun werden es sein, Schwesterherz. Ich mache mich mal auf den Weg. Du hast ja sicher auch etwas Schönes vor."

„Einen Regenspaziergang und dann fahre ich zu Grand-pères Haus.“

„Du schiebst es auf?“

„Nur zwei Stunden.“

„Was sind wir beiden doch nur für ein paar Aufschieber?“

„Muss an den Genen liegen. Die hat Amélie wohl auch geerbt, sie muss erst noch zu Ende spielen und braucht dafür eine Pfütze.“

Wir schicken uns gegenseitig noch ein Smiley mit herausgestreckter Zunge. Ich schließe die App und stecke das Handy in die Hosentasche. Ob Veronique auch Bilder vom Meer gelten lässt? Nein, um auf die neun Bilder zu kommen, sollte ich wirklich nur Motive aus Grand-pères Haus nehmen.

Der Weg zum Haus ist schön, die Luft ist perfekt warm, es riecht frisch nach Meer. Als ich Richtung Livs Gasse gehe, um zufällig bei ihrer Wohnung vorbeizuschauen, trifft mich der Duft aus der Bäckerei, in der ich gestern meine erste Pasty gekauft habe. Die Tür geht auf und ich springe gerade rechtzeitig zur Seite.

Soll ich reingehen und mir etwas Leckeres für später holen?

„Oh, Thierry, hallo!“

„Liv, was für ein wunderbarer Zufall!“ Und was für einer!

„Sind Sie Frühaufsteher? So früh schon unten im Ort.“

„Bei diesem Wetter muss man einfach jede Sonnenstunde voll auskosten, und das geht ja am allerbesten mit Frühstück im Garten, deswegen bin ich hier.“

„Das klingt wirklich toll.“ Liv hat auf einmal einen verträumten Blick.

„Warum begleiten Sie mich nicht zum Frühstück? Zu zweit ist es bestimmt noch schöner.“

Sie denkt mir einen Moment zu lange über meine Frage nach. Nicht, dass sie vergeben ist. Oder …

„Ach, ich würde sehr gerne, aber ich muss zurück zu Grandma, sie ist noch ziemlich erkältet und ich möchte sie ungern so lange alleine lassen.“

Mist, ich sehe gerade meine Tagespläne schwinden. „Schade, vielleicht ein anderes Mal?“

„Sehr gerne.“

Weil es leider keinen Grund mehr gibt, nicht in die Bäckerei zu gehen und noch länger bei Liv stehen zu bleiben, trete ich in den warmen Laden und Liv lässt die Tür los.

„Guten Morgen“, grüße ich die gleiche Bäckereiangestellte wie gestern und überlege, ob es ihre eigene Bäckerei ist. Sie guckt so stolz, als sie mich ebenfalls grüßt und mich darauf hinweist, was es gerade besonders Empfehlenswertes gibt. Erinnert sie sich an mich oder hat mich mein Akzent schon bei den ersten zwei Wörtern als Tourist geoutet? Vermutlich.

„Ich habe heute frische Zitronenbaisertörtchen gemacht.“ Sie deutet auf die kleinen Kunstwerke und ja, sie gefallen mir wirklich gut und mir läuft das Wasser im Mund zusammen, obwohl ich gerade viel gefrühstückt habe. Also bestelle ich eins davon und noch ein Croissant, weil es so hübsch aussieht.

„Heute gibt es vegetarische Pastys mit einer mediterranen Füllung aus Aubergine, Zucchini, Tomate und Mozzarella, falls ich Sie auch für etwas Herzhaftes begeistern kann.“

Das klingt auch nicht schlecht und nachher werde ich auf jeden Fall wieder Hunger bekommen. Vier Stunden sind lang und irgendwie gefällt mir die Idee, in meinem geerbten Garten zu sitzen. Den habe ich mir gestern nur durchs Fenster angesehen.

„Sehr gerne." Sie packt mir die Pasty und das Croissant in Papiertüten und das Törtchen in einen kleinen weißen Karton und ich zähle schon etwas geübter die fremden Münzen ab.

Mit meinen kulinarischen Schätzen trete ich wieder auf die volle Gasse und schirme meine Augen gegen die Sonne ab, um einen Blick auf den Strand zu werfen, den ich durch eine schmale Lücke zwischen zwei Häusern sehen kann. Das ist mir vorhin gar nicht aufgefallen. Der Ort hat jedenfalls eine entspannte Urlaubsatmosphäre, die mir überraschend gut gefällt.

„Möchten Sie bei uns frühstücken?", spricht mich jemand von der Seite an. Ich zucke zusammen und lasse meine Papiertüte fallen. Zum Glück nicht den Karton mit den Törtchen.

„Oh nein, das tut mir leid! Ich wollte Sie nicht erschrecken." Liv bückt sich nach meiner Papiertüte und drückt sie mir wieder in die Hand. Liv ist noch da. Hat sie auf mich gewartet?

„Danke", sage ich und überlege, was sie mich eben gefragt hat. Etwas mit Frühstück? „Heute?", frage ich.

„Warum nicht? Grandma wird sicher nichts dagegen haben, also, wenn Sie keine Angst haben sich anzustecken, natürlich. Ach, vielleicht ist es doch keine so gute Idee, sie war ziemlich schwer erkältet."

„Doch, warum nicht? Vor ein paar Erkältungsviren habe ich wirklich keine Angst. Aber ich habe nur für mich eingekauft", sage ich bedauernd, doch Liv hebt ihre eigene Tüte hoch und lacht. Und mir bricht der Schweiß aus, weil ich noch so satt von meinem Frühstück im Hotel bin, das ich leider nicht erwähnen darf. Ich werde vermutlich kaum etwas herunterbringen.

„Wir legen zusammen?", fragt sie. „Ich kann auch schnell noch ein paar Rühreier machen oder mögen Sie Crumpets?"

„Morgens sind meine Ohren noch recht empfindlich", winke ich ab.

„Nicht trumpets, crumpets! Das sind keine Trompeten, sondern ein Frühstücksgebäck, sehr luftig und lecker mit gesalzener Butter oder Marmelade. Das müssen Sie probieren!" Liv zieht mich am Ärmel in die Richtung, in der ihre Wohnung liegt und ihre gute Laune springt sofort auf mich über.

Die weiß gestrichene Treppe reflektiert die Sonne dermaßen, dass ich noch ziemlich geblendet bin, als wir Livs Wohnung betreten. Soweit ich weiß, wohnt sie hier mit ihrer Großmutter, zumindest habe ich mir das aus ihren Worten zusammengereimt. Aber genau genommen, weiß ich es nicht. Am Ende hat sie einen Freund. Sie führt mich in eine große, mit Sonnenlicht durchflutete Küche, in der es verführerisch nach Kaffee duftet. Am Herd steht eine Frau im geblümten Bademantel, die Haare unter einem Handtuchturban verborgen. Livs Großmutter? Vom Alter her könnte es hinkommen, vom geblümten Bademantel auch.

„Grandma!", ruft Liv erfreut, lässt meinen Ärmel mitten in der Bewegung los und umarmt ihre Großmutter stürmisch von der Seite. „Dir geht es schon besser! Ich habe einen Gast mitgebracht, ich hoffe, das stört dich nicht."

Ich räuspere mich, wünsche einen guten Morgen, und fühle mich etwas fehl am Platz. Immerhin steht die alte Dame hier im Bademantel und ich tauche völlig unangemeldet auf, während sie ihr Frühstück zubereitet. Doch als sich Livs Großmutter zu mir umdreht, liegt auf ihren Lippen ein entspanntes Lächeln und ihre Augen funkeln wach. Natürlich sieht man ihr an, dass sie erkältet ist, aber nicht total schlapp. Sonst hätte sie ja auch kaum Appetit auf ein Frühstück.

„Crumpets!", ruft Liv erfreut. „Davon habe ich ihm gerade erzählt. Das ist übrigens Thierry, weißt du? Er wohnt in dem Cottage auf dem Hügel und er ist Franzose!", sprudelt es aus Liv hervor und ihre Großmutter tätschelt ihr liebevoll die Wange. Vermutlich mag sie Livs wilde Art genauso sehr wie ich.

Moment. Ich mag ihre Art? Ja, tatsächlich tue ich das und das heißt ja schließlich auch nichts. Ich schüttele den Kopf über mich selbst und fange den Blick von Livs Großmutter auf, die mich mit großen Augen ansieht. Sie murmelt etwas, was ich leider nicht verstehen kann. Doch noch heiser? Ich strecke ihr meine Hand hin.

„Thierry Laboulet, enchanté Madame."

Sie sieht weder auf meine Hand, noch ergreift sie sie, offenbar bekommt sie meine Geste gar nicht mit. Ihre Augen füllen sich mit Tränen, doch sie blinzelt sie weg. Liv legt ihren Arm um die schmalen Schultern der alten Dame und erzählt munter weiter. „Wir haben uns zufällig beim Bäcker getroffen und Thierry hat mich zum Frühstück eingeladen." Sie gestikuliert wild, während sie redet. „Natürlich wollte ich seine Einladung nicht ausschlagen, aber ich möchte ja auch mit dir frühstücken. Da habe ich ihn einfach mitgebracht. Ich hoffe, das ist okay. Wenn du dich nicht gut genug fühlst, um Besuch zu haben, dann sag das aber auf jeden Fall. Wir können es auch verschieben."

„Schon gut", murmelt Livs Großmutter abwesend und dreht sich wieder zu der Pfanne um. Geschickt wendet sie runde Teiggebilde, auf deren Oberfläche lauter Bläschen

Kuhlen hinterlassen haben. Sie ignoriert uns völlig, während sie sich auf die Pfanne konzentriert.

„Kommen Sie", flüstert Liv und zieht mich zum Küchentisch. Sie kommentiert das Verhalten ihrer Großmutter nicht, sieht aber sehr beunruhigt aus. Auf ihrem Stuhl hockt sie auf der vordersten Kante, als wolle sie sofort wieder aufspringen, und ihr Blick huscht immer wieder zu ihrer Großmutter am Herd, aber zwischendurch auch mehrfach zu mir. Ich würde ihr gerne sagen, dass alles okay ist, ich nicht beleidigt bin, und auf einmal möchte ich ihr auch unbedingt von Grand-père erzählen, von meinen schönsten Zeiten an seiner Seite. Aber ich beschränke mich einfach auf ein beruhigendes Lächeln. Der Tisch ist bereits gedeckt, Liv fällt natürlich auf, dass ein Teller für mich fehlt und springt auf.

„Ich kann auch gerne …", sage ich, aber sie winkt ab und wirbelt zu einem der Hängeschränke, holt Teller, Tasse und Besteck für mich und arrangiert alles vor mir. Dabei steht sie so dicht neben mir, dass ich den Duft ihrer Haut riechen kann. Sie benutzt kein Parfum, aber vielleicht eine Creme oder ist es das Shampoo? Sie duftet eindeutig fruchtig, nach Limette und auch nach Vanille. Ihre langen Haare streifen kurz mein Gesicht, als sie sich wieder aufrichtet. Am liebsten hätte ich die Strähne festgehalten und noch mal daran geschnuppert. Ich bin mir selbst ein bisschen unheimlich. Liv steht noch immer neben mir, sieht aber zu ihrer Großmutter, die gerade die Pfanne vom Herd nimmt und mit schlafwandlerischer Langsamkeit auf den Tisch zukommt. Ihre Hand zittert und ich habe etwas Angst, dass ihr die Pfanne gleich auf den Fuß fällt. Liv rückt eine Platte näher, damit ihre Großmutter die Küchlein darauf gleiten lassen kann. Wie hieß das noch? Trumpets waren es nicht. Crumpets. Zu neunt liegen sie auf der Platte und Liv nimmt ihrer Großmutter eilig die Pfanne ab und bringt sie zurück zum Herd, wo sie sie auf eine der hinteren Platten stellt. Mir fällt auf, dass es hier kein Ceranfeld gibt, sondern altmodische Platten auf dem Herd. Das bestätigt mir natürlich mein Bild von England. Altmodisch, verschnörkelt mit Rosenmuster und technisch etwas zurückgeblieben.

„Setzen Sie sich doch“, sage ich zu Livs Großmutter, deren Namen ich nicht kenne und die ich in Gedanken auch Grandma nenne. Ich stehe auf und ziehe ihren Stuhl zurück, weil mir aufgeht, dass sie nach ihrer Erkrankung noch etwas wacklig auf den Beinen sein könnte. Dankbar lässt sie sich auf die Sitzfläche fallen und lächelt mich an. Das Lächeln erreicht endlich auch ihre Augen und ich entspanne mich. Liv strahlt ebenfalls, als sie das sieht, tätschelt die Hand ihrer Großmutter und verteilt die Crumpets auf unseren Tellern. Ich hole schnell mein Croissant und meine Pasty aus der Bäckertüte und lege beides zu den Toastscheiben in ein mit Stoff ausgeschlagenes Körbchen. „Falls jemand möchte …“ Obwohl ich noch sehr satt von meinem ersten Frühstück bin, riecht alles so verführerisch, dass ich glatt wieder Appetit bekomme.

Liv schenkt mir ungefragt Kaffee ein. Dabei springt ihr Blick so oft zu ihrer stillen Großmutter, dass ich fürchte, die Tasse läuft gleich über. Aber Liv hört im richtigen Moment auf und schenkt sich dann selbst Kaffee ein. Ihre Großmutter hat bereits eine gefüllte Tasse vor sich stehen, ich vermute Tee, es riecht nach Pfefferminz und Fenchel. Das kommt sogar durch den Duft der Crumpets und dem des Kaffees durch. Vielleicht ist es gar ein ganz frischer Kräutertee?

„Guten Appetit." Wir fangen an zu essen. Ab und zu schiele ich zu Liv, sehe zu, wie sie ihren Crumpet mit Butter bestreicht, die sofort auf dem Gebäck zerfließt. Ich tue es ihr gleich, schneide ein Stückchen von meinem Crumpet ab und führe es vorsichtig zum Mund. Zuerst überrascht mich der salzige Geschmack der Butter, und dann kann ich einfach nur noch kauen und genießen.

Wir essen alle Crumpets auf, Livs Großmutter isst lieber Toast mit Butter und Honig. Zuerst war die Ruhe beim Essen sehr angenehm und ich konnte schweigend genießen, aber leider habe ich so auch Zeit, mir Sorgen zu machen. Ich zermartere mir den Kopf darüber, ob ich Liv mit meinem Besuch überfallen haben könnte. Immerhin habe ich sie zuerst eingeladen und sie konnte nicht und so hat sie sich vielleicht verpflichtet gefühlt, mich stattdessen einzuladen? Endlich sieht sie zu mir und ihre Wangen flammen augenblicklich auf, während sich ein scheues Lächeln auf ihr Gesicht legt. Ob sie vor ihrer Großmutter nichts sagen möchte? Livs Großmutter blickt gedankenverloren in ihre Teetasse, sodass ich sie nicht stören will.

Liv räuspert sich, woraufhin ihre Großmutter aus ihren Überlegungen schreckt und mich über den Tisch hinweg fixiert. Ihr Blick wird weich und sie lächelt.

„Wie gefällt dir die Stadt, Jacques? Es hat sich nur ein bisschen verändert, nicht wahr?", fragt sie und ich muss schlucken. Jacques ist ein so häufiger französischer Name, dass sie mich wohl aus Versehen so angesprochen hat. Es versetzt mir nur einen Stich, weil ich natürlich sofort wieder an Grand-père denken muss. Wenn er mit uns hier frühstücken könnte … wenn er mich nur einmal mit hierher genommen hätte. Aber vielleicht war er ja auch selbst seit der Geburt seines eigenen Sohnes gar nicht mehr hier?

„Thierry“, sagt Liv hilfreich und lächelt mich entschuldigend an.

„Was?“, fragt ihre Großmutter und sieht richtig verwirrt aus.

„Er heißt Thierry, Grandma, nicht Jacques.“

„Ach so, natürlich.“ Sie sieht allerdings nicht so aus, als würde sie es glauben und zwinkert mir sogar verschwörerisch zu.

Wahrscheinlich wäre es am besten, wenn ich einfach über diese peinliche Situation hinweggehe und so antworte, als hätte sie mich direkt und richtig angesprochen. So ein Name ist schließlich nicht so wichtig.

„Es ist wirklich ein hübscher Ort“, beginne ich. „Und mit dem Wetter haben wir richtig Glück. Alles ist etwas kleiner als in Paris und ich muss mich noch ein bisschen an die Sprache gewöhnen.“

Zu meiner Überraschung lacht Livs Großmutter schallend auf. Beinahe fegt sie sogar ihre Tasse vom Tisch. „Das glaube ich!“, sagt sie, sobald sie wieder Luft bekommt. „Wunderbar. Und das Essen, richtig?“ Sie deutet auf meinen Teller.

„Die Crumpets sind wunderbar“, sage ich. Hoffentlich glaubt sie mir. Da habe ich bestimmt zwei Fettnäpfchen erwischt. Gerade das Essen und das Wetter sind ja Dinge, über die Nicht-Engländer ständig lästern. Auch Liv sieht mich etwas unsicher an, sie scheint auch nicht so richtig zu wissen, wie sie mit der Situation umgehen soll. Flucht nach vorne?

„Waren Sie schon einmal in Paris?“, frage ich deshalb einfach.

„Paris?“ Sie sieht mich an, als hätte ich sie gefragt, ob sie in letzter Zeit mal wieder auf dem Jupiter gewesen sei.

Liv klinkt sich jetzt endlich auch in die Unterhaltung mit ein. „Grandma, du warst doch als junges Mädchen in Frankreich, oder nicht? Während deiner Zeit als Au-pair? War das nicht in der Nähe von Paris?“

Der Blick von Livs Großmutter irrt kurz zwischen uns hin und her, dann sieht sie zum Fenster und lächelt versonnen. „Paris … ja, das waren noch Zeiten. Der kleine Germaine und die kleine Hélène. Einmal war ich mit den Kindern in Paris, die Mutter hatte sich ein kleines Kulturprogramm für uns überlegt. Aber so eine große Stadt ist anstrengend mit zwei kleinen Kindern, das könnt ihr mir glauben …“ Ihre Stimme wird leiser und sie lächelt weiter, sagt aber nichts mehr.

Liv sieht mich an und schüttelt ganz leicht den Kopf, wohl um mir mitzuteilen, dass ich nicht weiterfragen soll. Das hatte ich auch nicht vor. Nach dieser merkwürdigen Atmosphäre, die die Erwähnung von Paris gerade in die Küche geholt hat, finde ich die Stille gerade ganz angenehm. Mit Schweigen kann man wenigstens kein falsches Thema anschneiden. Ich nehme einen Schluck Kaffee und sehe mir stattdessen den Raum genauer an. Der Ofen ist wirklich ein ziemlich altes Baujahr, scheint aber oft benutzt zu werden. Durch die beiden Fenster sieht man auf Dächer mit orangegelben Flechten und auf eine weiß getünchte Hauswand mit quadratischen Fenstern und Blumenkästen mit gelben und violetten Blumen davor. Darüber der blaue Himmel, durchzogen von dünnen Wolkenfäden und der ein oder anderen Möwe, die vorbeifliegt. Von hier aus sieht man weder mein Hotel noch mein Haus auf dem Hügel. Mein Haus. Es fühlt sich immer noch an wie ein Klotz am Bein, etwas Großes, das ich nicht einordnen kann, und ich werde froh sein, wenn alles geregelt ist und ich zurück nach Hause fliegen kann. Als Erstes werde ich mir dort einen Architekten suchen, dem ich meine Pläne für das Hotel im Pariser Stil schildern kann. Möglicherweise möchte Livs Großmutter ja dort einmal übernachten, ich glaube, das sollte ich ihr als Dankeschön für dieses leckere Frühstück schenken.

KAPITEL 12
Liv

Die Minuten ziehen sich unangenehm wie heißer Käse auf der Pizza, wenn man abbeißt. Mir ist unangenehm, dass Grandma schon wieder so abwesend ist und gleichzeitig bin ich froh darüber, dann könnte ich später mit Thierry darüber reden. Sobald dieser Gedanke auftaucht, bekomme ich ein schlechtes Gewissen. Thierry scheint sich auch nicht so richtig wohl in seiner Haut zu fühlen und mir ist ganz klar, dass es für so etwas auch viel zu früh ist. Wir kennen uns ja überhaupt nicht und schon schleppe ich ihn einfach zum Frühstück mit nach Hause, wo Grandma doch immer noch erkältungsmäßig kränkelt, auch wenn sie schon viel besser aussieht. Das ist ihm bestimmt unangenehm.

„Meinst du, du könntest wieder einen kleinen Spaziergang machen nachher? Die frische Luft tut dir bestimmt gut, Grandma."

Sie sieht mich an, als hätte ich ihr gerade eine komplizierte Matheaufgabe gestellt. Ob sie mit ihren Gedanken immer noch in Paris oder bei ihren Au-pair-Kindern war? Kurz sehe ich zu Thierry, er beobachtet uns lächelnd. Ob Thierry ein gutes Verhältnis zu seinen Großeltern hat?

„Grandma? Wollen wir zum Strand gehen?", frage ich sie und fahre so härtere Geschütze auf.

„Ach nein, Liebchen, ich werde mich noch mal hinlegen.

Geht ihr doch zum Strand und bring mir eine Zeitschrift mit, ja? Die neue *Needle, Thread and Love* müsste schon in den Läden stehen."

Wow. Jetzt klingt sie wie immer. Ich würde ihr am liebsten um den Hals fallen, so erleichtert bin ich. „Okay, Grandma, aber ruf mich sofort an, wenn was ist, ja?"

„Was soll sein? Genießt ihr mal das schöne Wetter." Grandma nickt Thierry zu. „Es war nett, Sie kennenzulernen."

„Ganz meinerseits", sagt Thierry und lächelt so strahlend, dass ich einen Moment zu lange hinsehe und prompt heiße Ohren bekomme, als er es merkt.

Grandma steht auf und verlässt die Küche und wenn mich nicht alles täuscht, kichert sie leise. Hoffentlich hat Thierry das nicht gehört, aber er wirft einen Blick zu den übrigen Toastscheiben. „Hast du noch Hunger?"

„Nein, danke." Ich reibe mir über den Bauch. „Pappsatt."

„Die Idee mit dem Strand klang eigentlich ganz reizvoll, oder?" Thierrys Lächeln bringt mein Herz schon wieder zum Schmelzen und ich räume schnell das Geschirr zusammen.

„Ich sollte Ihnen ja sowieso etwas zeigen und Grandma braucht ihre Zeitschrift."

„Genau." Wir grinsen uns an und räumen gemeinsam den Tisch ab. Ich glaube, ich bin ganz froh, wenn wir gleich draußen sind. Hoffentlich weht ein kühler Wind, damit meine Wangen wieder abkühlen können.

Wenig später schnappe ich mir meinen hellblauen Strohhut und führe Thierry unsere Treppe hinunter und in eine der schmalen Gassen, die durch die hübschesten Häuser führt. Ich zeige Thierry den alten Teil von St. Ives namens Down-a-long voller schmaler Kopfsteinpflasterstraßen, weiß getünchten Cottages, in denen mittlerweile kaum noch Fischer wohnen. Dafür gibt es hier Cafés, kleine Galerien und Geschäfte. Wir schlendern an der berühmten Leach Pottery vorbei, an Hayleys Buchladen natürlich, und ich erzähle ihm dabei von unseren vier Hauptstränden im Ort. „Porthmeor Beach ist wohl der bekannteste, liegt direkt an der Tate Gallery, der zweitgrößte ist Porthminster Beach, Harbour Beach liegt am zentralsten und mein Lieblingsstrand ist Porthgwidden."

„Lassen Sie mich raten, Porth bedeutet Strand?"

„Fast! Es bedeutet Bucht oder Hafen."

Thierry scheint angemessen beeindruckt oder zumindest angetan von den hübschen Ecken der Stadt. Wir schlendern an ein paar Galerien vorbei, wo ich ihm meine Lieblingsbilder zeige, allesamt von lokalen Künstlern, die Grandma immerhin zum Teil kennt. Auch davon erzähle ich Thierry und er revanchiert sich endlich damit, dass er auch ein bisschen von seiner eigenen Wohnung erzählt.

„Das hier würde gut in mein Wohnzimmer passen", sagt er und deutet auf ein großformatiges Gemälde in Grüntönen. Das Motiv zeigt stilisierte Blätter und erst auf den zweiten Blick erkenne ich vier kleine rote Käfer darauf. Ich zeige sie Thierry, aber er beharrt darauf, dass es überhaupt keine Blätter sind, sondern eine Landschaft von oben. Ich halte den Kopf schief und sehe mir das Bild von allen Seiten an, gehe sogar ein paar Schritte zurück.

„Nein, definitiv Blätter mit Käfern. Gucken Sie doch mal auf den Titel." Ich deute auf das kleine Schildchen, das vor dem Bild im Schaufenster steht.

„Vier", liest Thierry vor. „Na, das erklärt ja viel." Er grinst.

„Vier Käfer“, erkläre ich.

„Oder vier Berge von oben.“

„Ach, und was sind die roten Käfer?“

„Dächer von Häusern oder Boote“, sagt Thierry und kommt etwas näher in meine Richtung, wobei er meinen Arm streift.

„Boote?“, frage ich und versuche mich wieder auf das Bild zu konzentrieren und nicht die Stelle so überdeutlich zu spüren, wo Thierrys Hand mich eben berührt hat. „Was denn für Boote auf Bergen, bitte?“

„Es könnten Inseln sein und das Wasser drumherum ist einfach sehr grün. Die Boote liegen im seichten Wasser an den Inselstränden.“ Er nickt. „Wie wär's, wenn wir reingehen und fragen?“

„Das kann man doch nicht machen!“

„Ach was, warum nicht? Die meisten Künstler freuen sich, wenn man sich für ihre Werke interessiert, und außerdem sind die Künstler meistens eh nicht da, sondern nur ein Galerist und vielleicht weiß er das ja.“ Thierry späht an dem Bild vorbei und sucht die Galerie offenbar nach jemandem ab, den er fragen könnte. Schon hellt sich seine Miene auf und er greift nach meiner Hand und zieht mich zur Tür.

„Wir könnten auch einfach ein Eis essen gehen bei dem schönen Wetter“, versuche ich ihn abzulenken.

„Sie haben doch nur Angst, dass Sie falsch liegen mit Ihrer Interpretation“, raunt er mir zu und begrüßt lautstark einen dünnen Mann, der neben einem unbequem aussehenden Metallstuhl in der Ecke steht und auf sein Handydisplay starrt. Widerwillig hebt der Galerist den Kopf und knipst ein Verkäuferlächeln an.

„Einen wunderschönen guten Morgen!“, ruft er mit

einem Akzent, den ich nicht einordnen kann. Seine Stimme ist weich und gleichzeitig etwas rauchig. Ich kann ihn einfach nur anstarren. Das ist doch …

„Luke!“, rufe ich und gehe langsam näher. Da Thierry immer noch aus unerfindlichen Gründen meine Hand hält, ziehe ich ihn mit. „Bist du das wirklich?“ Ich will mich schon für meinen falschen Eindruck entschuldigen, da nickt unser Gegenüber langsam und seine Augen weiten sich erstaunt.

„Olivia Redfield“, sagt er und der Akzent ist auf einmal weg. Jetzt erkenne ich seine Stimme wieder, auch wenn er dieses Rauchige früher nicht hatte. Aber im Nachhinein fällt mir auf, dass er eine wirklich angenehme Stimme hat, schade, dass er sie früher kaum benutzt hat.

„Du bist es wirklich, wie toll, du hast eine Galerie!“, sage ich und mache eine weite Bewegung mit meinem Arm. Thierry reißt meine Hand herunter und Luke zieht scharf die Luft ein.

„Um ein Haar …“, murmelt er und eilt neben mich, um die Statue zu begutachten, die ich gerade erst sehe.

„Ist das Treibgut?“, frage ich, weil mir mein ausgelassener Auftritt etwas peinlich ist. „Hübsch sieht das aus und diese … äh, Farben und interessanten Materialien dazwischen.“ Ich breche ab. Tiefschürfende Gespräche über Kunst lagen mir noch nie. Entweder ich finde etwas schön oder nicht. Und ob der Künstler in jede seiner Kreationen wahnsinnig viel Intention reinlegt, wage ich zu bezweifeln. Manches ist sicher ein gut gelungenes Zufallsprodukt.

„Das ist die Nymphe von Cornwall“, erklärt Luke und streckt seine Brust vor, als hätte er das Ungetüm persönlich kreiert.

„Wow“, sagt Thierry endlich. Er lässt mich hier ganz

schön alleine, dafür, dass er uns die Situation eingebrockt hat. „Sehr anmutig", sagt er und zwinkert mir zu, als Luke selig lächelnd wieder zu der zusammengewürfelten Nymphe guckt.

„Ja, nicht wahr?" Er braucht noch einen bewundernden Moment, bis er sich wieder uns zuwendet. „Wie kann ich euch helfen? Soll ich euch eine kleine Tour geben? Wir haben nur Werke von lokalen Künstlern, aber natürlich eine sehr exquisite Auswahl."

„Cool", sage ich und komme mir etwas deplatziert vor.

Luke bedenkt mich mit einem missbilligenden Blick und wendet sich an Thierry, der ihm wohl in Debatten über Kunst ebenbürtig ist. Wir dackeln hinter Luke her, der immer wieder stehen bleibt und uns in aller Ausführlichkeit Gemälde, Statuen, Zeichnungen und andere kleine Gebilde erklärt. Leider kann ich mich nicht richtig auf seine Worte konzentrieren und schweife immer wieder ab, überlege, welche Eissorten ich mir gleich gönnen werde. Ich wäre echt lieber am Strand.

„Was stellt das Bild im Schaufenster dar, das Grüne?", frage ich, um die Sache abzukürzen. Luke war früher in meiner Klasse und wir waren nicht befreundet. Ich weiß auch wieder warum. Er hat sich selbst sehr wichtig genommen und keine Lust gehabt, auf Leute einzugehen, die sich nicht für die gleichen Dinge interessieren wie er.

Luke bricht mitten im Satz ab, leider fällt mir erst jetzt auf, dass er noch spricht. Andererseits lässt er sowieso wenig Platz zwischen seinen Monologen. Da hat man kaum die Chance, auch mal etwas zu sagen. „Grün?", fragt er.

„Da sind so verwaschene Blätter drauf und kleine rote Käfer", helfe ich ihm auf die Sprünge und sehe Thierry streng an. Er soll bitte nicht wieder mit seinen Hügeln von oben anfangen, ich will schließlich von Luke wissen, dass ich recht habe oder zumindest nicht Thierry. Vermutlich ist es eh etwas ganz anderes, als wir gedacht haben.

„Käfer?", wiederholt Luke angeekelt und jetzt erinnere ich mich daran, wie er im Biounterricht bei Ausflügen immer sehr darauf bedacht war, mit der Natur bloß nicht in Berührung zu kommen.

„Käfer", bestätige ich. „Kleine, rote Käfer."

„Boote", sagt Thierry. „Oder Dächer." Und ich will ihn erst böse angucken, aber dann lässt sein Lächeln die kleine Wut in meinem Bauch gleich wieder verpuffen.

„Das Bild heißt übrigens Vier", fällt mir ein.

Lukes Miene hellt sich auf. „Die vier Elemente!", ruft er und stolziert hinüber zu dem Bild, das man aber vom Inneren der Galerie schlecht sehen kann.

„Da sind nur zwei Farben drauf. Wenn grün Erde sein soll und rot Feuer, wo sind dann Luft und Wasser?" Ich kann mir die Frage nicht verkneifen.

„Die vier Elemente sind hier gleichberechtigt dargestellt", erklärt Luke fachmännisch, als würde er die verworrenen Gedankengänge des Künstlers genau nachvollziehen können.

„Aha", sage ich. „Keine Boote, keine Dächer", sage ich zu Thierry.

„Stimmt, aber auch keine Käfer."

„Elemente", wiederhole ich nachdenklich. „Okay, dann wissen wir das auch. War schön, dich wiederzusehen Luke", sage ich und meine es immerhin halb ernst. „Wir müssen das schöne Wetter ausnutzen."

Er sieht mich irritiert an. „Darf ich euch noch andere Werke des Künstlers zeigen?"

„Vielen Dank, vielleicht später.“ Thierry lächelt entwaffnend.

„Natürlich. Viel Vergnügen“, sagt Luke zögernd.

Wir gehen hinaus, schließen die Tür hinter uns und Thierry und ich laufen um die Häuserecke in die nächste kleine Gasse. Dann prustet er los. „Sie sind mir ja eine“, japst er, als er kurz Luft bekommt.

Ich muss auch lachen, andererseits irritiert mich seine Reaktion. Habe ich mich so sehr daneben benommen? „Fehlte da der Respekt für die Kunst?“, frage ich.

„Mir hat es gefallen“, sagt er. „Ich habe lange nicht mehr so gelacht.“ Nach diesem Satz wird er still und sieht mich erstaunt an. Manchmal sagt man das so dahin, aber in Thierrys Fall scheint es zu stimmen und ich frage mich, wie sein Alltag aussieht.

„Wie lange wohnen Sie eigentlich schon da oben?“ Ich deute ohne hinzusehen in die Richtung, in der ich den Hügel vermute.

„Erst kurz“, sagt Thierry. „Eigentlich wohne ich in Paris.“

Aus irgendeinem Grund gibt mir das einen Stich. Thierrys Wohnsituation scheint etwas kompliziert zu sein, aber wenn er in Paris wohnt, ist er vermutlich nur kurz hier. „Sie machen Urlaub“, rate ich. „Ich hatte gedacht, dass Ihnen das Haus gehört. Aber Sie meinten nur gemietet, richtig?“ Beinahe hätte ich noch gesagt, dass ich ihm die kleine Notlüge verzeihen würde. Es ist wirklich ein wunderschönes Haus, mit dem ich auch sofort angeben würde, wenn ich die Gelegenheit dazu bekäme.

„Nein, nicht so richtig“, sagt Thierry. „Das Haus gehört mir schon, ich habe es geerbt.“

„Ach so! Dann sind Sie hier, um es einzurichten und ziehen

demnächst her?", frage ich und wundere mich, warum meine Stimme so hoffnungsvoll dabei klingt. Ist ja schon ein bisschen peinlich, denn natürlich mag ich Thierry irgendwie, aber wir kennen uns kaum. Da kann es mir egal sein, wo er wohnt.

„Eher nicht", sagt Thierry.

Auch gut. Oder auch nicht. Offenbar hat er keine Lust, das weiter zu erklären und wir schlendern langsam weiter die Gasse entlang, auch wenn es ein Umweg ist, um zum Strand zu kommen. Wir hängen beide unseren Gedanken nach und es ist schade, dass die ausgelassene Stimmung von eben nur wegen meiner Frage nach dem Haus verpufft ist. Wobei, eigentlich war sie schon in dem Moment weg, als Thierry auffiel, dass er lange nicht so gelacht hat. Ich frage nicht weiter nach, dafür kennen wir uns nicht gut genug. Schweigen kann ja auch schön sein. Vermutlich muss man sich nur dran gewöhnen. Wir gehen weiter und ich zeige ihm nicht die Dinge, die ich ihm eigentlich zeigen wollte, weil es für mich auf einmal keinen Sinn mehr macht. Thierry klingt nicht, als wolle er länger hier bleiben und er wirkt auch überhaupt nicht mehr so, als würde es ihm hier gefallen. Komisch, dass mich das überhaupt berührt. Wenn er wieder weg ist, wird es bestimmt immer noch Gelegenheiten geben, mit Grandma in seinen Garten zu gehen.

Wir gehen schweigend durch die schmale Straße, die zum Strand führt. Die Häuser werfen ihre Schatten auf uns und obwohl es heute ziemlich heiß in der Sonne ist, freue ich mich auf den Moment, wieder aus der Kühle herauszutreten und die Sonne auf meiner Haut zu spüren. Nach dem letzten Haus kommt der Parkplatz und man sieht schon den Strand. Thierry bleibt stehen und schirmt seine Augen mit der Hand ab.

„Unser Lieblingsstrand“, sage ich stolz und beschließe, mich von seinen Grübeleien nicht herunterziehen zu lassen. „Da hinten beginnt einer der schönsten Abschnitte vom Coast Path“, sage ich und deute in die Richtung.

„Was sind das für Blumen?“, fragt Thierry.

„Die Strandgrasnelken?“, frage ich und deute auf den rosafarbenen Blütenteppich.

Thierry nickt. „Wirklich hübsch. Und wie ist das Café hier?“, fragt er.

„Wir haben doch gerade erst gefrühstückt.“ Ich sehe ihn irritiert an.

„Stimmt. Aber ein Eis geht doch immer, nicht wahr?“ Er deutet zu dem kleinen Fenster, vor dem eine überraschend kurze Schlange steht.

„Klar“, sage ich. Je länger wir warten, desto mehr Leute wollen ein Eis, also stellen wir uns ebenfalls an.

„Vanille und Schokolade, bitte“, sagt Thierry als wir an der Reihe sind.

Irritiert sehe ich ihn an, schüttele den Kopf und bestelle dann selbst. „Himbeer-Baiser und Honeycomb, bitte.“

Mit unseren beiden Eishörnchen schlendern wir über den Pfad hinunter zum Strand, über den weichen Sand bis zu den Felsen, wo wir uns eine kleine sonnenwarme Stelle suchen und in Richtung Meer blinzelnd unser Eis essen.

„Honeycomb?“, fragt Thierry nach einer Weile und schielt immer wieder zu meinem Eis.

„Das beste Honeycomb-Eis der Stadt“, sage ich, wobei ich möglicherweise übertreibe. Eigentlich schmeckt das Eis hier fast überall. „Schmeckt auch nicht zu stark nach Honig.“

„Muss ich nächstes Mal auch nehmen“, sagt Thierry. „Oder … darf ich mal probieren?“

Entgeistert sehe ich zwischen meinem Eis und ihm hin und her, zucke die Schultern und halte ihm mein Hörnchen hin. Thierry schließt die Augen, als er mit der Zunge einmal über mein Eis leckt und mir wird ganz warm, obwohl das natürlich albern ist. Ich hätte nicht hinsehen sollen. Nun denke ich die ganze Zeit daran, wie es schmecken würde, ihn zu küssen. Wieso eigentlich? Thierry sieht gut aus, aber ich bin ja nicht in ihn verliebt. Er ist allerdings Franzose. Ob er anders küsst als Engländer? Immerhin wurde der Zungenkuss nach Franzosen benannt und über dieses Thema haben Hayley, Amy und ich schon in der Schule diskutiert. Tatsächlich hat von uns bisher noch keine einen Franzosen geküsst.

Den Rest von meinem Eis schlinge ich viel zu schnell hinunter und bekomme Kopfschmerzen. Auch das noch. Thierrys Laune scheint sich mittlerweile wieder gebessert zu haben. Er hat scheinbar einen inneren Schalter, den er nach Belieben umlegen kann. Schade, dass ich so etwas nicht habe und auch keine gute Schauspielerin bin. Bestimmt kann man das trainieren und ehrlich gesagt, weiß ich auch gar nicht, was mich jetzt so runtergezogen hat. Wohl kaum die supervage Information, dass Thierry nicht so richtig hier wohnt, sondern in Paris, und auch irgendwie keinen Urlaub hier macht. Ich weiß also genau genommen überhaupt nichts.

„Wollen Sie sich in die Sonne legen? Heute hab ich auch mal an den Schlüssel für unsere Beach Hut gedacht", sage ich und ziehe ihn aus meiner Hosentasche, um ein wenig damit zu klimpern.

Thierry sieht sich fragend um. „Der Schlüssel gehört zu einer dieser bunten Türen?", fragt er. „Ich habe schon die ganze Zeit überlegt, was sich dahinter verbirgt. Zeigen Sie es mir?"

Auf einmal halte ich das nicht mehr für meine allerbeste Idee, weil mir der Kuss wieder einfällt, an den ich vorhin gedacht habe, aber ich schiebe den Gedanken weg und springe vom Felsen in den Sand. „Wer zuerst da ist!", rufe ich und renne los.

Thierry holt spielend auf. Natürlich habe ich den Vorteil, dass ich weiß, welche Hütte unsere ist, aber viele Türen sind eh nicht mehr geschlossen. Lachend hüpfen wir über die Beine der Sonnenbadenden, ich grüße mal hier, mal dort und laufe in einer Art Slalom zu unserer blauen Tür und schlage mit der flachen Hand aufs Holz. „Erste!", rufe ich.

Doch Thierry ist gar nicht mehr hinter mir. Verwundert sehe ich mich um und entdecke ihn zehn Meter von mir entfernt. Er diskutiert mit einem Mann mit Sonnenbrille und dunkelblauer Badehose. Blondierte Haare, die Schultern rot von zu viel Sonne und zu wenig Sonnencreme. Neugierig gehe ich näher, um ein paar Worte aufzuschnappen, da erkenne ich leider die Stimme und bleibe jäh stehen. Trotz schönstem Sonnenwetter wird mir kalt. Was bitte macht Michael hier? Er wohnt doch mittlerweile in London! Was fällt ihm ein? Ärgerlich stapfe ich zurück zu unserer Beach Hut, schließe die Tür auf und flüchte mich ins schattige Innere. Warum legt er sich ausgerechnet hier an meinen Lieblingsstrand? Er mochte ihn nie! Und was zum Teufel hat er mit Thierry zu besprechen? Doch nicht etwa das Cottage auf dem Hügel. Früher wollte Michael das Haus für uns kaufen. Aber das hatte sich natürlich erledigt, nachdem er mich für Emily auf dem Abschlussball sitzen gelassen hat. Dass er nach London gezogen ist, weiß ich von Hayley, deren Bruder noch Kontakt zu ihm hat. Damals hat er mir den Abschlussball ruiniert und mein

Herz gebrochen, das kann ich ihm nicht vergeben. Und das muss ich auch nicht.

Wütend gieße ich mir ein Glas Wasser ein und stürze es hinunter. Ich hatte gar nicht bemerkt, wie durstig ich bin. Es klopft hinter mir und fast befürchte ich, dass Michael da steht. Er weiß schließlich, welche Beach Hut meinen Eltern gehört. Angewidert starre ich auf die Stelle an der Wand, gegen die er mich mal gepresst hat, bei einem unserer schönsten Küsse, und auf einmal muss ich unbedingt dieses Bild loswerden. Ich will nicht, dass irgendwas in dieser Hütte ihm gehört. Energisch drehe ich mich um. Hinter mir steht natürlich Thierry, der mich schief angrinst. Ich trete einen Schritt auf ihn zu, forsche in seinen Augen, was er denkt. Er hat von meinem Eis probiert. Ich spüre immer wieder ein Knistern zwischen uns und ich möchte jetzt sofort wissen, ob es stimmt. Ob Franzosen besser küssen. Ob es Michael die Macht über mich nehmen kann, die er offenbar immer noch hat.

Ich tue so, als würde ich etwas vom Regal neben seinem Kopf nehmen und umfasse stattdessen seinen Nacken, greife in sein Haar und ziehe seinen Kopf zu mir herunter, bis unsere Lippen sich berühren. Thierry zögert nur kurz, dann schlingt er seine Arme um meine Taille und presst mich an sich. Er küsst mich so, als hätte er es schon seit der ersten Sekunde gewollt, in der wir uns gesehen haben. Meine Gedanken wirbeln durcheinander und ich spüre nur noch. Thierrys Lippen sind weich. Er schmeckt so verführerisch nach Vanille und Schokolade und da ist noch ein Hauch Honeycomb und Eiswaffelgeschmack. Seine Hände sind warm in meinem Rücken, er seufzt leise und mein Herzschlag pulsiert durch meinen Körper. Ich spüre, dass auch sein Herz schneller schlägt. Unser Atem vermischt sich, Thierry schiebt mich ein wenig weiter in die Hütte, lässt mich kurz los und schließt die Tür. Zuerst denke ich, dass er mich jetzt ausziehen wird, aber das tut er nicht. Er küsst mich nur und ich könnte ewig so stehen bleiben, auch wenn meine Knie gleich nachgeben werden. Thierry, denke ich. Ein richtiger „French Kiss", leider muss ich über diesen Gedanken lachen.

Darauf löst sich Thierry atemlos von mir. Wir stehen voreinander, seine Haare zerzaust, vermutlich genau wie meine, und Thierry zieht die Augenbrauen hoch. Er sieht in diesem Moment gleichzeitig aufgewühlt aus und ganz ruhig, als würde er so etwas ständig tun. Als würde er fast fremde Frauen einfach so zurückküssen. Ich sage nichts und auch er schweigt. Eine ganze Weile stehen wir da, lächeln uns an und ich weiß nicht mehr, wohin mit meinen Händen. Thierry steckt seine in die Hosentaschen.

„Was war da draußen los?", frage ich und würde mir am liebsten auf die Zunge beißen. Ich hätte auch fragen können, warum er mich nicht gegen die Wand gedrückt hat. Genau das hätte ich gebraucht. Um den Mann zu vergessen, mit dem er eben gesprochen hat. Diskutiert über wer weiß was.

Thierry weiß nicht sofort, was ich meine, aber ich kann es ihm nicht verdenken. Ein bisschen benommen von meinem mutigen Kuss eben bin ich auch noch. Jetzt brauche ich plötzlich Abstand. Ich muss ihm den Grund für den Kuss gestehen.

„Der Mann, mit dem du gesprochen hast."

„Ich bin auf sein Handtuch getreten, nachdem … also nachdem auch du darauf getreten warst, und ein Schwall Sand ist auf das Buch seiner Frau geflogen. Sie hat sich bei ihm beschwert und er dann bei mir, weil ich gerade noch da war."

So sehr ich mich auch bemühe, es nicht zu tun: Ich pruste los und ein riesiger Lachanfall schüttelt mich durch, bis mir die Tränen kommen. Als ich Thierrys entgeistertes Gesicht sehe, muss ich gleich wieder lachen. Er grinst schief, weiß aber natürlich nicht, was so lustig ist. „Das war Michael, er hat mich auf dem Abschlussball stehen lassen und heute bin ich auf sein Handtuch getreten und habe seiner Frau Sand ins Buch geschippt, ohne es zu merken! Das hätte ich viel mehr auskosten können."

„Ach so", sagt Thierry, sieht mich aber so an, als würde er jetzt noch weniger verstehen. Im nächsten Moment bildet sich eine steile Falte über seiner Nasenwurzel. „Deswegen hast du mich geküsst, damit er das sieht?"

„Er hat es nicht gesehen. Er sieht nie die Dinge, die er sehen soll." Ich merke, dass Thierry sauer ist und bekomme ein schlechtes Gewissen. Wenn ich mir vorstelle, er hätte das mit mir gemacht, aber … „Küssen ist doch toll", versuche ich ihn von meiner Meinung zu überzeugen. „Kann man mal machen."

„Kann man mal machen?", fragt Thierry und starrt mich an. „Das war ein Rachekuss und du ziehst mich da mit rein, was bist du verdreht! Ein Glück, dass ich hier nicht mehr lange bleiben muss. In weniger als zwei Wochen ist es geschafft und ich kann endlich nach Hause."

Mittlerweile verstehe ich nichts mehr. „Aber ich dachte, es hat dir auch gefallen …"

„Nein", sagt er wütend, öffnet die Tür und stürmt hinaus.

Sein Urlaub endet in weniger als zwei Wochen, der Urlaub, von dem er behauptet hat, es wäre keiner. Das klang jetzt sehr danach, als müsse er mir sagen, der Kuss hätte nichts bedeutet … verdammt, der Kuss war schön, aber es war eindeutig keine gute Idee. Dass der Grund falsch war, wird mir immer klarer. Und dann habe ich es durch meine Worte eben noch schlimmer gemacht. Was genau habe ich gesagt? Kann man mal machen … oje. Falls aber Michael eben doch etwas mitbekommen hat, zum Beispiel, wie der Mann, den ich geküsst habe, wütend aus der Hütte gestürmt ist … das wäre das Letzte, was ich heute brauche. Ich schiebe die kleine geblümte Gardine ein Stückchen zur Seite und spähe nach draußen. Michael ist noch da, aber er muss sich gerade eine Schimpftirade seiner Frau anhören, die mit abgehackten Bewegungen ihre Sachen packt. Vielleicht ist Thierry ja noch mal über ihr Handtuch gelaufen. Obwohl mir eigentlich nicht danach ist, muss ich kichern.

Ich werde noch ein bisschen hier warten. Thierry könnte immerhin zurückkommen. Aus meiner Hosentasche zupfe ich mein Handy und sehe aufs Display. Leider keine neue Nachricht. Irgendwie habe ich auch das Gefühl, dass er sich nicht zuerst melden wird. Seltsam, nach so einem schönen Kuss fühle ich mich auf einmal ziemlich leer. Wahrscheinlich war es sogar an der Zeit für einen Kuss, aber so wohl nicht. Mist. In meinen Kontakten suche ich nach Hayley und wähle ihre Nummer.

„Hey Livvie!“, sagt sie gut gelaunt.

„Hi, was machst du? Hast du Zeit?“ Auf einmal halte ich es kaum noch alleine aus. Natürlich könnte ich zurück nach Hause gehen, Grandma ist ja da, aber sie schläft bestimmt immer noch und ich weiß, dass ich jetzt nicht in der stillen Küche sitzen kann.

„Zeit?“ Hayley lacht. „Ich bin im Laden, versuche hier

Buchhaltung zu machen, während mir Moira alles auf den Kopf stellt."

„Ah! Dann brauchst du einen Babysitter!"

„Oder jemanden, der mir die Buchhaltung macht." Hayley seufzt.

„Träum weiter, aber ich glaube, ein bunter Nachmittag mit euch ist jetzt genau das Richtige."

„Okay, erzähl gleich, ja? Ich muss mal gerade … Moira! Vorsicht!"

Hayley legt auf und ich tue es ihr gleich. Ich zupfe die Gardine zurecht, trete nach draußen in den Sommernachmittag und schließe unsere Beach Hut wieder sorgfältig ab. Kurz scanne ich den Strand und den Coastal Path nach Thierry ab, aber ich kann ihn leider nicht entdecken. Nie hätte ich gedacht, dass er so auf mein Geständnis reagiert, nicht dass ich vorher viel darüber nachgedacht hätte. Ich habe ihn für einen Abenteurer gehalten, Typ Frauenheld, und jetzt ist er sauer und haut einfach ab. Doch je näher ich Hayleys Buchladen komme, desto klarer wird mir, dass ich mir etwas vormache, nicht Thierry verhält sich seltsam. Ich bin es. Zuerst überrumpele ich ihn mit meiner Leidenschaft, die von meinen Rachegefühlen aufgebauscht wurde, und dann ruiniere ich das Ganze auch noch mit meiner blöden Bemerkung. Wenn er so etwas zu mir gesagt hätte, wäre ich auch verletzt.

Mist, das wollte ich nicht. Ich mag Thierry schon und ich möchte nicht, dass er einen schlechten Tag hat oder sogar verletzt ist. Ich hole mein Handy noch mal raus, bleibe kurz stehen und lehne mich an eine Hauswand, um möglichst viel Schatten abzubekommen. Während ich mit beiden Daumen eine kurze Nachricht an ihn schreibe, die ich viermal lösche und schon fast aufgebe, spüre ich wieder Thierrys Körper an meinem. Mir wird noch wärmer und ich kann es nicht auf die Sonne schieben, das ist mir klar. Die Wärme ist überall und ich merke noch etwas. Irritiert lasse ich mein Handy sinken und mein Blick wandert über das Meer. Eine Möwe landet dicht neben mir und pickt an einer weggeworfenen Schachtel mit ein paar trockenen Pommes. Ich mag Thierry wirklich. Und ich habe gerade etwas ziemlich Blödes gemacht. Das möchte ich wiedergutmachen. Unbedingt.

Statt Thierry eine Nachricht zu schicken, schreibe ich eine an Hayley. „Ich brauche noch einen Moment, muss kurz etwas erledigen."

KAPITEL 13
Liv

Ich platze in den kleinen Blumenladen neben dem Supermarkt, dass das Türglöckchen nur so bimmelt. Entschuldigend lächele ich Mrs. O'Malley und den anderen Kunden im Laden zu. Zuerst sehe ich etwas hilflos über die ganzen Schnittblumen, dann zu den Topfpflanzen und leeren Blumentöpfen in jeder Farbe und Größe. Was soll ich ihm nur mitbringen? Da fällt mein Blick auf die gerahmten Plakate, die hinter dem Verkaufstresen hängen. Hier hat Mrs. O'Malley die historische Bedeutung von Blumen aufgelistet. Natürlich nicht von allen, aber es gibt eine längere Liste für Entschuldigungsblumen. Für einen Mann und einen großen Fehler, den man nicht leichtfertig abtun möchte, eignen sich zum Beispiel Orchideen, lese ich. Das klingt gut. Auf einem luftigen Regal an der Seite des Ladens entdecke ich ein paar sehr hübsche gelbe Orchideen, die sehr sommerlich aussehen. Ich nehme den Topf und stelle ihn auf den Tresen, als ich dran bin.

„Hallo Olivia", sagt Mrs. O'Malley. „Wie geht es Mabel?"

„Ganz gut", sage ich und hoffe, dass es auch stimmt, aber vorhin war es so.

„Brauchst du eine Karte oder soll ich die Blumen verpacken?"

„Etwas Seidenpapier?“, überlege ich. „Eine kleine Karte ist auch keine schlechte Idee.“ Ich sehe den Ständer mit den Karten durch und finde die perfekte für Thierry. Nicht zu aufdringlich, aber trotzdem demütig genug oder so.

Als ich mit der verpackten Blume und der kleinen Karte den Laden verlasse, bin ich mir nicht mehr so sicher. Genau genommen fühle ich mich so unsicher wie lange nicht. Dabei haben wir uns vorhin noch geküsst und sind uns so nah gekommen. Es fühlt sich an wie eine Beziehung im Schnelldurchlauf, Kennenlernen, erste Flirts, Kuss, Streit, Ende. Na ja, oder wenn's gut läuft, kommt danach natürlich der Versöhnungssex. Ja, genau, sehr realistisch, Liv. Ich würde es garantiert so hinbekommen, dass er denkt, auch das würde ich aus Rache tun. Klar, der Kuss ist wegen Michael entstanden, aber dann war es einfach nur schön und ich habe die Nähe zu Thierry sehr genossen. Ich hätte ihn generell sehr gerne geküsst, was ich nicht von jedem sagen kann.

Genau genommen ist der letzte Kuss schon echt lange her. Fast vergessen … ich bleibe stehen und balanciere Blume und Karte auf einer Mauer. In die Karte schreibe ich „Thierry, es tut mir leid. Kannst du mir verzeihen? XXX Liv“, die drei Küsschen versteht er hoffentlich als Friedensangebot. Ob er das Zeichen kennt? Ist das ein internationales Symbol für Küsschen? Ich weiß es nicht. Kurz überlege ich, ihm auch noch etwas Süßes mitzubringen, das könnte ihn mehr besänftigen als eine Pflanze.

„Meinst du, er freut sich?“, flüstere ich der Orchidee zu. Es soll ja gut für Pflanzen sein, wenn man mit ihnen redet. Dabei wird mir jetzt erst klar, wie nervös ich bin. So viel kann schieflaufen. Thierry könnte nicht da sein. Er könnte mir die Orchidee über den Kopf hauen oder sie mir einfach nicht abnehmen. Vielleicht schreit er mich sogar an oder ignoriert mich. Eine kleine Kostprobe seiner Leidenschaft habe ich vorhin mitbekommen. Beim Kuss, aber auch bei seiner empörten Reaktion danach. Seine Augen haben beinahe Feuer gesprüht. Je länger ich darüber nachdenke und versuche, mich in seine Situation hineinzufühlen, desto mehr verstehe ich, wie er sich fühlen muss. Was bin ich nur für ein Gefühlstrampel? Natürlich stehe ich dazu, dass ein Kuss nicht immer die Welt bedeuten muss. Ein Fan von manipulativen Küssen bin ich ganz und gar nicht und wenn die geringste Gefahr besteht, dass der andere mehr für einen empfindet, dann darf man natürlich nicht leichtfertig küssen. Aber das war doch bei Thierry nicht der Fall! Hat er nicht neulich noch gesagt, dass er eh nicht lange hier sein wird? Außerdem, warum macht er die ganze Zeit so ein Geheimnis aus seinem Aufenthalt hier? Entweder es ist ein Urlaub oder es ist kein Urlaub. Finde ich. Mist, ich hätte doch mit Hayley über die ganze Sache reden sollen. Sie weiß meistens, was ich falsch gemacht habe oder anders hätte machen können.

Von Entschuldigungsblumen wäre sie aber auch ein Fan. Ich könnte die Orchidee zwar immer noch Grandma schenken, aber ich bin fast am Cottage angekommen und ich möchte nicht, dass Thierry sauer auf mich ist. Energisch stapfe ich den Hügel hoch, bis Thierrys Haus in meinem Blickfeld auftaucht. Erst jetzt gehe ich etwas langsamer, mein Mut lässt mich ein bisschen im Stich und ich muss mich zwingen, nicht umzudrehen. Das Haus sieht verwaist aus, ich sehe niemanden, es brennt auch nirgends Licht im Haus, aber es ist auch noch hell. Warum also sollte Thierry eine Lampe anschalten? Als Zeichen für mich, dass er da ist? Ob er im Haus ist oder im Garten? Da wollte er ja ursprünglich frühstücken, bis ich ihn mit meiner Einladung überrumpelt habe. Aber er hat mich schließlich zuerst gefragt. Der Tag hat so vielversprechend angefangen, so ist das ja irgendwie immer.

Ich erklimme die beiden Stufen zur Haustür, als wären sie der Mount Everest, und ähnlich aus der Puste bin ich auch. Einen Moment sollte ich noch warten, aber nein, nicht, dass ich am Ende noch einen Rückzieher mache. Beherzt drücke ich auf die Klingel und halte die Orchidee vor mich wie einen Schutzschild. Mit Schreck fällt mir auf, dass ich mir keine passenden Sätze zurechtgelegt habe. Panisch springe ich die Stufen wieder runter und renne am Zaun entlang, bis ich um die Ecke biegen kann. Ich schmecke meinen Herzschlag auf der Zunge und könnte über mich selbst lachen, wenn ich nicht solche Angst hätte, etwas Falsches zu sagen. Meine Güte, dafür, dass ich vorhin so völlig spontan mit dem Küssen war, will mein Herz jetzt wohl alles richtig machen. Beinahe hoffe ich, dass Thierry nicht da ist. Ich starre auf die leicht vermoosten Zaunlatten, die seinen Garten vor meinem Blick schützen und suche nach den richtigen Worten. Ich sehe auf meine Uhr, als ich damit anfange, und als ich das nächste Mal nachsehe, sind schon fünfzehn Minuten vergangen, ohne dass ich zu einem Ergebnis gekommen bin. Ich werde mich einfach entschuldigen, vielleicht erzähle ich ihm die Geschichte vom Abschlussball, dann kann Thierry mich bestimmt besser verstehen. Und ich muss unbedingt betonen, dass ich ihn sehr gerne geküsst habe und dass ich nicht wahllos irgendwelche Männer küsse. Ja, das müsste doch gehen.

Mit neuem Mut verlasse ich mein Versteck und gehe mit selbstbewusst aussehenden Schritten wieder zu Thierrys Haustür. In der er steht und mich beobachtet.

„Verdammt, wie lange stehst du da schon?“, frage ich erschrocken und ein bisschen zu schrill.

„Kurz nachdem es geklingelt hat, habe ich aufgemacht.“ Seine Stimme verrät nicht, was er denkt.

„Das ist ja ein Zufall, dass es geklingelt hat, bevor ich gekommen bin.“ Ich klinge in meinen eigenen Ohren nicht besonders überzeugend und ich sehe sofort, dass Thierry mich wohl vorher schon von einem Fenster gesehen haben muss. Er weiß genau, dass ich geklingelt habe. „Ich hatte etwas vergessen“, schiebe ich deshalb als Erklärung nach und hoffe, dass er nicht nachfragt, was.

„Aha.“ Mehr sagt er nicht.

„Kann ich reinkommen oder so?“

„Oder so“, sagt er doch glatt und ich starre ihn irritiert an. Okay, er ist noch sauer, dabei … „Oh.“ Ich halte ihm mein Geschenk hin. „Für dich.“

Thierry beäugt die eingepackte Pflanze und sieht mich verwundert an. „Eine Pflanze? Ist das ein Brauch in England, von dem ich nichts weiß?“

„Entschuldigen sich Menschen in Frankreich nie mit Blumen?“ Will er mich für blöd verkaufen?

„Manchmal, aber dazu sagen sie üblicherweise noch irgendwas, was erklärt, warum sie sich entschuldigen.“

„Ich habe dir extra eine entschuldigende Blume ausgesucht“, sage ich. „Es tut mir leid.“

„Lass einfach Blumen sprechen“, murmelt Thierry und nimmt mir widerwillig die Orchidee ab.

Ich muss es noch mehr erklären, das sehe ich ganz deutlich an seiner Reaktion. „Also der Kuss tut mir nicht leid, der war toll. Aber der Grund, und dass ich danach so was Blödes gesagt habe.“

Er sieht mich lange an, sagt aber nichts und ich fürchte, dass ich schon wieder in ein unsichtbares Fettnäpfchen getreten bin. Schließlich tritt er einen Schritt zurück und hält mir die Tür auf. „Na, komm schon rein."

„Da ist noch eine Karte", sage ich, falls er sie übersieht. „Ist ja nicht so, als hätte ich dich betrogen." Huch, das habe ich laut gesagt, oder?

Thierry zieht die Augenbrauen zusammen und geht dann voran durch einen etwas düsteren Flur. Er biegt ab und ich folge ihm zögerlich. In mir schreit alles nach Flucht, will mich überzeugen, dass ich es immerhin versucht habe und es an ihm liegt und wenn er nicht will ... aber ich möchte nicht gehen, bevor wir uns vertragen haben. Ich möchte ein Lächeln bei ihm sehen, wissen, dass es wieder okay ist zwischen uns.

„Nein, betrogen hast du mich nicht. Ihn hättest du gerne betrogen mit dem Kuss, richtig?"

„Wen jetzt?" Ich kann ihm nicht folgen.

„Deinen Exfreund."

„Ach so. Verdient hätte er es schon", sinniere ich.

„Dumm nur, dass so ein Betrug nicht nur dem Betrogenen gegenüber unfair ist, sondern auch dem, mit dem man betrügt, wenn er das vorher nicht weiß."

„Das sehe ich ein. Und es tut mir leid."

Thierry seufzt. „Okay. Es steht mir nicht zu, aber ich bin sauer, dass du mich nur geküsst hast, um diesem Typen eins auszuwischen, der dich vor vielen Jahren hat stehen lassen. Du hättest jeden küssen können."

„Ich küsse aber nicht jeden!" Ich stemme die Hände in die Taille. „Lies doch einfach die Karte." Ich muss noch etwas sagen, auch wenn ich weiß, dass da nicht viel drin steht und es Thierry auch keinen anderen Blickwinkel auf meine Tat von vorhin geben wird. Am liebsten würde ich schnell gehen, und Hayley um Rat fragen. Gleichzeitig verstehe ich nicht, dass ich mich so seltsam anstelle. Ich bin ja kein Teenager mehr, der auf dem Abschlussball rumsteht und die Tränen schon spürt. Ich nicke zur Orchidee, die Thierry vor sich auf die Kücheninsel gestellt hat und misstrauisch beäugt, aber er fischt gehorsam die kleine Karte aus der Schleife und öffnet den Umschlag. Er senkt den Blick auf den Text, den ich vorhin reingeschrieben habe, und zwar so lange, dass er den Satz vermutlich fünfzehn Mal gelesen hat, bevor er wieder aufsieht.

„Okay“, sagt er. Mehr nicht.

„Du verzeihst mir?“

„Klar.“ Er zuckt mit den Schultern und lächelt, aber es sieht unecht aus. Vermutlich braucht er noch einen Moment Bedenkzeit oder er muss eine Nacht drüber schlafen.

„Schön.“ Vielleicht muss ich auch nicht so viel in sein Lächeln und seine Worte hineininterpretieren. Ich sehe mich betont um. „Gemütlich.“

Thierry grunzt nur irgendetwas Unverständliches und ich muss ihn schon wieder mustern. Was ist nur mit ihm los? Die Küche ist wirklich toll, helles Holz, honiggelbe Fliesen, ein alter Steinfußboden in grauem Ton. An den Wänden hängen kleine gerahmte Bilder und ich trete näher, um die Details erkennen zu können. Es sind Zeichnungen von Küchenkräutern, zumindest erkenne ich Rosmarin und Salbei, Currykraut und blühenden Schnittlauch. „Die sind ja toll, hast du die gemalt?“ Ich drehe mich zu ihm um und ganz kurz huscht ein Schatten über seine Augen, er schüttelt den Kopf.

„Hübsch jedenfalls."

Neben dem alten Ofen hängen emaillierte Siebe an einer glänzenden Messingstange, daneben ein paar antik anmutende Schöpflöffel und eine Kupferpfanne. Vor den beiden quadratischen Fenstern hängen gelb-weiß karierte Gardinen. „Fehlen nur die frischen Kräuter", sage ich und endlich schmunzelt Thierry wieder. Mir fällt eine kleine Ladung Kiesel vom Herz und ich lächele auch.

„Möchtest du einen Tee?", fragt er endlich und ich nicke erfreut. „Wir könnten uns in den Garten setzen."

„Au ja!", rufe ich etwas zu enthusiastisch. „Warte, ich helfe dir." Ich suche in den Schränken nach Teetassen, während Thierry Wasser aufsetzt und losen Tee in ein Sieb gibt, das er in eine geblümte Kanne hängt. Im ersten Schrank finde ich nur Teller, im zweiten Gläser, im dritten aber Tassen und Becher, Zuckerdose und Milchkännchen. Weil ich nicht weiß, ob Thierry etwas davon braucht, nehme ich auch die beiden Sachen heraus.

„Hab leider keine Milch da", sagt er und ich stelle das Milchkännchen zurück. In der Zuckerdose ist Zucker drin, die kann also mit. Thierry stellt die Teekanne und die Tassen auf ein Holztablett und nickt mir zu, damit ich auch die Zuckerdose dazustelle, die ich immer noch festhalte. Er verlässt die Küche, geht den Flur rechts entlang und bleibt vor einer Tür stehen, die ich für ihn öffne. Dahinter bleibe ich stehen und schnappe nach Luft. Wir stehen in einem Wohnzimmer mit zwei riesigen weißen Sofas und zwei rot-blau karierten Ohrensesseln vor einem offenen Kamin mit einer Holzumrahmung. Die Fliesen um die Kaminöffnung ziert ein filigranes schwarz-weißes Muster. Aber das Schönste sind die Bücherregale, die eine komplette Wand bedecken. Davor steht sogar eine Leiter. Ich kann mich nicht zurückhalten, quietsche erfreut auf und laufe zu der Leiter. Ich steige die ersten drei Sprossen hoch, begutachte die Buchrücken. Es gibt viele Klassiker in Schmuckausgaben mit Gold geprägten Titeln, ein ganzes Regalfach voller Gedichtbände, Bildbände zu allen möglichen Ländern, Städten und auch welche über Bäume und die schönsten Strände Europas.

„Sind das alles deine?", frage ich und strahle Thierry an, der immer noch mit dem Tablett in den Händen mitten im Raum steht und mich beobachtet. Ich kann seine Miene nicht genau deuten. Stört es ihn, dass ich hier alles so bewundere? Vielleicht denkt er, dass ich das nur sage, um ihn wieder milde zu stimmen? „Ich liebe Bücher und Bücherregale und vor allem solche mit einer Leiter! Ich bin ziemlich neidisch, muss ich gestehen." Ich gerate ins Schwärmen und sehe wieder zu den Büchern. Als ich eine wunderschön gestaltete Ausgabe von Mary Poppins entdecke, quietsche ich schon wieder. Ich fahre die Leiter durch Verlagern meines Körpergewichts nach links und angele nach dem Buch. „Darf ich?", frage ich ein bisschen zu spät, ich gehe aber eigentlich nicht davon aus, dass er Nein sagen wird.

„Nur zu", sagt Thierry und seufzt. Er stellt das Tablett auf den niedrigen Couchtisch und lässt sich in einen der Ohrensessel fallen.

„Ich liebe dieses Buch!", rufe ich, auch wenn er vermutlich schon selbst auf diese Idee gekommen ist. „Als Kind habe ich es so oft gelesen. Meine eigene Ausgabe ist total zerfleddert, manchmal fallen sogar Seiten raus, aber wenn ich eine hätte, würde ich es in so eine Buchvitrine legen wie im Museum." Ich blättere vorsichtig in dem Buch. Die Zeichnungen sind wunderschön, sogar in Farbe, was für ein Schatz.

„Leih dir ruhig ein Buch aus", sagt Thierry und klingt etwas missmutig. Oje, ich beachte die Bücher und seine Einrichtung viel mehr als ihn. Das kann ja nur an seinem männlichen Ego kratzen, ich sollte besser aufpassen, was ich sage. Andererseits sind das ja seine Sachen und er kann sich freuen, dass ich alles so toll finde. Damit lobe ich ihn ja schließlich auch irgendwie. Also suche ich mir drei Bücher aus und steige überglücklich wieder von der Leiter. Aus einem Impuls beuge ich mich zu Thierry herunter und küsse ihn auf die Wange. „Du bist der Beste, du hast das schönste Bücherregal von allen."

Thierry berührt kurz die Stelle mit der Hand, schüttelt sich leicht und steht auf. „Kalter Tee vielleicht?"

„Na, so lange habe ich ja nun auch nicht gebraucht", entgegne ich und lache.

„Wir werden sehen." Thierry grinst, bevor er sich umdreht und zur offenen Terrassentür geht. Okay, die gute Laune von eben ist noch da, immerhin. Ich folge ihm in den Garten und mir fällt auf, was für einen eleganten Gang Thierry hat und oh, auch einen ziemlich niedlichen Hintern. Das behalte ich aber lieber für mich. Thierry geht geradewegs über die Terrasse, läuft zwei Stufen hinunter und steuert dann auf einen großen Kirschbaum zu. Darunter steht ein schwarzes gusseisernes Tischchen, auf den er das Tablett abstellt. Die vier zierlichen Metallstühle erinnern mich stark an Frankreich. Ob er die mitgebracht hat? Die Stuhlkissen sehen aber wieder englisch aus, gerüscht und geblümt, die würden Grandma auch gefallen.

„Setz dich", sagt Thierry, aber ich habe den Fehler gemacht und mich im Garten umgesehen. Der Ausblick ist fantastisch, aber noch schöner finde ich den Garten selbst. Es gibt eine ganze Gruppe von Buchsfiguren vor einem Lattenzaun, an dem Passionsblumen und rosa blühende Clematis emporranken. Die Terrasse besteht aus verwitterten Steinplatten, die von niedrigen Natursteinmauern begrenzt werden. Zwei runde Stufen führen hinunter auf eine Wiese, durch die sich ein Kiesweg schlängelt, eine junge Magnolie wächst in einem Beet voller Blumen und Farne und weiter hinten gibt es sogar einen Teich, umrandet von Lilien, Binsen und dekorativen Gräsern. Es gibt riesige Rhododendren und Azaleen, Haselnussbüsche und Fuchsien. Auf der anderen Seite des Gartens wachsen hohe Stockrosen in rosa, weißen und hellgelben Tönen.

„Wow", sage ich zu Thierry. „Es ist noch schöner, als ich es erwartet habe."

„So?" Thierry schmunzelt und schenkt uns Tee in die Tassen.

„Der Garten ist toll. Darf ich ein Foto machen für Grandma? Sie liebt Gärten." Dann könnte sie sehen, ob es ist, wie sie es sich vorstellt. „Der Ausblick ist der Wahnsinn und natürlich das Haus." Erst jetzt allerdings drehe ich mich um, um die Rückseite des Hauses zu bewundern. Es hat Erker und viele Sprossenfenster. Über die eine Wand rankt eine Glyzinie mit traubenförmigen violetten Blüten nach oben und berührt beinahe schon die Fenster der oberen Etage. Leider kann ich nicht in die Zimmer hineinsehen, weil es noch so hell ist, und hoffe insgeheim darauf, dass mich Thierry nachher noch durchs Haus führen wird. Andererseits, wieso sollte er das tun? Am besten, ich bitte ihn darum. „Darf ich nachher mal alles sehen, also wenn du Zeit hast?" Ich deute aufs Haus.

„Was meinst du mit alles?" Er sieht irgendwie lauernd aus, warum auch immer.

„Ich meine, alle Zimmer des Hauses. Es ist so hübsch.“

„Warum nicht?“ Thierry sieht dabei auf die Uhr. Heißt das, er hat nicht so viel Zeit? Oder darf man um diese Uhrzeit noch keine Hausführung verlangen? Oder meint er damit, dass wir noch nicht so weit sind? Ich muss über diesen Gedanken lächeln und trinke schnell einen Schluck Tee. Er schmeckt zitronig und ein bisschen nach Basilikum und ich lecke mir einen Tropfen von den Lippen. Für eine Millisekunde erwische ich Thierry, wie er der Bewegung meiner Zunge folgt, aber schon sieht er wieder in die Ferne hinter meinem Kopf. Sein Blick wandert hinter mir empor, ob er der Kletterrose folgt? Muss er sich ablenken? Muss er auch die ganze Zeit an den Kuss denken? Moment, wieso *auch*? Ich habe erst ein paarmal daran gedacht, aber jetzt überkommt mich die Erinnerung und ich spüre Thierrys Lippen an meinen, seinen Körper dicht an mir, die Wärme, die Berührungen seiner Hände und ich muss schlucken. Ich würde ihn wirklich gerne noch einmal küssen. Dann versuche ich mich aber zu zügeln, ein Kuss aus falschem Grund am Tag reicht. Außerdem wird Thierry nicht hier bleiben. Er wohnt in Paris. Ich will jedenfalls nicht, dass mein Herz sich an jemanden klammert, der bald weit weg ist. Bei meinen Eltern hält es das gerade noch aus, weil ich mich daran gewöhnt habe und schon aus dem Haus war, als sie ausgewandert sind. Ich muss an Grandma und ihre Vergesslichkeit denken. Dass sie irgendwann nicht mehr bei mir wohnt, daran mag ich nicht denken. Sollte ich mich verlieben, sollte es ein verlässlicher Mann sein, jemand, der hier wohnt und nicht bald weg ist.

Was nicht heißt, dass ich ansonsten keinen Spaß haben darf. Eine Liebelei, ein paar Küsse und eine leidenschaftliche

Nacht oder zwei? Dass ich hier in der Nähe einen Mann finde, daran glaube ich nicht. Die ganzen Jahre ist das nie passiert, und es gab niemanden, mit dem ich „für immer" ausprobieren wollte. Auch die Männer wollten das nie mit mir. Mit Michael war es dummerweise am ernstesten von allen, obwohl wir gerade erst erwachsen waren. Am liebsten würde ich Thierry fragen, wie das bei ihm ist, aber ich möchte nicht noch mehr zwischen uns treiben. Denn ich sehne mich nach einer schönen Zeit mit ihm, in der ich ihm die Stadt zeigen kann und er mir sein wunderbares Haus und wir einfach Spaß zusammen haben. Und es fühlt sich richtig an. Ich könnte es natürlich etwas langsamer angehen lassen und ihn das nächste Mal nicht so mit einem Kuss überfallen und ich sollte darauf achten, dass er nicht denken kann, dass ich irgendwen eifersüchtig machen will, sondern ihn um seinetwillen küsse.

„Denkst du an den Abschlussball?", fragt Thierry unvermittelt.

„Was? Nein, also nur kurz." Ehrlichkeit ist eine gute Sache und mittlerweile habe ich das Gefühl, dass ich bei Thierry ehrlich sein kann.

„Bei mir gab es auch so einen Moment", gibt er zu. „Eine große Enttäuschung. Carole und ich waren bereits seit einigen Wochen verlobt. Wir haben uns ein nobles Hotel angesehen, überlegt, ob wir dort unsere Feier ausrichten. Carole hat mich plötzlich völlig unvermittelt gegen einen Türpfosten gedrückt und geküsst mit allem, was sie hatte. So eine Leidenschaft hat sie eigentlich nur in unseren ersten Monaten gezeigt. Danach war es zwischen uns eher gemütlich, aber vertraut. Natürlich habe ich mich über diesen plötzlichen Kuss gefreut, ein bisschen Leidenschaft schadet ja nie und ich wusste wieder, dass wir perfekt zusammenpassen. Als sich jemand neben uns räusperte, löste sie sich langsam von mir und drehte sich mit einem koketten Augenaufschlag um."

„Es war ein männliches Räuspern", rate ich.

„Ihr langjähriger Schwarm aus der Studienzeit, in der wir uns schon kannten, aber noch kein Paar waren."

„Sie hat dich geküsst, um ihn eifersüchtig zu machen …", flüstere ich und mir wird klar, wie sehr ich Thierry vorhin verletzt habe, als er diese Art Déjà-vu durch mich erleben musste. Natürlich davon abgesehen, dass wir weder zusammen noch verlobt sind. „Es tut mir wirklich leid, hätte ich das gewusst …" Ich breche ab. Was wäre dann gewesen? Ich hätte ihn nicht geküsst.

Thierry nickt. „Ich wollte das eigentlich nicht erzählen."

„Ich bin froh, dass du es getan hast. Und weißt du, ich hätte dich sowieso gerne geküsst, nur vielleicht hätte ich dich damit nicht so überrumpelt." Mir wird klar, dass das die Wahrheit ist. Thierry zu küssen, daran hatte ich schon am Morgen vor der Bäckerei gedacht. Seltsam, dass ich so etwas manchmal erst später merke.

Thierry lächelt schief. „Nachprüfen kann ich das natürlich nicht, jetzt ist es ja schon passiert."

„Stimmt." Ich trinke meinen Tee aus und genieße noch einmal die Aussicht auf den schmalen Streifen Meer, den Schopf einer Palme, die vor einem Restaurant in der Innenstadt in den blauen Himmel ragt. Die Sonne wärmt meine Haut und mein Haar, irgendwo in den hohen, alten Bäumen singt eine Amsel und die Bienen und Hummeln summen emsig über den Blumen der Steinguttöpfe neben dem Tisch. Es ist wirklich idyllisch hier, ein perfekter Sommernachmittag. Wie aus einem Bilderbuch oder einem Bildband über englische Gemütlichkeit.

„Möchtest du gleich das restliche Haus sehen?“, fragt Thierry.

„Sehr gerne.“ Ich beobachte, wie Thierry seine Tasse ebenfalls leert und mich dabei nicht aus den Augen lässt. In meinem Bauch beginnt ein warmes Kribbeln, das sich langsam in meinem gesamten Körper ausbreitet. Mir ist nach Tanzen zumute und ich weiß noch nicht mal warum. Eben war die Stimmung wegen Thierrys Offenbarung noch so gedrückt, aber jetzt? Jetzt herrscht wieder der reinste Sommer um uns herum. Gaukelnde Schmetterlinge, Vogelzwitschern und das sanfte Windrauschen in den Blättern der Bäume. Ich muss über meine poetische Laune lachen und tanze tatsächlich ein paar Schritte über die Wiese. Meine Sandalen habe ich eben unter dem Tisch ausgezogen, um ein paar Grashalme mit den Zehen zu pflücken. Das fühlt sich einfach nur toll an, das sonnenwarme Gras, kühler, wenn ich über die Schatten der Bäume tanze, und auf einmal stehe ich wieder vor Thierry, der neben dem Tischchen auf mich wartet. Er streckt die Hand aus und streicht mir eine widerspenstige Strähne hinter mein Ohr. Als seine Fingerspitzen meine Ohrmuschel berühren, hält er inne. Leicht schüttelt er sich, dann dreht er sich um. „Komm, wir wollten doch reingehen. Du musst schließlich deine Neugier füttern.“

Ich gebe es nicht gerne zu, aber ich bin enttäuscht. Für einen Moment dachte ich, wir würden uns küssen. So gerne hätte ich wiedergutgemacht, was ich ihm vorhin unbewusst angetan habe. Die schlechte Erinnerung möchte ich überschreiben, ihm zeigen, dass ich ihn wirklich küssen möchte, ohne dass es jemand sieht. Genau genommen ist mir egal, ob es jemand sieht oder nicht, und seitdem ich das Haus betreten habe, ist mir auch klargeworden, dass es mir völlig egal ist, was Michael denkt. Viel wichtiger ist mir, was Thierry denkt. Was er fühlt. Seltsam. Ich folge ihm langsam über den Rasen und die warmen Steine der Terrasse. Vor der Tür bleibe ich kurz stehen und wische mir mit der Hand ein paar Grashalme von den Fußsohlen, dann trete ich auf den alten Dielenboden vom Wohnzimmer. Thierry geht mit großen Schritten durch den Raum, vielleicht, damit ich nicht wieder von den Büchern abgelenkt werde. Im Flur bleibt er stehen und öffnet eine weitere Tür. „Esszimmer“, sagt er. Ich stecke meinen Kopf ins Zimmer, aber er schließt die Tür wieder, bevor ich die Details in mich aufnehmen kann. Irritiert sehe ich ihn an. „Ist es kein guter Zeitpunkt, ich meine, hast du noch etwas vor? Ich will mich nicht aufdrängen.“

„Was ich in diesen Stunden tue, ist mir egal. Da kann ich dir genauso gut das Haus zeigen“, sagt er kryptisch und ich überlege, ob das eine französische Formulierung ist und was sie genau bedeuten soll. Die Stunden des Tages? Womit ich meine Zeit verbringe? Bestimmt. Aber so wie er das sagt, klingt es schon danach, als hätte er eigentlich keine Lust, sich noch länger mit mir abzugeben. Mir wird noch etwas schwerer zumute. Eben hatte ich noch einen Kuss in der Luft gewittert und jetzt? Eher Streitwolken und ich weiß gar nicht, warum. Wir hatten die Sache doch eben geklärt, oder nicht? Seine Launen kommen mir ein bisschen wie Ebbe und Flut vor.

„Was bist du für ein Sternzeichen?“, frage ich spontan. Vermutlich ist er nicht der Typ, der an so was glaubt und hat auch keine Lust, sich darüber zu unterhalten, aber jetzt habe ich es schon gefragt.

Zu meinem Erstaunen bleibt er stehen und kleine Lachfältchen breiten sich um seine Augen aus. „Krebs“, sagt er. „Und du?“

„Fische.“

„Zwei Wasserzeichen, gut, dass wir in einer Stadt am Meer sind.“

Der Nachmittag könnte doch noch schön werden. „Wasserzeichen“, überlege ich laut. „Wollen wir noch mal an den Strand?“

„Zu deinem Exfreund?“ Thierry funkelt mich an, aber ich sehe, dass es gespielt ist. „Kennst du keine bessere Stelle?“

Ich denke nach und die Vorfreude explodiert in meinem Bauch. „Doch! Wir müssen nur zwanzig Minuten am Coast Path entlang, dann kommen wir zu der schönsten Stelle der ganzen Gegend.“

Thierry lacht. „Du bluffst. Du willst mich doch bestimmt wieder für irgendeinen deiner niederträchtigen Rachepläne missbrauchen. Wer könnte uns dabei sehen?“

„Du spinnst.“ Ich könnte beleidigt sein, aber ich habe keine Lust darauf. Wenn Thierry ein Spiel spielen will, spiele ich mit.

„Hausbesichtigung aufheben für einen Regentag?“, fragt er.

„Deal.“

„Dann los.“ Er dreht um, holt aus der Küche eine Flasche Mineralwasser und zwei große Handtücher aus einem Schrank im Flur, mir wirft er ein gelbes zu, das ich glücklicherweise hervorragend fange. Mir gefällt sein Sinneswandel. Er wirkt wie ein Abenteurer, voller Vorfreude, auch wenn mir sein wölfisches Grinsen ein bisschen Angst macht. Nicht, dass er etwas ausheckt und sich irgendwie an mir rächen will. Aber seine Exverlobte wird ja kaum hier rumlaufen. Und selbst wenn, es würde mir gewissermaßen recht geschehen und ich würde auch damit klarkommen.

Wir brechen unsere Hausführung also ab, bevor sie richtig begonnen hat und so ganz kann ich das Gefühl nicht abschütteln, dass Thierry etwas vor mir versteckt. Gibt es hier Dinge im Haus, die er mir nicht zeigen möchte? Aber was sollte das sein? Er schuldet mir keine Rechenschaft und er hätte natürlich auch einfach so Nein sagen können, als ich ihn gebeten habe, mir alles zu zeigen. Ich wäre etwas enttäuscht gewesen, aber es wäre sogar die logischere Antwort gewesen, oder nicht? Schließlich ist das hier sein Haus und wir kennen uns kaum und irgendwie scheinen ihn ja nicht nur gute Gefühle mit dem Cottage zu verbinden. Außerdem will er eigentlich zurück nach Paris. Mir völlig schleierhaft, wie man eine große Stadt wie Paris unserem beschaulichen Ort vorziehen kann. Paris ist bestimmt schön als eine Stadt, die man sich mal ansieht, aber sie liegt nicht am Meer. Und das Meer muss ihm als Krebs doch gefallen.

Eigentlich bin ich gar nicht so ein Anhänger der Sternenmythologie, nicht so wie Amy jedenfalls, aber von ihr weiß ich recht viel darüber. Dank ihr kenne ich meinen Aszendenten und natürlich mein Sternzeichen. Die Charaktereigenschaften, die ich laut meinem Sternzeichen haben könnte, habe ich tatsächlich. Was mich jedes Mal verblüfft, ist Amys Treffsicherheit, wenn sie das Sternzeichen von jemandem errät, den sie gerade erst kennengelernt hat. Bestimmt hätte sie mir gleich sagen können, dass Thierry Krebs ist. Ich zwinge mich, nicht im Handy nachzuschauen, ob Krebs und Fische zusammenpassen. Von der Logik her müsste das schon passen, zwei Wasserzeichen. Oder ist das gerade schlecht? Egal, für ein Bad im Meer ist es jedenfalls perfekt.

KAPITEL 14
Thierry

Seitdem Liv mich geküsst hat, kann ich mich kaum konzentrieren. Ständig beobachte ich ihre Bewegungen, lausche beinahe verzaubert ihrer Stimme. Schließlich weiß ich, dass das kein Kuss aus Verliebtheit war, sondern aus Rache. Sympathisch findet sie mich aber auf jeden Fall. Damit ich mich besser fühle, hat sie mehrfach betont, dass sie mich sowieso gerne geküsst hätte, auch wenn wir ihrem treulosen Exfreund nicht über das Handtuch gelaufen wären.

Genau genommen ärgert mich meine Reaktion sogar und ich habe eben einfach gedacht, ein Bad im eiskalten Meer würde meine innere Wärme wieder abkühlen. Jetzt bin ich mir nicht so sicher. Liv trägt ein helles Leinenkleid, das figurnah geschnitten ist. Ich kann die Konturen ihrer Beine und ihrer Taille deutlich sehen, wenn sie vor mir läuft und die Sonne durch den Stoff leuchtet. Dabei kann die Sonne nicht genau auf Liv leuchten. Der Stoff ist eindeutig zu dünn. Was ja an heißen Sommertagen hilfreich ist, aber nur für die Trägerin, nicht für denjenigen, der ein paar Schritte hinter ihr geht. Irritiert suche ich nach dem langweiligsten Gesprächsthema, das mir einfällt. Leider habe ich sofort Grand-pères Stimme im Kopf, der die Umgebung mit mir bewundert. Ich höre, wie er die Blumen benennt, auch wenn ich selbst nicht gedacht hätte, dass ich die Namen all der Sorten kenne. Ich weiß, wie die Möwenarten heißen und sehe angestrengt in eine Richtung, wo nichts blüht und keine Vögel durch den blauen Himmel gleiten.

Auf dem Küstenpfad sehe ich Touristen, Familien mit Kindern. Schon muss ich wieder an meine eigene Kindheit denken, meinen ersten Sommerurlaub mit Grand-père und Grand-mère, die damals zwar etwas distanzierter als ihr Mann war, aber immer leidenschaftlich gerne mit mir Muscheln gesucht hat, um danach große Bilder und Mosaike auf dem nassen Sand zu legen. Sehnsucht keimt in mir auf, füllt meinen ganzen Körper bis in die Haarspitzen und ich stehe kurz davor, Liv von meinem Großvater zu erzählen.

„Bist du noch da?", fragt Liv und dreht sich nach mir um. Ich verarbeite diese Information zu spät und gehe weiter. Genau in sie hinein. Automatisch greife ich nach ihren Armen, als sie zurückprallt.

„Entschuldigung", murmele ich. „Ich war in Gedanken."

„Kein Thema", sagt sie, aber ihre Stimme wackelt ein winziges bisschen. Ich verunsichere sie durch meine grüblerische Art. Sie muss mich für launisch halten. Es ist mir selbst unheimlich, wie schnell mein Befinden heute wechselt. Ich kenne mich selbst kaum wieder. Mir fehlt die Kanzlei, das muss es sein. Bin ich vielleicht zu nichts zu gebrauchen, wenn ich nicht das tun kann, in dem ich gut bin?

„Das kann ich mir nicht vorstellen", sagt Liv und mir wird klar, dass ich das laut ausgesprochen habe. „Kann doch jedem mal passieren, dass er nicht auf den Weg schaut."

Sie denkt, dass ich mich nur darauf bezogen habe, dass ich sie umgelaufen habe. Vermutlich ist das gut.

„Gerade bei der Aussicht", füge ich hinzu. „Eigentlich kein Wunder." Ich deute auf das Meer und die hübschen rosafarbenen Blüten, die hier überall sprießen. Die Blumen sind wirklich eine Augenweide, aber sie treten neben Liv einfach in den Hintergrund. Liv ist das Einzige, was ich wirklich sehe.

In diesem Moment wird mir klar, dass ich ihr vertraue. Am liebsten würde ich mit ihr über alles reden, was mich bewegt, über das, was mich traurig macht. Aber ich kann nicht. Es würde alles nur unendlich schwieriger machen. Ich muss mich auf meine Aufgabe konzentrieren, vier Stunden am Tag im Haus verbringen, damit ich bald wieder nach Paris kann, zurück in mein richtiges Leben. Liv würde das nicht verstehen, also sage ich lieber nichts. Ich will den schönen Tag nicht durch einen Streit verderben. Ein Flirt, das ist alles, was ich von ihr will. Eine Ablenkung für diese zwei erzwungenen Wochen in diesem abgelegenen Ort an der englischen Küste. Es wäre am besten, diese ganze Sache leicht und locker zu halten. Dazu muss ich mich in den Griff bekommen. Ich versuche mich an einem charmanten Lächeln und deute mit einer ausladenden Armbewegung auf das Meer, das in seinen unterschiedlichen Blautönen zu uns heraufschimmert.

„Lust auf eine Abkühlung?", frage ich Liv und sehe mich nach einer geeigneten Stelle um, wo wir gut ins Wasser kommen. Da ich nicht weiß, wie es unter der Wasseroberfläche aussieht, scheidet ein kühner Sprung von den Felsen aus. Lebensmüde bin ich schließlich nicht und vermutlich sorgt schon die Temperatur der britischen See dafür, dass man augenblicklich erfriert, wenn man sich zu schnell in die Wellen begibt.

„Wir sind ja auch da", sagt Liv und ihre Augen leuchten. Sie dreht sich um, folgt dem Küstenpfad ein Stückchen weiter und biegt dann in Richtung Wasser ab. Geschickt klettert sie über den Grasrand und entschwindet meinem Blick.

„Warte!“, rufe ich und bekomme einen Schreck. Nicht, dass sie wegen mir abstürzt! Ich renne zu der Stelle und sehe sie auf einer kleinen mit Gras bewachsenen Plattform, einen halben Meter unter meinen Füßen. Sie winkt mir zu und ich klettere zu ihr hinunter.

Sie dreht sich einmal im Kreis, das Sonnenlicht tanzt in ihren Haaren und ich kann den Blick nicht abwenden. Flirt oder Affäre, was macht das für einen Unterschied? So lange mein Herz die Distanz wahrt. Ich umfange sie in ihrem Tanz und küsse sie. Sie bewegt sich weiter, langsamer jetzt, zieht mich mit und vertieft den Kuss. Ihre Arme liegen leicht auf meinen Schultern und sie krault mir den Haaransatz im Nacken, während sie mich abwechselnd spielerisch und feurig küsst. Mir wird heiß und das liegt nicht an den Sommertemperaturen. Ich fasse sie fest um ihre Hüften, presse sie an meinen Körper und lehne mich mit ihr an die Klippen. Ihre Hände fahren unter mein Hemd, streichen über meinen Rücken und bis zum Bund meiner Hose.

Sie unterbricht kurz den Kuss. „Ich habe keine Badesachen mit“, flüstert sie an meine Lippen und ich bin kurz verwirrt, weil ich gar nicht mehr daran gedacht habe, dass wir eigentlich schwimmen wollten. Jetzt will ich auch gar nicht, dass sie etwas trägt, und das sage ich ihr auch. Liv lacht. „Perfekt!“ Sie tritt einen Schritt zurück und zieht ihr Kleid langsam über den Kopf, löst den Verschluss ihres BHs, streift die Sandalen ab. Nur den Slip lässt sie an. „So kriegen wir nur die halbe Strafe, falls wir erwischt werden.“ Sie zwinkert mir zu. „Jetzt du.“ Für eine Weile muss ich sie betrachten, sonst verzeihe ich mir nie, wenn ich mir diesen ersten Moment nehme. Das erste Mal, dass ich Liv nackt sehe, also fast. Der Slip zählt fast nicht, so winzig ist er geschnitten, ein kleines weißes Dreieck, gehalten von weißen Satinbändern. Sie hat eine wunderschöne Figur. Ihr Bauch ist perfekt gerundet und sie hat den niedlichsten Bauchnabel, den ich je gesehen habe. Am liebsten würde ich ihr sagen, wie schön ich sie finde, mit Blicken liebkose ich die zarten Schlüsselbeine, ihre weiblich gerundete Hüfte, die langen schlanken Beine. Sie ist muskulöser, als ich gedacht hatte, bewegt sich aber ungeduldig von einem Fuß auf den anderen.

Liv sieht mich aufmunternd an und ich knöpfe mein Hemd auf, lasse es auf einen Stein fallen, ziehe die Hose aus. Dass ich körperlich auf Livs Kuss reagiert habe, hat sie ohnehin gemerkt, also ist es mir nicht unangenehm, dass meine eng anliegenden Boxershorts jetzt nicht mehr viel verbergen. Sie lächelt und fährt meinen Körper mit Blicken hinab und wieder hinauf. Sie dreht sich um, tänzelt ein paar Schritte zur Seite, springt von der Plattform, aber ich höre kein Wasser aufspritzen. Ist da unten noch so eine Grasplattform? Ich folge ihr und sehe hinunter. Nein, sie steht auf einem ganz schmalen Sandstreifen, der nur knapp einen Meter breit ist und gerade mal dreißig Zentimeter tief. Ein Ministrand.

„Wenn das mal kein perfekter Privatstrand ist", sage ich und begebe mich zu ihr hinunter auf den feuchten Sand.

Liv küsst mich auf die Wange, dann schreitet sie ins Wasser. Als sie bis zu den Knien drin ist, rennt sie los und springt quietschend in die Wellen. Ein Lachen bricht aus mir heraus, das mich selbst beinahe erschreckt, aber es fühlt sich auch danach an, als wäre ein Knoten in meiner Seele geplatzt. Seitdem ich von Grand-pères Tod erfahren habe, habe ich erst ein Mal richtig gelacht, und das war auch wegen

Liv. Genau genommen lache ich auch sonst viel zu wenig. Nur Liv hat mich innerhalb von ein paar Tagen so oft zum Lächeln gebracht. Völlig unbedarft hat sie mich geküsst, das erste Mal ist erst einige Stunden her und wenn sie es nicht aus Rache getan hätte, wüsste ich gar nicht, wie ich ihr länger widerstehen sollte. Ich will es auch gar nicht, schon seit vorhin begehre ich sie, will ihre Nähe. Innerhalb von zwanzig Minuten habe ich mir so oft eingeredet, dass ich sie nicht will. Es wäre vernünftiger, mich nicht zu sehr in diese Gefühle hineinzusteigern …

„Du grübelst zu viel!“, ruft Liv mir zu und trifft damit mitten ins Schwarze. „Komm lieber ins Wasser, es ist herrlich!“

Sie hat recht. Ich höre auf zu grübeln und gehe zielstrebig ins Wasser. Schon als es um meine Waden schwappt, wird mir klar, wie kalt es ist. Aber Liv beobachtet mich und ich kann keinen Rückzieher machen. Ich beiße die Zähne zusammen, versuche weiterhin zu lächeln oder zumindest irgendwie charmant zu gucken und gehe weiter. Gänsehaut überzieht meinen Körper. Als das Wasser bis zum Saum der Boxershorts steigt, bleibe ich doch stehen. Geschäftig schöpfe ich dieses eisige Meerwasser über meinen Bauch, den Rücken, die Arme. Mein Herzschlag beschleunigt sich von der Kälte. Noch einmal atme ich tief durch und tauche unter, setze mich für einen kurzen Moment im Schneidersitz auf den Meeresboden. Um mich herum blubbert es, rauscht das Wasser, der Druck zieht mich bereits wieder nach oben. Ich breche durch die Oberfläche, um mich gleich darauf mit einem Hechtsprung in die Richtung zu werfen, in der ich Liv vermute. Sie kreischt auf und lacht. Mit kräftigen Zügen krault sie weg von mir und ich nehme die Verfolgung auf. Das Wasser läuft mir aus den Haaren in die Augen, aber wenig später erreiche ich sie und wir spritzen uns gegenseitig nass wie die Kinder, obwohl wir gar nicht mehr nasser werden können. Wir quietschen und lachen und es ist einfach nur schön hier. Ich spüre, wie der Stress von mir abfällt, wie mir die Arbeit so unendlich fern vorkommt und ich einfach im Hier und Jetzt angekommen bin. Bei Liv. Ich mag sie. Und das ist okay.

Man muss in Bewegung bleiben, sonst wird es zu kalt, das merken wir ziemlich schnell und machen ein Wettschwimmen parallel zu den Klippen. Immer wieder lenken mich der blaue Himmel und die hübschen Häuser der Stadt ab. Von hier aus sieht es aus wie das Paradies und ich kann mir langsam vorstellen, wie Grand-père es hier geliebt haben muss. Er liebte das Meer, die Natur, grüne Wiesen. Wie oft haben wir zusammen Käfer beobachtet, deren Namen mir Grand-père beigebracht hat. Genau wie Wildkräuter, die wir auch für das Mittagessen gesammelt haben, für einen Salat, ein Pesto, ein besonderes Gebäck oder einen Gemüseauflauf. Ich erzähle Liv davon, von diesen Kräuterwanderungen und den hübschen länglichen Käfern, die grün geschillert haben. Liv und ich schwimmen abwechselnd auf dem Rücken und ganz entspannt nebeneinander her. Im Gegenzug zu meinen Naturgeschichten erzählt Liv mir von den Malstunden mit ihrer Großmutter und den Städtetrips mit ihrer besten Freundin Hayley. Sie erzählt auch von Amy, mit der sie zusammen arbeitet, die aber auch schon davor ewig ihre Freundin war. Ich sehe die beiden Frauen so genau vor mir, dass ich fast schon glaube, selbst bei ihren Ausflügen dabei gewesen zu sein. Aber bei den langsamen Schwimmzügen wird mir allmählich kühl. Auch die Sonne wird nicht ewig scheinen. Irgendwann schlage ich schweren Herzens vor, wieder an Land zu schwimmen. Ich möchte gerne ein bisschen trocknen, bevor ich mich anziehe. Aus dem Wasser zu steigen fühlt sich schwer an, als würde ich auf einmal das Dreifache wiegen, aber ich fühle mich gut. Liv führt mich zu einer Stelle an den Felsen, wo wir uns in die Sonne setzen. Der Stein ist warm unter meiner Haut und ich schließe die Augen gegen die Helligkeit.

„Hast du jemals woanders gewohnt?", frage ich Liv.

„In keiner anderen Stadt, nur in einer anderen Straße", sagt sie.

„Das muss toll sein", sage ich. „Ich bin erst als Erwachsener nach Paris gezogen, davor haben wir in einem kleinen Dorf in Südfrankreich gewohnt, in den Bergen."

„Und dann bist du auf mich neidisch?", fragt sie und linst zu mir herüber.

„Wer sagt, dass ich neidisch auf dich bin?" Liv hat die Arme zur Seite ausgebreitet. Ich schlucke trocken und lasse meinen Blick über ihren Körper wandern. Wenn sie auf dem Rücken liegt, ist ihr Bauch ganz flach, er hebt sich leicht bei jedem Einatmen. Gerade komme ich bei der sanften Wölbung an, die zu ihrer Brust gehört, als Liv etwas sagt.

„Im Liegen bin ich flacher als im Stehen. Nicht nur am Bauch."

„Mist, ertappt." Meine Stimme ist belegt und ich muss mich räuspern. „Sorry."

„Nicht schlimm, ich hab auch geguckt." Sie hat ein Lächeln in der Stimme und mir wird warm, als ich mir vorstelle, wie ihr Blick über meine Haut gewandert ist.

„Und?", frage ich schließlich, weil ich es wissen muss, was sie über mein Aussehen denkt. Weil ich sie mag, möchte ich auch, dass sie mich mag. Auch optisch. Liv ist wirklich eine Augenweide, so viel kann ich sagen. Ihre Haut hat die Farbe von einem hellen Toffee und sie sieht so weich aus, dass ich nichts lieber tun würde, als darüber zu streichen. Jeder andere Mann hätte längst die Gelegenheit genutzt, oder nicht? Warum zögere ich? Normalerweise hätte auch ich anders reagiert und je länger ich warte, desto wichtiger wird dieser Moment, desto mehr wird sie mir bedeuten. Ich strecke die Hand aus, taste über den warmen, rauen Felsen und stoße mit den Fingerspitzen an ihre Hüfte. Ich fahre mit dem Finger über das schmale Satinband ihrer zierlichen weißen Unterhose. Es ist schon getrocknet. Hartnäckig ignoriere ich die erwartungsvolle Stille zwischen uns. Auf ihren Lippen liegt ein Lächeln und sie hat genießerisch die Augen geschlossen. Ich strecke meinen Arm ein bisschen weiter und lege nun die ganze Rückseite meiner Finger an ihre Hüfte, fahre weiter hinauf zu ihrer Taille und sie bekommt eine Gänsehaut. Liv seufzt sehr leise, aber ich habe es gehört. Das nehme ich mal als gutes Zeichen und lasse meine Hand weiter nach oben gleiten. Weil Liv ihre Arme jetzt anwinkelt und unter dem Nacken verschränkt, kann ich problemlos an ihrer Seite entlangstreichen. Ganz leicht spüre ich ihre Rippen, wie sie sich eine lange Zeit nicht bewegen, als würde Liv die Luft anhalten. Sie bemerkt es offenbar im gleichen Moment, atmet aus und lacht dabei.

Trotzdem höre ich nicht auf und ihr Lachen war nicht eins, das mich auslacht, sondern eins, das mich anspornt. Es klang so, als ob es ihr gefallen würde.

„Soll ich weitermachen?“, frage ich leise.

„Ja, bitte.“ Wieder lacht sie auf diese sexy Art und sieht mir in die Augen. Gegen meinen Handrücken spüre ich Livs

Atem. Er ist flacher als eben und ein bisschen schneller. Ich spüre sogar ihren Herzschlag, der im gleichen Rhythmus schlägt wie mein eigener. Voller Vorfreude, aufgeregt.

„Wollen wir gehen?“, frage ich.

Liv antwortet nicht, aber in ihren Augen erkenne ich die gleiche Lust, die ich auch empfinde, und die gleiche Zerrissenheit. Weiß auch Liv nicht, ob das eine gute Idee ist?

„Das wäre keine Rache“, sage ich.

„Für den Rachekuss?“

„Für was auch immer.“

„Okay.“

Dieses kleine Wort überrascht mich, auch wenn wir die ganze Zeit schon ein bisschen miteinander spielen und flirten, die Luft aufgeladen ist vor Begehren, zumindest die Luft um mich herum, dennoch überrascht es mich. Weil es wie ein gerufenes Ja klingt. Liv ist sich sicher, sie will mich. Oder habe ich das doch falsch verstanden?

Sie rollt langsam auf die Seite und kommt so ein Stückchen auf mich zu. Meine Hand landet dabei unter ihrer Brust, die jetzt weich, heiß und mit genau dem richtigen Gewicht darauf liegt. Mir wird klar, dass ich keinen Schritt zurückgehen will. Ich will vorwärts. Schnell und weit. Ich will Liv. Jetzt und nachher und morgen. Über mehr will ich nicht nachdenken, dafür bin ich zu aufgepeitscht. Langsam bewege ich meine Finger gegen ihre weiche Haut. Endlich streckt sie auch ihre Hand nach mir aus und streicht über meinen Brustkorb. Wir nähern uns an, bis sich unsere Nasenspitzen berühren. Wir sehen uns in die Augen, die ganze Zeit, in der unsere Hände den Körper des anderen erkunden und streicheln.

In mir wächst die Lust. Dass der sanfte Wind leicht über uns hinwegstreicht, macht alles auch irgendwie echter. Liv hat die schönsten Augen, die ich je gesehen habe, ein Farbverlauf von Hellbraun um ihre Pupille herum zu einem Dunkelbraun am Rand. Kleine beinahe goldene Sprengsel überall, wie Sterne. Sie lächelt, ihre Augen lächeln und ihre Lippen berühren kurz darauf meine ganz sacht. Wir küssen uns stürmischer, rücken noch näher zusammen.

Ein Geräusch lässt mich innehalten, auch wenn ich es erst nicht einordnen kann. Es raschelt schon wieder, dann folgt ein Schnauben, auch Liv hält auf einmal ganz still und lauscht. Ein Bellen. Eindeutig ein Hund, nicht allzu weit über unseren Köpfen. Da muss jemand auf dem Küstenpfad sein. Wenn die Leute nicht allzu dicht an den Rand herangehen, sollten wir vor ihren Blicken geschützt sein, aber wenn nicht … Liv ist noch immer stocksteif und sie sieht ein wenig ängstlich nach oben, jetzt legt sie ganz leicht ihren Zeigefinger auf ihre Lippen und rutscht ein kleines Stück von mir weg. Der Hund bellt wieder und jetzt sehen wir ihn. Sein Kopf taucht am Rand der oberen Grasplattform auf, die Schlappohren werfen Schatten auf seine Augen, aber er sieht freundlich aus. Oder? Mein Blick fällt wieder an die Stelle, wo Liv eben lag, aber sie ist nicht mehr da. Sie kauert hinter dem Felsen und gestikuliert wild, dass ich ihr folgen soll. Vorsichtig rolle ich mich ab und laufe geduckt zu ihr hinter den Felsen. Der Hund bellt noch einmal, bevor er hinunterspringt. Mit einem weiteren Satz ist er bei uns und begrüßt Liv freundlich. Auch mich beschnüffelt er interessiert. Liv streichelt ihn, wirft aber immer wieder nervöse Blicke nach oben zum Rand der Klippen.

„Terry!“, ruft eine Frau.

Ich zucke zusammen, weil ich zuerst meinen Namen verstehe. Erschrocken sehe ich zu Liv. Wenn ich mir das so ansehe, scheint sie den Hund zu kennen und weiß also, wer da gleich möglicherweise zu uns heruntersehen könnte. Wir hocken uns ganz dicht an den Felsen, sodass er uns eigentlich verdecken müsste. Unsere Kleider allerdings nicht, fällt mir ein, die hängen über den kleineren Felsen zu unserer Linken. Egal. Ein Beobachter könnte einfach denken, dass hier jemand schwimmen gegangen ist. Was ja auch stimmt.

„Terry, bei Fuß! Wo bist du denn?" Die Stimme kommt näher, oder bilde ich mir das ein? Sie klingt immerhin nicht panisch, also … oh, das könnte bedeuten, dass die Hundebesitzerin diese Stelle kennt und gleich runtergeklettert kommt.

„Los, lauf, Terry", flüstert Liv und deutet nach oben. Der Hund lässt sich davon nicht beeindrucken und bellt so, als würde er seiner Besitzerin erzählen, wen er hier unten getroffen hat, und dass sie doch auch runterkommen solle. Bloß nicht. Hektisch sehe ich mich nach unseren Klamotten um, krabbele auf allen vieren im Schatten der Ginsterbüsche zu den Felsen, wo sie liegen, klaube sie vorsichtig Stück für Stück herunter und eile wieder zurück in Livs Richtung. Mit den Klamotten im Arm muss ich in eine Art hockenden Gang verfallen. Der Hund verfolgt mich aufgeregt und erfreut, bellt ab und zu und schnuppert abwechselnd an meinem Ohr und meinem Hintern. Es kitzelt, aber wie durch ein Wunder schaffe ich es, nicht zu lachen. Endlich erreiche ich Liv, gebe ihr ihr Kleid, das sie sich schnell über den Kopf zieht. Ich ziehe mir mein Hemd über und mit einer gewissen akrobatischen Leistung auch meine Hose.

„Ach, da bist du, Terry, komm!" Die Stimme ist mittlerweile direkt über uns und als ich hochsehe, steht da eine Frau in einem knallroten Shirt und Jeansshorts. Sie schirmt ihre Augen gegen die Sonne ab, obwohl sie eine Sonnenbrille trägt und sieht zu ihrem Hund herunter. Und natürlich zu uns. „Liv!“, ruft sie erfreut. „Was für eine schöne Überraschung.“ Bilde ich mir das ein, oder klingt sie nicht wirklich überrascht? Als hätte diese Frau uns vorhin schon zusammen gesehen oder als hätte Liv ihr schon erzählt, mit wem sie sich trifft. Aber wann hätte sie das tun sollen? Liv richtet sich auf und winkt.

„Hi! Wir sind wohl beim Sonnenbaden eingenickt ... gut, dass Terry uns geweckt hat, das hätte einen üblen Sonnenbrand gegeben.“ Liv lacht und sie überspielt ihr Unbehagen ganz gut, finde ich.

„Nett da unten“, ruft die Frau hinunter. „Nette Gesellschaft auch.“

Ich hebe meine Hand zum Gruß, weiß aber nicht, was ich sagen soll.

„Das ist Thierry“, ruft Liv und ich wünsche mir langsam, dass die Frau entweder mal zu uns herunterklettert oder wir hochgehen. Sonst bekommt ja ganz St. Ives unser Gespräch mit. Klar, bisher ist es belanglos, aber ich traue der Angelegenheit nicht zu, dass sie so bleibt. Mir fällt auf, dass Liv nichts weiter sagt, nicht erklärt, woher sie mich kennt. Kein „Ein Freund“ oder „Ein Bekannter“ und unwillkürlich frage ich mich, was sie sagen würde, wenn sie mich vollständiger vorstellen würde. Was bin ich für sie? Im nächsten Moment dreht sich die Frage von alleine um. Was ist Liv für mich?

KAPITEL 15
Liv

„Das ist meine beste Freundin Hayley", erkläre ich Thierry, der ihr nicht recht in die Augen sehen kann und sich immer wieder mit den Fingern durch die Haare fährt. Ihm ist es offenbar noch viel peinlicher als mir, dass uns der Hund gestört hat. „Oh und das ist Terry, aber das hast du ja schon gehört." Ich kraule die gefleckten Schlappohren des englischen Setters und er leckt mir zum Dank den Arm ab. „Übrigens ja fast ein Namensvetter", sage ich und beobachte, wie Thierrys Gesicht ganz langsam eine rötliche Färbung annimmt.

„Sonnenbrand", sagt er, wohl weil er meinen Blick richtig deutet, und ich muss lachen.

„Klar, komm, lass uns gehen." Ich hole unsere Schuhe, die neben den Felsen gefallen sind, und reiche ihm seine Sneaker.

„Lasst euch von uns nicht stören!", ruft Hayley runter. Sie grinst so, als wüsste sie ganz genau, wobei sie uns gestört hat, und theoretisch kann das ja auch sein. So gut verdeckt waren wir nicht, nicht, wenn jemand nah an den Rand der Klippen tritt und hinunterschaut. Ich hoffe nur, dass Moira nichts gesehen hat, aber bisher sehe ich sie nicht, obwohl ich schon vermute, dass sie ihre Mama beim Hundespaziergang begleitet.

Terry allerdings hat genau gesehen, was wir gemacht haben, aber er kann glücklicherweise nicht petzen. Ich kann mir genau vorstellen, wie vielen Leuten er das auf dem Nachhauseweg fröhlich erzählen würde. Bei dem Gedanken muss ich lachen und Thierry guckt mich schon wieder mit hochgezogenen Augenbrauen an. Ich muss es ihm gleich erklären, wenn wir alleine sind, nicht, dass er schon wieder beleidigt ist. Ich reiche ihm meine Hand, weil er noch immer am Boden sitzt. Immerhin hat er die Schuhe schon angezogen. Zuerst starrt er auf meine Finger, aber dann gibt er sich einen Ruck, ergreift meine Hand und steht auf. Als er steht, lässt er mich nicht los und haucht mir einen Kuss auf den Handrücken. Ganz langsam. Jetzt scheint es ihm egal zu sein, dass Hayley uns interessiert beobachtet. Oder ist das so eine Besitzergeste? Meinen Kopf macht das ein bisschen wütend, aber mein Herz wird ganz weit und in meinem Bauch kribbelt es warm.

Wir klettern jeder für sich wieder zum Küstenpfad hoch. Ich weiß ganz genau, dass Thierry unter mein Kleid sieht, unauffällig natürlich, aber ich meine seinen forschenden Blick zu spüren. Wovon auch mir wieder heiß wird. Hätten wir wirklich hier draußen miteinander geschlafen? Etwas in mir hätte es gerne herausgefunden, so was habe ich nämlich noch nie gemacht und mich wundert, dass ich das gerne mit ihm herausgefunden hätte. Gut, besonders bequem war es nicht, ich streiche über eine aufgeschürfte Stelle an meiner Schulter. Hayley folgt meiner Bewegung und grinst wissend. Ich schüttele ganz leicht den Kopf, in der Hoffnung, dass sie den Wink versteht, dass sie es vor Thierry bitte nicht ansprechen soll. Es ist ihm peinlich genug, glaube ich. Außerdem gibt es ja eh nicht allzu viel zu erzählen. Schließlich wurden wir unterbrochen. Ich werfe Thierry einen Blick zu und alles in mir kribbelt, als ich sehe, wie er mich mustert. Ob er daran denkt, dass wir das später fortführen könnten? In seinem Garten? Sofort strömt wieder Hitze in meinen Unterleib und mich erfasst ein inneres Zittern. Sehr gerne würde ich jetzt mit ihm losrennen, bis zu seinem Garten, küssend durch das Haus stolpern bis nach draußen, wo natürlich schon eine Picknickdecke voller gemütlicher Kissen bereitliegen würde. Natürlich würde es mittlerweile dämmern und überall in den Bäumen würden Lampions sanft im Wind schaukeln. Aber dann denke ich an die Mücken und muss lachen. Besser es ist noch Tag. Andererseits gibt es in seinem Garten vermutlich weniger Mücken als hier am Wasser. Prompt juckt es an meinem Oberschenkel und ich vermute, dass da schon eine Mücke am Werk war.

„Olly!", ruft eine Kleinmädchenstimme und da entdecke ich Moira, die in der Nähe hockt und offenbar einen Schmetterling beobachtet hat, denn der flattert gerade weg. Sie springt auf und rennt auf mich zu. Ich fange sie auf und wirbele sie in der Luft herum.

„Na, meine Süße!" Ich vergrabe kurz meine Nase in ihren duftenden Haaren, dann deute ich auf meinen Begleiter. „Das ist mein Freund Thierry, ich habe ihm das Meer gezeigt."

Moira sieht ihn mit großen Augen an, sagt aber nichts. Thierry verbeugt sich kurz und sie muss kichern. Behutsam stelle ich sie wieder auf ihre Füße und sie entdeckt zeitgleich mit Terry einen Distelfalter, dem die beiden gespannt hinterhergehen. Terry verfolgt das kleine flatternde Ding nur mit den Augen, als er kurz stehen bleibt. Dann trottet er weiter, er hat sich an diese Geschwindigkeit gewöhnt, wie auch immer

Hayley ihm das beigebracht hat. Am Klippenpfad wäre es auch viel zu gefährlich, wenn Moira hier wild herumrennen würde, das weiß sie sogar schon mit ihren zwei Jahren. Auch wenn sie natürlich die Gefahr nicht einordnen kann, aber dass sie langsam gehen muss und nicht zu weit an den Rand.

„Schöner Tag heute", sagt Hayley und ich bin ihr dankbar, dass sie mich aus meinen Gedanken reißt.

„Total, ich musste Thierry unbedingt diese Badestelle zeigen, weißt du noch, wie wir als Teenies ständig da unten waren?"

Hayley nickt. „Da hast du doch auch mal deinen pinken Bikini verloren, ob der noch immer in irgendeiner Felsritze steckt?"

„Wie kann man denn einen Bikini beim Schwimmen verlieren?", fragt Thierry. „Also komplett?"

„Wellengang", sage ich. Und ja, ich erinnere mich genau an diesen Tag. Es war damals einer der peinlichsten und lustigsten Nachmittage der Sommerferien, und um Thierry die Unterbrechung von eben etwas zu versüßen, erzähle ich: „Wir waren zum Sonnen da unten, die Stelle kannte ja niemand außer uns."

„Dachten wir", sagt Hayley und lacht.

„Uns hätte eigentlich klar sein können, dass wir nicht die Einzigen waren. Gemütlich lagen wir also gerade auf dem Bauch und haben unsere Rücken gebräunt, als wir Kichern hörten. Männliches Kichern. Zwei der nervigsten Jungs aus Hayleys Klasse lugten keine zwei Meter von uns entfernt über einen der Büsche. Erst in dem Moment, als ich eine Berührung am Rücken spürte, war mir klar, dass es nicht nur zwei waren. Adam, dieser Idiot, hatte den Verschluss meines Bikinioberteils aufgemacht. Leider fiel mir das erst auf, als ich mich aufgerichtet hatte, um zu sehen, was los ist."

„Jedenfalls konnten wir gar nicht so schnell gucken, wie Adam das Bikinioberteil von Liv in der Hand hatte und damit ins Meer gesprungen ist."

Thierry wirft mir einen Blick zu, den ich nicht ganz deuten kann. Stellt er sich das jetzt bildlich vor? Wie ich da ohne Bikinioberteil fluchend über die Steine hüpfe?

„Ich hab ihn ziehen lassen. Was hätte ich denn machen sollen?"

„Gar nichts", pflichtet mir Hayley bei. „Sonst hätten dich die Jungs außerdem noch länger angaffen können."

„Genau."

„Dafür hab' ich dann natürlich was gemacht", erzählt Hayley weiter und sie weiß, dass ich sie heute noch dafür bewundere. „Du glaubst nicht, wie schnell die Jungs weg waren, und geärgert haben sie uns auch nie wieder."

„Die haben sich gar nichts mehr getraut." Ich muss lachen. Wegen der entsetzten Gesichter der beiden, als Hayley mit einem gewagten Sprung und einem Handgriff ihre Badehosen bis zu den Knien runtergezogen hat.

„Natürlich war das kindisch", sagt sie und wischt sich eine Lachträne aus dem Auge. „Aber irgendwie fühlte es sich richtig an. Nur den Bikinidieb selbst haben wir nicht bekommen. Der ist im Wasser geblieben und bis zum Strand gekrault und dann schließlich zwischen den Beach Huts verschwunden."

„Er hat sich ganz schön geschleppt, als er aus dem Wasser kam. Das war hoffentlich Strafe genug."

Thierry nickt und grinst. Er wirkt aber so, als wäre er mit seinen Gedanken ganz woanders. Erst als Terry zu seinen Füßen bellt, scheint er wieder im Hier und Jetzt anzukommen. Woran er wohl gedacht hat? „Strandgeschichten sind doch die schönsten", murmelt er und Hayley und ich werfen uns einen irritierten Blick zu. Passt nicht so gut zu dem, was wir gerade erzählt haben. Ob er Hayleys breitem Akzent nicht folgen konnte? Sie spricht schnell, was manchmal für Touristen schwierig ist. Aber eigentlich beherrscht Thierry unsere Sprache ziemlich gut und wir hatten bisher keine Verständigungsprobleme.

„So, wir müssen dann auch weiter", sagt Hayley plötzlich, umarmt mich und wirft mir einen sehr auffälligen Blick Richtung Thierry zu. Was auch immer sie mir damit sagen will: Macht in Ruhe weiter, wobei wir euch gestört haben? Mir wird schlagartig warm, als ich daran denke. Aber wenn ich mir Thierry so ansehe, scheint er nicht mehr in Stimmung zu sein, er wirkt irgendwie bedrückt.

„Ich muss auch los", sagt er tatsächlich, sobald Hayley, Moira und Terry nicht mehr in Hörweite sind.

„Okay", sage ich und ich glaube, ich kann meine Enttäuschung nicht ganz aus meiner Stimme filtern.

„Bis morgen vielleicht", sagt Thierry. Dann dreht er sich um und geht ohne ein weiteres Wort.

Was war das denn jetzt? Definitiv eine Krebs-Eigenschaft. Das habe ich doch mal gelesen, erst übersprudelnd vor Glück, im nächsten Moment schon wieder schmollend unter ihrem Stein verschwunden. Am liebsten hätte ich ihn gefragt, woran er denken musste, aber wenn er es mir erzählen wollte, hätte er es sicherlich getan. So vertraut sind wir nicht. Schade.

Vielleicht ganz gut, dann kann ich nach Grandma sehen. Im Kiosk hole ich noch die neue Ausgabe ihrer Lieblings-Nähzeitschrift und mache mich ebenfalls auf den Heimweg. Wieso war Thierry auf einmal so still? Als hätte er das

Prickeln zwischen uns davor völlig vergessen. Wegen dem Kuss heute früh? Vielleicht hat er sich eben auch nur daran erinnert, dass ich ihn aus Rache geküsst habe. Oder … wollte er jetzt doch Rache üben, indem er die Unterbrechung durch Hayley genutzt hat, um mich zappeln zu lassen? Na warte. Aber eigentlich ist das Quatsch. Dass Hayley oder genauer gesagt Terry dazwischengeplatzt ist, hat Thierry ja genauso gestört wie mich. Und aufgehört habe schließlich ich. Kann er gedacht haben, dass ich nicht weitermachen wollte? Nein.

Den ganzen Weg bis nach Hause analysiere ich jeden seiner Blicke, die meisten seiner Worte. Ich fürchte, ich kann das Rätsel trotzdem nicht alleine lösen. Am besten, ich frage Hayley später mal. Ihr könnte ja etwas aufgefallen sein.

Grandma ist wach, als ich reinkomme. Sie sitzt in der Küche und sieht seitlich aus dem Fenster. „Hallo, Grandma! Ich hab dir was mitgebracht."

Ihr Blick trifft mich unvorbereitet. Sie wendet sich mir zu, aber ihre Augen sehen durch mich hindurch. Sie schüttelt sich und erst dann scheint sie mich zu sehen. Ein Lächeln bleibt dennoch aus. Hilflos wedele ich mit der Zeitschrift. „Ich hab dir was mitgebracht", sage ich noch mal. „Hast du Hunger?"

Sie schüttelt stumm den Kopf und fixiert jetzt die Zeitschrift. „Danke", sagt sie sehr höflich und streckt die Hand erst aus, als ich ihr die Zeitschrift vor die Nase halte.

„Ich habe Hayley getroffen und Terry. Stell dir vor, er war heute gar nicht im Meer, sein Fell war ganz trocken. Seltsam, oder? Dabei ist es so ein warmer Tag und normalerweise hält ihn nichts aus den Wellen." Ich breche ab. Thierry und ich haben Terry davon abgehalten an seiner Lieblingsstelle ins Meer zu springen. Ich muss schlucken, aber das liegt zum großen Teil einfach daran, dass ich immer noch darauf warte, dass Grandma mir ein Zeichen gibt, dass sie mich erkennt, dass sie weiß, wo sie ist.

KAPITEL 16
Liv

Am nächsten Abend nach der Arbeit sitzt Grandma auf dem Balkon und sieht in die Ferne.

„Das Cottage", murmelt sie. „Auf dem Hügel."

Ich verstehe nicht sofort. Meint sie Thierrys Haus? „Möchtest du hin? Du wolltest doch immer den Garten sehen und den Ausblick von dort."

Sie nickt, sagt aber nichts mehr. Mir ist ihr Schweigen unheimlich, aber das darf sie nicht merken. Das wird ihr nicht helfen und mir erst recht nicht. Auch wenn Thierry vorhin so seltsam war, ich glaube wir müssen jetzt da hochgehen. Vielleicht reicht ihr ja auch der Blick von außerhalb des Anwesens? Und wenn sie rein will, wird er mir das bestimmt erlauben, oder? Wir fragen ihn einfach.

„Wollen wir hinspazieren?", frage ich sie also.

„Zum Cottage?" Ihre Augen leuchten voller Erwartung.

„Ja, genau. Es ist noch ganz sonnig draußen, vielleicht nehmen wir aber trotzdem eine Strickjacke mit, was meinst du?"

Da sie nicht auf meine Frage eingeht, schnappe ich mir einfach ihre hellblaue Strickjacke von der Stuhllehne und winke Grandma zu mir. „Zieh dir bequeme Schuhe an", sage ich. Der Weg da hoch ist ziemlich steil, doch für Grandma bestimmt leicht zu bewältigen. Trotzdem möchte ich natürlich nicht, dass sie umknickt. Ob ich Thierry vorher anrufen soll? Aber ich habe Angst, dass er Nein sagt und ich muss unbedingt mit Grandma da hoch. Ihre rosigen Wangen lassen keinen Zweifel. Zwar habe ich den Eindruck, dass sie schon wieder in einer anderen Zeit festhängt, aber ich werde sie jetzt nicht fragen. Vielleicht hilft der Ausblick auf die Stadt dabei, sie wieder in die Wirklichkeit zurückzuholen und die frische Luft natürlich. Sonnenschein schadet ja auch nie, wenn man etwas traurig ist. Und so sah sie eben wirklich aus. Traurig, sogar so sehr, dass ich fast damit gerechnet habe, dass sie gleich weint. Seltsam. Was sie wohl gerade für Erinnerungen im Herzen hat? Ob sie an Grandpa denkt? Daran, dass er fort ist? Bestimmt vermisst sie ihn.

Auf dem ganzen Weg durch die Gassen und den Hügel hinauf versuche ich sie mit irgendwelchen belanglosen Geschichtchen aufzumuntern, die mir relativ zusammenhanglos einfallen. Ob das eine gute Idee ist? Nachher verwirrt sie das noch mehr, aber sie sagt nichts. Ich bin mir nicht mal sicher, ob sie mir überhaupt zuhört. Der Weg kommt mir viel weiter vor als vorhin, aber da hat die Wut auch meine Schritte beschleunigt. Nein, nicht die Wut, eher der Drang, mich bei Thierry zu entschuldigen. Vielleicht sollte ich darüber reden? Es beschäftigt mich ja eh die ganze Zeit. Nein, darüber rede ich lieber mit Hayley. Gerade jetzt ist Grandma so sehr mit ihren eigenen Gedanken beschäftigt. Plötzlich dreht sie sich zu mir um. „Wo ist eigentlich der hübsche junge Franzose von vorhin? Habt ihr noch etwas Schönes unternommen?“

„Wir waren am Strand und später hat er mir sein Haus gezeigt. Wir waren sogar im Garten und da hab ich mir schon gedacht, dass du es unbedingt auch mal sehen musst. Bestimmt hat Thierry nichts dagegen."

„Du hast nasse Haare", stellt sie fest, als sie mich dieses Mal so aufmerksam mustert, dass ich glaube, dass sie alles sehen kann. Meine Gedanken, meinen Wunsch, die Nähe von Thierry noch mal zu suchen.

„Wir waren schwimmen", erkläre ich, nicht, dass sie denkt, dass ich bei ihm geduscht habe. Oje, schon wieder habe ich Bilder im Kopf. Eigentlich hätten wir das auch machen können, nach dem Bad im Meer das Salzwasser von unserer Haut waschen, in seiner bestimmt wunderschönen Dusche. Wenn sie nur halb so toll ist wie die Küche und das Lesezimmer ... ich erzähle Grandma von den Büchern, wobei mir auffällt, dass ich die Bücher, die ich mir ausleihen wollte, bei ihm hab liegen lassen, als wir zu dem Küstenpfad aufgebrochen sind, damit sie beim Baden nicht nass werden und ich sie nicht irgendwo vergesse. Allein das ist doch ein guter Grund, um ihn noch mal zu besuchen. Dann muss ich gar nicht erwähnen, dass Grandma gerne seinen Garten sehen will und er wird uns einfach hereinbitten und ihn uns freiwillig zeigen.

Lieber wäre ich ehrlich zu Thierry, aber nach seinem übereilten Abschied vorhin habe ich das Gefühl, dass das nicht reichen würde. Ich muss ihn überzeugen. Endlich stehen wir vor dem Cottage. Grandma sieht sich neugierig um. Sie streichelt immer wieder über das Treppengeländer, streichelt auch mit ihren Blicken die Mauern, die Sprossenfenster und die Pflanzen neben der Tür. Sie sagt nichts und ich möchte sie nicht stören. Leicht drücke ich auf den Klingelknopf und warte. Ich zähle bis zehn, aber niemand öffnet. Ich benutze den Meerjungfrauen-Türklopfer und er ist lauter als gedacht.

Den kann Thierry nicht überhören. Ob er gerade duscht und deshalb nicht aufmachen kann? Gerade will ich Grandma den Vorschlag machen, dass ich ihn doch erst anrufe und wir mit Kuchen wiederkommen könnten, doch sie ist nicht mehr neben mir. Mit klopfendem Herzen sehe ich mich um, aber ich kann sie nicht entdecken. Ich springe die Stufen wieder hinunter und laufe am Zaun entlang, spähe den Weg hinunter, ob sie zurück nach Hause gehen könnte. Aber auch auf dem Pfad ist sie nicht.

Mein Herz schlägt einen schnellen Rhythmus, als ich an dem hohen blickdichten Zaun von Thierrys Garten entlangrenne. Ich sehe niemanden und bin im Nu wieder vor seiner Haustür angelangt. Ich lege den Finger auf die Klingel, ziehe ihn aber wieder zurück. Es macht keinen Sinn, ihn hier mit reinzuziehen. Meine Grandma kann ich wohl alleine finden. Denk nach, Liv. Wo könnte sie sein? Bei einer Freundin? Auf dem Friedhof? Ich laufe wieder los, bekomme nach wenigen Schritten Seitenstechen, muss es aber aushalten. Aus dem Augenwinkel sehe ich etwas und bleibe stehen, stütze die Hände auf die Knie und atme, während ich durch das offene Gartentor starre. Das Tor ist mir letztes Mal gar nicht aufgefallen. Im Garten sehe ich eine Bewegung. War er doch da und ist durch den Hinterausgang weggelaufen? Nein, das traue ich ihm nicht zu. Und woher sollte er wissen, dass ich geklingelt habe, wenn er mich nicht zufällig durchs Fenster gesehen hat?

Langsam gehe ich näher, mein Atem kommt immer noch stoßweise und ich nehme mir vor, wieder öfter schwimmen zu gehen. Ich sehe noch mal zum Haus, dann betrete ich den Garten. Von der Terrasse aus kann man es nicht sehen, weil wuchtige Rhododendren und Fuchsienbüsche den Blick darauf versperren. Vielleicht ganz gut. Falls Thierry doch zu Hause ist, wäre es mir unangenehm, wenn er sieht, wie ich in seinem Garten herumschleiche. Ich lausche, höre das Lied einer Amsel, ein Rascheln links neben mir. Ein Vogel fliegt auf. Kann Grandma wirklich hier hineingegangen sein? Immerhin hatte ich ihr versprochen, dass sie den Garten und den Ausblick aufs Meer von hier oben sehen darf. Ich ducke mich hinter die Büsche und laufe in Richtung Haus, und da ist sie. Grandma sitzt auf einer Stufe der Terrasse … und lächelt!

Ich stürze zu ihr, obwohl ich in Deckung bleiben wollte, und finde die Idee ohnehin auf einmal albern.

„Grandma!", sage ich atemlos und lasse mich neben sie auf die sonnenwarme Steinstufe plumpsen. Sie sieht auf, tätschelt mein Knie und lacht leise.

„Da bist du ja endlich, ich habe schon gewartet."

„Was machst du hier?" Das ist die erste Frage, die mir einfällt, auch wenn sie blöd ist. Was sie macht, sehe ich schließlich. Was ich eigentlich fragen sollte, ist, wie sie auf die Idee kommt, ungefragt in einen fremden Garten zu gehen. Und ob wir nicht lieber schnell gehen sollten.

„Ich genieße die Atmosphäre", sagt sie gestikulierend, legt ihre Hand wieder auf mein Knie und lässt den Blick in die Ferne schweifen. „Es kommt nicht oft vor, dass ich hier einfach so sitzen kann. Meistens sind wir ja doch unterwegs."

Ich kann ihr nicht folgen. „Unternehmen wir dir zu viel? Ich dachte, du magst die Strandbesuche?"

„Natürlich, Kindchen. Ich liebe den Strand. Aber ich liebe auch diesen Garten, das Haus." Sie deutet mit dem Kopf hinter uns und ich erinnere mich schlagartig daran, dass wir hier unangemeldet in Thierrys Garten sitzen. Immerhin ist er kein völlig Fremder. Ihn habe ich zweimal geküsst und vorhin hätte ich beinahe auf einem Felsen mit ihm geschlafen. Da ist es bestimmt okay, wenn ich mal in seinem Garten sitze. Zumindest kann ich es ihm erklären. Es war schließlich nicht meine Idee, hier einzudringen, ohne ihn zu fragen. Wie hätte ich Grandma davon abhalten sollen? Und auch jetzt habe ich keine Lust, sie darauf hinzuweisen, dass es nicht besonders höflich ist, in fremden Gärten zu sitzen, während der Besitzer nicht zu Hause ist und nichts davon weiß.

Oder ist er doch da? Ich schiele zurück zur Hausfassade, lasse meinen Blick von Fenster zu Fenster wandern und suche ein Gesicht hinter dem Glas, aber ich sehe niemanden. Ich habe Thierry nie gefragt, ob er alleine wohnt, jetzt kommt es mir komisch vor, das überhaupt anzunehmen. Zumindest habe ich keine Hinweise auf Kinder entdeckt. Wobei … die obere Etage habe ich nicht gesehen. Wenn er allerdings eine Frau hätte, hätte er mich sicher nicht geküsst. Mist, mit dem Kuss habe ich angefangen. Und ich kenne Thierry kaum.

Am liebsten würde ich Grandma um ihre Meinung zu Thierrys Treue bitten, sie fragen, ob er eine fremde Frau küssen würde, wenn er vergeben wäre. Aber in seinem Garten kommt mir das falsch vor. Und er könnte es natürlich hören. Wir sitzen eine ganze Weile hier. Ich habe mittlerweile jede Sekunde mit Thierry analysiert. So richtig komme ich aber nicht weiter, ich brauche mehr Anhaltspunkte. Ich werfe einen Blick zu Grandma, hoffe, dass sie nicht mehr so verwirrt aussieht wie vorhin zu Hause, und tatsächlich, sie lächelt still vor sich hin und sieht sich im Garten um.

„Siehst du die Vogeltränke da hinten?“, fragt sie plötzlich. Ich spähe in die Richtung, entdecke eine Schale auf einem hohen Sockel und nicke.

„Da kommt immer ein Elsternpaar trinken und die kleinen Vögel warten immer alle, bis sie weg sind. Wenn man so klein wie ein Rotkehlchen ist, ist so eine Elster ja auch ziemlich groß."

„Woher kennst du die Vogeltränke?", frage ich irritiert.

„Sie steht doch schon lange hier." Grandma bedenkt mich mit einem tadelnden Blick, als müsste ich das wissen. „Schade, dass die alte Magnolie nicht mehr da ist." Sie seufzt.

„Da steht doch eine Magnolie", sage ich und deute auf ein kleines Bäumchen. Gut, besonders alt sieht dieser Baum nicht gerade aus.

„Die muss neu sein, ich muss ihn bei Gelegenheit mal fragen. Er weiß ja, wie sehr ich die alte Magnolie geliebt habe."

Woher bitte sollte Thierry das wissen? In meinem Kopf rennen die Fragezeichen mittlerweile wild durcheinander, bis mir die Idee kommt, die alles erklären könnte. Hier hat früher eine Freundin von Grandma gewohnt! Es muss so sein. Und wenn sie „er" sagt, meint sie deren Bruder oder Vater oder meinetwegen auch einen Gärtner. Nur wie soll ich jetzt herausfinden, wer hier früher gewohnt hat? Ich kenne lange nicht alle Namen von Grandmas früheren Freundinnen.

„Mochte Rose die alte Magnolie auch?", frage ich einfach mal.

„Was sollte Rose in diesem Garten gemacht haben?" Irre ich mich, oder liegt da eine Spur von Eifersucht in Grandmas Stimme? Auf einmal kommt mir ein neuer Gedanke. Hier hat keine Freundin von Grandma gewohnt, sondern vielleicht ein Freund? Grandpa war es nicht, er stammt aus Falmouth und dort haben sie sich auch kennengelernt, damals im Marine-Museum.

„Wann warst du denn das letzte Mal hier?“

„Ich bin ständig hier.“

Okay, Grandma ist wieder in der Vergangenheit, oder sie führt ein Doppelleben, von dem ich nichts weiß. Ich muss kichern und irgendetwas scheint das in Grandma auszulösen. Sie lacht kurz und beginnt zu erzählen. Die Sätze purzeln so schnell aus ihr heraus, dass ich kaum folgen kann. Ziemlich schnell begreife ich, dass sie zwar von früher erzählt, aber genau weiß, in welcher Zeit wir uns befinden. Dieser Garten spielt definitiv eine Rolle, aber sie erzählt nur von sich und den Vögeln, erwähnt keine Menschen.

„Warst du immer ganz alleine hier?“, frage ich schließlich, als sie geendet hat.

Grandma lacht. „Wir waren meist alleine hier. Bis auf das eine Mal.“ Sie seufzt tief und lang und stemmt sich hoch. „Lass uns nach Hause gehen.“

Ich folge ihr und werfe dabei wieder einen Blick zum Haus, und dieses Mal sehe ich jemanden.

Thierry

Mit einer Tasse heißem Tee und einem kleinen Teller Ingwer-Shortbread-Kekse stehe ich vor meiner Terrassentür und traue meinen Augen nicht. Natürlich habe ich mir die letzten Stunden gewünscht, Liv noch mal zu sehen, mich für mein Verhalten zu entschuldigen, das ich ihr mit keiner Silbe erklärt habe. Ich möchte ihr endlich von Grand-père erzählen. Aber jetzt ist sie wirklich da! Zusammen mit ihrer Großmutter.

Ich stelle meine Tasse kurz aufs Fensterbrett, um die Tür zu öffnen. Liv zuckt zusammen, dabei hat sie mich längst entdeckt. Eigentlich möchte ich ihr zurufen, dass es okay ist, dass sie hier ist. Aber dann nicke ich ihrer Großmutter nur höflich zu und gehe zu den beiden nach draußen.

„Du bist da?", fragt Liv.

„Erstaunlich, nicht wahr?", frage ich und komme mir vor wie ein Idiot, ein unhöflicher Idiot. Warum passiert mir das ständig, dass ich so unfreundlich zu Liv bin? Dabei ist sie das Zauberhafteste hier im ganzen Ort und ich denke die ganze Zeit an sie.

„Also, ich kann das erklären." Sie deutet auf sich und ihre Großmutter und macht eine umfassende Geste, die den ganzen Garten mit einschließt.

„Da bin ich gespannt." Ich stelle Tasse und Teller auf den Tisch und ärgere mich, dass ich keine Kanne gemacht habe. Gerade will ich meinen unverhofften Gästen genau das anbieten, da sieht mich Livs Großmutter und stürzt auf mich zu. Erstaunlich, wie flink sie auf den Beinen ist. Da ist etwas in ihren Augen, ein lebendiges Funkeln … und Tränen.

„Jacques", haucht sie und umarmt mich.

„Er heißt doch Thierry", sagt Liv hilflos hinter ihr. Vermutlich irritiert sie nicht so sehr, dass ihre Großmutter meinen Namen verwechselt, sondern eher die Vertrautheit, mit der sie mich behandelt.

Mir persönlich jagt diese Umarmung einen ziemlichen Schreck ein. Ihre Hände klammern sich in mein Hemd und der Stoff wird auf der Seite, wo ihr Gesicht an meiner Schulter liegt, allmählich warm und nass. Sie weint wirklich.

Ich muss schlucken. Liv steht einfach da und scheint genauso erschrocken wie ich.

„Setzen Sie sich doch", stammele ich. „Möchtet ihr einen Tee? Ich kann frischen machen."

Livs Großmutter lässt mich los und starrt mich an, als hätte ich ihr vorgeschlagen, doch ein Schlammbad unter der Hecke zu nehmen. Es dauert einen Augenblick, dann schüttelt sie sich. „Thierry", sagt sie und ihre Stimme wackelt. „Natürlich."

Liv hat ihr vermutlich von meinem Großvater erzählt, oder … habe ich seinen Namen überhaupt erwähnt? Ihre Großmutter nennt mich schon zum zweiten Mal so. Vielleicht ist Jacques für sie ein typisch französischer Name. Nein. Ich werde das Gefühl nicht los, dass sie einen Jacques kennen muss, gut sogar. Oder sie wird gerade vor meinen Augen verrückt. Ich sehe zu Liv, aber sie zuckt mit den Schultern.

Ihre Großmutter tätschelt mir unbeholfen die Schulter, dreht sich weg und läuft zielstrebig auf die Rhododendren zu, hinter denen das Gartentor liegt. Liv wirft mir noch einen entschuldigenden Blick zu und rennt ihrer Großmutter hinterher. Natürlich sind sie durchs Gartentor gekommen und nicht durchs Haus, wie auch? Ich habe ihnen schließlich nicht geöffnet. Das Kochen des Teewassers hat vermutlich das Geräusch der Klingel übertönt, falls sie überhaupt geklingelt haben.

Der Schreck sitzt mir tief in den Knochen. Dass sie mich ausgerechnet Jacques nennt. „Ich wünschte, du wärst hier", flüstere ich in die Sommerluft und hoffe, dass der Geist meines Großvaters tatsächlich manchmal bei mir ist. Allerdings wäre es noch besser, er wäre es selbst, er könnte mir sicher einen guten Rat geben.

Andererseits habe ich keine direkte Frage gestellt und ich wüsste nicht, wozu ich einen Rat brauche. Zum Haus bestimmt nicht. Ich merke schon von Anfang an, dass mir das Haus nicht guttut. Und anderen offenbar auch nicht. Wie Livs Großmutter auf einmal weinen musste! So schlimm ist es hier natürlich nicht, aber das Haus hat schon eine düstere Aura, besonders am Abend, wenn es draußen allmählich dunkel wird. Die Terrasse ist ja ganz hübsch, und natürlich stimme ich Liv zu, dass die Zimmer oberflächlich betrachtet nett sind, wohnlich eingerichtet, aber für mich absolut fremd. Und sicher sein, dass Grand-père die Möbel ausgewählt hat, kann ich sowieso nicht. Es hätten seine Eltern sein können oder diese Ferienhaus-Vermietung.

So lange hänge ich in meinen Grübeleien fest, dass mir erst dann auffällt, dass es später Abend geworden ist, als ich eine Gänsehaut bekomme. Dabei ist es ein lauer Abend nach diesem sonnigen Tag. Nur sitze ich schon viel zu lange auf diesem Metallstuhl still und der kühle Wind kriecht langsam durch mein kurzärmeliges Hemd.

Es ist erstaunlich, wie wenig ich an Liv gedacht habe, aber jetzt kommen die Erinnerungen von vorhin mit voller Wucht zurück. Mit einem Seufzen nehme ich mein Geschirr, ziehe die Sitzkissen von den Stühlen und bringe alles nach drinnen. Um die Terassentür zu verriegeln, lege ich die Sitzkissen auf den einen Sessel und stelle das Geschirr auf den kleinen Beistelltisch.

Zuerst zuckt meine Hand zum Lichtschalter, aber dann halte ich inne. Ich verzichte darauf, Licht anzuschalten. Ich möchte die Atmosphäre des Hauses roh auf mich wirken lassen. Das Geschirr lasse ich stehen und gehe an der Bücherwand vorbei, die Liv vorhin so gut gefallen hat.

Natürlich sieht der Raum damit aus wie aus einem alten Film. Ich streiche durch den Flur, hierher kommt kaum Licht und die Wände sehen aus wie drei Nuancen dunkler gestrichen. Schatten hängen unter der Decke und lauern in den Ecken. Ich bleibe stehen und lausche, oben knackt es. Das Holz arbeitet, würde Grand-père jetzt sagen.

„Feierabend", murmele ich, als mich das nächste Knacken direkt neben mir so erschreckt, dass ich meinen Herzschlag im Hals spüre. Ich gehe schnell vor zur Treppe, taste nach dem Lichtschalter und ärgere mich über meine Schreckhaftigkeit. Ich bin ja kein kleiner Junge mehr, der alleine in einem alten Haus übernachten muss. Und genau genommen muss ich hier überhaupt nicht übernachten. Ich war für heute wirklich lange genug hier. Sicherheitshalber schalte ich das Flurlicht an, gehe in die Küche, stelle sicher, dass ich die Fenster geschlossen habe und halte inne. Ein Tee würde mir jetzt wirklich guttun. Für einen Tee bleibe ich noch.

Liv

Auf dem Weg zurück nach Hause wird Grandma immer schweigsamer. Zuerst hat sie noch ein bisschen erzählt, aber Namen hat sie keine genannt. Jacques. Jetzt hat sie Thierry schon zweimal so genannt. Ist das für Grandma der typische französische Vorname oder kennt sie einen Jacques? Warum hat sie mir nie von ihm erzählt? Ob ich Rose mal fragen sollte? Andererseits kommt mir das vor, als würde ich hinter

Grandmas Rücken in ihrem Leben schnüffeln und das möchte ich natürlich nicht.

Vermutlich hat es auch gar nichts zu bedeuten. Auf alle Fälle gefällt es ihr dort oben in Thierrys Garten. Und es scheint etwas in ihr zu wecken. Sie hat seit Tagen nicht mehr so klar und glücklich gewirkt wie eben. Gut, bis sie auf einmal durch Thierrys Anwesenheit so gerührt war. Vielleicht lasse ich sie zu oft alleine. Oder vielleicht braucht sie mehr andere Kontakte? Ich muss Thierry mal fragen, vielleicht können wir uns auch mal oben in seinem Garten auf einen Tee treffen, als Entschuldigung für unser heutiges Eindringen. Grandma könnte Scones backen, mit und ohne Rosinen, und ich würde die selbstgemachte Marmelade mitbringen, die sich in unserem Küchenschrank türmt. Darauf hätte ich jedenfalls Lust. Ein richtig schönes typisches Touristenteetrinken unter seinen lauschigen Bäumen mit der grandiosen Aussicht.

„Es ist ein hübsches Haus, nicht wahr?“, frage ich Grandma, um sie auf mich aufmerksam zu machen. Nicht, dass sie in ihrer Einsamkeit feststeckt und nur vergessen hat, dass sie gar nicht alleine ist.

„Ja, ein wunderschönes Haus. Und der perfekte Garten.“ Sie seufzt so sehnsuchtsvoll, dass ich ihr einen langen Seitenblick zuwerfen muss und beinahe über einen kleinen Hund stolpere, der zum Glück zu kläffen anfängt, sodass ich zur Seite hopse und mich bei der Besitzerin entschuldige.

„Wir könnten ja bald wieder hin.“ Ich erzähle Grandma von meiner Idee und sie dreht doch tatsächlich eine übermütige Pirouette. Gegen eine Entschuldigung kann er nichts einwenden, oder? Trotzdem muss er uns natürlich nicht in den Garten einladen. Vielleicht hätte ich erst Thierry fragen sollen, bevor ich Grandma meine Idee schmackhaft mache, aber ich bin mir sicher, dass er Ja sagen wird. Warum sollte er nicht?

KAPITEL 17
Thierry

„Nein." Ich habe das Wort ausgesprochen, bevor ich Liv habe ausreden lassen. Zu Recht starrt sie mich irritiert an. Livs Lächeln rutscht so schnell aus dem Gesicht, dass ich mich für meine ruppige Art ohrfeigen könnte. Wann bitte habe ich verlernt, mit Frauen auf eine normale, nette Art zu reden? Ohne Hintergedanken. Liv sieht richtig getroffen aus und ich strecke meine Hand aus, um ihre zu berühren.

Liv steht vor meiner Haustür, die Mittagssonne im Rücken. Einfach so vor der Haustür meines geerbten Cottages, und hat mir eben einfach nur die Frage gestellt, ob sie und ihre Grandma mich mal als Entschuldigung für ihren Einbruch gestern zum Tee im Garten besuchen dürften. Eine normale Frage und völlig logische Fortführung unserer lockeren Kennenlerngeschichte. Wir haben bereits etwas Zeit miteinander verbracht und ja, ich möchte noch mehr Zeit mit ihr verbringen. Zumindest bis ich wieder nach Hause muss. Und ich mag auch ihre Grandma. Ich muss wohl etwas mehr erklären, warum es also nicht geht.

„Ich meine, ich weiß nicht, ob das eine gute Idee ist."

„Ach so." Livs Stimme klingt so traurig, dass ich meine Worte am liebsten sofort zurücknehmen würde, aber es ist vermutlich wirklich keine gute Idee. Was verspricht sie sich davon? Das hier ist eine Urlaubsliebelei, nicht mal das, immerhin haben wir uns erst zweimal geküsst und wir kennen uns gerade mal seit zwei Tagen. Trotzdem mag ich Liv und will sie nicht verletzen. Und warum sollte ich nicht die paar Tage, die ich hier bin, mit ihr verbringen? Das hatte ich doch vor.

„Okay“, sage ich also. „Kommt doch morgen Nachmittag vorbei.“ Dann fällt mir auf, dass ich nicht weiß, was Liv beruflich macht. „Oder musst du da arbeiten? Der frühe Abend geht natürlich auch.“

Liv starrt mich an. „Okay? Also, ich meine, ich freue mich, aber ... ach, vergiss es. Ja, ich muss bis fünf arbeiten, halb sechs?“

„Halb sechs ist super.“

„Grandma wird Scones backen, magst du die? Wir bewirten dich, als Wiedergutmachung für gestern.“

Ich lache kurz. „Fast wie in einem Café. Ich Glückspilz.“

„Ich liebe Teatime besonders auch in großen Hotels, wir könnten das doch auch mal machen, ein bisschen wandern und dann Cream Tea am Kamin. Okay, das ist wohl eher was für den Herbst.“ Liv lacht.

„Klingt gut. Teatime muss ich also später auch unbedingt anbieten. Kommt auf die Liste“, sage ich.

„Ist das eine Art Bucketlist für Cornwall?“, fragt Liv und bleibt am Fuße der Treppe stehen. Sie sieht zu mir hoch.

„Indirekt. Eine Art Brainstorming für's Hotel.“

„Klingt spannend. Gibt es das auch in deinem Hotel? In welchem wohnst du eigentlich?“

Oje, sie weiß es. Andererseits ist das ganz gut. Dann brauche ich ihr nichts mehr vorzumachen von wegen stolzer Hausherr. „Im Port Royal, aber ich meinte mein Hotel.“

Sie runzelt die Stirn und mir wird klar, dass ich mich verplappert habe.

„Hast du ein Hotel in Paris?" Sie dreht sich vollends zu mir um und mustert mich mit verengten Augen.

„Noch habe ich keins." Ich darf es noch nicht entscheiden. Die vollen zwei Wochen werde ich warten, genau wie Grand-père es sich gewünscht hat. Einziehen dürfte ich vermutlich eher, denke ich kurz. Natürlich würde Grand-père mich gerne in diesem Haus sehen … andererseits, würde er das? Dann hätte er mir schließlich auch mal zu Lebzeiten davon erzählen können. Warum hat er dieses Haus als riesiges Geheimnis gehütet? Grand-mère wusste von dem Cottage, meine Eltern und Veronique hingegen nicht. Das war auf der Testamentseröffnung ziemlich offensichtlich.

„In Paris?", fragt sie erneut. Es sieht fast aus, als ahne sie irgendetwas.

„Ich habe mich noch nicht entschieden", sage ich ausweichend.

„Hier?", fragt Liv jetzt. „Du willst das Cottage zu einem kleinen Hotel umbauen?" Jetzt leuchten ihre Augen. „Ja, warum auch nicht?"

Ich winke ab. „Da würden doch kaum Zimmer hineinpassen und es ist viel zu alt. Das lohnt sich nicht."

„Du willst ein neues Hotel bauen?" Auf einmal reißt sie ihre Augen auf. „Du willst das Cottage abreißen, habe ich recht? Hier soll statt dem gemütlichen, wunderschönen Gebäude ein blöder Neubau stehen?" Ihre Stimme wird mit jedem weiteren Wort schriller und Liv ballt die Hände zu Fäusten.

„Natürlich ein schöner Neubau", sage ich und fühle mich schlecht. Ich hätte es ihr nicht sagen sollen. Ich darf es noch nicht entscheiden und erst recht niemandem sagen. Vermutlich dreht Grand-père sich jetzt im Grabe um. Ich verziehe den Mund, weil ich krampfhaft versuche, mir sein wütendes Gesicht dabei nicht vorzustellen. Oder sein enttäuschtes.

„Ich muss das tun“, sage ich lauter als nötig. Ich weiß nicht, ob ich damit Grand-pères Geist beruhigen will, falls er hier in der Nähe ist, oder Liv, die mich wütend anfunkelt. „Das Haus ist nicht gut für mich und es ist uralt. Ist dir aufgefallen, dass die Fenster einfach verglast sind?“

„Die Fenster?“, schreit Liv mich an. „Dann lass doch neue einbauen, wenn sie dir nicht gefallen!“

„Es geht nicht um die Fenster, es ist doch alles! Das Haus ist unheimlich, aber die Lage ist toll. Deswegen sollte hier oben ein Hotel stehen, damit mehr Leute etwas davon haben können. Du magst den Ausblick doch auch!“

„Mehr Leute?“, ruft Liv wütend. „Was stimmt nicht mit dir? Du kannst doch nicht ernsthaft darüber nachdenken, dieses Haus zu zerstören! Es ist doch dein Haus! Die ganze Liebe, die darin steckt, die ganze Einrichtung, die Bücher!“ Jetzt springt sie die wenigen Stufen zu mir hoch, packt mich an den Schultern und versucht, mich zu schütteln. Aber ich versteife mich automatisch.

„In Hotels kann es auch Bücher geben. Du kannst gerne einige mitnehmen. Du hattest dir ja auch schon welche ausgesucht, die du leihen wolltest“, biete ich ihr an. „Was regst du dich eigentlich so auf? Es ist schließlich mein Haus, ich kann damit machen, was ich will.“

„Nein, das kannst du nicht! Grandma liebt das Haus! Sie liebt den Garten. Sie braucht es!“ Livs Stimme bricht und auf einmal schimmern Tränen in ihren Augen. Sie lässt mich los und wischt sich übers Gesicht. „Das kannst du nicht machen und das werde ich auch verhindern!“

Damit dreht Liv sich um und rennt weg.

Liv

Thierrys Einstellung lässt mich absolut verzweifeln. Das kann er nicht ernst meinen. Natürlich ist es seine Entscheidung. Nein. Halt. Ich bleibe abrupt stehen. Er kann das nicht machen. Punkt. Man darf kein wunderschönes Haus mit einer Bibliothek mit Leiter für irgendein schnödes Hotel abreißen! Dann soll er doch lieber das jetzige Haus in eine Pension verwandeln, wenn er unbedingt mehr Leuten ermöglichen möchte, die Aussicht zu genießen.

Ich kehre auf der Stelle um und stürme zurück. Dieses Mal hämmere ich mit dem schweren Messingtürklopfer an der Tür. Zur Sicherheit drücke ich auch ein paarmal auf den Klingelknopf. Kein normaler Mensch würde vermutlich jemandem öffnen, der sich so verhält. Kann ja nichts Gutes bedeuten. Aber Thierry weiß ohne Zweifel, wer hier vor der Tür steht, und denkt bestimmt, dass er von mir nichts zu befürchten hat. Aber da hat er sich geschnitten. Wenn es um Grandma geht, verstehe ich keinen Spaß. Und bei alten wunderschönen Häusern auch nicht!

Endlich öffnet sich die Tür einen Spalt und Thierry späht hinaus. Sofort werfe ich ihm meine Argumente an den Kopf.

„Wenn du mehr Gäste willst, mach doch eine Pension draus! Ich helfe dir auch dabei. Du darfst kein Haus abreißen, das so schön ist, und die Bibliothek mit der Leiter!" Ich ende atemlos und es wird mir klar, dass das vielleicht keine Argumente sind, die Thierry nicht abschmettern könnte. Und meine beiden kläglichen Ideen … ach, ich verstehe ihn sowieso nicht. „Wie kann man auf so eine Idee kommen? Warum will man ein Haus abreißen?“

„Liv …“, sagt er und klingt, als wäre ich eine ungezogene Dreijährige, die partout noch ein drittes Eis will.

„Warum? Zur Sicherheit stelle ich meinen Fuß in den Türspalt, damit er mir wenigstens erklärt, was ihn dazu geritten hat. Nein, ich will, dass er seine Meinung ändert.

„Es ist mein Haus“, sagt er. Ganz kurz huscht ein Lächeln über sein Gesicht, als er meinen Fuß im Türspalt bemerkt, aber dann wird sein Ausdruck wieder verschlossen. „Das Haus ist alt. Es wäre teurer, es zu renovieren. Ich bin schließlich kein Millionär.“

„Was?“ Ich bin fassungslos, dass er das gesagt hat. „Du reißt ein Haus ab, weil du kein Millionär bist? Was ist das denn für ein Schwachsinn? Verkauf das Haus doch! Dann kriegst du noch Geld dafür und musst überhaupt nichts ausgeben!“ Meine Stimme überschlägt sich und es ist peinlich, aber ich kann es wirklich kaum glauben, was er für einen Müll von sich gibt.

„Liv. Hör zu, ich finde dich wirklich nett und hübsch und all das. Aber das Haus ist meins und es ist meine Entscheidung, was ich damit mache.“

Seltsamerweise fällt mir jetzt nichts mehr ein, ich starre ihn wortlos an. Thierry öffnet die Tür weit, was seltsamerweise noch abweisender wirkt, als wenn er meinen Fuß zurückgeschoben hätte und mir die Tür vor der Nase zugeknallt hätte.

„Wir können gerne morgen zusammen einen Tee trinken, wenn du dich beruhigt hast. Guten Tag.“ Jetzt schließt er die Tür, ganz langsam und ich stolpere rückwärts. Er sieht schon gar nicht mehr nach draußen. Das Schloss rastet ein und ich strauchele und lande auf meinem Po auf dem Kiesweg. Aua. Verdammt, das gibt es doch nicht! Tränen schießen mir in die Augen, halb vor Schmerz, der von meinem Steißbein ausstrahlt, und halb vor Enttäuschung. Wütend rappele ich mich hoch und hinke zurück zum Salon, ohne mich nur ein einziges Mal umzudrehen, obwohl es mich eine riesige Überwindung kostet.

Ich arbeite meine restlichen Stunden des Tages, schaffe es, normal mit Amy zu reden und erwähne weder das Cottage noch Thierry mit einer Silbe. Sie merkt natürlich trotzdem, dass ich wütend bin, weil wir aber so viele Kunden haben, kommen wir nicht dazu, privat miteinander zu sprechen. Als ich Feierabend habe, umarme ich sie schnell. „Ich erzähle es dir morgen, okay? Ich kann nicht mehr."

Wütend stampfe ich nach Hause, humple die Treppe zu unserer Wohnung empor und kann erst ruhig durchatmen, als ich drin stehe und die Welt ausgeschlossen habe. Ruhe umfängt mich, nein, aus der Küche dringt ein leises Klappern und ich gehe auf das Geräusch zu. Langsam, ein Fuß vor den anderen. Ich weiß nicht, warum mich das alles so mitnimmt. Zur Not schenke ich Grandma regelmäßig einen Wochenende in einem Zimmer in Thierrys neuem Hotel. Wenn er mehrere Stockwerke bauen lässt, hat sie einen noch viel besseren Ausblick auf das Meer. Vielleicht habe ich mich da in etwas hineingesteigert.

„Hallo Mäuschen", sagt Grandma, als ich die Küchentür öffne und meinen Kopf hineinstecke. Sie steht am Backofen und rührt in einem Topf. Es duftet nach Orange und gleichzeitig nach etwas Würzigem. Vermutlich sehe ich fragend aus, weil Grandma mir gleich darauf erklärt, was wir gleich alles essen können. Das Würzige ist Coq au Vin. Und die Orangen gehören zu Crêpes Suzettes.

„Du kochst französisch?" Ironie des Schicksals oder was soll das jetzt?

„Es war eins seiner Lieblingsgerichte." Grandma kichert, und ich bringe ihre Bemerkung und ihre Fröhlichkeit wirklich nicht zusammen. Ist die Welt verrückt geworden? Immerhin scheint es ihr gut zu gehen. Sie sieht richtig wach aus, hat rosige Wangen und ihre Augen funkeln, als sie mich ansieht. Wenn ich es nicht besser wüsste, würde ich fast sagen, sie sieht verliebt aus.

„Thierry?", frage ich, auch wenn ich mir nicht vorstellen kann, dass sie ihn meint. „Grandpa", sage ich, auch wenn ich mich partout nicht daran erinnern kann, dass es bei ihnen je ein französisches Gericht gegeben hat.

Grandma schüttelt den Kopf, antwortet aber nicht. Jacques. Zweimal hat Grandma sich bei Thierry versprochen. Was ist, wenn er sie an jemanden erinnert?

„Wer ist Jacques?", frage ich mutig, aber es passiert genau das, was ich befürchtet habe. Grandmas Blick verschließt sich, das Lächeln wird von einem traurigen Zug um ihre Mundwinkel abgelöst und ich könnte mich ohrfeigen. Warum lasse ich ihr nicht ihre Geheimnisse? Wenn sie sie doch glücklich machen! Aber jetzt ist die Laune ohnehin schon im Keller, da kann ich ihr auch gleich alles erzählen. „Thierry will das alte Cottage auf dem Hügel abreißen lassen, um ein Pariser Hotel dort zu bauen."

Grandma lässt den Kochlöffel fallen. Etwas Soße spritzt über den Boden und sie stützt sich mit einer Hand haarscharf neben dem heißen Topf ab. Sofort springe ich auf und stütze sie. „Setz dich besser, ist alles okay? Hast du einen Schwächeanfall? Tut dir etwas weh? Kannst du atmen?“

Sie schüttelt den Kopf, und ich führe sie zu einem Küchenstuhl, auf den sie hinunterplumpst, als wäre es die letzte Sekunde gewesen, bevor sie ohnehin umfällt.

„Brauchst du irgendwas?“, frage ich ängstlich und schiele zum Telefon. „Soll ich den Arzt rufen?“

„Er darf das nicht“, flüstert Grandma, sie greift nach meiner Hand. „Hörst du, Liv? Das Cottage darf nicht zerstört werden. Du musst ihn aufhalten.“

Ja, das würde ich auch gerne. Dann spüre ich Grandmas Zittern und ich weiß, dass ich alles für sie tun werde. Ich werde Thierry aufhalten. Koste es, was es wolle.

KAPITEL 18
Thierry

Mein Hotelzimmer kommt mir trotz der späten Stunde hell vor. Viel heller als das Haus, beruhigend, und wieder sage ich mir, dass die Entscheidung die richtige ist. Natürlich habe ich erst nur ein paar Angebote eingeholt und ich werde weiterhin täglich vier Stunden im Haus verbringen. Erst nach Ablauf des letzten vorgeschriebenen Tages werde ich eine Abrissfirma auswählen und beauftragen.

Ich bin genervt von mir selbst, weil meine Gedanken ständig um dieses düstere Haus kreisen, das dunkle Geheimnis meines Grand-pères, das ich ohnehin nie entschlüsseln werde. Natürlich kann ich das. Ich könnte seine Exfrau fragen, meine Großmutter, zu der ich schon lange den Kontakt habe schleifen lassen. Sie aber natürlich auch zu mir. Ja, ich weiß, dass ich es meiner Umgebung schwermache, den Kontakt zu mir zu halten. Ich habe keine Zeit. Ich habe einen wichtigen Beruf. Ich halte in der Bewegung inne und starre auf meine beigen Sneaker, die ich in Paris noch kein einziges Mal getragen habe. Hier bin ich froh darum, weil meine Lederschuhe wirklich nicht für den Weg den Hügel hinauf geeignet sind.

Ich besitze kaum Schuhe für die Freizeit, natürlich habe ich Sportschuhe, Laufschuhe, Tennisschuhe. Aber ansonsten? Vier Paar teure schwarze Lederschuhe, vier Paar braune

Lederschuhe. Bisher hat das immer gereicht. Normalerweise sieht mein Leben anders aus. Das Handy vibriert auf der zierlichen Kommode neben der Hotelzimmertür, wo ich es wohl eben gedankenlos hingelegt habe. Sekundenlang starre ich auf das Gerät, das sich jetzt nicht mehr bewegt. Wann habe ich mein Handy das letzte Mal tagsüber nicht in meiner Jacketttasche oder meiner Aktentasche ganz in meiner Nähe gehabt?

Die Antwort will ich gar nicht so genau kennen. Seit 60 Stunden habe ich nicht mal in meine dienstlichen Mails gesehen. Ich habe ja auch Urlaub, daran würde mich Liv auf jeden Fall erinnern. Ich stöhne laut auf und pirsche mich an die Kommode heran. Wenn mich jetzt jemand sehen könnte! Leise muss ich lachen und fühle mich dabei seltsam befreit. Ein paar Tage in einer anderen Stadt, weg von der Arbeit, weg von allem, scheint mich zu verändern. Aber dann bleibe ich stehen. Will ich überhaupt etwas ändern? Mir geht es gut mit meinem Job. Ich kann mich darauf verlassen und es ist gut, dass die Leute sich auf mich verlassen können. Meine Tage haben eine Struktur, die immer gleich ist. Und hier? Hier habe ich sogar die vier Stunden, die ich in Grandpères altem Kasten verbringe, unterschiedlich über die Tage verteilt. Ich war zu unterschiedlichen Tageszeiten dort, habe die vier Stunden unterbrochen. Für Liv. Ich war länger dort, weil ich an Liv gedacht habe. Das kann nicht gut sein. Sie denkt anders als ich. Sie liebt das Haus, sie liebt ihre Stadt, sie liebt das Meer. Sie hängt ihr Herz viel zu sehr an alles, das darf mir einfach nicht passieren. Das ist gefährlich und ich begebe mich niemals in Gefahr.

Und dennoch tue ich es, als ich zwei Minuten später das Mobiltelefon in die Hand nehme und den Bildschirm entsperre. Ich habe es mir für den Urlaub so eingestellt, dass ich nicht sofort sehen kann, wessen E-Mail oder Textnachricht mich erreicht hat, und so sehe ich nur das kleine Sprechblasensymbol vom Messagedienst angezeigt. Ob der Text von Liv sein könnte? Und wenn schon? Ich sollte mich von nun an von ihr fernhalten. Ich öffne den Messenger und atme erleichtert aus. Die Nachricht ist von meiner Schwester.

„Wie ist das Haus?“, fragt sie. „Und wo bleiben die neun Fotos?“

Gerade will ich antworten, da erscheint am oberen Bildschirmrand der Hinweis, dass Veronique gerade schreibt. Einen Moment später erscheint ein Foto. Der Ausblick aus Grand-pères Küchenfenster aus dem Haus, das sie geerbt hat. Ich bin froh, dass ich das Haus nicht bekommen habe. Ich brauche es nicht, ich habe ja meine Pariser Wohnung, die in guter Entfernung zur Kanzlei liegt und die allen Komfort hat. Die hell und schnörkellos ist, damit ich mich nach einem langen Arbeitstag gut entspannen kann.

„Schön“, schreibe ich.

„Nein, so geht das nicht“, schreibt meine Schwester. „Bild gegen Bild. Du musst mir deine Aussicht schicken.“

Ich stöhne auf und sehe zum Fenster. Der Himmel ist voller Wolken, weiß und grau, aber darüber ist noch ein Streifen blau. Die gleichen Farben liegen auf dem beinahe stillen Meer. Ein paar Lichter der Häuser und Laternen spiegeln sich bereits im Hafenbecken, in dem ein paar Segelboote dümpeln. Ich stelle mich an einen guten Platz im Zimmer, fotografiere den Ausblick und drücke auf Senden, bevor ich es mir anders überlege. Ich sehe mir das Foto noch mal an. Obwohl es angefangen hat zu regnen, sieht der Himmel beeindruckend aus, oder vielleicht auch gerade deswegen.

Eine Weile kommt nichts von Veronique und ich denke schon, dass sie das Handy weggelegt hat, aber dann schreibt sie doch.

„DAS ist der Ausblick aus dem Haus in Cornwall, das du geerbt hast?"

„Nein."

„Wo bist du denn?"

„Hotel."

„Feigling."

„Ja." Das stimmt. „Richtiges Foto folgt morgen. Gute Nacht, Vee." An diesen Spitznamen erinnere ich mich erst jetzt wieder. Wann habe ich meiner Schwester diesen englisch ausgesprochenen Spitznamen gegeben und warum? Es muss nach diesem ersten Sommer bei meinem Großvater gewesen sein. Die ersten Ferien, in denen meine Schwester und ich getrennt wurden. Habe ich damals englische Bücher für die Schule lesen müssen? Eine englische Serie mit Großvater gesehen? Nein. Er hat begonnen, mir Englisch-Nachhilfe zu geben, weil er mein Zeugnis gesehen hat. Und ich habe mich nie gefragt, warum Grand-père so anders klang als meine Englischlehrerin. Er klang beinahe wie ein echter Engländer. Wie die in den Filmen, die er mir gezeigt hat. Könnte es sein, dass er es hier gelernt hat? Hier, in St. Ives?

Liv

„Er will das Haus abreißen." Ich lehne mich in Hayleys Sessel zurück. Das Leder knarrt in die Stille. Von draußen hört man nur ganz leise den Regen, der zu meiner Stimmung passt.

Hayley reagiert angemessen geschockt, sie liebt alles Alte, sei es ein Haus oder ein Buch. Sie mustert mich ausführlich, während sie nachdenkt.

„Kannst du ihn nicht irgendwie überzeugen? So, wie er dich neulich angesehen hat, würde er dir sicherlich ungern einen richtigen Herzenswunsch abschlagen."

Ich schnaube und erzähle meiner besten Freundin alles, wiederhole jedes einzelne Wort von Thierry. Zur Sicherheit beschreibe ich ihr auch noch mal alle Zimmer, die ich gesehen habe. „Da ist nichts alt und ranzig, es ist mehr wie eine wertvolle Antiquität!"

„Er will das durchziehen, obwohl das Haus so viele schöne Bücher beherbergt?", fragt Hayley ungläubig.

Wir starren beide zum Fenster, auf die glitzernden Pünktchen, die der Nieselregen an die Scheibe gemalt hat, in denen sich das Licht der Straßenlaternen spiegelt. Alles ist besser als ein Blick zu Hayleys Regalen. Wenn ich jetzt Bücher sehe, ihre Schmuckeditionen mit den Lederrücken und Goldprägungen, muss ich doch wieder an den schönen Nachmittag bei Thierry denken. Und das will ich nicht. Ich muss meine Wut bei mir behalten, damit ich genug Kraft finde, um ihn zu überzeugen. Nein, um gegen ihn zu kämpfen.

„Das wird er noch bereuen", murmele ich finster.

„Da bin ich mir sicher." Hayley grinst. „Irgendwie muss ich an diese Sache von damals denken. Du weißt schon, mit Michael. Damals hast du Rache geschworen."

„Ja, aber damals habe ich keinen der Pläne in die Tat umgesetzt."

„Bis vor Kurzem."

„Stimmt, aber ich vermute, dass Michael das gar nicht mitbekommen hat."

„Egal. Thierry wird es mitbekommen."

„Volle Breitseite."

„Okay. Was können wir tun?"

„Ich fasse es immer noch nicht. Thierry will ein blödes Hotel bauen, im Pariser Stil! Hier! Kannst du dir das vorstellen?"

„Ein Hotel im Pariser Stil hier in Cornwall", sagt sie abfällig.

„Ist das nicht unglaublich?"

„Unglaublich blöd." Hayley nickt nachdrücklich.

„Das kann ich nicht zulassen!" Endlich erzähle ich meiner besten Freundin, dass Grandma das Haus und die Aussicht nicht nur liebt, sondern dass sie bestimmt früher ganz glückliche Tage dort verlebt hat, so verklärt, wie ihr Blick immer wird. „Aber ganz positiv, sie ist so glücklich da oben!"

„Okay … kannst du deinem Franzosen das nicht erklären?"

„Das interessiert ihn nicht." Ich korrigiere Hayley nicht, dass er nicht mein Franzose ist, ich habe keine Lust, mich diesem Thema zu widmen. „Ich brauche ein Brainstorming. Wie kann man verhindern, dass ein Haus abgerissen wird? Wie alt ist das Cottage? Kann es dem National Trust gehören oder könnte ich die dafür interessieren?"

Hayley springt auf und holt mir Block und Stift. Sie reicht mir beides und lässt sich in den zweiten Sessel plumpsen. „Wenn du herausfindest, dass da früher irgendwelche Lordschaften gewohnt haben, vielleicht? Oder König Arthur oder einer seiner Ritter, das wäre doch was."

„Notiert." Das Kratzen des Füllers auf dem Papier gibt mir irgendwie Mut. Es fühlt sich an, als würde ich bereits aktiv.

„Oder Naturschutz!", ruft Hayley.

„Das Haus fügt sich zwar hübsch in die Natur ein, aber es ist ja kein Baum oder so ... Moment. Du meinst, wenn es eine seltene Tierart gäbe, die dort lebt? Im Garten oder auf dem Dachboden zum Beispiel?"

„Genau."

„Hervorragend. Notiert." Ich muss grinsen, weil mir das wie eine gute Möglichkeit vorkommt. Wir werfen noch schnell alles zusammen, was wir über Naturschutz wissen, wer sich darum kümmern könnte, was es für Tierarten beim alten Cottage geben könnte und ich notiere alles, was uns einfällt.

Wir schütteln uns die Hand, als hätten wir gerade ein wichtiges Geschäft abgewickelt, und es ist mein Versprechen an Hayley und vor allem an Grandma, dass ich zu neuer Höchstform auflaufen werde. Hayley drückt mir eine geöffnete Flasche Guinness in die Hand.

„Auf dich, die weltbeste Hausretterin!" Sie stößt ihre Glasflasche mit einem satten Geräusch an meine und wir nehmen beide einen großen Schluck. Die würzige Flüssigkeit rinnt durch meine Kehle und es wird langsam warm in meinem Bauch.

„Auf das alte Cottage, das noch viel älter werden wird."

Wir nehmen wieder einen Schluck. Ein angenehmes Kribbeln erfasst meinen Körper, das nicht allein damit zu tun hat, dass wir die Flasche viel zu schnell leeren.

„Auf dass du den heißen Franzosen besiegen kannst."

„Das werde ich", sage ich entschlossen und trinke den letzten Schluck. Dazu, dass er heiß ist, sage ich nichts. Es stimmt, und wer weiß, vielleicht kommt es mir zugute, dass er offenbar auch mich heiß findet.

Später verlasse ich zusammen mit Hayley leicht angesäuselt den Buchladen und bringe sie nach Hause. Als ich zu meiner Wohnung gehe, sehe ich schon von Weitem, dass jemand auf der untersten Stufe sitzt. Michael wird es wohl nicht sein, auch wenn die Statur ähnlich ist. Derjenige sitzt völlig still und sieht nach oben. Ich folge seinem Blick, bevor ich die Schatten verlasse, und sehe Tausende und Abertausende von Sternen. Längst regnet es nicht mehr und die Wolken über der Stadt sind aufgerissen, um den samtig blauen Himmel zu zeigen. Staunend bleibe ich stehen, halte mich an einem Treppengeländer fest und sehe ebenfalls nach oben.

Der Regen hat die Luft allerdings abgekühlt und langsam kriecht der Meereswind durch meine dünne Strickjacke. Ich seufze lautlos und gehe die restlichen Schritte.

„Liv", sagt Thierry, als wäre es ein ziemlich großes Wunder, dass ich hierher komme.

„Thierry", sage ich, weil er anfangen soll.

„Möchtest du mit mir essen gehen?" Das fragt er einfach so, ohne Umschweife und ich bin so überrumpelt, dass ich erst nicke und dann Ja sage. Aber genau genommen ist ja auch nichts dabei. Und ich könnte versuchen, ihn noch mal zu überzeugen, dass er das Cottage auf keinen Fall abreißen darf. Ich bekomme fast schon eine Gänsehaut, wenn ich nur daran denke, dass das Haus weg sein könnte, zu einem Haufen alter Steine reduziert, die ganzen schönen Möbel und Bilder und Bücher … Nein, ich darf nicht darüber nachdenken.

Thierry nennt mir eine Zeit für morgen und steht noch mehrere Atemzüge einfach schweigend vor mir, versucht zu lächeln, aber die Luft scheint bei uns beiden einfach raus zu sein. Ein Abendessen. Das heißt wohl, dass das Teetrinken im Garten ausfällt. Gut, dass ich Grandma davon noch nichts gesagt habe.

„Gute Nacht“, sage ich, küsse ihn nicht und gehe nach oben. Hinter mir höre ich einen gemurmelten Gruß, seine Schritte, und als ich die Tür aufgeschlossen habe und hineingehe, ist er nicht mehr zu sehen. Ich werde aus ihm einfach nicht schlau.

Thierry

Es ist schon länger her, dass ich mich selbst verstanden habe, weil ich normalerweise Unschönes allzu gern verdränge. Alles passt zusammen und es ist einfach so, wie es sein soll. Aber jetzt bringt Liv mich und mein Leben durcheinander, dabei wird sie bald gar kein Teil mehr davon sein. Sie bleibt hier und ich kehre zurück nach Paris. Sogar die Geräusche der Nacht sind hier anders als zu Hause. Natürlich das Rauschen der Wellen, kaum Autos, ein paar Nachtschwärmer, aber auch die Geräusche aus den Pubs und

Restaurants, wo noch etwas los ist, sind anders. Fröhlicher? Ich weiß es nicht. Genau genommen gehe ich in Paris selten nachts durch die Straßen. Wenn ich mich mit jemandem treffe, nehme ich danach ein Taxi.

Bevor ich mich abhalten kann, sehe ich Grand-père durch die Straßen gehen, direkt vor mir. Er pfeift ein Lied, das ich gut kenne. Eine fröhliche Melodie, die wir uns an einem Abend an einem kleinen Lagerfeuer in seinem weitläufigen Garten selbst ausgedacht haben. Selbst den Text kenne ich noch Wort für Wort und als ich ihn im Kopf vor mich hin sage, fällt mir auf, dass ein altes Haus auf einem Hügel eine Rolle spielt. Ich bleibe stehen und die Luft weicht aus meinen Lungen, als hätte mir jemand in den Bauch geboxt. Das Haus, der Hügel, das Meer. Mir ist nie aufgefallen, dass keins der Häuser, wo wir im Urlaub waren oder wo Grand-père gelebt hat, einen Meerblick hatte. Selbst wenn wir am Meer Urlaub gemacht haben, waren die Ferienhäuser und Hotels immer in einem Dorf inmitten anderer Häuser. Ich dachte, es wäre ein fiktives Haus. Dabei war es dieses Cottage hier in St. Ives.

Er hat mir also doch davon erzählt. Aber warum nicht richtig? Zurück im Hotel sehe ich mir die Fotos noch einmal an, die er mir geschickt hat. Auf diesen Bildern ist er jung, vielleicht war nur bis zu diesem Alter überhaupt hier. Und wie lange, wie oft? Auf allen Fotos wirkt er gleich alt, aber es sind auch nur zehn Aufnahmen. Sie wurden vermutlich alle an einem Tag gemacht. Ob es in seinem Besitz noch mehr davon gibt? Aber was würde das bringen, wenn ich noch mehr Fotos hätte? Grand-père hat mit diesem Haus abgeschlossen, unbewusst. Und ich werde es für ihn offiziell machen.

Nach dieser Entscheidung fällt mir meine Einladung von vorhin wieder ein. Als Liv nicht da war, hat ihre Großmutter mich hereingebeten. Nach einer Tasse Tee bin ich aber wieder gegangen, weil Liv nicht zurückkam. Dann habe ich gewartet. Obwohl ich mich nicht entschuldigen wollte, es gibt nichts, was Liv mir verzeihen muss. Natürlich habe ich mich benommen wie ein Hornochse, aber es ist trotzdem meine Sache.

Das Einzige, was mich jetzt davon abhält, Liv abzusagen, ist die Tatsache, dass ich vorhin in einem Anfall von Wut ihre Nummer und unseren Chat gelöscht habe. Blöd, ich weiß. Na ja. In ein paar Tagen werde ich sie nicht mehr brauchen, weil Liv sowieso nicht mehr mit mir reden wird. Wenn ich das Haus abreiße. Ich sollte einen Film ansehen, damit ich auf andere Gedanken komme. Das Dinner war eine Schnapsidee, das wird mir immer klarer. Mein Handy brummt.

Ah, vielleicht sagt Liv ab! Aber es ist tatsächlich eine Nachricht von Veronique.

„Wollte dich nur noch an die Fotos erinnern. Morgen, ja? Vergessen gilt nicht!"

„Dann eben nicht", schreibe ich. Ich weiß nicht, warum ich meine merkwürdige Laune an ihr auslasse, das kann nicht gut gehen. Tut es auch nicht, denn zwei Sekunden später klingelt mein Handy. Sie wird es so lange versuchen, bis ich dran gehe und ich bringe es nicht übers Herz, das Klingeln zu ignorieren.

„Hi", sage ich und schaffe es leider nicht, mein Seufzen zu unterdrücken.

„Spuck's aus", fordert Veronique.

„Liv."

„Sie heißt also Liv." Veronique lächelt, glaube ich und ich muss das wohl richtigstellen.

„Ja, sie wohnt hier im Ort."

„Thierry. Wer ist Liv? Ich höre ganz genau aus deiner Stimme, dass sie dich beschäftigt."

„Lass deine Fortbildung nicht an mir aus."

„Das hätte ich schon in der Schule herausgehört, also erzähl es endlich. Du weißt, dass ich nie lockerlasse."

Erneut seufze ich und erzähle in knappen Sätzen, wer Liv ist.

„Du magst sie zu sehr", lautet Veroniques Schlussfolgerung und ich weiß nicht, wie sie das macht. Ich habe weder den Kuss noch unser Bad im Meer erwähnt.

„Wie kommst du darauf?"

„Ihr habt zusammen gefrühstückt. Bei ihr. Und du hast ihren Namen genau zwölf Mal erwähnt. Du magst den Klang und du magst die Frau."

„Zählst du etwa meine Wörter mit?" Ich bin ehrlich irritiert. Wer macht so was? Klar, meine Schwester. Sie lässt sich niemals in eine Schublade stecken und weiß offenbar genau, wann man das tut.

„Wir gehen morgen Abend essen."

„Ha!"

„Nein, eigentlich will ich es absagen. Das kann ich nur nicht, weil ich ihre Nummer gelöscht habe."

„Wie läuft's in der Kanzlei?", fragt Veronique und bringt mich aus dem Konzept. Mir ist klar, dass sie genau das tun will, aber warum?

„Ich habe Urlaub", sage ich. „Die Mandate sind verteilt oder ruhen."

„Du sollst ja auch Urlaub machen. Und wenn dabei

ein Flirt herausspringt, ist das doch noch besser." Meine Schwester klingt, als würde sie das ernst meinen.

„Es ist eine Katastrophe." Es ist mir unerklärlich, wie sie es geschafft hat, aber jetzt will ich ihr unbedingt alles erzählen. „Ich darf mich auf keinen Fall in Liv verlieben, weil sie hier lebt und ich nicht. Du weißt genauso gut wie ich, dass ich keine Zeit für eine Fernbeziehung habe und Interesse habe ich auch nicht daran. Das Haus tut mir nicht gut, dieser Ort tut mir nicht gut und Liv tut mir auch nicht gut."

„Wow", sagt Veronique. „Das hast du dir ja alles schön zurechtgelegt. Warum lässt du den Abend nicht auf dich zukommen? Du könntest eine nette Zeit mit Liv verbringen. Was soll schon passieren?"

„Es … könnte wehtun. Ich kann das nicht."

„Sagt wer?"

„Ich."

„Liv ist nicht Jacques. Und hättest du eine Minute mit ihm verschenkt, wenn du ihn jetzt dafür nicht vermissen müsstest?"

Sie hat recht. Trotzdem ist das hier etwas anderes. „Okay, ich gehe mit ihr essen. Unverbindlich."

„Natürlich."

Und dann erzählt mir Veronique von ihrem neuen Haus, das früher Grand-père gehört hat. Sie will alles so lassen, wie es ist, denn in jedem Zimmer stecken so viele Geschichten, die sie mag. „Die Atmosphäre ist einzigartig, du musst unbedingt mal herkommen, wenn du wieder zu Hause bist. Natürlich kennst du das Haus besser als ich, aber du liebst es auch, oder?"

Ja, ich liebe das Haus. Es ist das, was ich mit unserem Großvater verbinde, mit der schönen Zeit mit ihm. Es ist gemütlich und hat Persönlichkeit. Genau wie Blueberry Hill Cottage. Nein, ganz anders. Das sage ich mir immer wieder. Das Haus in St. Ives wird mich erst loslassen, wenn es weg ist. Ich habe also gar keine Wahl.

KAPITEL 19

Liv

Bis zu der Sekunde, in der Thierry mir eine einzelne rote Rose durch den Türspalt entgegenhält, habe ich erwartet, dass er mich anruft, um abzusagen. Und ich kann nicht sagen, dass ich es ihm übelgenommen hätte. Sauer bin ich ohnehin schon auf ihn. Zwischendurch hat mich der Mut verlassen, aber jetzt weiß ich, was ich zu tun habe. Grandma war den ganzen Tag schweigsam, bis ich mit ihr wieder zu Thierrys Cottage hochgegangen bin und wir uns heimlich in den Garten gesetzt haben. Grandma hat nicht gemerkt, dass wir hinter den dichten Rhododendronbüschen auf unseren mitgebrachten Segeltuchstühlen gesessen haben. Man dürfte uns von keinem Fenster aus gesehen haben. Und sie hat erzählt und erzählt. Das Vogelgezwitscher um uns herum war offenbar genauso laut, jedenfalls hat uns Thierry nicht bemerkt. Oder er war nicht da. Ich habe ein paarmal durch die Blätter der Rhododendren zum Haus gespäht, konnte ihn aber nicht entdecken.

Ich nehme die Rose und halte die Luft an, in Erwartung, dass er mich jetzt ermahnt. Aber er wünscht mir nur einen guten Abend und fragt, ob wir loskönnen. Kann es sein, dass er tatsächlich nicht weiß, dass wir in seinem Garten waren oder geht er nur höflich darüber hinweg? Ich mustere ihn, während wir über das Kopfsteinpflaster gehen und das Geräusch unserer Schritte mit denen aller anderen Leute um uns herum von den Wänden zurückgeworfen wird. Das Meeresrauschen ist ganz leise im Hintergrund zu hören. Darüber denke ich normalerweise überhaupt nicht nach. Thierry irritiert mich. Er geht neben mir, aber so weit entfernt, dass wir uns nicht berühren, und ich frage mich nicht zum ersten Mal heute Abend, was er eigentlich von mir will. Erst habe ich gedacht, dass er ähnliche Gefühle für mich hat, wie ich für ihn. Nein, das klingt falsch. Ich dachte, er hätte ein romantisches oder meinetwegen erotisches Interesse an mir und wir würden einfach eine schöne Zeit zusammen verbringen. Vielleicht habe ich es einfach durch meinen Ausbruch gestern vermasselt oder seine Geduld ist am Ende, weil Hayley uns unterbrochen hat, und dann war da natürlich noch der Rachekuss. Mein Seufzen gerät wohl etwas zu laut, denn Thierry sieht zu mir hinüber.

„Alles in Ordnung?“, fragt er und ich bin mir nicht sicher, ob seine Stimme irgendwie genugtuend klingt. Ach und wenn schon.

„Klar“, lüge ich. In Ordnung ist nichts, aber das liegt in erster Linie an seinem bescheuerten Plan, den einzigen Ort zu zerstören, der meine Grandma ins Hier und Jetzt holen kann und der sie am glücklichsten macht, sogar glücklicher noch als der Strand. Schon wieder werde ich wütend und versuche, es mir nicht anmerken zu lassen. „Wohin gehen wir eigentlich oder ist das eine Überraschung?“ Dass er mich nicht zu sich nach Hause bringt, habe ich längst gemerkt. Oder will er die Überraschung lange genug herauszögern, damit ich das glaube? Andererseits wäre es unklug von ihm, mir das Haus näher zu bringen, außer er will mir die marode obere Etage zeigen, von der ich natürlich nicht wirklich denke, dass da oben etwas Abbruchwürdiges ist.

Thierry bleibt stehen und seufzt ebenfalls. „Liv, wenn du keine Lust hast, mit mir essen zu gehen, dann sag das bitte. Ich kann den Tisch sicherlich wieder absagen."

„Ich habe Hunger." Nur mit Mühe halte ich mich davon ab, die Arme vor der Brust zu verschränken. Eigentlich wäre mir danach, mit dem Fuß aufzustampfen. Jetzt muss ich grinsen. „Und ich freue mich über deine Einladung", lüge ich wieder. Jetzt ist es auch schon egal, und ich bin neugierig, was Thierry vorhat. Wenn er denn überhaupt einen Plan verfolgt.

„Gut, ich habe auch Hunger." Er klingt eingeschnappt, aber da kann ich ihm auch nicht helfen.

Wir gehen weiter, dieses Mal ist noch mehr Abstand zwischen uns. Das wird auf alle Fälle ein anstrengender Abend. Kusslaune liegt jedenfalls so gar nicht in der Luft. Schließlich bleibt Thierry stehen und räuspert sich, er öffnet eine Tür und hält sie für mich auf. Mein Blick schnellt nach oben. Es ist tatsächlich das Royal Lobster. Ich pfeife leise durch die Zähne und gehe an ihm vorbei in den Gastraum. Ein freundlicher Kellner kommt auf mich zugeeilt, lächelt und verbeugt sich leicht, dann wendet er sich an Thierry, der jetzt neben mir steht.

„Haben Sie reserviert, Sir?" Die Frage muss er stellen, denn hier gibt es ohne Reservierung in hundert Jahren keinen freien Tisch für zwei. Dann könnten wir höchstens an der Bar sitzen.

„Natürlich, auf den Namen Laboulet."

„Sehr wohl, Sir, folgen Sie mir bitte."

Der Kellner hat einen wippenden Gang, der mich gleich

für ihn einnimmt. Am liebsten würde ich Thierry vorschlagen, dass ich mit dem Kellner essen könnte, weil er mir so sympathisch ist, und ein Abend mit Thierry verspricht eigentlich nur, anstrengend zu werden. Ich muss kichern und tarne es mit einem kleinen Husten, was mich leider wieder zum Lachen bringt. Thierry wirft mir einen irritierten Blick zu, aber in seinen Augenwinkeln sehe ich ein Lächeln, auch wenn es seinen Mund nicht ganz erreicht. Seltsam, ich wusste gar nicht, dass das auch so geht: ein Lächeln ohne Mund, dafür echt.

Als wir sitzen und sich die Anspannung zwischen den silbernen Kerzenleuchter und der Vase mit einer einzigen roten Gerbera zurückzieht, beschließe ich, den Abend zu nutzen.

„Hattest du einen schönen Tag?“, fragt Thierry und kommt mir zuvor.

„Ja, vielen Dank. Du auch?“ Ich weiß jetzt schon, dass wir so nicht weiterkommen.

„Ich auch.“ Er schweigt.

„Erzählst du mir von deinem Leben in Paris?“

Thierry wirkt erstaunt, beginnt dann aber tatsächlich zu erzählen. Vor meinem inneren Auge entsteht das Bild seiner Wohnung, seiner Straße, seiner Kanzlei. Alles klingt ziemlich einsam. „Und was machst du in deiner Freizeit?“, unterbreche ich ihn und bereue es gleich, weil er die Augenbrauen zusammenzieht. Er mag Unterbrechungen wohl nicht, aber wer mag die schon? Ich kann sie immer verzeihen, weil ich selbst so ungeduldig bin.

„Sport“, sagt er und nimmt einen Schluck Wasser. Ich tue es ihm nach und überlege, ob ich eben das Richtige bestellt habe. Thierry hat mich mit seinen Erzählungen von der Karte abgelenkt, obwohl dort viele leckere Gerichte standen, die ich alle gerne mal probiert hätte. Andererseits, ein bisschen überkandidelt klangen die schon.

„Schwimmst du?“, frage ich, weil von ihm keine weitere Erklärung kommt.

„Ja, ansonsten Tennis.“

„Passt.“ Meine Antwort ist mir herausgerutscht, bevor ich mir wieder in Erinnerung rufen kann, dass ich ihn auf meine Seite bringen möchte. „Sorry. Ich verstehe das nicht.“

„Was, wie man Tennis spielen kann? Es ist ein weltweit anerkannter Sport und ich war in der Schule immer gut darin.“

„Nein, ich meinte uns.“

„Uns?“ Sein Gesichtsausdruck ist ein einziges Fragezeichen und ich habe mich immer gefragt, wie so was wohl aussieht. Jetzt weiß ich es. Die Augenbrauen leicht gehoben, die Augen groß, sogar den Mund hat er leicht geöffnet, als wollte er noch mal nachfragen.

„Es hat nett angefangen“, erkläre ich, weil er es offenbar wirklich nicht versteht. „Wir haben zusammen gelacht, uns gut unterhalten, oder nicht?“

„Und dann kam sogar ein Kuss“, sagt Thierry.

„Aus den falschen Gründen, ich weiß. Aber ich hätte dich ja nie geküsst, wenn ich es nicht sowieso gewollt hätte.“

„Aha.“

„Du weißt, was ich meine. Ich mag dich.“ Fast hätte ich gesagt, ich mochte dich. „Ich finde es einfach nett, Zeit mit dir zu verbringen. Ganz ohne Verpflichtungen.“

„Das habe ich mir gedacht.“ Er klingt sauer, guckt jetzt aber so, als würden ihn seine eigenen Worte irritieren. „Es geht mir genauso. Noch mehr Verpflichtungen kann ich nicht brauchen.“

Ich seufze schwer, strecke dann meine Hand über den Tisch. „Wieder Freunde?“

Er schüttelt mir die Hand wie bei einem abgeschlossenen Geschäft, nur dass ich glaube, dass er diese Art von Geschäft nicht kann. Freundschaften schließen und halten. „Gut.“ Thierry lächelt, überzeugt mich damit nicht ganz, aber wie soll er auch? Ich gebe hier Dinge von mir, die ich nicht sagen wollte.

„Ich liebe das Haus, du darfst ihm nichts tun.“

Der Satz hängt groß und fett und leuchtend über unserem Tisch und Thierry schüttelt einfach den Kopf. „Es ist mein Haus, Liv. Ich muss tun, was richtig ist.“

Ein Kellner tritt an den Tisch und stellt unsere bestellten Gerichte vor uns ab. Glücklicherweise hat er sich gemerkt, wer was bekommt, ich kann vor Wut gerade nicht sprechen. Ich nicke ihm als Dank zu und ramme mein Besteck stärker als nötig in mein Fasanenfilet. Ich atme tief durch und erläutere Thierry, was alles schön an seinem Haus ist und warum es völliger Unsinn wäre, das Haus abzureißen, um ein anderes an seiner Stelle zu bauen. „Das ist doch die totale Geldverschwendung!“

„Es ist meistens günstiger, etwas Neues zu bauen.“

„Vom Geld her vielleicht.“ Ich presse die Lippen aufeinander, weil mir Tränen der Wut in die Augen steigen und ich blinzle sie weg. Warum versteht er mich nicht? Wie kann dieser Mann nur so herzlos sein? „Für alles andere ist es immer besser, das Alte zu erhalten.“

Thierry schaut betreten auf seinen Teller. „Wenn es gut genug in Schuss ist.“

„Das ist es.“

Wir funkeln uns an, bis Thierry den Kopf schüttelt. „Ich will nicht streiten. Können wir das Thema wechseln?“

„Meinetwegen." Ich höre mich so bockig wie eine Dreijährige an, aber ich komme mir auch vor wie im Kindergarten. Was sind das für Argumente? Ich werde jedenfalls nicht über etwas anderes reden. Ich bin noch lange nicht fertig mit dem Thema.

„Gibt es noch schöne Orte, die ich sehen muss?"

„Bevor du zurück nach Paris gehst?", frage ich. „Wann war das noch mal?"

„In zehn Tagen."

„Tja, keine Ahnung, ob sich das lohnt." Ich verschränke die Arme vor der Brust und ignoriere den Kellner, der meinen und Thierrys Teller abräumt und etwas betreten auf unser feindseliges Gehabe reagiert.

Mal wieder sagt Thierry einfach gar nichts und wir starren uns noch eine Weile an, bis er den Kopf schüttelt, dabei dieses Mal aber nicht lächelt. Und dann sage ich etwas, das mir schon in dem Moment unfassbar kindisch vorkommt.

„Wenn du das Haus abreißt, zerstörst du alles. Ganz sicher werde ich dir keinen einzigen meiner Lieblingsorte mehr zeigen."

Thierry nickt, als hätte er nichts anderes von mir erwartet und das macht es irgendwie schlimmer. Jetzt fühle ich mich nicht ernst genommen. Das passt ja hervorragend.

KAPITEL 20
Thierry

Der Nachhauseweg ist dunkler als in den letzten Nächten und dabei weiß ich überhaupt nicht, warum ich den Schlenker zum Cottage gehe, anstatt direkt mein Hotel anzusteuern. Dabei muss ich gar nicht mehr so tun, als würde ich da oben wohnen.Ich sehe auf die Uhr, vor fünf Minuten habe ich sie vor ihrer Wohnung abgesetzt, mich steif verabschiedet und mich über mich selbst geärgert. Natürlich auch genauso über Liv. Was soll das? Warum mischt sie sich in meine Angelegenheiten ein? Bloß weil ich sie attraktiv finde und gerne mehr Zeit mit ihr verbracht hätte, muss ich mich von ihr ja nicht zum Deppen machen lassen. Das Haus da oben auf dem Hügel ist mein Haus, weil Grand-père es mir vererbt hat, und ich kann in ein paar Tagen damit machen, was ich will.

Ich brauche kein Haus in Cornwall. Mein ganzes Leben spielt sich in Paris ab. Da habe ich meinen Job und meine Freunde. Liv würde vermutlich sagen, dass es keine Freunde sind, sondern Bekannte, aber mir ist das Wort dafür egal. An die Kanzlei und die aktuellen Fälle habe ich schon wieder kaum gedacht, dabei ist es unprofessionell, keinen Kontakt zu halten. Ich sollte mich gleich morgen erkundigen, wie die Geschäfte laufen. Ob die Kollegen klarkommen.

Ärgerlich trete ich gegen ein Steinchen, das laut scheppernd an einem Briefkasten landet. Heute geht aber auch alles schief. Wobei, was eigentlich? Das missglückte Abendessen, das von mir aus gerne zu einer romantischen Nacht hätte führen dürfen? Ja, es ärgert mich mehr, als es sollte. Ich muss mir Liv aus dem Kopf schlagen und das geht vermutlich am besten, wenn ich sie meide. In ein paar Tagen bin ich zu Hause und werde sie ohnehin nicht wiedersehen. Am besten, ich fange schon hier mit dem Vergessen an.

Gut, dass ich ihre Nummer und all ihre Nachrichten von meinem Handy gelöscht habe, dann komme ich auch nicht in Versuchung, ihr zu schreiben. Ich bin erwachsen, ich werde ja wohl ein paar Tage in einer fremden Stadt verbringen können, ohne dass mir jemand Gesellschaft leistet oder Sehenswürdigkeiten zeigt. Vier Stunden am Tag bin ich im Haus, dann muss ich noch essen, und die Wege dorthin nehmen ja auch Zeit in Anspruch. Vielleicht sollte ich mir mal wieder ein Buch kaufen. In den letzten Jahren habe ich nur E-Books gelesen, aber wenn ich schon Urlaub mache, kann ich ja gleich ein bisschen Digital Detox betreiben und den Bildschirm auslassen.

Die Nacht ist zäh und als die Sonne endlich über den Horizont kriecht, stöhne ich fast erleichtert auf, weil ich jetzt guten Gewissens aufstehen kann. Meine Augen brennen, mein Kopf tut weh. Vermutlich sind kaum Minuten vergangen, in denen ich nicht an Liv gedacht habe, weil ich nicht an sie denken wollte. Ich brauche ganz dringend Ablenkung. Eine Beschäftigung. Ein Buch. Einen Spaziergang. Ich denke an Grand-pères Bibliothek, an die drei Bücher, die Liv sich ausleihen wollte und dann wegen unserem Schwimmausflug doch hat liegen lassen. Ihre Augen haben richtig geleuchtet, als sie die Regale begutachtet hat. Instinktiv habe ich gestern schon beschlossen, mir ein neues Buch zu kaufen, ich kann keins dieser Bücher lesen, die Liv zum Lächeln bringen und die Grand-père vielleicht gelesen hat. Natürlich bin ich albern, aber das ist vermutlich eine normale Reaktion auf den Verlust einer geliebten Person und so werde ich es auch sehen.

Vielleicht kann Liv sich noch weitere Bücher nehmen, bevor das Haus abgerissen wird. Das Wort Abriss denke ich oft, aber ich spreche es nicht aus. Doch, ausgesprochen habe ich es auch schon. „Ich habe dir lediglich versprochen, es nicht zu tun, bevor die zwei Wochen rum sind", murmele ich in die Stille des Hotelzimmers. Grand-père würde mich jetzt nach Liv fragen. Nicht direkt danach, was ich für sie empfinde, aber er würde alles über sie wissen wollen. Wenn er hier wäre, müsste er es nicht, weil ich sie ihm einfach vorstellen würde. Aber das ist natürlich Unsinn. Warum sollte ich Liv Grand-père vorstellen? Einen Urlaubsflirt.

Zuletzt habe ich ihm Carole vorgestellt, danach gab es keine Frau, die lange genug geblieben wäre, was natürlich auch gut war. Ich habe ja auch gar keine Zeit für eine Beziehung und ich bin sehr zufrieden mit meinem ruhigen, geordneten Leben.

Auch Veronique ist nicht gebunden. Wie das schon klingt! Gebunden. Da haben wir es schon. Man ist nicht mehr frei. Wenn man sich bindet, muss man sich einschränken, sich kümmern, verbiegen und letztendlich wird einem doch nur das Herz gebrochen.

Liv

Ich liege im Bett und starre wütend an die dunkle Decke. Das Licht im Zimmer verändert sich und mir wird klar, dass ich bisher nicht geschlafen habe, dabei ist die Nacht offenbar gleich rum. Grandma habe ich natürlich nichts von meinem missglückten Date erzählt. Gut, dass sie sich schon hingelegt hatte, als Thierry geklingelt hat. Es ist ja nicht selten, dass ich abends noch zu Hayley gehe. Verdammt, hätte ich das doch bloß nach diesem blöden Essen mit Thierry noch gemacht! Dann würde mir jetzt nicht die Zeit davonrennen. Ruckartig drehe ich mich auf die Seite und starre auf die leuchtenden Ziffern meines altmodischen Weckers. Mist, wenn ich sie jetzt anrufe, wird sie den ganzen Tag müde sein. Als mein Handy ein Brummen von sich gibt, liege ich zuerst stocksteif da, bewege keinen Muskel mehr, als könnte ich mich schlafend stellen. Dann muss ich lachen. Das wird schon nicht Thierry sein. Vermutlich will er jetzt eh nie wieder mit mir sprechen. Und das ist mir auch sehr recht. Da brauche ich also keine Angst zu haben. Ich rolle zur Seite und angle nach dem Handy, das ich auf die Kommode gelegt habe.

Hayley! Sie schreibt, dass Moira eben erst eingeschlafen ist, und will wissen, ob ich schon in Sachen Naturschutz weitergekommen bin. Schnell tippe ich, dass ich es genau jetzt tun werde. Mit klopfendem Herzen stürze ich mich in die Recherche. Im Internet suche ich nach Experten und ergänze meine Liste der seltenen, schutzwürdigen Tiere um einige Vogelarten und seltene Käfer. Auf einer Naturschutzseite sehe ich mir verschiedene Tiere an und entscheide mich schließlich für den Tree Pipit, den Baumpieper, weil ich von ihm recht viel finden kann und er wirklich niedlich aussieht. Damit kann ich punkten. Ich sollte mich viel öfter mit Tierschutz beschäftigen. Wenn ich mir vorstelle, dass es irgendwann nur noch einen Bruchteil der Vogelarten gibt, die ich aus meinen Kindertagen kenne, wird mir ganz schwer ums Herz.

Da stehen bereits jetzt Arten auf der Liste der bedrohten Tiere, die ich als Kind überall gesehen habe. Genau wie bei den Wildbienen, Igeln und einige Schmetterlingsarten. Als mir die Sonne direkt ins Gesicht scheint, klappe ich mein Skizzenbuch zufrieden zu. Weil ich immer noch so aufgekratzt bin und in vier Stunden arbeiten muss, beschließe ich den Schlaf für heute abzuhaken. In der nächsten Nacht kann ich dafür bestimmt umso besser schlafen.

So leise wie möglich ziehe ich mir frische Sachen an, hole mir einen leeren Schuhkarton aus der Abstellkammer und schleiche nach draußen, um Grandma nicht zu wecken. Die Morgenluft ist frisch. Salziger Wind weht ganz leicht vom Meer zu mir herüber, als ich die Haustür leise abschließe. Langsam gehe ich zum Strand, werfe immer wieder einen Blick zum Hügel hinauf. Ob Thierry schon wach ist? Bestimmt nicht. Ich muss diese Gelegenheit nutzen.

Als ich am National Trust Shop vorbeikomme, kann ich mein Glück kaum fassen. Dort gibt es eine CD mit den Stimmen bedrohter Vogelarten und ein Set glasierter Schokoladeneier, die die richtige Farbe haben, nämlich täuschend echt wie die Eier des Baumpiepers aussehen. Schnell checke ich die Öffnungszeiten und notiere sie in Gedanken. Dann eile ich weiter zum Strand und auf den

Küstenpfad, wo ich Moos und kleine Zweige, Gräser und sogar ein paar Flaumfedern finde, die vermutlich von Möwen stammen, aber das kann man so genau ja nun auch nicht erkennen.

Ich setze mich auf einen Felsen, der nicht vom Wanderweg einsehbar ist, und beginne zu basteln. Vögel sind wirklich Künstler, muss ich feststellen. Mit nur ihrem Schnabel und vielleicht auch ihren Füßen schaffen sie derartige Kunstwerke, es ist der Wahnsinn. Für ein annehmbares Ergebnis brauche ich zwei Stunden, aber am Ende vergleiche ich mein Nest mit dem Foto auf der Webseite und bin sehr zufrieden. Mich würde das Nest täuschen und ein Experte wird ja in diesem Fall vielleicht nicht so genau hinsehen, weil er die brütenden Vögel nicht stören darf. Ich werfe einen Blick auf die Uhr und denke, ich könnte immer noch Glück haben, Thierry nicht anzutreffen. Viele Leute schlafen noch um diese Zeit, gerade wenn sie Urlaub haben.

Ich lege mein gebasteltes Nest vorsichtig in den mitgebrachten Karton und mache mich auf dem Weg zum Blueberry Hill. Den Garten betrete ich durch das glücklicherweise nicht quietschende Tor.

Wie erwartet ist es im Haus dunkel, ich beobachte es eine Viertelstunde von meinem Versteck hinter einem dicken Eichenstamm und bin mir schließlich sicher, dass Thierry nicht da ist. Trotzdem werde ich kein Risiko eingehen und das Nest in einem der Rhododendren anbringen, die so dicht und riesig gewachsen sind, dass man mich vom Haus aus nicht sehen kann. Es ist eine Fummelei und ich bewundere die kleinen Vögel umso mehr, die das alles ganz ohne Hände schaffen. Gut, sie bauen das Nest vor Ort, aber trotzdem, es sind definitiv Künstler.

Das Nest sieht echt aus. Ich trete noch mal einen Schritt zurück, bewundere meine Arbeit und nicke zufrieden. Dann schleiche ich mich wieder aus Thierrys Garten und passe auch beim Rückweg in den Ort auf, mich nah an Büschen oder Bäumen aufzuhalten, bis ich weit genug weg bin. Den restlichen Weg nach Hause tanze und laufe ich abwechselnd, so begeistert bin ich von unserem Plan. Das muss einfach klappen. Heute Mittag gehe ich in den National Trust Shop und hole die kleinen Zuckereier für ein paar authentische Schalen und kaufe die CD.

Auf dem Weg zum Salon führe ich ein Telefonat mit aufgeregter Stimme und ich schaffe es sogar, verweint zu klingen, weil ich an Grandmas Enttäuschung denken muss, sollte das Haus irgendwann fort sein.

KAPITEL 21
Thierry

Ein bisschen schade finde ich es schon, dass Liv sich so schnell hat vertreiben lassen. Sie ist so sauer, dass sie sich gar nicht mehr meldet, aber das habe ich wohl verdient. Und es wird mir meine Abreise noch einfacher machen. Wie jeden Tag mache ich gerade meinen Streifzug durch das Haus, notiere jede Unzulänglichkeit und ignoriere alles andere. Es ist für mich das Beste, das habe ich Veronique auch schon zweimal erklärt, und letztendlich ist es meine Entscheidung. Gerade fahre ich mit dem Finger über einen Riss im Lack eines der Küchenfenster, als es klingelt.

Mein Herz macht einen Satz, denn es könnte Liv sein. Das ist sie nicht. Vielleicht ist es irgendjemand, der Werbung vorbeibringen will, oder ein Tourist, der das Haus für etwas anderes hält. Aber für was? Es klingelt erneut und ich lege meine Notizen aufs Fensterbrett und laufe nach unten zur Haustür.

„Guten Tag, Sir", spricht mich ein schmaler Mann mit dunkel umrahmter Brille an. Er sieht von seinem Klemmbrett auf, reicht mir dann seine Hand. „Mein Name ist Henderson, James Henderson."

„Laboulet, Thierry Laboulet", murmele ich und komme mir vor wie ein gewisser Geheimagent, weil ich dabei betont cool stehe, mit einer Hand in der Hosentasche. „Wie kann ich Ihnen helfen?“ Die britische Höflichkeit scheint auf mich abzufärben.

„Ich habe wunderbare Neuigkeiten für Sie, Sir!“

„Ja?“ Was zum Kuckuck kann das wohl sein? Ich versuche, einen Blick auf sein Klemmbrett zu werfen, aber er hält es verdeckt.

„Ich komme vom British Trust for Ornithology. In Ihrem Garten singt der seltene Tree Pipit, hören Sie nur!“ Er hebt seine Hand und schließt lauschend die Augen.

Natürlich höre ich Vogelgezwitscher und zweifellos kommt einiges davon auch aus meinem Garten, aber einen Tree Pipit würde ich nicht erkennen. Ich kenne den französischen Namen des Vogels nicht, vielleicht gibt es ihn auch nur hier, wer weiß. „Das ist schön“, sage ich schließlich.

„Es ist außerordentlich wunderbar!“ Er sticht mit seinem Zeigefinger in die Luft.

„Wunderbar“, wiederhole ich. Mühsam verkneife ich mir ein „und jetzt?“, aber er erzählt mir ohnehin, was das jetzt bedeutet.

„Ich schätze mich unglaublich glücklich, dass ich diese Kenntnis erlangt habe und ich finde es toll, dass Sie den Garten so wunderbar bewirtschaften, dass dieser seltene Vogel sich bei Ihnen wohlfühlt! Dürfte ich wohl einen Blick in Ihren Garten werfen, natürlich nur, wenn das keine Umstände macht.“

„Na klar.“ Er ist so aufgeregt, dass ich ihm den Wunsch beim besten Willen nicht abschlagen kann, und warum sollte ich auch? Er will mal kurz gucken und dann bin ich ihn sicher gleich los.

Wie konnte ich mich nur so täuschen? Zuerst standen wir

eine halbe Stunde ganz dicht am Zaun und haben dem Gezwitscher von verschiedenen Vogelarten gelauscht, deren Namen mein Gast mir flüsternd genannt hat. Danach haben wir einen mindestens einstündigen Rundgang mit kleinen Schritten durch den Garten gemacht, wo er immer wieder entzückt stehen geblieben ist, gelauscht hat und dann in eine neue Richtung geschlichen ist, in der er vielleicht den Vogel vermutet hat. Dazu hat er mir nichts erklärt. Ich stehe kurz davor, ihm einen Tee anzubieten und mich ins Haus zurückzuziehen, da macht er ein seltsames Geräusch, das nach unterdrücktem Freudenschrei klingt.

„Ist alles okay?“, frage ich ihn halblaut.

„Ein Nest! Das gibt es ja nicht!“

Na ja, ich weise ihn jetzt besser nicht darauf hin, dass die meisten Vogelarten Nester bauen und diese schon mal in Büschen, Hecken oder Bäumen zu finden sein können, und kneife die Augenbrauen zusammen, während ich mich ihm nähere.

„Dort.“ Er flüstert. „Das ist ganz eindeutig das Nest eines Tree Pipits! Sie sind so ein Glückspilz!“

Als ich allerdings näher an das Nest gehen will, um einen Blick hineinzuwerfen, hält er mich mit weit aufgerissenen Augen zurück. „Nein, wir dürfen den Vogel auf keinen Fall beunruhigen. Kommen Sie.“ Er zieht mich langsam von den Rhododendronbüschen weg bis zu meiner Terrasse und lässt sich dort schnaufend in einen Stuhl fallen, als wäre er mehrere Runden um meinen Garten gejoggt und hätte danach noch drei Stunden lang Unkraut gezupft.

„Es wundert mich, dass der Vogel in einem Familiengarten brütet, aber umso mehr freue ich mich! Das ist ein wundervolles Zeichen“, erzählt er und strahlt mich an.

„Na ja, ein Familiengarten ist es nicht wirklich."

„Sie haben keine Kinder? Ach, dann können Sie Ihren Garten ja auf eine ganz andere Art genießen, wie wunderbar."

Er scheint absolut gewillt, in allem das Positive zu sehen, obwohl er kurz zusammengezuckt ist, als ich sagte, es gäbe hier keine Kinder. Vermutlich findet er das schade. Ob er welche hat? Vielleicht gleich drei oder vier. Ich habe unten im Ort viele Familien mit mindestens drei Kindern gesehen.

„Ja, der Garten ist schön", sage ich kurz angebunden. Genau genommen würde ich das Gespräch jetzt langsam seinem Ende zuführen, aber ich möchte auch nicht unhöflich sein, weil er sich so freut.

„Ich dachte immer, das Cottage wäre ein Ferienhaus", sagt der Vogelmann. „Sehr schön für Sie jedenfalls, dass Sie rund ums Jahr hier sein können."

„Nun ja, eigentlich wohne ich in Paris."

„Paris? Ah! Das erklärt es. Wenn Sie das Haus nur als Ferienhaus für sich selbst nutzen, dann hat der Vogel ja viel Ruhe im Jahr, wie wunderbar."

„Ja, hoffentlich genießt er es, solange er noch kann." Sobald mir diese Worte rausgerutscht sind, ist mir klar, dass es ein Fehler war.

Der Vogelfreund starrt mich an, als hätte ich ihm eben verkündet, dass ich morgen einen Zirkus gründen und damit durchs Meer touren will. Er muss sich zweimal räuspern, bis er die Worte verständlich über die Lippen bringt. „Wie meinen Sie das?"

„Ich kann nicht hierblieben." Genauso wenig kann ich ihm meinen Plan mitteilen, hier ein Hotel zu bauen. Vermutlich würde er einen Herzinfarkt kriegen.

„Hab mir doch gedacht, dass ich die Stimme kenne“, sagt auf einmal eine Frau vom Gartenzaun her, die mir verteufelt bekannt vorkommt.

„Olivia! Wie schön! Wir haben uns ja ewig nicht gesehen.“ Der Vogelfreund bekommt rote Wangen und ich finde das Schauspiel so faszinierend, dass ich Liv vorerst ignoriere.

Der Vogelfreund läuft etwas linkisch auf Liv zu, die ihren Kopf zum offenen Gartentor hereingesteckt hat. Ob sie mich besuchen wollte? Wohl kaum. Außer natürlich sie will mich mal wieder überzeugen, dass ich das Falsche tue, was sie genau gar nichts angeht. Trotzdem beobachte ich die beiden. Er bleibt vor ihr stehen und hüpft dabei ein bisschen in den Knien. Ich glaube, er will sie eigentlich umarmen, traut sich aber nicht.

„Hi James“, sagt sie und reicht ihm wohl die Hand. Genau kann ich es nicht sehen, aber er streckt seinen Arm zumindest nach ihr aus. „Hi Thierry!“, ruft sie über seine Schulter hinweg zu mir und ich hebe grüßend die Hand, verenge aber die Augen, als mir eine Idee kommt. Was, wenn sie mir auf diese merkwürdige Art zu verstehen geben will, wie wertvoll der Garten ist? Die Natur und dieser Tree Pipit.

„Hi Liv, du hast nicht zufällig den Naturschutz angerufen, den Verband … wie hieß Ihr Arbeitgeber noch gleich, James?“ Gut, dass sie seinen Namen noch mal genannt hat, ich hatte ihn vorhin sofort vergessen.

James dreht sich zu mir um. „Ich habe Olivia seit Jahren nicht gesprochen“, sagt er.

„Haben Sie denn Kollegen, die die Anrufe entgegennehmen?“

Er nickt langsam. „Manchmal.“

Liv winkt ab. „Warum sollte ich mit dem Naturschutz

telefonieren? Mein Praktikum dort ist Jahre her, auch wenn ich mich natürlich gerne an die Zeit zurückerinnere."

James strahlt, offenbar erinnert er sich ebenfalls gerne daran, aber ich möchte gar nicht wissen, woran genau er dabei denkt, seine Wangen nehmen einen noch dunkleren Ton an. „Was machst du eigentlich hier?", fragt Liv ihn jetzt und ignoriert mich für den Moment.

„Ich habe bei meinem Spaziergang vorhin eine sehr interessante Vogelstimme gehört und musste einfach sichergehen. Da habe ich natürlich gehofft, den Vogel selbst zu sehen, aber nun ja. Vögel eben. Wenn es nicht gerade Spatzen, Möwen oder Amseln sind, sieht man sie kaum. Aber ich habe ein Nest entdeckt! Hier brütet ein Tree Pipit!" Er seufzt tief. „Ich wünschte nur, er würde sich auch zeigen."

„Traumhaft", sage ich mit ironischem Unterton und komme mir gemein dabei vor. Außerdem habe ich auf einmal die Stimme von Grand-père in meinem Kopf. Er hat es geliebt, Vögel zu beobachten. Livs Stimme und die ihres Bewunderers rücken in den Hintergrund, während ich immer deutlicher die Stimme meines Großvaters hören kann. Auf einmal sehe ich ihn wieder vor mir. Wie er mir das Nest eines Rotkehlchens zeigt, das er gefunden hat. Wir sind ganz leise, bleiben auf Distanz und er erklärt mir, wie der kleine Vogel das Nest baut. Oft nisten sie in alten Nestern von Amseln oder anderen Vögeln, aber manchmal bauen sie ihr Nest auch neu. Napfförmig hat Grand-père die Form genannt, gebaut aus Gräsern, Moos und trockenen Blättern. Mein Hals wird ganz eng, als ich an seinen Gesichtsausdruck beim Erzählen denke. Grand-père war einfach in seinem Element, wenn er in der Natur unterwegs war und versucht hat, sie mir näherzubringen. Als Kind war ich dafür empfänglicher als jetzt. Aber das ist sicherlich bei den meisten Leuten so.

Liv räuspert sich so laut, dass ich aus meinen Gedanken aufschrecke. „Ich muss dann mal wieder, war schön euch zu sehen.“

„Klar“, sage ich.

„Ich würde mich auch verabschieden“, sagt James mit einem scheuen Blick zu Liv. Vermutlich möchte er sie runter in die Stadt begleiten, ganz zufällig. Den Stich in meinem Herzen bemerke ich deutlich, aber ich huste einfach und schon ist er verschwunden. Ich kann mir keine romantischen Gefühle für Liv erlauben. Wir passen nicht zusammen, außerdem ist sie sauer auf mich und … Moment, darum geht es doch überhaupt nicht! Ich suche keine Frau und ich bin bald wieder zu Hause in Paris und Liv bleibt natürlich hier. So einfach ist das.

Liv

Dass James neben mir her stakst, lässt mich doch lächeln, obwohl ich mich schon wieder über Thierry geärgert habe, ohne einen genauen Grund zu haben. James ist wenigstens einer, der den Garten und das Cottage da oben zu würdigen weiß! Gerade erzählt er mir, wie filigran das Nest des Baumpiepers doch ist, und ich fühle mich natürlich ziemlich stolz, dass ich ihn täuschen konnte und dass ich es so hübsch hinbekommen habe. Natürlich kam Thierry gleich darauf, dass ich etwas mit James' Besuch zu tun haben könnte, aber ich glaube, wir haben ihn gemeinsam überzeugt, dass alles Zufall ist und James mich ewig nicht gesehen hat.

So ist es ja auch. Was so ein anonymer Anruf alles ausrichten kann. Ich grinse in mich hinein und tarne es als ehrliche Freude über das, was James alles über Baumpieper erzählt. Er ist vollends überzeugt und Thierry blieb jetzt auch nichts anderes übrig. Zum Glück geht James jetzt davon aus, dass der Vogel längst weggeflogen ist. Sobald ich mich gezeigt habe, konnte ich ja schlecht die Vogelstimmen weiter abspielen. Ich habe sogar die App vom Naturschutzbund wieder geschlossen, damit weder Thierry noch James sie zufällig sehen kann, und die richtigen Schlüsse zieht.

„Sind Vögel eigentlich geschützt?", frage ich scheinheilig.

„Wie meinst du das?" James bleibt stehen und zieht seinen linken Socken hoch, der schon fast ganz in seinem Turnschuh verschwunden ist.

„So eine Art Naturschutz, ob man zum Beispiel die Gebiete erhalten muss, wo sie brüten."

„Selbstverständlich. Nester stehen auch unter Naturschutz, man darf sie nicht entfernen und darf in den Brutzeiten keine Hecken schneiden."

„Und der Garten muss natürlich erhalten bleiben."

„Ja, aber wer würde auch seinen Garten entfernen wollen?"

„Derjenige, der sein wunderschönes altes Cottage abreißen möchte, um ein Hotel im Pariser Stil dort zu bauen."

James ist gedanklich schnell. Er weiß auf Anhieb, wen ich meine. Hilflos deutet er den Hügel hinauf. „Das Cottage soll abgerissen werden? Das geht nicht! Das geht auf keinen Fall!" Er bekommt rote Flecken auf Wangen und Hals und ballt seine Hand zur Faust. „Das geht nicht", wiederholt er und stürmt zurück zum Cottage.

„James!", rufe ich, aber zum Glück reagiert er nicht. So sauer wie er ist, kann ich ihn aber nicht alleine da hochgehen lassen, oder? Sollte ich mir Sorgen um Thierrys Gesundheit machen? Also renne ich ihm hinterher und bleibe in sicherer Entfernung stehen, als James das Gartentor aufreißt und hineinstürmt. Wenig später kommt er wieder herausgerannt und verschwindet um die Hausecke. Geduckt laufe ich ihm hinterher. Gerade springt er die Stufen zur Eingangstür hoch. Er hämmert den Türklopfer so laut gegen das metallene Gegenstück, dass jeder Baumpieper vor Schreck aus seinem Nest fallen würde. Schon öffnet sich die Tür einen kleinen Spalt, aber James wartet nicht lange, er drängelt sich hinein und die Tür fällt hinter ihm ins Schloss, sodass ich leider nicht hören kann, was passiert. Ich zähle langsam bis fünf, dann laufe ich zum Küchenfenster und spähe hinein, kann die beiden aber nicht sehen. Leider kann ich auch keine Stimmen hören, hoffentlich ist alles okay!

Oh, und wenn sich die beiden prügeln, ist das allein meine Schuld! Herrje. Ich rase zum Gartentor und weiter zur Terrassentür. Zum Glück ist sie unverschlossen, sodass ich ins Wohnzimmer gehen kann. Gedämpft kann ich eine Stimme hören, die sich beinahe überschlägt und plötzlich verstummt. Mein Herzschlag wummert in meinem Hals und ich kann kaum atmen. Es ist immer noch still im Flur, also schleiche ich zur Tür und öffne sie vorsichtig. Meine Augen brauchen mehrere Atemzüge, um sich an das Dämmerlicht im Flur zu gewöhnen. Niemand ist da. Wieder lausche ich.

Verdammt, wenn er James etwas angetan hat … oder anders herum? Auf jeden Fall muss ich helfen! Langsam gehe ich weiter, taste mit zitternden Fingern nach einem Lichtschalter. Die Lampe ist greller als ich erwartet habe. Direkt neben der Haustür liegt das Klemmbrett von James … oh nein! Ich überlege gerade, ob es wohl einen Keller gibt und wo der Zugang sein könnte, da öffnet sich die Küchentür.

„Das gibt es doch nicht“, murmelt James. „Warum sollte jemand so etwas tun? Und wer?“

„Ein Künstler, ein Naturliebhaber oder eine Verrückte.“ Thierrys Stimme klingt sehr freundlich. „Es tut mir sehr leid, dass sie nun doch keinen Tree Pipit beobachten werden.“

„Entschuldigen Sie die Störung“, nuschelt James und klingt richtig verstört.

Moment … was sollte jemand tun? Sie können mich nicht entlarvt haben, oder doch? Wenn sie noch einen Schritt weiter gehen, werden sie mich sehen. Panisch drücke ich mich an die Wand und trete kurz ins Leere, bis meine Hand in einer Nische einen Türknauf zu fassen bekommt. Ich drehe ihn so langsam, dass es kaum quietscht. Rückwärts schiebe ich mich in ein Zimmer und lehne die Tür vor mir an. James murmelt noch eine Weile, bis Thierry ihn wohl nach draußen lässt. Die Tür fällt ins Schloss und ich höre Thierrys Schritte auf dem Dielenboden. Er lacht leise, aber es klingt nicht glücklich, eher ein bisschen geisteskrank und ich muss schlucken. Ich bin nicht naiv, ich bin soeben in sein Haus eingebrochen und ich vermute, dass er zumindest ahnt, dass ich bei dem unverhofften Besuch von James meine Finger im Spiel habe. Ich stehe immer noch in seinem Haus, während er das nicht weiß.

Na klar haben wir uns zweimal geküsst und beinahe wäre die Leidenschaft mit uns durchgegangen, aber daran kann ich leider nicht ablesen, was für ein Mensch Thierry wirklich ist. Denn er ist schließlich auch jemand, der dieses wunderschöne Cottage abreißen will, verdammt. Geräuschlos drehe ich mich um, um herauszufinden, in welchem Zimmer ich mich befinde. Kammer wäre treffender, es ist offenbar eine Art Abstellraum für Konserven aller Art, etwas größer immerhin als ein Schrank. Es gibt ein winziges schmales Fenster, durch das ich allerdings nichts erkennen kann, weil das Glas milchig ist, wohl um neugierige Blicke abzuwehren.

Soll ich jetzt warten, bis Thierry das Haus verlässt, um ins Hotel zu gehen? Dann könnte ich mich rausschleichen. Etwas bleiben sollte ich jedenfalls. Hoffentlich braucht er nichts von hier. Sicherheitshalber probiere ich ein paar Versteckmöglichkeiten aus, räume möglichst leise ein paar Kartons um, und hoffe, dass es ihm nicht auffällt, wenn er reinschaut. So staubig, wie es hier ist, ist er wohl nicht allzu oft hier drin.

Es gibt so viele ordentlich aufgereihte Gläser mit verblichener Beschriftung, dass ich mich frage, ob davon überhaupt noch etwas genießbar ist. Er könnte die Konserven auch einfach wegwerfen. Dann fällt mir wieder sein Plan ein und ich sehe die Dinge um mich herum mit einem ganz anderen Blick. Jemand hat sich unheimlich viel Arbeit gemacht, all dieses Obst und Gemüse einzukochen und hier hineinzuräumen. Allein die Marmeladen mit den wohlklingenden Sorten aus Apfel, Zimt und Zitrone oder Maracuja-Orange. Die restlichen kann ich nicht entziffern, lecker sehen sie alle aus. Vielleicht sollte ich einfach ein paar davon retten. Aber nein, ich muss das ganze Haus retten! Hier stehen noch so viel mehr Schätze herum, bedeckt von mehreren Jahresschichten Staub. Gestreifte Schuhkartons und welche mit

Paisleymuster. Weil ich ohnehin warten werde, hebe ich vorsichtig den Deckel einer der oberen Kartons an und spähe hinein. Ich niese und kann mir im letzten Moment eine Hand vor Nase und Mund halten, damit es nicht im ganzen Haus zu hören ist. Erneut lausche ich, während mein Herz einen hektischen Rhythmus anstimmt. Draußen ist alles still und wenn ich Thierry nicht hören kann, kann er mich auch nicht hören, sage ich mir, um mich zu beruhigen.

Behutsam lege ich den Deckel zur Seite und fühle in der dunstigen Dunkelheit des Regals in dem Karton herum, bis meine Finger eine kleine Figur ertasten. Ich ziehe sie heraus und bestaune einen kunstvollen winzigen Fuchs aus Holz. Außerdem finde ich noch ein Rotkehlchen, einen Feldhasen, einen schwarzen Kater und einen Raben. Alle sind handgeschnitzt und mit matten Farben bemalt. Sie sehen aus, wie von einem Kind gemacht, was die Liebe zum Detail angeht, aber sie wirken so lebensecht, dass der Künstler oder die Künstlerin vermutlich älter war. Es fehlt das Niedliche, Cartoonartige und dennoch verliebe ich mich auf den ersten Blick in alle Holztiere und muss sie immer wieder ansehen. Ich reihe sie auf dem Deckel auf und spähe erneut in den Karton. Ein kleiner Naturführer liegt darin, viel gelesen, sodass der Buchrücken mit vielen langen Rillen verziert ist. Ich schlage das Büchlein auf und lese den Namen. Jacques Laboulet.

Mein Herz setzt aus, weil ich auf einmal Grandma vor mir sehe, wie sie diesen Namen nennt. Jacques. Sie hat ihn in Thierry erkannt. Ob er mir einen falschen Namen genannt hat? Aber warum? Vielleicht ist er ein gesuchter Verbrecher? Deshalb will er alle seine Spuren verwischen und dieses Juwel von einem Cottage abreißen!

„Nein, Liv, das ist absurd“, murmele ich. Woher sollte Grandma seinen echten Namen kennen? Ich blättere einmal durch die Seiten, auf der Suche nach einem weiteren Hinweis, was auch immer das sein sollte.

Natürlich finde ich nichts. Keine Anleitung, keine Erklärung, kein Fitzelchen von handbeschriebenem Zettel, nur ein altes Lesezeichen. Offenbar das Lieblingslesezeichen des Besitzers dieses Büchleins. Von der ausgefransten Pappe lächelt mich schwarz-weiß ein Mann an, der die Arme um einen schwarzen Labrador geschlungen hat, und im Hintergrund steht ein lächelndes Mädchen, das er offenbar bei seinem Spaziergang getroffen hat, rein zufällig. Aber ich weiß, dass es nicht so ist und ich kenne dieses Mädchen, dieses geheimnisvolle Lächeln. Allzu gut sogar. Und auch der Mann erinnert mich an jemanden: an Thierry. Den Mann, der Grandmas Herz brechen wird, wenn er dieses Haus verschwinden lässt. Und auch ich hänge mittlerweile sehr daran. An diesem Ort, der ein Geheimnis birgt, das sich mir langsam öffnet.

KAPITEL 22
Thierry

Über dem Zaun am Ende des Gartens sehe ich einen Streifen Meer. Die Sonne versinkt gerade hinter dem Horizont und hinterlässt einen goldenen Schimmer auf den Wellen und eine Kälte in meinem Herzen, die ich nicht mal mit dem Glas Rotwein in meiner Hand vertreiben kann. Dabei ist es ein sehr guter Jahrgang. Ich habe ihn im Keller gefunden, neben zwölf weiteren Flaschen. Ich frage mich, ob Grand-père sie dorthin gelegt hat, ob es seine Eltern waren oder einer der Gäste des Ferienhauses. Ein lauer Abendwind streicht über mich, die Metalllehne des Gartenstuhls wird allmählich unbequem in meinem Rücken. Hinter mir ragt das dunkle Cottage auf und ich glaube seine Augen auf mir zu spüren, obwohl das natürlich Quatsch ist. Ein Haus lebt nicht. Es besteht aus Steinen und Mörtel, Fenstern und einer Tür, die mich zurück in die Freiheit entlassen wird, wenn ich sie zum letzten Mal schließe. Und trotzdem kommt es mir sicherer vor, hineinzugehen. Ich verlasse meinen Platz auf der Terrasse und begebe mich ins Wohnzimmer.

Wieder denke ich an Liv. Daran, wie sie mich auf ihre merkwürdige Art davon abzubringen versucht, das Haus aufzugeben. Möchte sie auch, dass ich bleibe? Sie hat nichts dergleichen gesagt und ich weiß nicht, ob ich mir das wünschen soll, weil ja längst feststeht, dass dies eine kurze, erzwungene Zeit in meinem Leben ist.

Schon wieder habe ich viele Stunden nicht auf mein Handy gesehen und kein einziges Mal an die Kanzlei gedacht. Seltsamerweise bricht mir bei dieser Erkenntnis weder der Schweiß aus noch habe ich ein gesteigertes Interesse daran, mein Versäumnis nachzuholen. In der Kanzlei wird alles seinen Gang gehen. Oder auch nicht, aber darum kann ich mich kümmern, wenn ich zurück bin. Grand-père würde das auch sagen. Ich sitze in einem Sessel, der seinem Lieblingsohrensessel in Frankreich ähnelt. Es ist der gleiche dunkelblau-rot-karierte Stoff. Der Sessel passt hier auch viel besser hin als ins Haus, in dem meine Schwester jetzt wohnt. Dass mir vorher nie aufgefallen ist, dass das Haus in einem ganz bestimmten Stil eingerichtet ist. Aber ich hätte es damals vermutlich auch nicht als das erkannt, was es ist: britische Gemütlichkeit.

In St. Ives habe ich mittlerweile mehrere Cafés und natürlich das Hotel besucht und alle hatten vom Stil her einige Gemeinsamkeiten. Liv würde sich gut auf dem Sofa machen, während sie mir von verrückten Dingen erzählt und immer wieder verträumte Blicke zu den Bücherregalen wirft. Ob ich sie noch einmal sehe, bevor ich abreise? Aber wozu? Es ist besser so, wie es ist.

Weil mir plötzlich danach ist, stehe ich auf und gehe nach oben. Die Holzstufen unter dem dunkelroten Teppichläufer knarren bei jedem Schritt, sogar in einer ähnlichen Tonlage, fast als würde mir die Treppe etwas erzählen wollen. Der Flur im oberen Stockwerk liegt dunkel vor mir, weil die Sonne mittlerweile untergegangen ist. Ich schalte die Deckenlampe an, weil es mich plötzlich fröstelt. Mir wird bewusst, wie allein ich bin. Lange Gespräche gab es heute bisher noch nicht, mit dem Vogelexperten habe ich kaum ein paar Sätze gewechselt. Ich überlege, wobei mich der Vogelfreund vorhin gestört hat, und gehe in eins der Schlafzimmer. Dort liegt mein Handy auf dem tiefen Fensterbrett, auf dem geblümten Polster, halb unter das eine Kissen gerutscht. Mit einem Seufzen setze ich mich, lehne mich an die kalte Glasscheibe und wähle Veroniques Nummer.

„Oh là là", sagt sie. „Welch seltenes Vergnügen. Ist alles okay?"

„Nein", sage ich wahrheitsgemäß, obwohl ich das erst in dem Moment merke, als ich es ausgesprochen habe. „Und was meinst du mit selten? Wir haben doch vor drei Tagen noch getextet."

„Und telefoniert, aber ist dir je aufgefallen, dass immer ich es bin, die den Anfang macht? Wenn ich das nicht tun würde, hätten wir genauso wenig Kontakt wie Maman und du."

Ich will protestieren, aber sie hat recht. „Stimmt."

„Wow, hast du schon verlernt, dich zu verteidigen? Cornwall tut dir gut."

„Was soll daran gut sein, wenn man nicht für sich einstehen kann? Aber ja, du hast in diesem Fall wohl auch recht."

„Wow", wiederholt meine kleine Schwester und ich fühle mich schlecht. Sie weiß, warum ich zu meinen Eltern kein gutes Verhältnis habe, sie ist nur der Meinung, dass es uns guttun würde, uns auszusprechen. Sätze, die man im Streit sagt, sind nicht immer ernst gemeint. Aber einen wahren Kern haben sie doch oft. Ich höre diese drei Sätze jedenfalls immer wieder und sie haben mir als Kind den Boden unter den Füßen weggezogen. *Ich hätte dich abtreiben sollen.*

Deine Schwester schenkt uns wenigstens Freude. Achtzehn Jahre müssen wir es schon miteinander aushalten, das sollte wohl möglich sein. Danach habe ich meine Eltern anders wahrgenommen und das hat sich einfach nicht mehr geändert.

„Die Fotos“, sage ich. „Ich hab noch immer keine geschickt, geht auch ein Video? Wollen wir einen Videocall machen?“

„Gerne.“ Sie sagt das so schnell, als hätte sie Angst, dass ich meinen Vorschlag zurückziehe. Wir legen auf und Veronique ruft mich Sekunden später per Video an. Ich setze ein freundliches Lächeln auf, bevor ich den Anruf annehme.

„Was soll die Grimasse, Bruderherz?“ Veronique kneift die Augen zusammen. „Ist dir das Essen nicht bekommen?“

„Ha ha. Schön, dich zu sehen. Du siehst fantastisch aus.“ Das rutscht mir raus, weil es die absolute Wahrheit ist. Meine Schwester sieht erholt aus, glücklich und ich kann mich nicht daran erinnern, wann ich sie das letzte Mal so gesehen habe. Ich bin mir nur nicht sicher, ob das an mir liegt und ich es vielleicht nur nicht bemerkt habe, weil ich mit meinen Gedanken zu sehr in meiner Arbeit festhing.

„Danke“, sagt sie, wirkt aber nicht überzeugt. „Was willst du wirklich von mir?“

„Ein ehrliches Urteil“, schlage ich vor und sie nickt zögerlich.

„Gut, Geld kann ich dir nämlich keins geben. Der Kindergarten hat seine Gebühren erhöht und ich habe schon Urlaub gebucht.“ Sie bricht ab.

Ich will die Stimmung nicht verderben und frage nicht nach, auch wenn ich dabei in alte Muster verfalle. „Das Haus“, sage ich und klinge in meinen eigenen Ohren geschäftsmäßig.

„Das Haus. Zeig her.“

Mit hoch erhobenem Handy gehe ich durch alle Räume in der oberen Etage, dann nach unten. Veronique kommentiert hier und da, aber sie hält sich zurück, was mich zunehmend nervös macht. Nicht nur einmal habe ich den wahnwitzigen Drang, das Haus gegen ihre mögliche Kritik zu verteidigen. Sie müsste es vor Ort sehen. Aber es ist gut für mich, wenn sie es nicht mag. Ich ende absichtlich im Flur, weil es da am dunkelsten und trostlosesten aussieht.

Ich hebe das Handy noch einmal über mich, drehe mich im Kreis und warte auf das Urteil meiner Schwester, nach dem ich nicht zu fragen brauche. Sie ist allerdings länger still, als normalerweise.

„Hat es dir die Sprache verschlagen?“, frage ich schließlich und halte die Luft an, bis ich es bemerke und sie ärgerlich aus meiner Lunge lasse.

„Irgendwie schon und irgendwie auch nicht. Aber das war ja nicht alles.“

„Du meinst den Garten? Es ist schon fast dunkel.“

„Ich meine die Tür hinter dir.“

Liv

Mein Herz setzt einen Schlag aus. Dabei schlägt es gerade so schnell, dass es nicht möglich sein sollte, die Schläge voneinander zu unterscheiden und festzustellen, dass einer fehlt. Ich sage ein Mantra immer wieder in meinen Gedanken auf und kneife die Augen fest zusammen, obwohl ich alt genug bin, um zu wissen, dass das nichts bringt. Du kannst mich nicht sehen. Du wirst die Tür nicht aufbekommen.

Thierry steht genau vor der Tür, ich habe seine Schritte gehört und seine Stimme. Außerdem die einer fremden Frau. Die schlimmste Situation, die ich mir vorstellen kann: Mann ertappt Schnüfflerin, mit der er beinahe Sex hatte, die ihn zu einem Rachekuss gezwungen hat, und zwar während er mit einer anderen Frau telefoniert, die verdammt sexy klingt. Ich drücke mich flach an die Wand, wenn ich Glück habe, werden mich die Kartons größtenteils verdecken, ganz bestimmt. Ich zumindest kann die Tür nicht sehen, wenn ich so stehen bleibe.

Der Türknauf dreht sich leise klappernd, dann schabt die Tür über den Teppich im Flur. Ich höre alles in zehnfacher Lautstärke, weil ich die Luft anhalte. Weder Thierry noch die Frau sagen etwas und mir wird schon etwas schwindelig. Kleine bunte Pünktchen tanzen vor meinen Augen, während ich warte. Es klickt und über mir geht ein Licht an. Unwillkürlich ducke ich mich, stoße dabei mit der Schulter an einen der Kartons, verliere das Gleichgewicht, schreie auf und stürze zur Seite wie ein gefällter Baum. Es knallt, ich fluche laut, Dinge fallen auf den Boden, Pappe zerreißt, eine Staubwolke wirbelt auf, ich muss niesen. Dann ist es still. Die Stille ist so laut, dass ich beinahe anfange, ein Lied zu pfeifen.

„Liv“, sagt Thierry und niest ebenfalls.

„Liv?“, fragt die Frau.

„Erkläre ich dir später. Ich muss auflegen.“ Die Frau sagt noch etwas, wird aber unterbrochen, da Thierry den Anruf offenbar wegdrückt. Ich verharre in meiner Position, auch weil ich mich beim Fallen irgendwie zwischen Kartons und einem Staubsauger verkeilt habe.

„Ist alles okay?“, fragt Thierry mit seltsam gepresster Stimme. Er macht ein prustendes Geräusch, schnaubt. Nicht dass er eine ganz schlimme Hausstauballergie hat und kaum noch Luft bekommt. Umständlich rappele ich mich hoch, da reicht er mir seine Hand. Aus einem Reflex heraus ergreife ich sie und lasse mir auf die Füße helfen. Thierrys Wangen sind ganz rot.

„Du musst einen Krankenwagen rufen!“, entfährt es mir. „Warte, gib mir dein Handy, ich mache das für dich. Kannst du atmen? Kannst du sprechen? Hörst du mich?“

„Wie sollte ich dich nicht hören?“, fragt er immer noch mit dieser seltsamen Stimme, dann prustet er los und ich höre auf, nach seinem Handy zu grabschen, das er so weit von mir weghält, dass ich mich in seine Arme werfen müsste, um es zu bekommen.

„Du hast keinen allergischen Schock“, bemerke ich trocken.

„Nein.“ Sein Lachen bricht so abrupt ab, dass es mir sofort unheimlich ist. Gleich wird er ausrasten. Eine Flucht wäre sinnlos, er hat mich ertappt. Ich sollte mich entschuldigen, aber mir wollen die Worte nicht über die Lippen. Wieder rollt eine Welle aus Wut über mich, als ich daran denke, dass er das Haus abreißen will. Ich funkele ihn an.

Thierry greift nach meinem Oberarm. „Liv. Ist alles okay?“

„Natürlich“, sage ich ärgerlich, zucke aber zusammen. „Warum auch nicht?“

„Der Sturz sah nicht gut aus.“

„Entschuldige, das nächste Mal übe ich vorher.“

„Liv …“

„Was?“

„Was machst du in meiner Abstellkammer?“

„Du willst sie doch nicht!"

„Die Abstellkammer? Und du schon?"

„Ja! Ich will sie. Ich kaufe dir das Haus ab." Eine sehr spontane Idee und dazu noch ziemlich schwierig umzusetzen. Außer ich gewinne ganz schnell in der Lotterie oder finde irgendwo Geld oder treffe noch ungefähr tausend Leute, die mit mir dieses Haus kaufen.

„Das ist doch lächerlich." Thierry verschränkt die Arme vor der Brust. Mir gefällt nicht, wie er mich betrachtet. Außerdem schwirrt mir der Kopf, vor Wut, aber vielleicht auch, weil ich mich eben übelst gestoßen habe. Das gibt eine fette Beule.

„Warum? Du willst es doch offenbar loswerden!"

„Ich weiß es noch nicht genau", knurrt Thierry. „Ich habe das Haus geerbt. Vor Ablauf von zwei Wochen darf ich es nicht entscheiden."

„Du kannst deine Vorfahren wohl nicht leiden, wie? Da musst du gleich das Haus abreißen, das sie dir vererbt haben. Wer ist überhaupt gestorben?" Natürlich weiß ich, wie pietätlos ich gerade bin und in Thierrys Augenwinkeln glitzert es verräterisch. Sein Blick wird weicher und gleichzeitig abweisend, aber ich kann die Worte nicht aufhalten.

„Der einzige Mensch, der mir wirklich wichtig war. Schon seit meiner Kindheit."

Thierry schlägt den Blick nieder und ich sehe betreten zu Boden. „Es tut mir leid", murmele ich, weiß aber, dass es zu spät kommt. Aber wie um Himmels willen hätte ich darauf kommen sollen? Ich warte, bis sich die Sternchen in meinem Blickfeld verdünnisieren und verlagere vorsichtig mein Gewicht. Ein brennender Schmerz schießt durch mein linkes Schienbein, als ich es belaste, aber ich ignoriere das und lehne mich vorsichtig an eine Kiste, um die Beine zu entlasten. Etwas pikst mich in den Oberschenkel, als ich das Regal streife. Der Fuchs. Er gehört Thierry. Er hat ihn geerbt. Aber er will ihn nicht, also werde ich ihn behalten.

„Warum willst du das Haus nicht behalten?", frage ich leise, weil ich es verstehen will. Oder sollte ich das nicht wollen? Wenn Thierry nicht darüber spricht, kann es ja sein, dass er mit diesem Ort eine ganz üble Tragödie verbindet. „Wann warst du das letzte Mal hier?"

Thierry spricht immer noch nicht und weil er so verloren aussieht, würde ich ihn am liebsten umarmen. Aber ich glaube, den Punkt, an dem ich ihn berühren dürfte und ihn das irgendwie trösten würde, haben wir längst überschritten. Er hält mich für eine Geistesgestörte, immerhin bin ich in sein Haus eingebrochen. Ich kann froh sein, wenn er mich nicht anzeigt. Also warte ich.

„Noch nie", sagt er schließlich. „Du musst jetzt gehen."

„Okay." Er hat recht, auch wenn ich nicht will. Viel lieber würde ich ihn wieder lächeln sehen, für ihn da sein und ihn trösten. Obwohl er dieses wunderschöne Haus abreißen möchte.

KAPITEL 23
Thierry

Um ein Haar hätte ich heute Nacht im Cottage übernachtet. Als Liv gegangen ist, war es schon dunkel und aus irgendeinem Grund hat mich augenblicklich eine hartnäckige Müdigkeit überfallen. Liv schafft mich einfach. Erst mein klingelndes Handy reißt mich aus meinen merkwürdigen Gedanken.

„Danke, dass du mich nicht vergessen hast“, sage ich zu Veronique.

Sie lacht auf. „Wie könnte ich? Störe ich? Ist dein sympathischer Besuch noch da?“

„Liv?“

„Liv“, bestätigt sie und ich höre ihr Grinsen. „Sie klingt, als würde sie zu dir passen.“

„Lass das“, sage ich.

„Was denn?“

„Du sollst mich nicht verkuppeln und ganz bestimmt nicht mit Liv, sie wohnt hier, ich wohne in Paris.“

„Fernbeziehung?“, fragt Veronique.

„Möglich, aber nicht wünschenswert. Warum ist es okay, dass du seit der Scheidung Single bist und kein Interesse an Männern hast, aber ich darf nicht Single sein?“

„Du hast es noch nicht ernsthaft probiert. Ich habe bereits eine Ehe hinter mir. So weit musst du erst mal kommen,

dann lasse ich dich in Ruhe." Sie sagt all das mit einer freundlichen Ernsthaftigkeit, als wäre es völlig logisch.
„Ich habe keine Zeit für eine Frau."
Sie schnaubt. „Eine Frau würde dein Leben bunter machen, Bruderherz. Dein starrer Tagesplan braucht dringend eine Frau."
„Du müsstest mich hier sehen", sage ich, bevor ich mir das richtig überlegt habe. „Ich halte mich ja noch nicht mal immer an die gewünschten vier Stunden in Grand-pères Cottage! Ich esse zu verrückten Zeiten, schlafe aus und wache immer zu einer anderen Stunde auf. Mein Körper scheint das automatisch zu machen: alles anders als sonst." Ich breche ab, als mir aufgeht, dass mir das Leben so gefällt. Das ist gefährlich und es ist unrealistisch, dass man immer so leben kann.
„Beeindruckende Gedanken, aber weißt du was? Es könnte sein, dass Liv da bis zu einem gewissen Grad beteiligt ist."
„Das liegt nicht an Liv, das liegt daran, dass ich Urlaub habe und meine Tage hier viel mehr Stunden haben als zu Hause. Das ist nicht mit dem Alltag zu vergleichen."
„Vielleicht nicht. Na ja, ich finde, du solltest Liv noch mal wiedersehen. Gute Nacht, Bruderherz."
„Gute Nacht", sage ich und lege auf. Ich biege um die nächste Ecke und das Hotel erstrahlt vor mir, in der Lobby und einigen Gästezimmern brennt Licht, gemütlicher warmer Schein. Dahinter liegt das Meer beinahe schwarz, aber auf den Wellen tanzen hier und da silberne Punkte vom Mondlicht und vielleicht dem ein oder anderen Boot. Nicht zum ersten Mal werfe ich einen sehnsüchtigen Blick zu den stattlichen Yachten, dabei hat mich die Reise auf dem Wasser eigentlich nie interessiert. Aber der salzige Wind, die Möwenrufe, das Wasser, der Duft nach Tang und Sommer

… all diese Dinge gefallen mir und machen mich glücklich. Ich bleibe so abrupt stehen, als wäre ich gegen eine Wand geknallt.

St. Ives gefällt mir. Ich mag es hier. Ich vermisse Paris nicht. Ich vermisse meinen Job nicht. Ärgerlich schüttele ich den Kopf. Wer mag Urlaub nicht? Vielleicht war das einer der Gründe, warum ich es bisher vermieden habe, zu verreisen. Damit die Heimkehr nicht so schwerfällt. Mit energischen Schritten nähere ich mich dem Hotel, durchquere die Lobby und habe für die freundliche junge Frau hinter dem Empfangstresen nur ein geschäftsmäßiges Handzeichen übrig. Sobald ich in meinem Hotelzimmer angekommen bin, zücke ich mein Handy und rufe meine beruflichen E-Mails ab. Es sind genau zweihundertunddrei. Die bloße Zahl treibt mir Schweißperlen in den Nacken und ich scrolle ziellos durch die Nachrichten. Aber schnell stelle ich fest, dass es oft nur Termine sind, die mich momentan nicht betreffen. Termine, die meine Kollegen übernehmen. Dann sind dort die üblichen Newsletter, in ein paar Mails bin ich Cc-Empfänger, wohl damit ich nach meiner Rückkehr hier weitermachen kann. Oder sehe, dass alle ganz wunderbar ohne mich klarkommen. Heute Abend reicht meine Energie merkwürdigerweise nicht einmal mehr aus, um die unwichtigen Mails zu löschen und die anderen in Unterordner zu verschieben oder die farbig zu markieren, die ich genauer lesen sollte. Stattdessen schalte ich das Handy aus, und pfeffere es danach gleich auf mein Bett, reiße die Tür zu meinem kleinen Balkon auf und trete nach draußen.

Das Meer. Und schon muss ich wieder daran denken, wie ich mit Liv auf dem Felsen gelegen habe, die Sommersonne auf unserer Haut und sonst fast nichts. Wärme breitet sich in meinem Bauch aus und es kribbelt eigenartig. Die süße Liv, sexy und fröhlich, wie ich sie kennengelernt habe, scheint es allerdings nicht mehr zu geben. Sie war vorhin richtig wütend. Und das wegen *meines* Hauses, was sie überhaupt nichts angeht. Warum sträubt sie sich so gegen die Idee, dass ich an der Stelle des alten Hauses ein schickes Pariser Hotel bauen will? Grand-père würde das gefallen, Paris hierher zu bringen. Oder nicht? Da er mir nicht gesagt hat, was ihm gefallen würde, muss ich eben das tun, was mir richtig erscheint.

Ein Hotel würde mir wenigstens gefallen. Seitdem ich in der Grundschule bei einem Freund ein Hotel von Playmobil gesehen habe, wollte ich immer in einem arbeiten. Eins zu besitzen ist definitiv noch besser. Vielleicht könnte ich mich dort ins Management einarbeiten oder am besten gleich alle Jobs einmal ausprobieren. Ich muss über diese wahnwitzige Idee lachen, ich bin ja schon fast so schlimm wie Liv.

Ist heute nicht Freitag? Der Tag, an dem ich normalerweise mit Nicolas Tennis spiele. Das Training wäre jetzt beendet, also hole ich kurzentschlossen das Handy nach draußen und rufe ihn an.

„Thierry?“, fragt er und klingt absolut irritiert. „Bist du schon wieder zu Hause? Habe ich unseren Termin vergessen?“

„Nein.“ Sein Gesprächseinstieg bringt mich kurz aus dem Gleichgewicht. „Ich wollte einfach mal telefonieren. Hast du Zeit?“

Am anderen Ende der Leitung ist es für einen Moment still, dann lacht Nicolas. „Warum nicht? Also bist du schon wieder zu Hause?“

„Nein, ich bin noch in Cornwall.“ Ich erzähle die groben

Fakten zu dem Warum, erwähne das Testament und komme dann endlich zu dem Thema, das mir unter den Nägeln brennt. „Ich habe jemanden kennengelernt."

Nicolas pfeift. „Eine Engländerin? Wie sieht sie aus?"

Mir wird klar, dass mein letzter Satz ungünstig war, immerhin klingt er so, als wäre ich in Liv verliebt. Trotzdem beschreibe ich ihr Aussehen und merke, wie ich dabei ein bisschen zu sehr ins Detail gehe.

„Sie ist hübsch?", fragt Nicolas.

„Ja, schon. Aber was ich eigentlich erzählen wollte, ich glaube, sie ist verrückt."

„Sind das nicht alle Frauen ein bisschen?"

Ich muss an meine Mutter denken und an meine Carole und finde nichts außer Geradlinigkeit und Ordnungsliebe. An Verrücktsein habe ich bei ihr nie gedacht und andere Frauen kenne ich vermutlich einfach nicht gut genug. Veronique? Nein, verrückt würde ich auch sie nicht nennen. Ich übergehe die Frage einfach und beschreibe ihm stattdessen die Szene mit meiner Abstellkammer, erwähne auch das Vogelnest und meine Theorie dazu, die die Zuckereier darin doch sehr verstärkt haben. „Das Temperament geht ständig mit ihr durch. Sie ist in einem Moment süß und witzig und im nächsten wird sie zur Furie, sodass man richtig Angst kriegt."

„Klingt wie Muriel", sagt Nicolas schlicht. „Aber klar: auch verrückt. Was will sie denn mit dem Haus? Ich dachte, das ist eh alt und unansehnlich?"

„Alt ist es", bestätige ich. Aber unansehnlich? Nicht wirklich. „Unmodern. Die Fenster sind einfach verglast. Außerdem: Was soll ich mit einem Haus hier in Cornwall, wo ich doch in Paris wohne?"

„Ferienhaus? Muriels Eltern fahren ab und zu mal nach Cornwall. Da sind die Ferienhäuser beliebt und sie zahlen nicht wenig dafür."

„Ich dachte an ein Hotel." Wenn ich es jetzt ausspreche, kommt es mir wie ein Hirngespinst vor, aber nachdem ich noch weitere zehn Minuten mit Nicolas darüber spreche, bin ich mir wieder sicher. Ein Hotel wäre die richtige Wahl.

KAPITEL 24

Liv

Über eine Woche ist vergangen, seit ich Thierry das letzte Mal gesehen habe. Grandma hat heute wieder einen schweigsamen Tag und sie wirft sehnsüchtige Blicke zum Hügel, wo Thierrys Cottage steht. Was er zerstören will. Jedes Mal, wenn ich daran denke, wie verbohrt er ist, werde ich wieder sauer. Hayley hat eingeworfen, dass er das mit Grandma nicht weiß, aber ich kann mir nicht vorstellen, dass er es verstehen würde. Er wird deswegen ganz sicher nicht seine Pläne ändern. Wir sind kein Paar, wir kennen uns erst seit ein paar Tagen. Wir sind sozusagen flüchtige Bekannte, die sich mal geküsst haben. Natürlich gab es zwischen uns eine enorme Anziehung, aber eben auch Meinungsverschiedenheiten. Und das Wichtigste eben: Wir kennen uns kaum.

„Woran denkst du, Livvie?“ Grandmas Stimme reißt mich aus meinen Gedanken und ich tue so, als bräuchte ich länger, um in der Gegenwart anzukommen, weil ich ihr all das nicht sagen kann.

Sie legt ihre Hand auf meine. „Ich wollte dich nicht aus deinen Gedanken reißen, Liebes, aber du siehst verzweifelt aus. Ich möchte nur wissen, ob ich dir helfen kann, manchmal hilft ja schon zuhören.“

An dem Brennen in meinen Augen stelle ich fest, dass mir das Ganze viel nähergeht, als ich dachte. Grandma soll ihren Lieblingsort nicht verlieren, verdammt! Thierry darf das Haus nicht abreißen. Doch ich weiß immer noch nicht, was ich Grandma antworten soll.

„Ist es wegen diesem jungen Franzosen?“, fragt Grandma weiter. „Habt ihr euch gestritten? Du hast ihn länger nicht erwähnt.“

Überrascht sehe ich auf. Gute Idee, es ist nicht die ganze Wahrheit, aber nah genug dran, damit ich Grandma nicht wirklich anlügen muss. „Ja, wir haben uns schon zweimal ziemlich gezofft und dabei kennen wir uns ja kaum.“

„Es geht nicht darum, wie gut man sich nach ein paar Tagen kennt“, sagt Grandma. „Ihr habt noch alle Zeit der Welt, euch besser kennenzulernen. Wenn ihr das wollt.“

Aus ihren Worten spricht Sehnsucht, zumindest glaube ich das, und eine Liebe, die mir fast den Atem nimmt. „Musst du oft an Grandpa denken?“, frage ich.

„Natürlich, aber wenn der andere fort ist, hat man ja immer noch die Erinnerungen und diese hüte ich wie einen Schatz.“ Sie klingt so, als möchte sie noch mehr sagen, tut sie aber nicht und ich werde sie nicht drängen.

Wir unterhalten uns noch eine Weile über einige schöne Ausflüge, die wir zu dritt unternommen haben, bis Grandma verkündet, dass sie ein Brot backen will. Ich sehe zum Ofen und mein Blick streift die Wanduhr. „Schon so spät!“, rufe ich aus, springe auf die Füße, drücke Grandma einen flüchtigen Kuss auf die Wange und sprinte aus der Küche. Ich renne den ganzen Weg bis zum Salon und platze herein wie ein Springteufel. Amy sieht hoch, erst erschrocken, dann muss sie lächeln. Sie hat Mrs. Farrow gerade ein warmes feuchtes Tuch aufs Gesicht gelegt, sodass diese immerhin nicht sieht, wer da so laut ist.

In der Pause sammle ich mit Amy Ideen, was man mit einem alten Cottage anstellen könnte, um Geld einzunehmen. Mit schnellen Bleistiftstrichen skizziere ich dazu, wie das Cottage dann aussehen würde. Ein Bed & Breakfast mit Teeräumen und Tischen im Garten, an denen glückliche Wanderer sitzen und Cream Tea trinken, daneben ein erschöpfter Golden Retriever und in der Tür eine hübsche Bedienung, die gerade ein Tablett mit Sandwiches und Scones nach draußen bringt.

„Sie sieht aus wie du, hat das einen Grund?", fragt Amy und zwinkert mir zu.

„Zufall", sage ich und beginne mit dem nächsten Bild. Zum Glück hat Amy nicht gesehen, dass jemand, der Thierry verdammt ähnlich sieht, an einem der oberen Fenster steht und stolz nach draußen sieht. Irgendwie hatte ich nämlich gerade die Fantasie, dass er und ich gemeinsam das Bed & Breakfast führen könnten … das ist natürlich Unsinn.

Auf dem zweiten Bild zeichne ich drei spielende Kinder im Garten, wo jetzt eine Schaukel in einer der wunderschönen Eichen hängt, und im Türrahmen zur Terrasse küssen sich die Eltern. Zur Erklärung schreibe ich Thierry auf die Rückseite, dass eine traditionell kornische Familie das Haus kaufen könnte, und nachdem Amy und ich kurz auf einer Immobilienseite geforscht haben, notiere ich ihm auch den Preis dazu, den ihm diese Familie vermutlich für das Haus zahlen würde.

Um ihn abzuschrecken, zeichne ich nach Feierabend auch noch einen traurigen Comic, in dem das Haus Stück für Stück abgerissen wird und am Ende ein charakterloses Hotel dort steht mit leeren Fenstern und völlig unpassend für die Umgebung. Auf die Rückseite schreibe ich, was ein Abriss kosten würde, eine utopisch hohe Zahl für den Hotelneubau und wie lange es dauern würde, bis er damit Gewinn macht. Sicherheitshalber notiere ich ihm auch, wie viele Hotels es in St. Ives und Umgebung schon gibt. Das sollte ihn aufhalten. Hoffentlich.

Nachdem ich alle Bilder in einen großen Briefumschlag gesteckt habe und ihm diesen an die Terrassentür gelegt habe, fühle ich mich aufgekratzt. Er muss meine Gedanken einfach nachvollziehen können. Die Tatsache, dass er sein Gartentor nie abschließt, zeigt doch auch irgendwie, dass er mich nicht aus seinem Leben ausschließen will, oder? Als ich aus dem Garten gehe, sehe ich nach meinem kunstvoll gebastelten Vogelnest. Es ist nicht mehr auf dem Ast, wo ich es hingelegt habe.

Er hat gemerkt, dass es nicht echt ist. Das hatte ich schon vermutet, als ich James und Thierry belauscht habe, aber jetzt bin ich mir sicher. Mein Mut sinkt wieder, dieses Mal um mehrere Meter. Ich werfe einen letzten Blick auf den Umschlag auf seiner Terrasse, dann verlasse ich den Garten. Auf dem ganzen Nachhauseweg murmele ich immer wieder den gleichen Satz. „Lass ihn bitte erkennen, dass er einen Fehler macht.“

Thierry

„Seit dieser merkwürdigen Sache in der Abstellkammer habe ich sie nicht mehr gesehen.“

„Irgendwie finde ich es im Nachhinein charmant." Veronique klingt, als würde sie lächeln. Das fehlt mir noch. Am meisten ärgert mich, dass ich immer wieder denke, wie niedlich Liv ausgesehen hat, als sie ihre Haarsträhne aus dem Gesicht gepustet hat und über ihr eine Staubwolke niedergeschwebt ist, die sie mehrmals niesen ließ.

„Sie ist wahnsinnig geworden, man kann fast Angst haben."

„Werd' mal nicht melodramatisch. Noch zwei Tage, das wirst du doch schaffen, oder?"

Ich werde das Gefühl nicht los, dass Veronique ein Lachen unterdrücken muss. Zum Glück reißt mich ein Geräusch aus meinen Gedanken und ich wundere mich, was das war. Langsam gehe ich in die Richtung, mein Handy fest in der Hand. Veronique fragt mich etwas, aber ich starre nur auf die Fußmatte. Darauf liegt ein weißer Briefumschlag und ich erkenne die Schrift sofort.

„Sie hat mir was geschickt", sage ich und unterbreche meine Schwester mitten im Satz.

„Einen Liebesbrief?" Offenbar weiß sie gleich, wen ich meine, und mein Herz macht einen Satz, obwohl das ganz sicher kein Liebesbrief ist.

„Vielleicht eher ein Abschiedsbrief oder so was", murmele ich und bücke mich nach dem Umschlag. Zur Sicherheit presse ich mein Ohr an die Haustür, um zu lauschen, ob ich Liv noch höre. Der Umschlag ist nicht frankiert, sie hat ihn also vermutlich gerade selbst eingeworfen. Vielleicht sitzt sie längst in meinem Garten und will eine Antwort auf das, was sie mir da geschickt hat.

„Willst du es in Ruhe lesen oder brauchst du moralische Unterstützung? Ich kann gut zuhören." Veronique lacht, aber es klingt ein bisschen unglücklich und ich beschließe, dass ich meine kleine Schwester unbedingt besuchen muss, wenn ich wieder zu Hause bin.

Mit Veronique am Telefon und dem Umschlag in der Hand gehe ich sicherheitshalber in die Küche, damit Liv mich nicht sieht, falls sie im Garten einen Beobachtungsposten bezogen hat. Ich werfe einen kurzen Blick auf den Wasserkocher, überlege mir einen Tee zu machen. Meine Ungeduld siegt jedoch und ich stelle Veronique auf Lautsprecher, lege das Handy auf die Arbeitsfläche und öffne langsam den Umschlag mit einem scharfen Küchenmesser.

„Und?“, fragt Veronique.

„Kein Liebesbrief“, sage ich, nachdem ich die ersten Zeilen überflogen habe. „Ein Hinweis.“

„Für …? Meine Güte, nun lass dir doch nicht alles einzeln aus der Nase ziehen!“

„Sieh auf der Terrasse nach …“, lese ich vor. Mehr steht da nicht. „Sie hat nicht mal unterschrieben“, murmele ich.

„Und? Was ist auf der Terrasse?“

Ich stehe noch immer in der Küche und starre auf den Zettel.

„Sie wird dir schon keine Bärenfalle da hingelegt haben“, sagt Veronique.

Ich bin mir nicht sicher, trotzdem gehe ich natürlich hin. Das Handy halte ich ganz fest, während ich mich zunächst ins Wohnzimmer schleiche. Ich spähe in den Garten, sehe aber niemanden. An der Terrassentür lehnt etwas.

„Ein dicker Umschlag“, murmele ich.

„Was ist drin?“ Meine Schwester klingt genauso neugierig, wie ich mich fühle, und ganz kurz keimt in mir so etwas wie Abenteuerlust auf. Aber dann bin ich doch wieder irritiert und als ich die Terrassentür aufmache und den Umschlag aufhebe, zittern doch tatsächlich meine Hände. Es wird schon keine Morddrohung sein. Sorgfältig schließe ich die Tür schnell wieder und gehe mit dem Umschlag zurück in die Küche. Mit einem Messer öffne ich ihn vorsichtig.

„Doch ein Liebesbrief?“, fragt Veronique.

Ich stoße die angehaltene Luft aus und blättere durch die Zeichnungen.

„Vorschläge“, knurre ich. Noch mal sehe ich mir das erste Bild an, lese den Text auf der Rückseite. „Dafür, was ich mit dem Haus machen soll.“

„Ha!“, sagt Veronique. „Sie will, dass du bleibst, stimmt’s?“

„Was? Nein, sie schlägt vor, dass ich es an eine ortsansässige, traditionelle Familie verkaufen soll. Oder Teeräume einrichten.“ Ich schnaube und trotzdem entlocken mir ihre Zeichnungen ein Lächeln. Sie hat einen kühnen Strich und fängt die Gesichtsausdrücke der Personen mit wenigen Details ein, sodass sie richtig Charakter bekommen. „Sie hat gezeichnet. Willst du die Bilder sehen?“, frage ich und weiß schon in dem Moment, dass das eine schlechte Idee ist.

Natürlich quietscht meine Schwester ihre Zustimmung sofort in mein Ohr. Klingt fast, als würde sie auf und ab hüpfen. Wir legen auf, damit ich ihr Fotos schicken kann, denn die Videoanrufe haben hier eine unglaublich miese Qualität. Das hat mir Veronique nach der Tour durchs Haus verraten. Für einen groben Eindruck der Räume hat es gerade so gereicht, aber für Livs Zeichnungen? Eher nicht.

Zwei Sekunden nachdem die Bilder raus sind, ruft Veronique wieder an. „Halt sie fest“, sagt sie schlicht. Sie meint Liv und nicht die Bilder. Nicht die Aussicht vom

Haus. Liv. Aber das ist natürlich absurd. Ich habe Liv nicht, also kann ich sie auch nicht festhalten. Und wie kommt Veronique darauf, nur weil Liv gut zeichnen kann?

KAPITEL 25

Liv

„Er meldet sich nicht“, berichte ich Hayley und sie runzelt die Stirn. Wir sitzen ganz hinten im Buchladen und es duftet nach alten Büchern und geliebten Geschichten.

„Wann wollte er wieder nach Paris?“

„Morgen.“ Der Knoten in meinem Magen nimmt solche Dimensionen an, dass man ihn von außen sehen müsste. Warum enttäuscht mich das so? Ich hätte damit rechnen müssen, dass er nicht auf meine halbherzigen Versuche eingehen würde. „Er hat sich längst entschieden“, murmele ich traurig.

„Und du willst ihm das durchgehen lassen? Denk an das schöne Haus.“ Sie wartet einen Moment, bevor sie weiterspricht. „Denk an deine Grandma.“

Verdammt, Hayley hat recht! Erst gestern hat Grandma wieder angefangen fröhlich zu erzählen, als ich ihr eine meiner ersten Skizzen von dem Haus mit der Familie gezeigt habe. Sie hat aufgeseufzt, gelächelt und ist danach durch die Küche getanzt. Ich erzähle Hayley davon. „Getanzt!“, sage ich, um das noch mal zu betonen, und dann wird mir klar, dass ich es nicht darauf beruhen lassen kann. Dieses Mal weihe ich Hayley nicht in meinen Plan ein, das muss warten. „Ich muss los! Melde mich später!“ Ich drücke einen eiligen Kuss auf die blonden Haare von Moira, die auf Hayleys

Schoß eingeschlafen ist, dann umarme ich Hayley so vorsichtig, wie es geht, wenn man es so eilig hat, und renne vom Buchladen bis zu meiner Wohnung.

Mit dem Fotoapparat und meinem Handy bewaffnet haste ich wenig später den Hügel hinauf.

Thierry

„Sir, es wurde ein Brief für Sie abgegeben."

Erstaunt drehe ich mich um und nehme den rosafarbenen Umschlag von einem betagten Rezeptionisten entgegen, den ich noch nicht kenne. Sein Lächeln sagt ganz deutlich, dass er dahinter eine Romanze vermutet.

„Von einer jungen Dame mit ganz roten Wangen", ergänzt er.

„Danke." Es kommt wie ein Knurren heraus. Jetzt denkt er garantiert, ich hätte so eine hübsche Frau gar nicht verdient, wenn ich mich nicht über eine Nachricht von ihr freue. Aber zum Teufel, ich fliege morgen früh nach Hause und mir ist es egal, ob ich ungehobelt wirke. Ich ramme den Umschlag in meine Ledertasche und verlasse das Hotel.

Erst als ich oben am Cottage ankomme, wird mir klar, dass ich gerannt bin oder aufgestampft habe. So tun mir meine Fußsohlen sonst nicht weh. Ich erlaube mir keinen langen Blick auf meinen Besitz. Ich weiß längst, wie er aussieht: die Fassade aus hellen Natursteinen, die dunkelgrün gestrichene Tür, den in der Sonne glänzenden Messingtürklopfer und die Sprossenfenster, in denen sich der blaue Himmel Cornwalls spiegelt, zusammen mit tanzenden Blättern der Eiche gegenüber. Ich stecke den Schlüssel ins Schloss, drehe den Knauf und knalle die Haustür hinter mir zu. Als Erstes trete ich auf zwei Umschläge, die vor mir auf dem Fußabtreter liegen. Liv war aber ganz schön fleißig. Eine ganze Weile starre ich böse auf die Umschläge, einen blassblauen und einen sonnengelben. Sie hat Umschläge in allen Schattierungen des Himmels hier in diesem verdammten Ort am Ende Englands verwendet und Grand-Père hätte mich spätestens jetzt persönlich darauf hingewiesen. Er hätte Liv gemocht, ich höre seine Stimme jeden Tag, wenn ich das Haus betrete.

Er sagt mir immer wieder, wie nett Liv ist, wie schön der Garten, wie gemütlich es in der Küche ist. Dabei verschweigt er den kühlen Luftzug, der mich jedes Mal streift, wenn ich am Küchenfenster vorbeigehe. Er verschweigt den grauen Staubschimmer, der auf allem in der oberen Etage liegt, auf allen Möbeln, auf den Fensterbrettern und den Armaturen im Bad. Das ist natürlich unfair, wenn ich nur einmal durchputzen würde, wäre das Cottage ein Juwel. Aber auch Juwelen braucht man nicht, wenn sie überflüssig sind und sich zudem noch im falschen Land befinden.

Meine letzten vier Stunden im Cottage sitze ich auf der Terrasse, auf einem Stuhl, den ich Richtung Holzzaun gerichtet habe. Ich tue gar nichts, außer auf den Zaun zu starren. Ich trinke keinen Tee, keinen Kaffee und sitze einfach nur meine Zeit ab, bis mein Handy piept, weil vier Stunden vergangen sind. Schlagartig erwache ich aus meiner Starre, stelle den Stuhl zurück an den Tisch und gehe ins Cottage. Jeder Schritt fällt mir schwer, als würde mich das Haus selbst nicht gehen lassen wollen.

Aus der Küche hole ich widerstrebend die Umschläge von Liv, überlege hineinzusehen, stecke sie dann aber in meine Tasche und ziehe die Haustür zum letzten Mal zu.

Der Knall klingt endgültig und ich versuche in mir die Erleichterung zu spüren, die irgendwo sein muss. Meine Schritte sind schwer, als ich den schmalen Pfad hinuntergehe, der mich zum Ort und zur letzten Nacht im Hotel am Hafen führen wird. Mein Herz liegt unbeweglich in meiner Brust, fühlt sich kalt an, unlebendig. Testweise bleibe ich stehen und sehe zurück. Das Cottage ist nichts weiter als ein wuchtiger Scherenschnitt vor dem Abendhimmel. Gänsehaut läuft mir über die Arme und den Rücken hinab, weil jetzt sogar die Atmosphäre für ein Geisterhaus herrscht. Kühl streicht der Wind durch die Blätter, raschelt, pfeift durch Ritzen eines Zauns und die Fenster des Hauses sehen aus wie schwarze Löcher, die alles einsaugen, was nicht schnell genug wegläuft.

Trotzdem gehe ich wieder ein Stück den Berg hinauf. Ich muss mich wenigstens verabschieden. Das bin ich Grandpère schuldig, oder nicht? Meine Füße bringen mich schnell näher. Ich schließe die Haustür wieder auf. Während ich langsam durchs Haus gehe, schalte ich noch einmal in jedem Raum das Licht an.

Es wird ein früher Start morgen. Der Flug geht um zwölf, aber ich muss erst mal zum Flughafen kommen. Eigentlich sollte ich längst im Bett liegen. In einem der Schlafzimmer oben bleibe ich stehen, gehe zum Fenster und schließe die Vorhänge. Staub kitzelt mich in der Nase und ich ärgere mich kurz, dass ich die Zeit nicht genutzt habe, um hier einmal sauber zu machen. Auch wenn das lächerlich ist. Bald wird dieses Haus hier nicht mehr stehen. Die Zeit läuft ab und ich darf mich entscheiden, was ich mit meinem Erbe mache. Das Grundstück liegt ideal. Es wäre unvernünftig, das nicht zu nutzen. Das Haus selbst brauche ich nicht.

Probehalber setze ich mich auf das Bett, das leicht unter der Belastung quietscht. Erneut sehe ich mich im Raum um und eine seltsame Ruhe erfasst mich. Die Wände sind hellgelb tapeziert, aber erst jetzt erkenne ich, dass da ein zartes Muster aus kleinen Blumen drauf ist. In einer Nische befindet sich das obligatorische Buchregal, wie es sie in jedem Zimmer hier gibt, außer in den Badezimmern, aber auch dort hat jemand immerhin ein einzelnes Brett angebracht, auf dem eine Handvoll Bücher stehen. Die Bilder in diesem Raum habe ich mir noch gar nicht richtig angesehen. Überhaupt habe ich der oberen Etage viel zu wenig Aufmerksamkeit geschenkt. Vierzehn Tage können nicht reichen, um ein Haus kennenzulernen. Ich schiebe den Gedanken schnell weg. Mein Job ruft mich. Paris ruft mich. Die Stadt, in die ich gehöre.

Aber jetzt sollte ich erst mal schlafen. Also stehe ich auf und zupfe die geblümte Tagesdecke wieder zurecht. Darunter kommt weiße Bettwäsche zum Vorschein, die einen sanften Duft verströmt. Ich entdecke eine Reihe von kleinen karierten Stoffsäckchen mit aufgestickten Lavendelblüten, die jemand hier hingelegt haben muss, um Motten fernzuhalten. Das hätte Grand-père gefallen. In seinem Garten in Frankreich hat er Lavendel an die Ränder der Beete gepflanzt. Ich greife nach einem der Stoffsäckchen und rieche daran, sie haben kaum etwas von ihrem Duft verloren. Ich lege das Säckchen zurück und widme mich den Bildern an der Wand.

Alle drei sind Zeichnungen des Gartens und vom Haus. Einmal die Treppe, die von der Terrasse hinunter auf die Wiese führt mit Blick aufs Cottage. Blumentöpfe mit üppig blühenden buschig wachsenden Pflanzen stehen an beiden Seiten der Treppe. Keine Personen sind zu sehen, aber durch die Fenster erahnt man das Innere des Wohnzimmers, schemenhafte Bücherregale, die Leiter, eine Zimmerpalme, zwei Sessel. Auf einer der niedrigen Mauern um die Terrasse sitzt eine Amsel. Als ich ihrem Blick folge, entdecke ich ein paar Sandalen, die unter einem der schmiedeeisernen Stühle liegen. Unter einem zweiten Stuhl steht ein Paar Turnschuhe, aus einem hängt ein Socken.

Zwei Menschen könnten im Garten umherlaufen, beinahe höre ich ihr Lachen und sehe ganz kurz meinen Großvater als jungen Mann mit achtzehn Jahren, wie er hinter einer jungen Frau herläuft. Die Sandalen gehören ganz sicher der Frau. Vielleicht tanzen sie auch. Ich gehe zum nächsten Bild.

Dieses ist keine Bleistiftzeichnung wie das erste, sondern ein Aquarell. Darauf sind Rhododendronbüsche zu sehen, die Stämme der Birke und der Eiche und hinter dem Zaun sieht man das Meer und den Himmel, die ineinander übergehen. Auch dieses Mal suche ich nach Zeichen von Menschen, die in dieser Szene versteckt sein könnten, und tatsächlich, ganz hinten am Zaun steht eine Person. Man sieht nur ihren Kopf, bedeckt von einem hellblauen Hut, und ihre Schultern, aber auch nur, wenn man genau hinsieht. Der Rest ihres Körpers ist von den Zweigen und Blättern der Büsche verdeckt. Ich muss an Liv denken, wie sie das Meer angesehen hat, als wir das erste Mal zusammen in diesem Garten waren, und mein Herz fühlt sich auf einmal schwer an.

Natürlich werde ich Liv nie wieder sehen, und das sollte mich nicht stören, immerhin verbindet uns nichts. Wir hätten niemals eine Zukunft, sie hier in St. Ives, ich jenseits des Ozeans in Paris. Und schon wieder wundere ich mich darüber, dass ich mir überhaupt Gedanken über eine Zukunft mit ihr mache. Mir geht es gut in meinem Leben und Liv hat alles, was sie möchte, hier. Ihre Großmutter, um die sie sich rührend kümmert, dass mein Herz ganz weit wird, ihre hübsche Wohnung, ihre Freundinnen, das Meer. Mich braucht sie nicht, sie interessiert sich nur für dieses Haus. Es ist ein störrisches, fast unheimliches Interesse, das ich mir nicht erklären kann.

Du könntest sie fragen. Das würde Veronique sagen, aber ich glaube nicht, dass es einen speziellen Grund dafür gibt. Liv würde sagen, dass das Haus zu ihrer Stadt dazugehört und man nichts daran ändern darf, aber so ist nun mal das Leben. Alles geht weiter. Alles ändert sich, auch wenn man es nicht möchte.

KAPITEL 26
Thierry

Als Erstes fällt mir der Lärm am Flughafen auf, das Dröhnen der Maschine, die leisen und lauten Gespräche der anderen Passagiere um mich herum. Ich habe einen Fensterplatz, aber ich konzentriere mich so lange auf meine Zeitung, bis ich es nicht mehr aushalte und nach unten blicke. England wird kleiner und kleiner, ich bilde mir ein, St. Ives zu sehen und sogar Grand-pères Cottage, aber das ist natürlich Unsinn.

Etwas in mir zerbricht, als ich daran denke, dass ich mich nicht richtig von Liv verabschiedet habe. Aber warum sollte ich? Liv wollte mich aus irgendeinem Grund daran hindern, das Haus loszuwerden. Ansonsten hat sie mich geküsst, aus Rache, es ging keine Sekunde um mich und natürlich wollte ich ohnehin nur einen Urlaubsflirt. Ich wollte mit ihr zusammen sein, einen Urlaubsflirt haben, um mir meine einsame Zeit in der fremden Stadt zu versüßen.

Die Stadt ist mir nicht mehr fremd, aber das tut nichts zur Sache. Es ist eine Stadt aus der Vergangenheit meines Großvaters, der es nicht für nötig befunden hat, mir offen davon zu erzählen. Jede Minute in dem Haus hat wehgetan. Alles hat mich an ihn erinnert, an diesen Mann, der mir der Wichtigste im Leben war. Der wichtigste Mensch meiner Kindheit.

Es ist auch meine Schuld, dass wir in letzter Zeit viel zu

wenig miteinander gesprochen haben. Vielleicht hatte er vor, mir von dem Cottage auf dem Hügel in Cornwall zu erzählen. Vielleicht auch nicht.

Um mich abzulenken, hole ich mein Handy heraus. Wir haben die Flughöhe erreicht, aber ich werde die Ruhe des Flugmodus noch eine Weile genießen. Am Montag kehre ich in die Kanzlei zurück und denke erst jetzt wirklich daran. Wie konnte es passieren, dass ich während der Zeit in Cornwall so wenig an die Arbeit gedacht habe? Weil alles neu war, weil ich eine Aufgabe hatte, weil ich entscheiden musste, was ich mit meinem Erbe anfange.

„Und?", hat Veronique heute früh geschrieben. In Klammern hat sie in einer zweiten Nachricht um die Worte „Cottage" und „Liv" ergänzt.

Ich habe noch nicht geantwortet. Die Wahrheit ist, dass ich mich in das Haus verliebt habe. Das ist mir letzte Nacht klargeworden. Es lag nicht an der einen Stunde, in der ich wach in meinem Hotelbett lag. Genau genommen ahne ich es schon seit ein paar Tagen. Trotzdem macht es keinen Sinn, es zu behalten. Ich wohne in Paris, mein ganzes Leben spielt sich dort ab. Ein weiteres Haus auf der anderen Seite des Ozeans kann ich nicht gebrauchen. Außerdem ist es teuer, Reparaturen erledigen sich nicht von selbst, es muss gewartet werden, geheizt, damit es nicht schimmelt. Und ich bräuchte einen Verwalter, der danach schaut. Ich verdiene nicht schlecht, aber für ein Haus im Ausland würde es wohl nicht reichen. In meinem Handgepäck suche ich nach dem Roman, den ich aus Grand-pères Haus mitgenommen habe. Meine Finger stoßen gegen drei bunte Umschläge, die ich nie geöffnet habe. Ärgerlich schiebe ich sie ganz nach unten.

Ehe ich auch nur einen einzigen Satz gelesen habe, den

ich verstehe, kommt die Durchsage, dass wir uns im Landeanflug befinden.

Ich starre aus dem Fenster, sehe, wie meine Heimatstadt immer größer wird, die Häuser, in denen zuerst höchstens Ameisen wohnen könnten, werden playmobilgroß und schließlich setzt die Maschine etwas ruckelnd auf der asphaltierten Landebahn auf. Draußen ist es grau, die Gebäude, der Himmel, alles. Mir fehlt jetzt schon das Meer, aber so ist das wohl nach einem Urlaub. Deswegen mache ich sonst keinen.

Am Montag arbeite ich wieder, also stelle ich den Flugmodus aus, sobald der Pilot die Maschine geparkt hat und um mich herum raschelnde Geschäftigkeit ausbricht. Ich fühle mich schwer und kann mich kaum dazu aufraffen, meine Tasche zu verschließen und mich in die Warteschlange einzureihen.

„Liv ist sehr aufdringlich“, schreibe ich meiner Schwester und habe es leider schon abgeschickt, bevor ich es mir anders überlege.

„Ich wusste, dass du sie magst.“

Klar ist sie süß, aber sie raubt mir allzu oft den letzten Nerv. „Aufdringlichkeit ist nicht sehr attraktiv“, sage ich ausweichend.

„Es kommt immer darauf an, auf welche Art man sich aufdrängt und aus welchem Grund“, antwortet meine Schwester.

„Den Spruch hast du doch aus dem Kalender.“

„So etwas weiß ich von ganz alleine.“

„Gut, dass ich am Montag wieder arbeiten gehe, ich habe keine Lust, mich ständig von dieser verrückten Frau ablenken zu lassen.“

„Ich glaube schon.“

Veronique geht offline und sie weiß ganz genau, wie sehr mich das auf die Palme bringt.

Aber das Gefühl ist nichts im Vergleich zu meinem Ärger, als ich zu Hause ankomme und meine E-Mails aus der Kanzlei in Ruhe durchsehe. Fünfmal haben sie versucht, mich zu erreichen. Natürlich halbherzig, sie hätten mich ja auch jederzeit anrufen können. Vermutlich wollte mein Kollege Antoine mich überhaupt nicht erreichen. Jetzt hat er sich das Renault-Mandat unter den Nagel gerissen, das gibt es doch nicht! Monatelang habe ich darauf hingearbeitet … und jetzt hat er es übernommen! Wann war das, verdammt? Aber es ist egal. Ich hätte öfter in meine beruflichen E-Mails sehen können. Natürlich hatte ich Urlaub, aber wie konnte ich all das so leicht anderen überlassen?

Mit einem dumpfen Geräusch landet mein Handy auf der Couch und ich stampfe ins Schlafzimmer, um mir meine Laufklamotten anzuziehen.

„Das ist alles Livs Schuld“, murmele ich wie ein Mantra vor mich hin. „Sie ist schuld und dieses verdammte Cottage.“

Liv

Während ich dem Tuten in der Leitung lausche, beiße ich mir ein weiteres Hautschüppchen von der Lippe und schmecke Blut. Verdammt, das ist keine gute Idee. Ich lege auf, aber

Hayley sieht mich so streng an, dass ich die Nummer erneut wähle. Ich drücke die Schultern durch, räuspere mich und warte wieder.

„Oui?“, erklingt eine hektische Stimme.

„Thierry?“

„Oui?“ Jetzt klingt es fragend und ich weiß, dass es ein Fehler war. Er erkennt nicht mal meine Stimme. Hayley gestikuliert wild und ich springe über meinen Schatten. Ich tue es für Grandma.

„Hier ist Liv. Hör zu, ich muss nur etwas wissen. Hast du einen Verwandten namens Jacques? Einen Großvater vielleicht?“

Thierry schweigt, aber immerhin hat er noch nicht aufgelegt.

„Thierry? Bitte, ich frage das für meine Großmutter.“

„Was soll das?“

Er klingt sauer, aber jetzt kann ich auch nichts mehr schlimmer machen, also versuche ich, sein Herz irgendwie zu erreichen und erzähle ihm das, was Grandma mir erzählt hat.

Es ist lange still an meinem Ohr, aber dieses Mal warte ich. Ich zähle ganz langsam bis zwanzig, vermutlich kommt mir das Schweigen einfach nur so lange vor.

„Hatte ich, aber Jacques ist von uns gegangen.“ Thierry legt auf.

„Was hat er gesagt?“, will Hayley wissen, als ich den Hörer sinken lasse.

„Er ist verstorben.“

„Was? Liv! Was ist passiert? Woher willst du das wissen? Das ist ja schrecklich! Mit wem hast du denn dann gesprochen?“

„Was? Nein, doch nicht Thierry. Jacques ist tot. Ich habe es geahnt. Jacques war ein Verwandter." Ich starre auf das Telefon. „Verdammt."

Diese Erkenntnis bringt mich jetzt nur nicht weiter. Auf keinen Fall kann ich es so stehen lassen. Ich wähle Thierrys Nummer erneut. Ich lasse es insgesamt zwanzigmal klingeln, bis er rangeht.

„Bitte, Liv. Das ist alles so lange her, deine Großmutter wird darüber hinwegkommen."

„Ja, vielleicht, aber ich will jetzt wissen, wer Jacques genau ist, also war und … einfach alles!"

Thierry stöhnt, aber dann holt er tief Luft. „Jacques war mein Großvater, von ihm habe ich das Haus geerbt. Und er ist vor drei Wochen gestorben."

Es dröhnt in meinen Ohren, sodass ich mir nicht sicher bin, ob ich Thierry die ganze Zeit richtig verstehe. Er erzählt etwas von seiner Kindheit, von dem wichtigsten Menschen in seinem Leben und erst als Hayley mir ein Taschentuch vor die Nase hält, merke ich, dass mir heiße Tränen über die Wangen laufen. Thierry hat diesen Mann geliebt und mir ist nichts Besseres eingefallen, als ihn zu ärgern, von ihm zu verlangen, das Haus zu behalten. In Wahrheit hat er Angst, dass es zu sehr wehtut.

„Danke", sage ich, als er fertig ist. Meine Stimme ist belegt, aber das ist mir egal. Wir verabschieden uns mit einem leisen Au revoir, obwohl das nicht passieren wird. Thierry will nichts mehr mit dem Cottage zu tun haben und wir werden uns nie wiedersehen. Aber deswegen weine ich ja auch nicht.

KAPITEL 27
Thierry

„Ah, Thierry! Wie wunderbar! Sie sehen richtig erholt aus. Wie war der Urlaub?“ Am Gesichtsausdruck meiner Assistentin kann ich erkennen, dass sie das absolut ernst meint. Offenbar hat sie vergessen, warum ich im Urlaub war. Vielleicht habe ich es ihr auch gar nicht richtig erklärt.

„Vielen Dank, gut.“ Dabei belasse ich es und ignoriere ihre neugierigen Blicke, obwohl ich mich schon frage, was sie sieht. Marguerite geht mit mir durch die Termine der Woche, beantwortet geduldig meine Fragen nach dem Stand der Dinge in verschiedenen Mandaten. Sie sieht etwas betreten aus, als sie mir mitteilt, welche Mandate von wem betreut werden, dass die Mandanten sehr zufrieden sind und ich mich nicht mehr weiter darum kümmern müsse.

Als ich versuche, mich in verschiedene Aufgaben einzulesen, schweifen meine Gedanken ständig ab. Schon nach fünf Stunden verlasse ich die Kanzlei wieder und begebe mich ins Home Office.

Zu Hause ziehe ich die Vorhänge im Wohnzimmer zu, weil die Sonne genau auf meinen Bildschirm scheint und ich nichts lesen kann. Dabei stolpere ich und lande auf den Knien genau vor dem Karton. Wütend gebe ich ihm einen Stoß und erstarre. Was tue ich hier? Das ist nicht irgendein Kram in diesem Karton, es sind Dinge, die mein Großvater mir geschickt hat, kurz bevor er gestorben ist. Der Verlust bricht mit voller Wucht über mich herein und ich ignoriere das Geräusch meines Laptops, das eine neue E-Mail ankündigt.

Ich ziehe die Kiste aus der Ecke und hinüber zum Sessel, dann öffne ich sie feierlich zum zweiten Mal und lasse meinen Blick über die Dinge darin schweifen. Nach und nach hole ich behutsam Mappen, Zeichnungen, die Kartons und Bücher heraus und breite sie auf dem Fußboden aus. Ich will die Umzugskiste schon auseinanderfalten, um sie besser unterzubringen, da fällt mir ein großer Umschlag auf, der noch ganz unten auf dem Boden der Kiste liegt. Ich zupfe an der Lasche und hole zwei kleinere Briefumschläge heraus. Einer ist zartgelb und verschlossen. Ich will ihn schon öffnen, da fällt mir auf, dass vorne nicht mein Name draufsteht, sondern ein anderer.

Mabel.

Sofort sehe ich sie vor mir. Livs Großmutter Mabel. Ganz klar, dass Grand-père sie meint. Jetzt nach Livs Anruf gibt es keinen Zweifel mehr. Mit zitternden Fingern greife ich nach dem anderen Umschlag. Dieser besitzt ein sattes Grün, wie frische Grashalme im Frühling. Auf diesem Umschlag steht mein Name. Ich atme tief durch, dann schiebe ich meinen Finger unter die Lasche und öffne das Kuvert. Zwei dicht beschriebene Seiten Papier ziehe ich daraus hervor. Und ein einziges Schwarz-Weiß-Foto. Es ist das gleiche Motiv wie auf der Zeichnung, die im Schlafzimmer des alten Cottage hängt. Hierauf kann man die Damensandalen noch besser erkennen. Ich vermute, dass sie Mabel gehören.

Sofort beginne ich zu lesen.

„Mein lieber Thierry,

es tut mir leid, dass ich dir diese Geschichte nicht erzählt habe, als ich noch die Gelegenheit dazu hatte. Immer wieder habe ich darüber nachgedacht. Ein paarmal habe ich versucht, dich dazu zu bewegen, mit mir nach Cornwall zu reisen, aber du hattest leider nie Zeit dafür. Ich hätte mit dir hinfahren sollen, als du noch ein Junge warst, aber ich habe es nicht gewagt, zurückzugehen. Ich wollte nicht hören, dass Mabel mich vergessen hat, dass sie vielleicht bereits gestorben oder glücklich mit einem anderen verheiratet ist. All das würde nicht in das Bild passen, das ich mir über die Jahre in meinem Herzen aufbewahrt habe. Natürlich habe ich mir so auch die Möglichkeit genommen, Mabel wiederzusehen, ihr zu sagen, dass ich immer noch an sie denke und ja, dass ich sie immer noch liebe. Meine Gefühle für sie sind nie richtig abgekühlt, auch nicht, als ich mit deiner Großmutter verheiratet war.

Du musst jetzt wer weiß was von mir denken. Einiges davon kann ich geraderücken: Deine Großmutter habe ich geliebt, aber ganz anders als Mabel. Der Zauber der Liebe zu Mabel liegt vermutlich darin, dass wir noch so jung waren und nie den Alltag gemeinsam kennengelernt haben. Es war das Geheimnis, das seine Magie entfaltet hat. Wir durften einander nicht lieben oder zumindest glaubten wir das. Ich frage mich bis heute, warum meine Eltern damals nach Cornwall gezogen sind und dieses Haus gekauft haben, weil sie dort immer nur für sich bleiben wollten. Natürlich kann man das an einem schönen Ort besonders gut tun, aber der Ort … Thierry, ich hoffe sehr, dass du ihn genauso lieben wirst wie ich. Und ich hoffe, dass es noch nicht zu spät dafür ist. Wenn du es schaffst, kannst du Mabel für mich suchen und ihr den anderen Brief geben?

Ich hätte ihn längst abschicken sollen, schon vor vielen Jahren, aber mir kam die Zeit nie richtig dafür vor. Selbst als Lisande ausgezogen ist, habe ich mich noch nicht getraut. Bitte sei du vernünftiger als ich. Packe das Leben mit beiden Händen, lasse keine Gelegenheit ungenutzt, glücklich zu sein und kläre offene Fragen so schnell wie möglich. Lasse keine Herzen zurück.

Ich weiß nicht, wann du diesen Brief lesen wirst. Ich werde meine liebe Nachbarin Joëlle bitten, dir dieses Paket zu schicken, wenn ich verstorben bin. Es tut mir leid, Thierry, dass ich auch dir nicht alles sagen konnte und mich nicht mehr bemüht habe, weiterhin ein Teil deines Lebens zu sein. Aber wenn Kinder erwachsen werden, müssen sie ihr eigenes Leben leben. Ich hoffe, du bist glücklich, und wenn du es nicht bist: Kämpfe für dein Glück.

In Liebe, dein Großvater Jacques

PS: Ich hoffe, du nimmst dir zwei Wochen Auszeit und du bist mir nicht böse, weil du deine Arbeit dafür unterbrechen musst.

Ich starre auf den letzten Satz im Brieftext. Vieles in dem Brief hat mich berührt, aber dieser eine Satz blinkt mich vorwurfsvoll an. Mir geht es gut, aber glücklich bin ich nicht. Mein Alltag besteht fast ausschließlich aus meiner Arbeit. Alles andere ist nur dazu da, mich gesund zu halten. Der Sport, minimale soziale Kontakte, schlafen, essen. Das ist alles. Die Familie besteht für mich nur noch aus meiner Schwester Veronique und wir hätten uns vermutlich weiterhin nur selten persönlich gesehen und ausschließlich unsere wöchentlichen Kurztelefonate geführt, wenn Grand-père nicht gestorben wäre.

Ich schlucke mehrfach, aber die Enge in meinem Hals geht nicht weg. Mühsam rappele ich mich auf, schlurfe in die Küche und koche mir einen Kaffee. Die Liebe, das ist einer der Punkte, die vollkommen in meinem Leben fehlen. Da musste erst jemand sterben und mich dazu zwingen, freizunehmen, damit ich jemanden kennenlerne. Und dann habe ich mich nicht darum bemüht, zu sehen, was das wirklich ist. Ich habe Liv keine wirkliche Chance gegeben. Ich habe dem Cottage keine wirkliche Chance gegeben. Was ist nur aus mir geworden? Ich versuche mir die letzte glückliche Minute mit Grand-père in Erinnerung zu rufen. Es ist lange her, sehr lange. Aber ich sehe den Augenblick vor mir, lasse mich in den Moment fallen und halte ihn fest. Mit geschlossenen Augen spüre ich die Wärme der Sonne, höre eine Amsel singen, eine Elster meckern. Und die Stimme meines Großvaters, wie er mir einen Artikel aus der Zeitung vorliest. Wir liegen beide in den gestreiften Hängematten in seinem Garten, auf meiner Zunge schmecke ich noch die Apfeltarte, die wir vorhin zusammen gebacken haben.

Mein Herz wird gleichzeitig schwer und leicht. Der Brief raschelt in meiner Hand, als ich nach meiner Kaffeetasse greife. Aber warum nehme ich mir jetzt die Zeit für Kaffee? Ich muss los. Endlich habe ich mich entschieden und jetzt will ich so schnell wie möglich damit anfangen. Ich falte den Brief, stecke ihn zurück in sein Kuvert, nehme beide Umschläge, packe eine Tasche und greife nach meinem Autoschlüssel.

Liv

Grandma verschwindet jeden Tag ein bisschen länger in ihrer eigenen Welt, ist kaum ansprechbar und wenn sie etwas sagt, redet sie nur von Dingen, die schon sehr lange her sind. Das ist so, seitdem sie die Simmons Brüder oben am Cottage getroffen hat. Als sie zurückkam und mir davon erzählt hat, wurde mir klar, was das heißt. Ich musste es nicht aussprechen, Grandma wusste es selbst. Ihr liefen stumme Tränen über das Gesicht und sie hat zwei Tage fast nichts gegessen. Einmal, als ich meinen Arm um ihre Schulter gelegt habe, hat sie etwas gesagt, das mir seitdem nicht mehr aus dem Kopf geht.

„Damit ist die Liebe für immer verloren."

Natürlich meinte sie die Verbindung zu Jacques, den sie in diesem Haus und im Garten geküsst und geliebt hat. Den Mann, der noch immer ihr Herz hat, sich aber nie wieder gemeldet hat. Aber das war nicht das Problem. Das hat sie nicht so sehr verletzt wie die Tatsache, dass dieser Ort, an den sie gehen kann, um an früher zu denken, bald fort sein soll. Simmons & Sons haben schon ein Schild und ein paar große Drahtzäune aufgestellt, hinter denen das Cottage flehentlich zu wimmern scheint. Ich kann es kaum aushalten. Ich habe mit Quentin gesprochen, der das letzte Zaunelement aufgestellt hat, damit niemand mehr auf das Grundstück kann. Der Besitzer wolle es abreißen, auch wenn es eine Schande wäre, aber nein, er hätte leider keine Möglichkeit ihn davon abzubringen, zumal es ja auch sein Job wäre. Ich konnte Alex Simmons noch nie leiden, es passt zu ihm, dass ihm eine Abrissfirma gehört, genau wie es zu seinem Vater passt, der bald in Rente geht. Natürlich muss irgendjemand alte, baufällige Gebäude abreißen, damit sie nicht einstürzen. Aber so ein Haus? Nein.

Ich werde jetzt zu Hayley gehen, um noch einmal alle Möglichkeiten mit ihr durchzugehen, wie wir den Abriss doch noch verhindern können. Doch noch bevor ich die

Haustür öffne, trete ich auf einen Umschlag auf der Fußmatte im Flur. Verwundert hebe ich ihn auf, die Post war ja schon längst da. Die Schrift treibt meinen Puls in die Höhe. Wenn mich nicht alles täuscht … ganz langsam drehe ich den Umschlag um. Hinten drauf steht Thierrys Name. Keine Adresse. Und … es fehlt eine Briefmarke. Dann hat er den Umschlag selbst eingeworfen? Freude und Wut kämpfen in meiner Brust.

Ich reiße die Tür auf, aber natürlich steht er nicht davor. Schade, was hätte ich ihm jetzt gerne alles an den Kopf geworfen. Bestimmt ist da drin eine Warnung, dass ich sein Grundstück nicht betreten soll, und er hat diesen Brief im Haus gelassen, damit ihn mir jemand zukommen lässt, sollte ich mich den Warnschildern widersetzen. Wütend öffne ich den Umschlag und ziehe eine weiße Karte heraus. Vorne ist eine kleine Aquarellzeichnung von einem Haus aufgeklebt, das ich sofort als das Cottage auf dem Hügel erkenne. Signiert ist das Bild mit zwei Buchstaben. J.L. Ich drehe die Karte um. Thierry hat nur zwei Sätze geschrieben. Er lädt mich und Grandma ein. Zu einem Picknick in seinem Garten, morgen Nachmittag.

„Dass er sich das traut!“, rufe ich wohl etwas zu laut, denn Grandma kommt in den Flur.

„Was ist denn passiert, Livvie?“

Ich wedele mit der Karte. „Thierry hat uns eingeladen, das gibt es doch wohl nicht! Nach allem, was war!“

Sie sieht mich nachdenklich an, dann erscheint ein winziges Lächeln. „Das ist doch nett.“

Ich bin mir nicht sicher, ob sie sich an die Tatsache erinnert, dass Thierry das wunderbare Haus, das mit so vielen ihrer Erinnerungen verknüpft ist, abreißen will. Für ein blödes Hotel. Ich will es aber auch nicht noch einmal aussprechen.

„Bestimmt ist es als Entschuldigung gedacht“, sagt Grandma.

Verwundert sehe ich sie an. „Wofür denn?“ Auch wenn mir tausend Gründe einfallen. Dafür, dass er das Haus zerstören will, dafür, dass er sich nicht verabschiedet hat, dafür, dass er mich so behandelt hat, als wäre ich verrückt geworden. Gut, die Aktion in seiner Abstellkammer könnte man möglicherweise ein wenig als verrückt ansehen, aber das hatte ich ja so nicht geplant. Für eine Sekunde kommt mir eine andere Idee und mir wird ganz heiß vor Wut. Was, wenn er all das ignorieren will und mich einfach so noch einmal einlädt, um mich zu ärgern? Ich sage das lieber nicht laut. „Es geht nicht. Von ihm nehme ich gar nichts an.“

Grandma sieht mich traurig an, aber sie nickt.

„Und das werde ich ihm jetzt auch gleich sagen.“ Ich winke Grandma und stürme aus der Wohnung.

Der Weg zum Cottage kommt mir kürzer vor als je zuvor, vielleicht weil meine Gedanken rasen und Wut meine Schritte lenkt. Ich springe seine Treppe hinauf und hämmere mit dem Türklopfer an die Tür. Wenig später öffnet sie sich tatsächlich, ganz so, als wäre Thierry nie fort gewesen. Bevor er etwas sagen kann, drücke ich ihm die Karte vor die Brust.

„Das kannst du vergessen“, presse ich zwischen meinen Zähnen hervor. „Wie kannst du es überhaupt wagen? Nach allem … was war.“

Thierry zieht einfach nur eine Augenbraue hoch und sieht dann hinunter auf meine Hand an seiner Brust. Ich ziehe die Hand ruckartig zurück, damit ich ihm keinen Kinnhaken verpasse.

„Du hast keine Zeit?“, fragt er. „Schade.“ Er sieht auf einmal ein bisschen enttäuscht aus und ich frage mich jetzt umso mehr, was er mit seiner Einladung bezwecken wollte.

„Was soll das?“, frage ich ihn. „Ich habe keine Lust, immer alles zu interpretieren, was du machst. Ich will jetzt Antworten.“ Halb erwarte ich, dass er mir die Tür vor der Nase zuschlägt, aber er tritt einen Schritt zurück, damit ich an ihm vorbei ins Haus gehen kann.

„Tee? Kaffee? Wasser?“, fragt er.

„Antworten“, wiederhole ich stur.

„Okay, wollen wir uns in den Garten setzen oder ins Wohnzimmer?“

„Nein. Hier.“

Thierry seufzt. „Okay, stell deine Fragen.“

Das bringt mich etwas aus dem Konzept, aber klar, er hat keine Ahnung, was ich genau wissen will.

„Wo warst du die letzten Tage?“ Ich muss mich erst mal warmmachen. Einfache Fragen.

„In Paris.“

„Was hast du da gemacht?“

„Gearbeitet und nachgedacht.“

„Na endlich“, sage ich und Thierry zieht schon wieder eine Augenbraue hoch.

„Scheint aber, dass du zum falschen Ergebnis gekommen bist.“ Ich gestikuliere zur Tür und meine den Zaun draußen.

„Das ist keine Frage“, sagt er trocken.

„Was kann dich davon abhalten, das Cottage abzureißen?“, frage ich und halte die Luft an, obwohl ich die Antwort kenne. Nichts.

„Nichts."

Dieses Mal kann ich mich nicht zurückhalten, ich trommle mit meinen Fäusten auf seine Brust und dabei verschwimmt meine Welt.

„Du machst den Fußboden nass", sagt Thierry und hält einfach meine Handgelenke fest. Kurz überlege ich, ihm mein Knie zwischen die Beine zu rammen, aber das würde dann vielleicht doch etwas zu weit gehen. Schließlich ist es sein Haus. „Liv, hör zu."

„Nein!"

„Niemand braucht mich davon abzuhalten, das Haus abzureißen, weil ich es nicht tun werde. Noch nicht."

„Aber, du darfst das nicht … du." Ich versuche, mich auf ihn zu fokussieren. „Da draußen steht ein Schild." Ich deute mit dem Kinn in die Richtung. „Lüg mich nicht an."

„Ich lüge nicht. Ich habe vorhin die Abrissfirma angerufen und um einen Stopp gebeten."

„Warum?"

„Kann ich dich loslassen und du wirst mir nicht mehr mit deinen spitzen Knöcheln die Brust perforieren?"

„Träum weiter", knurre ich, nicke dann aber. Mir fehlt ohnehin die Kraft. Das Einzige, was mich noch auf den Beinen hält, ist Thierrys Griff um meine Handgelenke. Er scheint es zu merken, jedenfalls lässt er nur langsam los und beobachtet mich ganz genau. Wie in Zeitlupe sinke ich zu Boden und lehne mich an die Wand. Thierry seufzt, dann setzt er sich neben mich. Seine Schulter lehnt an meiner, aber ich habe nicht die Energie, von ihm wegzurutschen. Immerhin kann ich so nicht nach links umkippen.

„Liv, ich habe nachgedacht", wiederholt er und ich schnaube genervt.

„So kommen wir nicht weiter. Könntest du mir vielleicht deine Gedanken erläutern?“

„Ich habe einen Brief gefunden, zwei Briefe sogar. Erinnerungen kamen wieder hoch und es wird mir nicht helfen, wenn das Haus weg ist. Die Erinnerungen werden immer da sein. Mein Großvater hat hier gelebt, vor vielen Jahren und damals hat er sich verliebt. Sie waren beide noch jung und aus Gründen, die ich nicht kenne, musste Grandpère damals zurück nach Frankreich, ohne sich verabschieden zu können.“

„Liegt also in der Familie“, unterbreche ich ihn.

Thierry lacht leise, was mir eine Gänsehaut beschert, dabei klingt es gar nicht unheimlich. Ich sehe ihn vorsichtig von der Seite an, aber in seinen Augen ist nichts als Verwirrung und Wärme.

„Ich habe mich noch nicht entschieden“, sagt er schließlich leise. „Ich müsste zuerst deine Großmutter sehen.“

„Was?“ Irritiert sehe ich ihn an. „Was hat Grandma bitte damit zu tun?“ Will er sie anzeigen oder so? „Hast du Kameras im Garten?“, frage ich unvorsichtigerweise.

„Nein, warum?“

„Nur so.“

„Ich habe etwas für sie. Können wir zu ihr gehen? Gleich, wenn du dich beruhigt hast?“

„Ich bin ruhig“, lüge ich. Meine Augen fühlen sich vor wütenden Tränen ganz heiß an und mir fehlt sogar die Kraft, um überhaupt von diesem Boden aufzustehen.

„Pasty mit Käse und Zwiebeln?“, fragt Thierry und als Antwort knurrt mein Magen so laut, dass ich lachen muss.

„Ausnahmsweise.“

Zuerst denke ich, dass Thierry mir jetzt hochhelfen wird,

aber er verschwindet nur kurz in der Küche und kommt mit einer Papiertüte und einer Thermoskanne zurück. Er setzt sich wieder neben mich, so dicht wie eben, und reicht mir die Tüte. Der würzige Duft von Pastyteig und Zwiebeln steigt mir in die Nase und mein Magen knurrt noch lauter als eben. Ich spähe in die Papiertüte. Eine einzige Pasty liegt ganz unten und duftet jetzt noch verführerischer.

„Hast du keinen Hunger?“, frage ich.

„Geht schon, du brauchst sie dringender.“ Er stupst mich leicht mit der Schulter an und ich werde auf einmal traurig. Wir sitzen hier so dicht zusammen und es fühlt sich an, als läge da etwas in der Luft. Aber das tut es natürlich nicht. Thierry ist nur kurz hier, er lebt in Paris. Selbst wenn er das Haus wirklich nicht abreißen will, könnten wir nicht zusammen sein. Dass ich das die ganze Zeit schon wollte, wird mir leider erst jetzt richtig klar. Im unmöglichsten Moment, na ja, eigentlich war es die ganze Zeit schon unmöglich. Also ist es egal. Ich reiche ihm schweren Herzens die Tüte zurück.

„Wirklich, ist schon okay.“ Er schiebt meine Hand mitsamt Tüte wieder in meine Richtung. Ich mag es, wie seine Finger meine Hand umschließen und muss plötzlich an unseren ersten Kuss denken. An den einen Moment, in dem die Stimmung umgeschlagen ist. In dem ich mich auf diesen Kuss konzentriert habe, nein, in dem ich mich in den Kuss habe fallen lassen. Ich habe nicht mehr an Michael gedacht, für den ich den Kuss aus Rache begonnen habe, da war nur noch Thierry.

„Die Rache war schnell weg.“ Die Worte platzen aus mir heraus und ich ärgere mich. Hier gibt es nichts zu retten. Es geht nicht darum, ob wir beide noch eine Chance haben, heute ging es von Anfang an nur um das Haus, das meine Grandma liebt. „Grandma braucht das Haus für ihr Herz“, sage ich also.

Thierry sieht mich an und dann bricht so plötzlich ein Lachen aus ihm heraus, dass ich zusammenzucke. Er lacht bestimmt minutenlang, dann dreht er sich wieder zu mir, wischt sich eine Freudenträne aus dem Augenwinkel und lehnt die Schulter an die Wand.

„Jetzt weiß ich, warum ich das Haus nicht vergessen konnte.“ Er sagt diese Worte so ernst, dass mein Herz schneller schlägt, mich aber alle Nerven in mir warnen. Er meint nicht das, was ich mir wünsche.

„Weil ich mich hier unvergesslich benommen habe?“, frage ich dennoch.

„Ja.“ Langsam hebt er eine Hand zu meinem Gesicht, während ich die Tüte noch immer zwischen uns halte.

Ich beobachte seine Mimik, spüre seine Finger an meiner Wange, wie er mit dem Daumen neben meiner Nase entlangstreichelt, kurz meinen Mundwinkel berührt. Mein Herz flattert und meine Nerven scheinen sich alle zu verknoten und dann umeinander zu wirbeln.

„Keine Rache“, flüstert Thierry. „Kein Plan.“

Ich schnappe nach Luft, als mir die Tüte aus den Fingern rutscht und auf meinem Schoß landet. Alles in mir ist angespannt.

„Nur, weil ich es möchte.“ Thierry beugt sich zu mir. Ich sehe die Bewegung aus dem Augenwinkel, aber dann drehe ich auch meinen Oberkörper ganz zu ihm um.

Er schüttelt leicht den Kopf, noch immer lächelnd, noch immer mit seiner Hand an meiner Wange, die jetzt langsam hinunterrutscht zu meinem Hals. Ein wohliger Schauer läuft über meine Haut, alle Härchen richten sich auf und mein Atem verfängt sich. „Weil ich es will."

Seine Lippen treffen auf meine und in Sekundenbruchteilen küssen wir einander voller Leidenschaft. Alles, was ich weiß, ist, dass Thierry hier ist und ich diesen Kuss auf keinen Fall beenden will.

KAPITEL 28
Thierry

Ich hatte es zwar geahnt, aber trotzdem überwältigen mich meine Gefühle derart, dass ich schon nach Luft ringe. Irgendwie haben Liv und ich es in eine stehende Position geschafft. Abwechselnd pressen wir uns an die Wand, küssen uns, reißen einander die Kleider vom Körper, taumeln zur Seite, bis wir schließlich auf einer Couch im Wohnzimmer landen. Zu diesem Zeitpunkt trägt Liv nur noch Unterwäsche und ich auch. Noch nie war ich so glücklich, noch nie wollte ich jemanden so sehr wie Liv.

Ich schiebe die Träger ihres BHs von ihren Schultern, löse mit einer Hand den Verschluss und ziehe das zarte Teil zwischen uns heraus. Liv lacht atemlos und küsst nun meine Schulter und meinen Hals. Wir drehen uns, sodass erst ich oben liege, dann Liv. Unsere letzten Kleidungsstücke landen auf dem Fußboden.

„Kein Kondom", keuche ich, als Liv sich in Position bringt.

„Mist, ich hab auch keins", flucht sie.

„Oben, komm." Wir rappeln uns auf und ich nehme ihre Hand.

Die kleine Unterbrechung hat weder den Zauber noch unser Verlangen gebrochen und endlich liegen wir auf dem großen Doppelbett und unsere Bewegungen werden noch fieberhafter. Ich bin wie im Rausch, genieße Livs leises Stöhnen, ihre Berührungen, ihren Kuss. Als wir endlich miteinander verschmelzen, bin ich nur hier im Moment, tanze und liebe.

Irgendwann liegen wir nebeneinander auf dem Rücken, berühren uns an Schulter, Hüfte und den Beinen. Unser Atem beruhigt sich langsam und ich verschränke meine Finger mit Livs. Ich spähe zu ihr hinüber. Sie lächelt, nein, sie strahlt. Mein Herz macht einen Satz, weil ich glaube, dass sie genau das auch schon so lange wollte wie ich.

„Keine Rache, kein Plan“, sage ich.

„Nur Liebe“, sagt Liv und muss husten, als hätte sie sich an dem Wort verschluckt. Ich drehe mich komplett zu ihr um, streiche über ihre Wange und nicke.

„Nur Liebe“, wiederhole ich schnell, bevor sie es zurücknimmt. „Aber es passen noch andere Worte zu uns, oder?“

Sie sieht mich mit großen Augen an.

„Sehnsüchtig, leidenschaftlich, echt. Lebendig.“

Jetzt nickt sie, erst langsam und dann schnell. Liv muss lachen und ich auch. Wir küssen uns wieder, das Lachen verebbt, bricht aber auch immer wieder aus uns hervor. Noch nie habe ich mich so lebendig gefühlt, so glücklich, so sehr am richtigen Ort und zusammen mit dem richtigen Menschen.

Liv

Als es dämmert, verlassen Thierry und ich das Cottage und gehen händchenhaltend hinunter in den Ort. Immer wieder hüpft mein Blick zu dem Umschlag, den Thierry in der Hand hält und ich wüsste zu gern, was drinsteht.

„Ich habe auch einen Brief für mich gefunden“, sagt Thierry irgendwann in die Stille des Abends. Obwohl ich nicht weiß, was darin steht, drücke ich seine Finger kurz. Er nickt dankbar und erzählt mir dann von seinem Großvater. Bis wir bei unserer Wohnung ankommen, berichtet er mir von den Urlauben in seiner Kindheit und von den vielen glücklichen Momenten, die er mit seinem Großvater verbindet.

„Genau so ein Mensch ist meine Grandma für mich“, sage ich leise und küsse ihn auf den Mund, bevor er darauf antworten kann. Thierry muss wissen, dass es mir nicht nur um das Cottage geht, aber das tut er wohl mittlerweile. Wir gehen in die Wohnung und bleiben vor der Küchentür stehen. Ich klopfe, höre keine Antwort und trete vorsichtig ein. Auf dem Sessel neben dem Fenster sitzt Grandma. Der ganze Raum duftet nach Äpfeln und auf dem Tisch steht eine große Auflaufform mit Apple Crumble. Grandma sieht auf, nickt zum Tisch und erst jetzt sehe ich, dass sie für drei Personen gedeckt hat.

„Bekommen wir Besuch?“, frage ich und Grandma lacht.

„Du hast ihn ja mitgebracht.“

„Aber, das konntest du doch nicht wissen.“

„Nein, eigentlich habe ich den Teller hingestellt, weil ich beim Äpfelschneiden die ganze Zeit an Jacques gedacht habe. Ich weiß noch, wie er zum ersten Mal mein Apple Crumble probiert hat und mir dann zwanzig Mal an diesem Tag seine immerwährende Liebe erklärt hat.“ Sie lächelt, aber in ihren Augen schimmern Tränen.

Ich gehe zu ihr und umarme sie. „Komm, wir essen. Ich stelle noch einen weiteren Teller hin.“

Grandma nickt und lässt sich von mir zum Tisch führen. Ich setze sie neben den leeren Teller für ihre verlorene Liebe und nicke Thierry zu. Erst als wir alle sitzen und das Apple Crumble zusammen mit einem Becher Vanilleeis in der Tischmitte steht, räuspert er sich und reicht Grandma den Briefumschlag.

Wir müssen nichts erklären, weil sie beim ersten Blick auf die Schrift erkennt, von wem er ist. Ganz langsam hebt sie ihre Hand und drückt sie sich auf den Mund. Ihr Blick springt zu mir und zu Thierry, dann konzentriert sie sich auf den Umschlag.

„Er hat Sie nie vergessen“, sagt Thierry. Danach schweigen wir, während Grandma den Umschlag öffnet, drei dicht beschriebene Blätter herauszieht und mit dem Lesen anfängt. Ich reiche ihr meine Serviette, als die erste Träne aufs Blatt tropft und sie nimmt sie mechanisch an, löst den Blick aber nicht von den Worten, auf die sie so lange gewartet hat. Während Grandma liest, sitzen Thierry und ich ganz still und warten. Grandma liest Wort für Wort, Seite für Seite. Irgendwann lässt sie die Seiten sinken und wischt sich über die Augen. Sie faltet die Blätter wieder zusammen und steckt sie zurück in den Umschlag, den legt sie neben ihren Teller und lässt die Hand darauf liegen. Sie sieht zu mir.

„Würdest du das Crumble verteilen, Livvie?“

Ich nicke und löffele Crumble und Vanilleeis, das längst geschmolzen ist und als Soße zwischen die noch immer warmen Apfelstückchen und knusprigen Krümel läuft. Ich liebe diesen Auflauf und auch Grandma isst langsam und konzentriert. Wir sprechen noch immer nicht, aber dann beginnt Grandma zu erzählen.

„Ich habe es gewusst, seit Jacques damals fortgegangen ist. Wir würden uns nie wiedersehen, diese achtzehn Monate zusammen waren alles, was wir bekommen haben. Vielleicht macht auch das die Zeit so wertvoll für mich. Mein Leben lang konnte ich daran zurückdenken, von Jacques träumen, ihn vermissen und mich an die Liebe erinnern. Natürlich habe ich mein Leben gelebt, es gab für mich eine zweite Liebe, eine Familie und viele glückliche Zeiten. All das konnte ich Jacques nie erzählen, ich habe mich nie getraut, nach Frankreich zu reisen und nach ihm zu suchen. All die Jahre war unsere Liebesgeschichte in meinem Herzen und dort habe ich sie gehütet.“ Grandma nimmt einen großen Schluck Tee und nickt Thierry zu. „Vielen Dank, dass Sie mir den Brief gebracht haben. Ich werde das Haus vermissen, aber Sie haben es geerbt und dürfen damit tun, was Ihnen richtig erscheint.“

Thierry will etwas sagen, aber dann lässt er es doch. Mittlerweile kommt es mir falsch vor, dass ich ihn zwingen wollte, das Cottage zu retten. Nach wie vor finde ich, dass es auf keinen Fall richtig sein kann, das Cottage abzureißen und stattdessen ein Hotel zu bauen, aber im Grunde steht es mir nicht zu, hier meine Meinung durchzusetzen. Wenn es für ihn leichter ohne das Haus ist, da es ihn schmerzlich an seinen Großvater erinnert, dann ist es vielleicht besser, es abzureißen.

„Kinder, ich werde mich eine Weile auf den Balkon setzen. Ihr habt euch doch sicher viel zu erzählen. Ich bin froh, dass ihr euren Streit begraben habt. Es gibt für jede Liebe und jedes Herz den richtigen Weg. Nur eins müsst ihr mir versprechen: Wenn ihr einen Traum habt, lasst ihn nicht ziehen.“ Sie steht auf, drückt den Brief an ihr Herz und geht zur Balkontür. Lautlos schließt sie sie hinter sich und ich sehe, wie sie zu ihrem Stuhl geht und sich gemütlich hinsetzt. Ihre weißen Locken verschwinden hinter der Rückenlehne.

Thierry und ich sehen uns an und ich weiß, dass er die Liebe zwischen seinem Großvater und meiner Großmutter genauso in der Luft spürt wie ich. Wir essen beide eine zweite Portion Apple Crumble und dieses Mal scheint ein Damm gebrochen. Thierry erzählt mir von weiteren schönen Erinnerungen an seinen Großvater, und ich erzähle ihm von meinen schönsten Momenten mit Grandma. Wir malen die Bilder unserer Erinnerungen mit Farben in die Luft und in unsere Herzen. Es ist fast, als würden wir Grandma und Jacques eine Möglichkeit geben, doch Zeit miteinander zu verbringen. Es ist ein schöner Nachmittag, aber dann sehe ich, wie Thierry auf seine Uhr sieht, und begreife, dass es hier nur um Grandma und Jacques geht, nicht um uns. Wir haben nur das nachgeholt, was wir die ganze Zeit vor uns hergeschoben haben. Mit einem Schlag wird mir klar, dass es kein „Uns“ geben wird. Thierry lebt in Paris, ich lebe hier. Unser Liebesspiel vorhin war vielleicht einfach notwendig, um einen klaren Abschied zu haben. Damit nichts mehr zwischen uns steht, damit es nicht ein Traum bleibt, sondern real wird.

„Nicht jeder Traum hat mit der Liebe zu tun“, murmele ich. Und wir sind nicht Mabel und Jacques.

Thierry sieht auf und mustert mich. Dann nickt er langsam. Dieses Mal verabschiedet er sich von mir, bevor er am nächsten Morgen nach Paris zurückfliegt. Und so ist es vermutlich genau richtig.

KAPITEL 29
Thierry

Vier Wochen nach meinem letzten Besuch in Cornwall sitze ich wieder im Flieger. Dieses Mal nach New York. Das ist mein Leben. Ich liebe meine Arbeit. So hoch über den Wolken zu sein ist unbeschreiblich. Die ganze Welt liegt mir zu Füßen. Eigentlich wollte ich in meinem mitgebrachten Roman lesen, aber ich kann mich nicht vom Anblick der Wolken losreißen, eine endlose Landschaft aus Weiß. Weich sehen sie aus, wie Watte oder Schnee. Ich stelle das Gebläse über mir etwas runter, weil mir langsam kalt wird. Wir fliegen höher als jeder Vogel und das gibt mir auf einmal einen Stich und ich hole die neue Ausgabe der Avocat Aujourd'hui aus meiner Tasche.

Am Flughafen nehme ich mir ein Taxi. Als wir durch die Straßen zu meinem Hotel fahren, sauge ich die Atmosphäre der Stadt auf. Dass ich Hotels schon als kleiner Junge geliebt habe, habe ich nicht vergessen und so ist es doch genau richtig, dass ich regelmäßig auf Geschäftsreisen fliegen kann. Ganz kurz blitzt ein Bild von einem Pariser Hotel in meinen Gedanken auf, ein Hotel, das auf einem grünen Berg steht mit Blumen im Garten und Meerblick.

Die heutige Besprechung findet in einem Hochhaus statt, im zweiunddreißigsten Stockwerk. Von hier oben sieht die Welt modern aus, eine Welt aus Glas, Beton und Metall, schimmernde Oberflächen, die den Himmel und die Sonne spiegeln. Keine Blumen, keine Bäume, würde Grand-père sagen und ja, da hat er recht. Die nüchterne Atmosphäre passt allerdings auch so viel besser zur Arbeit an Verträgen. Wir müssen uns hier alle konzentrieren. Nach der Begrüßungsrunde öffne ich meine Tasche, um die Unterlagen herauszuholen, da stoßen meine Finger an etwas Spitzes. Ich ziehe es ein Stück hoch und erstarre. Ein blassgelber Umschlag. Von Liv. Und da sind noch zwei weitere Briefumschläge, die ich nie geöffnet habe. Liv hat mich bei meinem letzten Besuch nicht darauf angesprochen. Ich habe die Briefe die ganze Zeit mit mir herumgetragen, sie sind immer noch in der Tasche. Mein Herz rast, aber jetzt kann ich sie nicht lesen, also lasse ich sie, wo sie sind.

Irgendwie schaffe ich die Verhandlungen, am Ende haben wir einen perfekten Vertrag ausgehandelt und alle Teilnehmer unterschreiben. Ich denke an Liv.

Dass Liv so sehr Teil meiner Gedanken geworden ist, ist mir bis zu dieser Sekunde nicht aufgefallen. Auch das Cottage ist da. Deshalb habe ich es nicht vermisst. Bis jetzt. Ich schaffe es, mein Geschäftslächeln aufrechtzuerhalten, bis ich wieder im Fahrstuhl stehe. Ganz automatisch habe ich die Einladung zum Essen mit meinem Mandanten höflich abgelehnt. Das Verrückte ist, dass mir egal ist, was er von mir hält, oder meine Kollegen in der Kanzlei zu Hause. Mir ist sogar der perfekte Abschluss dieses Mandats egal. Sobald ich im Taxi sitze, hole ich Livs Umschläge aus meiner Tasche.

In jedem der Umschläge befinden sich drei Fotos. Es sind Aufnahmen, die Liv offenbar heimlich im Garten vom Blueberry Hill Cottage gemacht hat. Zumindest kann ich mich nicht erinnern, dass sie fotografiert hat, als sie mit mir dort war. Auf den Bildern stehen zauberhafte Details im Mittelpunkt. Eine kleine Gruppe von Stockrosen in verschiedenen Schattierungen aus Rosa, Lila und Rot. Eine kleine Hummel fliegt gerade in eine der Blüten und da ist sogar noch eine zweite. Auf dem nächsten Foto ist der Lattenzaun in Nahaufnahme zu sehen. Durch ein Astloch sieht man das Meer, ein paar Dächer von St. Ives. Das dritte Foto in diesem Umschlag zeigt den Türklopfer, die Meerjungfrau sieht gleichzeitig verschmitzt und nachdenklich aus, so wie der Schatten auf ihr Gesicht fällt.

Auf den weiteren Bildern hat Liv mal einen Käfer an einem schuppigen Baumstamm, einen bemoosten Ast der Magnolie und sogar ein Vogelnest fotografiert. Im letzten Umschlag finde ich die Eichen im Garten gespiegelt in einer Fensterscheibe, die ganz sicher zum Wohnzimmer gehört. Durch das Glas sieht man ganz leicht die Umrisse der Buchregale. Liv hat den Tisch unter dem Kirschbaum festgehalten, auf der Lehne des einen Stuhls hängt ein Strohhut mit hellblauer Schleife um die Krempe. Auf dem Tisch liegt ein Roman, den der Wind ein Stückchen aufgeblättert hat. Auf dem letzten Foto ist die Terrassentür zu sehen, in ihr spiegelt sich Liv im Profil. Die Kamera hat sie sich auf den Kopf gelegt.

Ich lasse das Foto sinken und sehe aus dem Fenster. Wir fahren gerade durch eine belebte Straße voller Geschäfte. Menschen drängen sich auf dem Gehweg, ein Sportwagen fährt röhrend und hupend vorbei. Auf dem Straßenschild sitzt eine Taube. Mein Finger streicht über die glatte Oberfläche des Fotos, auf dem Liv zu sehen ist. Diese Bilder hat sie garantiert gemacht, um mich davon zu überzeugen, dass ich das Cottage nicht abreißen darf, weil es so zauberhaft ist. Voller kleiner Wunder. Wollte sie gar, dass ich das Haus behalte?

Wir kommen an meinem Hotel an, ich zahle den Fahrer und steige aus. Noch während des Packens rufe ich beim Flughafen an, schaffe es, den Flug umzubuchen und sitze schon zwei Stunden später wieder im Taxi. Ich führe noch drei weitere Anrufe vom Flughafen aus, dann nehme ich endlich im Flugzeug Platz und lockere meine Krawatte.

KAPITEL 30

Liv

Grandma hat Thierry mit keinem Wort erwähnt, seit ich ihr gesagt habe, dass er abgereist ist. Ich weiß nicht, was mit dem Cottage passieren wird. Die Bauzäune stehen noch immer, aber der Abriss hat nicht begonnen. Auch wenn es mir um das schöne Haus sehr leid tut, ich werde sein Schicksal nicht entscheiden und wenn Thierry auf dem Hügel ein Hotel bauen möchte, dann muss ich das akzeptieren.

Nur Amy akzeptiert es nicht, genauso wenig wie Hayley, und die beiden erwähnen das Cottage genauso oft wie Thierrys Namen.

„Deine Grandma liebt doch das Cottage", sagt Amy, als sie die Tür zum Salon abschließt.

„Meine Grandma hat vor allem den damaligen Bewohner geliebt", antworte ich. „Ein Haus ist aus Stein und …"

„… und Erinnerungen!" Amy dreht sich zu mir um und greift nach meinen Händen.

Natürlich. Ich weiß das. Ich weiß es noch immer wie an dem Tag, als ich angefangen habe, die Geschichte von Grandma und Jacques zu ahnen. Jetzt kenne ich sie sogar.

„Was soll ich machen?", frage ich und meine Stimme erschreckt mich, so verzweifelt klinge ich. Scheint, als fände ich doch nicht okay, wenn Thierry das Cottage zerstören will.

„Ruf ihn an. Du kannst doch noch mal versuchen, ihn zu überzeugen." Amy verkneift sich einen weiteren Satz, das merke ich. Direkt nachdem ich ihr von Thierrys Abreise erzählt habe, hat sie so geguckt, als fände sie das alles nicht richtig. Aber sie war Freundin genug, es mir nicht zu sagen. Wir wissen beide, dass es keinen Sinn hat, einer Liebe hinterherzutrauern, die der andere nicht in seinem Leben gebrauchen kann. Um Amy zu beruhigen, nicke ich unbestimmt. Wenn ich ehrlich bin, glaube ich nicht, dass es richtig ist, Thierry noch einmal anzurufen. Was soll das ändern? Er hat sich entschieden, er ist abgereist und ich habe seit vier Wochen und zwei Tagen kein Wort mit ihm gewechselt. Weder hat er mir geschrieben noch ich ihm.

Tja, manchmal spreche ich mit ihm, ohne dass er da ist. Ich war bei dem Cottage, jeden Tag. Dort tue ich so, als säße er neben mir. Aber ich stelle mir den Timer auf dem Handy und halte meine Besuche jeden Tag kürzer. Weil ich mich langsam verabschiede, falls er das Haus bald abreißt. In den Garten gehe ich seit einer Woche nicht mehr, ich setze mich nur auf die Wiese vor der Haustür, lehne mich an einen Baum und sehe das Haus an. Ja, ich muss zugeben, dass ich auch mit dem Cottage spreche. Es tut mir leid um die Bücher, die ich doch nicht ausgeliehen habe, um die ganzen Schätze, die sich im Cottage befinden. Aber auch diese gehören nicht mir, sondern Thierry. Mittlerweile glaube ich auch nicht mehr, dass er mich fragen wird, ob ich etwas haben möchte, wenn er das Haus ausräumt. Vielleicht beauftragt er dafür auch jemanden. Vermutlich ist es das Beste, wenn wir uns nicht noch einmal kurz sehen.

Heute werde ich zum letzten Mal beim Haus sitzen. Meine letzte Minute dort verbringen. Vielleicht ist es albern und gar nicht endgültig, aber so ist es besser für mein Herz. Grandma hat jedes Mal abgelehnt, wenn ich sie eingeladen habe, mit mir zum Cottage zu gehen, obwohl ich glaube, dass auch ihr ein langsamer Abschied guttun würde. Aber sie ist anderer Meinung. Sie liest immer wieder die Zeilen von ihrem Jacques, manchmal erzählt sie mir von ihm und der Zeit damals, auch vom Brief selbst. Immer wieder verschwindet Grandma in der Vergangenheit, aber es macht mir keine Angst mehr. Ein Vorfall wie der mit dem verbrannten Brot ist nicht mehr passiert und ich habe auch nie den Eindruck, dass sie sich selbst vergisst. Sie ist nicht krank, sie erinnert sich nur.

Es tut ihr gut. Und dann ist es mir recht. Es ist nichts Schlimmes dabei, wenn man im Alter an frühere Zeiten denkt und in schöne Erinnerungen eintaucht. Wir waren sogar tatsächlich bei der Ärztin, die Amy mir empfohlen hatte und sie hat uns beiden alle Sorgen genommen. Eine Demenz ist nicht im Anmarsch. Grandma soll nur weiterhin darauf achten, sich täglich an der frischen Luft zu bewegen, gesund zu essen mit viel Gemüse, Nüssen und vor allem abwechslungsreich.

Obwohl ich mir vorgenommen habe, ruhig und besonnen zu bleiben, kommen mir beim Anblick der sonnenbeschienenen Fassade vom Blueberry Hill Cottage die Tränen und ich wische sie eilig weg.

„Es tut mir leid, aber ich werde dich doch vermissen“, sage ich und bin mir nicht sicher, ob ich das Cottage meine, die Momente mit Thierry oder ihn selbst. Der Wind fährt durch die Blätter der Kastanie, an deren Stamm ich mich gelehnt habe. Heute setze ich mich nicht. Eine Minute ist nicht lang und schon piepst mein Handy, um mich daran zu erinnern, dass alles seine Zeit hat und ich mich jetzt wirklich verabschieden muss.

Ich werfe einen letzten Blick zum Türklopfer, den Sprossenfenstern, den Spitzen der Rhododendronbüsche, die über den Zaun lugen, den Bäumen im Garten, dann gehe ich noch ein letztes Mal zur Tür, küsse meine Fingerspitzen und drücke sie gegen die lackierte Haustür.

„Leb wohl“, flüstere ich.

„Ich hoffe, du meinst nicht mich damit.“ Jetzt höre ich schon Thierrys Stimme. Ich drehe mich um und stoße einen kurzen Schrei aus.

„Wo kommst du denn her?“

„Frisch aus New York“, sagt Thierry und stellt seinen Rollkoffer auf den unebenen Boden.

„Hast du was vergessen?“, frage ich.

„Nein. Eben nicht.“ Er sieht mich an und je länger er mir in die Augen schaut, desto schneller schlägt mein Herz. Ich will nicht hoffen, dass er das meint, was ich mir wünsche. Meine Fantasie geht mit mir durch.

„Na, noch ist das Haus ja da“, sage ich lahm und beobachte Thierry, wie er einen Schlüssel aus seiner Jacketttasche nimmt.

„Und das ist es hoffentlich noch lange“, sagt er leise. „Kommst du mit rein?“

Ich nicke, kann aber nicht antworten. All das macht keinen Sinn, aber wenn mir mein Gehirn diese ganze Szene vorgaukelt, ist es wirklich sehr gründlich. Thierrys Duft nach Gewürzen und Sonne steigt mir in die Nase, ich spüre die Wärme seiner Finger an meiner Wange. Er lächelt mich an, dann drückt er mir den Schlüssel in die Hand, nimmt seinen Koffer und nickt in Richtung Haustür. Meine Hand will sich zuerst nicht bewegen, aber dann tut sie es doch, meine Finger schließen sich um den Schlüssel vom Cottage, das immer noch da ist. Und hoffentlich noch lange. Habe ich das eben richtig verstanden? Das würde ja bedeuten, dass …

„Ist alles okay?", fragt Thierry und auf seiner Stirn bilden sich Falten, als würde er ernsthaft über diese Frage nachdenken.

„Was machst du hier?", frage ich. Ich möchte es lieber vorher wissen, wenn er nur heute da ist, um mit dem Abrissunternehmen vor Ort etwas zu besprechen, und dann wieder aus meinem Leben verschwindet.

„Ich wollte dir ein paar Ideen vorstellen." Er lächelt, während ich vergeblich warte, dass er weiterspricht.

„Bezüglich …", frage ich.

„Der Verwendung vom Cottage." Er stellt den Koffer auf die oberste Stufe. „Ich werde es auf keinen Fall abreißen, Liv. Ich will es behalten. Und ich hoffe, dass ich mit dieser Entscheidung nicht zu spät dran bin."

Ich sehe auf meine Armbanduhr. „Heute werden sie wohl kaum mit dem Abriss beginnen, du kannst sie ja morgen ganz früh anrufen."

„Nein, ich meine, ob ich für dich zu spät bin."

Im ersten Moment will ich Ja sagen, aber das ist albern. Und außerdem stimmt es nicht, wie ich an meinem Herz merke. Es schlägt aufgeregt und hat schon viel eher als ich kapiert, was Thierry mir sagen will.

„Du willst das Cottage behalten?", frage ich sicherheitshalber nach.

„Ja." Er nickt und berührt mich leicht an der Taille, während er mir in die Augen sieht. „Ich will es behalten und sehr viel Zeit darin verbringen und drumherum. Und mit dir. Wenn du willst."

Ich lege den Kopf schief, sehe Thierry an, dann das Haus und nicke vorsichtig. „Okay."

„Gut." Thierry verschränkt seine Finger mit meinen und deutet zur Haustür. Ich schließe sie endlich auf, als hätte ich das schon hundertmal getan. Wir gehen hinein, er bringt seinen Koffer in die Küche und holt uns zwei Tassen aus dem Schrank. Ich schalte wie selbstverständlich den Wasserkocher an und hänge zwei Teebeutel in die Kanne, die noch immer auf der Kochinsel steht, als hätte sie auf uns gewartet.

Hinter mir klickt der Wasserkocher und ich gieße den Tee auf. Erst dann sehe ich mich in der Küche um. Dieses Mal mit einem ganz anderen Blick. Dieses Mal muss ich keine Angst haben, dass ich die Küche nie wieder sehen werde.

„Was wird Grandma sagen?" In meinem Bauch beginnt es zu flattern und das Gefühl breitet sich in meinem ganzen Körper aus. Glück durchströmt mich von der Haarspitze bis zu den Zehen, als ich mir ihr Strahlen vorstelle.

„Ich hoffe, sie freut sich. Ich wollte euch beide fragen, ob ihr mir helfen könnt."

„Bei deinen Plänen für das Cottage?"

Thierry nickt. Er nimmt ein Tablett mit dem Tee und einer Packung Kekse und wir gehen durch das Wohnzimmer, über die Lichtflecken auf dem Boden, die uns den Weg zur Terrassentür weisen. Draußen ist es noch hell und eine Amsel stimmt irgendwo in einem der Bäume ihr Lied an. Es hallt über die Büsche, die Terrasse und trifft mich genau ins Herz. „Danke", flüstere ich und meine damit alles. Thierrys Entscheidung, vielleicht das Schicksal, das Universum, das endlich alles in die richtigen Bahnen lenkt.

Wir setzen uns beide mit dem Rücken zum Haus und sehen Richtung Meer, das als feiner dunkelblauer Streifen über dem Zaun zu sehen ist.

„Ein Museum", sagt Thierry. „Mit Teeräumen."

Ich sehe ihn erstaunt an und trotzdem formen sich schon die Bilder in meinem Kopf. Ein Museum! Warum ist mir das nicht eingefallen? „Was denn für ein Museum?"

„Ein kleines Museum über eine große Liebe in diesem Haus. Die Geschichte zweier Familien, die sich erneut gefunden haben."

„Wow", hauche ich. Die Idee könnte von mir stammen, wirklich. „Du hast so recht!", rufe ich, greife nach Thierrys Händen und tanze mit ihm über den Rasen. In mir leuchtet auf einmal alles. Bis mir etwas einfällt und wir stehen bleiben.

„Aber, wenn das hier ein Museum wird, wo wirst du dann wohnen?"

„Es wird ein lebendiges Museum", sagt Thierry. „Ein paar Zimmer bleiben für die Öffentlichkeit gesperrt, da werde ich wohnen." Er sagt diesen Satz langsam, wohl damit er wirklich bei mir ankommt. Und das tut er.

„Du ziehst her?" Trotzdem muss ich natürlich fragen.

„Ja."

„In den Fußstapfen deines Großvaters", murmele ich und wieder nickt Thierry.

„Wie findest du die Idee?"

„Vermutlich ist es die beste Idee, die du je hattest. Könnte von mir sein."

Thierry lacht und zieht mich in seine Arme. Atemlos küssen wir uns. Nach unzähligen Minuten nimmt mich Thierry mit in die obere Etage des Hauses. Hier packt er vor meinen Augen seinen Koffer aus und ich kann es allmählich wirklich glauben. Beinahe feierlich hängt er seine Kleider in den Schrank, stellt seine Kulturtasche ins Bad und setzt sich dann auf den Sessel am Fenster. „Und? Wie steht mir das Haus?“, fragt er.

Ich lege den Kopf schief und betrachte ihn, obwohl es mich eine ziemliche Überwindung kostet, ruhig stehen zu bleiben und ihn nicht schon wieder zu küssen. „Doch, ganz gut, obwohl …“ Ich zupfe ein bisschen an dem Kissen, an dem er lehnt, drapiere die karierte Decke ein wenig um, die über der Lehne liegt, und nicke ernst.

„Steht dir wunderbar.“

EPILOG

Liv

„Livvie, nun mach es doch nicht so spannend!“, bittet mich Grandma lachend und endlich nehme ich ihr das bunte Tuch von den Augen ab. Ihr Blick fällt gleich auf Blueberry Hill Cottage und zuerst erscheint ein Lächeln auf ihren Lippen, bevor eine kleine Träne über ihre Wange läuft. Ich lege meinen Arm um ihre schmalen Schultern und wir sehen uns gemeinsam das Schild an, das über der Tür hängt. Thierry und ich haben es gemeinsam entworfen und angebracht.

„Das kleine Museum der Liebe“ steht dort in altmodischen Buchstaben.

Grandma stellt keine Fragen, und als Thierry die Tür öffnet, ohne dass wir klingeln mussten, scheint sie überhaupt nicht erstaunt zu sein. „Alles ist nun an seinem Platz“, flüstert sie und lässt sich von Thierry und mir das Haus in aller Ruhe zeigen. Wir haben so gut wie nichts verändert. Hier und da haben wir kleine Messingtafeln angebracht und es gibt ein paar Schaukästen mit Informationen, alten Fotografien und Zeichnungen im Flur.

Grandma streicht liebevoll über den Holzrahmen eines Bildes und ich weiß, dass ich nicht erklären muss, wer das gemalt hat. Und um wessen Liebesgeschichte es hier geht. Schweigend und lächelnd gehen wir gemeinsam durch jedes Zimmer. Unser Weg endet auf der Terrasse, wo wir zusätzliche Tische und Stühle aufgestellt haben, damit unsere Besucher hier den versprochenen Tee trinken und unseren Kuchen essen können.

„Wir öffnen jeden ersten und dritten Sonntag im Monat", erzähle ich Grandma, weil ich jetzt nicht mehr alles für mich behalten kann. „Manchmal machen wir auch eine besondere Museumswoche während der Schulferien, wenn besonders viele Touristen da sind."

„Und es wird Leseabende geben", ergänzt Thierry, der auf einmal neben mir steht und nach meiner Hand greift. „Liv wird besonders schöne Szenen aus bekannten und unbekannten Liebesromanen vorlesen."

„Und wir planen französische Nachmittage mit typischem Gebäck und kleinen Französischkursen."

Thierry und ich erzählen Grandma von all unseren Ideen und sie lächelt und nickt, während ihre Augen strahlen wie lange nicht mehr. Das Haus tut ihr gut. Genau wie uns. Ich habe es die ganze Zeit gewusst.

DANKSAGUNG

Die Idee zu diesem Roman kam mir 2019, auch wenn ich nicht sofort mit Livs und Thierrys Geschichte begonnen habe. Nachdem mein „Ein Tässchen Liebe“ und „Ein Kännchen Glück“ beide ihr Verlagszuhause beim Maximum Verlag gefunden hatten, wurde ich nach neuen Ideen gefragt. Also habe ich diese Geschichte vorgestellt, zusammen mit einer zweiten. Ich dachte eigentlich, der Verlag würde sich die passendere aussuchen und dann … haben sie einfach beide genommen. Das hat mich natürlich sehr gefreut und dafür bedanke ich mich ganz herzlich, genau wie für die engagierte Betreuung.

Es war wohl das erste Mal, dass ich für eine Geschichte ein Verlagszuhause gefunden habe, obwohl erst eine kurze Leseprobe existierte. Liv und ihre Großmutter Mabel, aber auch Thierry sind mir ganz schnell ans Herz gewachsen. Genau wie beim Kännchen hat diese Geschichte wieder die wunderbare Lektorin Dr. Anita Wiebe Seite für Seite geprüft. Ich bin sehr dankbar für alle klugen Kommentare und ihren unglaublich aufmerksamen Blick. Als ich mich in einem Nebensatz für einen kleinen lobenden Kommentar bedankt habe und doch wieder etwas an mir und der Geschichte gezweifelt habe, kam eine ganz tolle E-Mail von ihr. Falls das Lob zu gering ausgefallen wäre, wollte sie mir doch noch mitteilen, welche Stärken das Manuskript hatte. Diese Mail habe ich mittlerweile wirklich oft gelesen und war im ersten Moment richtig gerührt. Vielen lieben Dank hierfür!

Bedanken möchte ich mich auch bei meiner Agentur, bei Gerd Rumler und Martina Kuscheck, die mir immer mit gutem Rat zur Seite stehen und mich stets wunderbar unterstützen.

Aber vielleicht sollte ich vorne anfangen? Danke an meine Eltern, dass sie mir ihre Liebe für Bücher weitergegeben haben. Danke, dass ihr alle meine Bücher lest und mögt und toll, mit euch über meine Figuren zu reden!

Danke an meinen Mann Peter, der sich Textstellen und Ideen anhört, sich mit mir freut oder ärgert, je nachdem, was gerade angebracht ist. Danke an meine Tochter, einfach weil sie da ist und mich so oft zum Lächeln bringt.

Ein großes Dankeschön an meine Freundin Liane, die mit mir stundenlang über Bücher und das Schreiben redet und mit der ich einfach am allerliebsten auf Buchmessen und Autorinnentreffen fahre! Danke an Doris, Mirjam, Dorothe, Verena, Ria und Keah. Es ist toll, mit euch über Bücher und so viel anderes zu quatschen. Danke an Carmen, Coxi und Jutta, für eure Begeisterung.

Zuletzt natürlich noch ein herzliches Dankeschön an alle meine Leserinnen und Leser. Ihr seid die Besten und ich hoffe, dass euch dieses Buch ein paar glückliche Lesestunden geschenkt hat.

Alles Liebe, Lia

DIE AUTORIN

© Foto: Marion Koell

Lia Haycraft, geboren 1980 in Nordfriesland, verbrachte ihre Kindheit in Portugal, im Rheinland und in Mittelengland. Die Zeit dort hat sie sehr geprägt, und ein Häuschen in England wäre noch immer ihr Traum. Am liebsten mit offenem Kamin, einem netten Hund und einer Bibliothek mit so hohen Regalen, dass man dafür eine Leiter braucht.

Schon als Jugendliche fing sie an zu schreiben, aber erst mit dreißig wurde aus dieser Leidenschaft ihr zweiter Beruf - neben einem Bürojob mit viel Englisch. 2015 wurde sie Mitglied bei DELIA, der Autorenvereinigung deutscher Liebesromanautor*innen.

Sie hat ein großes Herz für Tiere, liebt die britischen Inseln, außerdem Spaziergänge in der Natur, gute Filme und skurrile englische Sitcoms, Yoga, Musik und sie kocht leidenschaftlich gerne. Zu ihren Lieblingsorten gehören Waldlichtungen, Wälder voller Moos, das Meer und sanfte Hügel mit Gras und Felsen.

Aktuell lebt sie mit ihrer Familie und einigen Wellensittichen mit schönstem Blick auf das Siebengebirge im Bergischen Land.

Weitere Liebesromane im Verlag

Meine italienische Familie

Sylvia Klinzmann
Parted Hearts

ISBN 978-3-948346-29-4
Preis Klappenbroschur: 15,00 €
Auch als Hörbuch erhältlich!

Stella stößt nach dem Tod ihres Vaters auf einen Brief, in dem er ihr gesteht, dass Stellas Mutter nicht bei ihrer Geburt gestorben ist, sondern in Italien lebt. Stella reist überstürzt in die schöne Küstenregion Ligurien. Ihre einzigen Hinweise sind ein altes Bild ihrer Eltern und eine Halskette mit einem halben Herz, die sie zu ihrer Geburt bekommen hat. Unterstützung erhält sie von dem charmanten Matteo, für den sie schnell mehr empfindet als nur Freundschaft. Soll sie ihrem Herzen folgen?

Zwei Mädchen. Zwei Jungen. Ein Auto. Eine Gitarre.

Ein Roadtrip, der alles verändert.

Barbara Schinko
Sommervögel

ISBN 978-3-948346-97-3
Preis Klappenbroschur: 15,00 €

Die 17-jährige Fern und ihre beste Freundin Mela wollen zu einem Musikfestival auf Juist, als ein Bahnstreik ihre Pläne durchkreuzt. Sie stranden in einem ostfriesischen Dorf, wo sie Jona und Sanne kennenlernen, die sie Jona ins Ferienhaus einladen, um dort zu übernachten. Mela fühlt sich zu Jona hingezogen, während Fern zunehmend genervt vom sarkastischen Sanne und dessen Lügengeschichten ist. Erst als die Mädchen beschließen, das Festival sausen zu lassen und stattdessen mit den Jungs einen Roadtrip unternehmen, kommen sie sich näher. Soll sie Sanne eine Chance geben?

maximum-verlag.de

/MaximumVerlag

@maximumverlag